D1719915

ALTAS ESFERAS

D. W. Buffa

Altas esferas

Umbriel

Argentina • Chile • Colombia • España
Estados Unidos • México • Uruguay • Venezuela

Título original: *Breach of Trust*
Editor original: G. P. Putnam's Sons
Traducción: Alberto Magnet

© *Copyright* 2004 *by* D. W. Buffa
© de la traducción *by* Alberto Magnet
© 2005 *by* Ediciones Urano, S. A.
  Aribau, 142, pral. – 08036 Barcelona
  www.umbrieleditores.com

ISBN: 84-95618-94-X
Depósito legal: B. 50.962 - 2005

Fotocomposición: Ediciones Urano, S. A.
Impreso por Romanyà Valls, S. A. – Verdaguer, 1 – 08760 Capellades (Barcelona)

Impreso en España - *Printed in Spain*

Para Morley Winograd

1

Todos ellos habrán creído que estaba loco: los amantes del arte con su mirada solemne, los turistas exhaustos con aspecto desorientado y esos neoyorquinos de rostro cansado que me empujaban para abrirse paso mientras yo seguía ahí, plantado ante el retrato de un joven que se parecía a alguien que conocí hace tiempo. Una mujer de edad avanzada me tiró de la manga y me preguntó si le permitiría mirar el cuadro de cerca. Yo di un paso atrás, con la mirada todavía clavada en la tela. La anciana llevaba una bolsa de compras en la mano izquierda y con la cabeza ligeramente inclinada a la derecha examinaba cada trazo como si así fuera a desvelar algún secreto. Al cabo de un rato, se volvió hacia mí y, como si yo hubiera adquirido derecho de posesión o, más bien, como si entendiera con qué rapidez se crean lazos de afecto con ciertos objetos que sólo acabamos de conocer, me dio las gracias y pasó al cuadro siguiente, un Cézanne. Era increíble, pero al parecer no se había percatado del asombroso parecido —el misterioso parecido— con uno de los rostros más fotografiados de nuestros tiempos.

Me acerqué, me puse las gafas y me incliné hacia delante. *Muchacho con jersey a rayas,* pintado por Modigliani en 1918. Amedeo Modigliani, nacido en 1884 y muerto en 1920, ya había señalado su propia condición de mortal con un epitafio tan admirable como arrogante: «Una vida breve, pero intensa». Había oído la frase por primera vez en mis años de universidad. Dado que nada atrae tanto al temperamento voluble de un joven como el desafío de la muerte, recordaba aquella frase con una especie de nostalgia hacia ciertos vagos y románticos sueños de mi propio cuño.

Que me encontrara de pronto a las puertas del Metropolitan Museum of Art fue una cuestión de azar. Como fue el azar lo que me llevó a visitar una sala de exposición y no otra. Era sólo una cuestión de azar; sin embargo, sentía una curiosa sensación de inevitabilidad, como si importara poco qué hubiera hecho ni adónde me llevaran mis pasos, porque de todos modos habría acabado aquí, frente a este retrato que me recordaba cómo era él cuando lo conocí, antes de aquel episodio horrible que acabó con nuestra amistad.

Los colores eran vibrantes y vivos, y percibí de nuevo aquella sensación, la sensación de que las cosas eran más vívidas e intensas cuando él estaba presente. Nunca había sido capaz de recordarlo así, de ver con la misma claridad de ahora a quien había sido mi amigo, de verlo a través de la mirada privilegiada de Amedeo Modigliani, que había pintado a otro sujeto. El muchacho con jersey a rayas tenía la misma expresión, la misma mirada que había visto a menudo en su rostro. Se trataba de una actitud, de un aspecto de su carácter que no había captado ninguna de las fotografías que yo conocía de él. Era demasiado sutil, como la expresión de una inmovilidad que sólo llamaba la atención, o que más llamaba la atención, cuando hablaba, cuando su mirada reflejaba la idea que intentaba expresar y no paraba de mover las manos y el rostro se le iluminaba de entusiasmo. Era un aspecto de él que siempre ocultaba, el de observador secreto que contemplaba sin manifestar simpatía ni desprecio, más bien sumido en una profunda diversión, las pequeñas ambiciones y tristes pretensiones del mundo a su alrededor. Modigliani lo había captado con su pincel.

El muchacho con el jersey a rayas está sentado de lado en una silla con las manos entrelazadas entre las piernas abiertas. Sus ojos son de color verde azulado y sobre ellos destacan unas cejas delgadas y arqueadas. Tiene una nariz larga, visiblemente descentrada, labios rojos y orejas que asoman como si no pudieran esperar a oír lo que dirá su interlocutor. El rostro es anguloso, con formas semicirculares, con una pequeña boca saltona y ligeramente torcida que recuerda a Cupido. En sus labios se adivina una sonrisa de satisfacción, como si pensara en algo que probablemente divertirá a su interlocutor. Hay una leve tristeza en esa boca, como si ya hubiera vivido la vida y supiera que jamás nada irá mal. Es la ausencia de toda expectativa de sorpresa. Tiene una cabellera abundante y espesa, de un color marrón rojizo, se podría decir que castaño, dividida en dos por una raya que llega hasta atrás. Y en cuanto a la cabeza, era esa postura con la que expresaba quién era, que transmitía la idea de que era diferente a lo que estabas acostumbrado a ver y que advertía que pertenecía a un mundo que sólo podías intuir, un mundo en el que los privilegios eran algo habitual. La cabeza era grande no sólo en comparación con sus hombros estrechos y caídos, sino también por su generosa cintura, y reflejaba un interés y un esfuerzo relativos, inclinada ligeramente a un lado, apenas echada hacia atrás, observándonos.

Su interlocutor no tenía nada que él deseara —eso era lo que su mirada quería transmitir—, pero entendía que los demás siempre quisieran algo de él. No rechazaba esa certeza de que los demás lo veían como alguien que podía hacer algo por ellos. En esa mirada suya se veía el sentido incuestionable de lo que él era y de todo lo que obraba en su poder, un poder tan grande que podía negarte lo que querías y, con ese mismo rechazo, darte algo que deseabas aún más, a saber, conseguir que él escuchara con esa actitud de perfecta calma cualquier cosa que quisieras contarle acerca de sí mismo.

Salí del Metropolitan; sólo disponía de una hora para prepararme, pero paseé por la Quinta Avenida como si tuviera todo el día. Quizá llegaría un poco tarde. Quizá seguiría mi instinto y ni siquiera iría. Habría unas cuatrocientas o quinientas personas y sólo una de ellas se daría cuenta de mi ausencia, e imaginé que no pensaría dos veces en ello. Él me había pedido personalmente que asistiera, pero sólo después de que uno de sus colaboradores me llamara primero y yo dijera que no. No habíamos hablado desde el día en que ocurrió todo, hacía años, cuando él todavía se parecía a ese retrato pintado por Modigliani y yo todavía tenía el aspecto de... digamos que de alguien bastante más joven que ahora. Me dijo que le parecía divertido que no sólo me hubiera negado a ir, sino que también me negara a presentarlo en la cena cuando tuviera que hablar. Suspiró y rió y me dijo que carecía de ambición. Razón por la cual, me confesó, me lo había pedido. Y luego dijo, serio y con voz solemne, que me permitiría renunciar a la presentación, pero que era importante que fuera, que él lo veía como un favor personal. No respondí y él añadió que tenía muchas ganas de verme, y su mujer también. En el silencio que siguió, me lo imaginé sentado con gesto lánguido, las piernas separadas y la mano apoyada sobre el muslo, y la cabeza inclinada ligeramente hacia un lado. Entonces pronunció las palabras que me confirmaron que no había olvidado lo sucedido, y que el recuerdo de aquello todavía le dolía.

—Se celebra en el Plaza. Te agradecería mucho que estuvieras presente.

Me metí en el parque, seguí el sendero asfaltado bajo el enorme arco formado por los árboles y pasé por la suave ladera de césped verde. Con todos aquellos edificios apretados en tan poco espacio y las multitudes moviéndose a un ritmo frenético, aquel lugar me hacía sentir no la energía ni la permanente emoción de Nueva York, sino su elegancia y su belleza. En uno de los bancos de madera color verde oscuro que flanqueaban el sendero serpenteante, un hombre de pelo blanco y rizado, de penetrantes ojos azules, vestido con una cazadora delgada de color marrón claro y zapatos de lona impecables, le acariciaba la cabeza a un chico vestido con un jersey azul y pantalones cortos. Reían mientras lamían un helado que se derretía en su cucurucho. El hombre tenía edad suficiente para ser su abuelo, pero aquí, en Manhattan, donde el dinero siempre podía anular el factor edad, la mirada orgullosa y llena de familiaridad que brillaba en sus ojos no dejaba duda de que aquel niño era su hijo. Había un espacio vacío junto a él, donde seguramente el niño había estado sentado, porque un poco más allá había una mujer joven que, gracias a un instinto acuñado a lo largo de generaciones, mantenía la espalda arqueada y la cabeza erguida mientras se inclinaba para bromear con el niño acerca del helado que le goteaba por el mentón. Era una mujer atractiva, y había en ella algo cautivador, además de una voz que llegaba al oído como la caricia de una seda. Mi mirada se cruzó con la de ella, sonreí y, sólo por un instante, me devolvió la mirada. Algún día tendría aventuras, si es que no las había tenido ya, y si los hombres sólo le doblaran la edad aún los consideraría jóvenes.

Un poco más allá, con los hocicos abiertos y babeantes, como cinco borrachos sedientos que salieran de un bar a la luz del día, cinco perros pequeños de terribles hocicos chatos y unas obscenas colas de tirabuzón venían directamente hacia mí. Con las patas rascaban la dura superficie de asfalto mientras tiraban de las correas que sostenía la mano resentida de una mujer latina delgada y musculada, de ojos oscuros y asesinos. Me aparté del camino y oí un lenguaje gutural que, aunque me hubiera resultado inteligible, no me transmitiría un mensaje más amenazante.

Llegué a la rotonda donde caballos de pesados cascos esperaban delante de carruajes abiertos a que llegara la siguiente pareja con ganas de dar un paseo por Central Park. Al otro lado de la calle, en el hotel Plaza, la policía ya había instalado una barrera ante la entrada principal. Al doblar la esquina, por la entrada lateral, vi que una larga cola de limusinas se había apoderado de la mitad de la calle, obligando al tráfico a avanzar penosamente en un flujo enardecido a golpe de bocinazos.

Todavía tenía media hora, un margen suficiente para llegar a tiempo si me daba prisa. O un margen suficiente para cambiar de opinión y salir a cenar solo, ver un espectáculo, hacer lo que haría un turista ocasional que sólo quiere ver la ciudad y pasar un buen rato.

Mientras caminaba por la acera que bordea el parque intenté no mirar hacia el Plaza. Oí los gritos y las imprecaciones de los taxistas y sus bocinazos mientras avanzaban unos cuantos centímetros cada vez. Lancé una rápida mirada a la entrada lateral, con los ojos fijos en la calle. Hombres de esmoquin y mujeres con largos y carísimos vestidos de noche se movían con el aire de quienes están acostumbrados a ir a este tipo de actos. De pronto alguien gritaba un nombre con la voz embargada por la sorpresa. Otro se giraba, con un brillo de ávida expectación en los ojos, para estrechar una mano, para dar golpecitos en la espalda. Rápidas rondas de presentaciones, risas por las dudas al intentar recordar los nombres correctos antes de llegar al interior, donde el mismo ritual de reconocimiento volvía a repetirse una y otra vez. Todos aquellos desconocidos hacían lo posible por fingir que, en algún momento del pasado, habían sido grandes amigos.

Nunca había asistido a una reunión de mi promoción, ni en la escuela secundaria ni en la universidad y, desde luego, a nada como esto. Jamás me habían entusiasmado las ceremonias formales que celebraban el final de algo. Cuando me licencié por la Universidad de Michigan estaba ansioso por volver a Oregon, y pedí que me mandaran el diploma por correo. Cuando me gradué por la Facultad de Derecho de Harvard tenía tanta prisa por abandonar Cambridge que me daba igual tener o no aquel trozo de papel. No me gustaba la facultad de derecho, pero no era ésa la razón de que quisiera partir tan pronto todo hubiera acabado.

La multitud en la acera y cerca de la entrada crecía por minutos. Quizá fuera verdad que todos se conocían, quizá todos habían sido grandes amigos, quizá... Mi mirada se deslizó hacia arriba poco a poco, una planta y luego otra, hasta que... Me senté en un banco y pensé en esta locura, en cómo algo tan curioso e impersonal como un simple lugar podía generar un estado de ánimo. Eran los últimos días de abril y el aire cálido hacía pensar en una fecha más tardía, pero me llevé la mano al cuello como si todavía estuviéramos en diciembre, como si el aire fuera seco y frío y estuviera nevando. Mi mirada volvía a deslizarse, seguía subiendo, hasta la tercera planta, la cuarta. Tuve que detenerme. Me incorporé y después de decirme a mí mismo que estaba loco, me alejé con la mirada fija en el suelo, con miedo a mirar más arriba, temiendo que si miraba la vería a ella, Annie Malreaux, precipitándose hacia su muerte.

Volví al hotel y me puse el esmoquin, y tuve que arreglármelas solo con los gemelos y la interminable hilera de botones, mientras me preguntaba si lo que solíamos ver en el cine —la mujer ayudando al hombre en esa ardua tarea— correspondía a la realidad. Había sólo tres manzanas hasta el Plaza y, aunque no me hubiera importado llegar tarde, llegué a la hora convenida. Me situé en una primera cola del control de seguridad y luego, en una segunda, para registrarme. Una mujer joven buscó con el índice al comienzo de una lista de nombres escritos a máquina y no tardó en encontrar el mío.

—Joseph Antonelli —dijo, y me miró—. Es casi el primero de la lista.

—Es una manera discreta de decirme que he perdido.

Ella me entregó una tarjeta con mi nombre.

—Según dicen, no es algo que le suceda muy a menudo.

Era una chica joven, a punto de cumplir los treinta, más bien guapa, de pelo liso color castaño, ojos bien equilibrados y mirada inteligente. Trabajaba para la asociación de ex alumnos. Parte de su trabajo consistía en saber cosas de los que habían estudiado en esa facultad, la legendaria Facultad de Derecho de Harvard, saber qué habían hecho y cuánto podían donar. Me la quedé mirando un momento y le devolví la sonrisa.

—Pero siempre duele —respondí.

Ella asintió con un gesto de la cabeza como si supiera la verdad, no porque en alguna ocasión hubiera defendido una causa ante un tribunal ni porque hubiera practicado alguna vez la abogacía, sino porque, por mucho que hablemos de ganar o por muy importante que sea triunfar, todos tenemos más experiencia en el otro lado de la línea divisoria, entre los que no lo consiguen del todo, entre aquellos que nadie recordará cuando el partido haya concluido.

Yo no conocía a nadie y, al parecer, todos me conocían a mí. Era realmente divertido ver esas miradas que rayaban en el desconcierto. Cada vez que me volvía en aquella enorme sala llena de gente me encontraba cara a cara con otro desconocido. Con la copa en una mano, asintiendo con la cabeza en un gesto de engorroso reconocimiento de alguien a quien no conocían, acababan por leer el nombre en la tarjeta. Y entonces, cuando lo pronunciaban en voz alta, cuando lo anunciaban con el objeto de hacerte saber que estaban dispuestos a granjearte el reconocimiento de que realmente existías y de que, además, habías estudiado en Harvard, sólo entonces se percataban. Joseph Antonelli era famoso y, en algunos círculos, muy famoso. Esos individuos que yo no recordaba me aseguraban, sin excepciones, que desde luego que sí, que *tenía* que recordarlos. Habíamos asistido juntos a esa asignatura o a esa otra. Habíamos estudiado juntos, habíamos salido juntos de copas. La sonrisa enigmática en el rostro de una mujer todavía bastante atractiva se convirtió en una decepción fingida cuando preguntó: «¿Has olvidado aquella noche?» Me salvó el largo brazo del marido, que se volvió para saludarme desde el círculo de otra conversación.

—¿La noche en que los seis nos quedamos estudiando hasta la madrugada para ese examen de procedimiento civil? —respondí, mirándola por encima de mi copa.

Las cabezas empezaron a volverse cuando mi nombre, el mismo nombre que nunca había trascendido cuando no era más que un rostro anónimo en la facultad, se difundió por la sala como las ondas en el agua de un estanque. Para la mayoría de los presentes yo era sólo una curiosidad, alguien que se había hecho famoso, no alguien que tuvieran demasiadas ganas de conocer. Una mirada, unos cuantos comentarios entre sí, no todos halagadores ni amables. Nadie se sentía tranquilo junto a un abogado penalista, sobre todo otros abogados que jamás se presentaban en los tribunales porque se dedicaban a construir laberintos legales para proteger a sus clientes de Wall Street de cualquiera que quisiera indagar en los orígenes de su dinero. Era lo que siempre habían querido hacer, incluso antes de llegar a Harvard. Ellos querían dinero, y la mejor manera de conseguirlo era a través de la ley. Sabías de inmediato quiénes eran. Se centraban en lo básico, en las reglas, en los hechos, en las cosas que había que saber para convertirse en un experto en el oficio. En cuanto se hablaba de justicia, de equidad o de cómo la ley debía o podía ser modificada, ellos miraban el reloj. Eran inteligentes, centrados y solían estar bien preparados. Lo sabían todo sobre lo que significa ser abogado y, cuando los oías hablar por primera vez sobre los hechos de una causa, te preguntabas si había alguna diferencia entre ellos y una máquina.

Había otros, desde luego, que aspiraban a más, que concebían el derecho, o al menos la formación en una facultad de derecho, como una oportunidad para algo más. Querían ser abogados, pero sólo, o sobre todo, para convertirse en jueces o, en su defecto, ocupar otros cargos, quizás en escalafones superiores. En la década de 1960 la Facultad de Derecho de Harvard estaba llena de futuros gobernadores y senadores, hombres y mujeres que creían que podían marcar la diferencia, según esa frase que hoy parece tan curiosa. Dos alumnos de mi promoción habían sido elegidos senadores de los Estados Unidos, aunque a uno de ellos lo habían derrotado en la reelección. También había dos gobernadores, los dos de estados de las Montañas Rocosas, y tres —¿o eran cuatro?— funcionarios de la Administración, entre ellos un fiscal general. Otros dos habían llegado mucho más lejos. El primero, Elias James Reynolds, era juez del Tribunal Supremo. El otro... bueno, era la razón por la cual estaba allí.

La multitud era cada vez mayor; miraras donde miraras siempre había alguien en tu camino. Con mi copa vacía contra el pecho, me acerqué a la barra más próxima farfullando disculpas.

—Hola, Joseph Antonelli.

Levanté la mirada y me encontré con los ojos cansados de un hombre que no conocía. En su rostro afligido y demacrado asomó una leve sonrisa bien intencionada.

—James Haviland —dijo, con voz pausada y discreta. La sonrisa se ensanchó, se hizo más patente cuando nos saludamos—. Jimmy —dijo, para refrescarme la memoria.

Mi primera reacción fue de asombro. Mi segunda reacción fue lamentarme de no haber sido capaz de ocultar ese asombro.

—¿No sabías que había vuelto y que había acabado la carrera, verdad?

Jamás podría olvidar su nombre, pero no recordaba su cara. Haviland era un tipo feliz y extrovertido, amigo de todos, situado en alguna parte de esa gran multitud amorfa de los alumnos de notas medias, aunque era la primera persona en quien pensabas cuando necesitabas confiar en alguien. Pero no se parecía en nada a aquel individuo cauto y vacilante que no osaba mirarte a los ojos más de una fracción de segundo. Todos habían cambiado de aspecto —todos tenían el doble de años—, pero la edad por sí sola no explicaba el cambio. Algo le había ocurrido a Jimmy Haviland, y yo sabía qué era. Los sucesos de aquel día de invierno en Nueva York, el día que murió Annie Malreaux, todavía lo atenazaban.

—No fue culpa tuya —dije, y ya era demasiado tarde cuando me di cuenta de que era lo último que debería haber dicho. Quizá no me había oído en el estruendo de conversaciones que nos rodeaba, quizá sí me había oído. Por la expresión distante de esa mirada huidiza era imposible saberlo.

—Volví aquel otoño, sólo me quedaban un par de asignaturas. Ni siquiera sé si debería estar aquí. Ingresé con los de esta promoción, pero no acabé al mismo tiempo que ellos.

—¿A qué te dedicas ahora? —pregunté, y me incliné hacia adelante para oír la respuesta.

—Cuando lo dejé creí que jamás volvería. Entonces decidí que tenía que hacer algo y que quizá no debería lanzarlo todo por la borda.

—¿Vives aquí en Nueva York o volviste a tu ciudad? Eres de Pennsylvania, ¿no?

Jimmy bebió un trago de su copa y me escudriñó con una mirada tan intensa que me sentí un poco incómodo. ¿Quería que le hablara de ello? ¿O sólo quería darme a entender que sabía que yo lo recordaba todo y que, al igual que él, jamás pude olvidarlo?

—De modo que volví a mi *alma mater*, Harvard. El otoño siguiente. Quizá no lo hubiera hecho, aunque ya sabía... —murmuró, y su voz se perdió cuando miró alrededor, como alguien que no sabe exactamente dónde se encuentra.

—Aunque ya sabías que... —Intenté que recordara cuando se volvió hacia mí con una expresión vacía en su rostro perdido y nada familiar. Parpadeó y entrecerró los ojos. Me miraba como si ya hubiera olvidado quién era. Comenzó a asentir con la cabeza una y otra vez. Con una mirada furtiva para que no me diera cuenta, miró mi tarjeta.

—Siempre supe que tú serías diferente... —dijo, y dando muestras de un abierto desprecio, miró la sala—. Sabía que harías algo que valiera la pena —añadió; sonrió y miró su copa. Con la mano derecha se rascó la oreja—. Nunca he venido a una de estas reuniones. ¿Y tú? No habría venido a ésta, salvo que... pensé que quizá tenía que venir. Es la primera vez que vuelvo al hotel —su mirada se alejó.

La multitud de invitados comenzó a desplazarse hacia el comedor donde, en mesas ya asignadas de diez comensales cada una, celebraríamos quiénes éramos y quiénes habíamos sido. Y en ese ambiente de orgullo discreto y de modesta jactancia, Jimmy Haviland se sentaría y se pondría a recordar algo que había sucedido hacía siglos en una suite del hotel Plaza, ocho plantas más arriba, un día blanco de invierno en Nueva York.

—Pensaba que tenía que venir. Volver. Si él venía, yo también tenía que venir. —Haviland me miró con una extraña expresión, como si estuviera seguro de que yo sabía a quién se refería—. Si él venía, yo también tenía que venir. ¿No crees? A ti no te sorprende lo que le ha sucedido, ¿verdad? A mí no. Sabíamos que él era así, ¿no? Lo único que me sorprende es que todavía no haya llegado a la cumbre. Pero espera y verás...

Lo que quedaba de la muchedumbre comenzó a moverse hacia la otra sala con una especie de urgencia involuntaria.

—Nos veremos luego —dijo Haviland; me tocó el brazo cuando nos separamos.

Encontré mi lugar en una mesa en la segunda fila. Intenté averiguar dónde se había sentado Jimmy Haviland, pero había demasiada gente y el tiempo se acababa. Todos los sitios en el estrado estaban ocupados, todos excepto uno. El decano de la facultad de derecho, como aturdido por la excitación de presidir una cena con los miembros de su promoción, procedió al breve y formal anuncio. De pie frente al micrófono, con una enorme sonrisa estampada en su rostro delgado y tenso, lanzó una mirada hacia las cortinas de la entrada del otro extremo de la sala.

—Señoras y señores, los invito a unirse a mí para saludar a otro de los miembros de nuestra promoción, Thomas Stern Browning, vicepresidente de los Estados Unidos.

2

Thomas Stern Browning. Vicepresidente de los Estados Unidos. Todos se habían puesto de pie y aplaudían; la sala de actos del Plaza se sumía en un *crescendo* tumultuoso de aplausos, mientras todas las miradas se esforzaban por ver más de cerca al hombre que todos habían venido a ver. Probablemente sólo unas cuantas docenas de personas lo conocían de verdad, pero mientras yo observaba la expresión radiante de sus rostros, de confianza en sí mismos, aquel gesto de gloria vicaria con la que parecían compartir aquel logro, supuse que la mayoría había comentado el hecho de que no sólo habían ido juntos a Harvard, sino que además pertenecían a la misma clase. No importaba que nunca hubiesen cruzado ni una sola palabra, ellos habían sido compañeros de clase, y si algunos habían alcanzado mayor fama que otros, aquello no hacía más que profundizar el recuerdo de ese lugar que todos compartían. Puede que no estuviesen de acuerdo con su política, puede que no pertenecieran al mismo partido, pero aplaudían a Thomas Stern Browning con la intensidad y el sentido entusiasmo reservado a aquellos compañeros que distinguimos con nuestra aprobación.

Con una especie de suspiro colectivo, ya desgastada la fuerza de su saludo, la multitud se relajó y la gente comenzó a sentarse en las sillas, ahora dispuestas en diferentes ángulos y orientadas hacia el estrado. Una sonrisa melancólica y tímida asomó, temblorosa, en la pequeña boca ovalada de Browning. Recorrió la sala con la mirada en un gesto lento y escudriñador, como si quisiera asegurarse de que no pasaba por alto a algún conocido. La sonrisa se hizo más pronunciada. Bajó la mirada como si estuviera a punto de reír a carcajadas a propósito de algo terriblemente gracioso que acababa de recordar. De pronto, sin previo aviso, dejó caer la cabeza hacia un lado y se llevó la mano izquierda a la cadera. La sonrisa se hizo más ancha, más difícil de controlar. De pronto, la cabeza se enderezó como impulsada por un resorte y en sus ojos asomó un brillo desafiante.

—Y si todos vosotros me hubierais votado a mí, ¡lo podría haber tenido todo! —rugió, para deleite de la concurrencia.

Con el mentón más entrado, giró la cabeza a un lado, dirigió una mirada pícara y de soslayo al decano, que esperaba, impotente, con una sonrisa nerviosa.

—Y quiero agradecerle al decano Conrad la carta que tuvo la generosidad de escribirme para felicitarme después de las primarias de New Hampshire. Sin embargo, yo seguía esperando el cheque —añadió, con una sonrisa enmarcada por una amabilidad tan atenta que al decano se le concedió el fácil privilegio de reír más sonoramente que todos los demás.

—Hace dos años, cuando anuncié mi candidatura a la presidencia, y durante los largos meses que siguieron de una campaña que me llevó de un extremo del país al otro y, a veces, a visitar hasta tres o cuatro estados en una sola e interminable jornada, había pocas cosas que me ayudaran más a mantener la moral que esas cartas de aliento que recibí de tantos de vosotros, hombres y mujeres que, al igual que yo, se encontraban entre los pocos afortunados que pueden llamar a Harvard su hogar.

Browning hizo una pausa y bajó los ojos sin que esa sonrisa obsequiosa se le borrara del rostro. Era como si apenas fuera capaz de contener aquello que pugnaba por salir de su pecho blando enmarcado en hombros redondos. Inclinó la cabeza a un lado y otro hasta que comenzó a sacudir los brazos.

—Y considero sumamente modesta la precisión delicada, digna de un abogado, con que los firmantes de muchas de esas cartas renunciaban a cualquier interés —cualquier interés «inmediato»— de ver sus nombres figurando en la próxima elección al Tribunal Supremo.

Browning entrecerró los ojos con una mirada agresiva.

—Me temo que ya no puedo hacer gran cosa por nadie en estos momentos. Perdí las primarias de Carolina del Sur y, después, todo se puso muy difícil. Y aunque me satisfizo la oportunidad de presentarme a las elecciones como vicepresidente, nada puedo hacer para asegurarme de que si hay nombramientos pendientes para el Tribunal Supremo de Estados Unidos alguno de ellos recaiga en un hombre o una mujer de Harvard. Lo único que puedo hacer —dijo, con una enorme sonrisa—, ¡es asegurarme de que ninguno recaiga en alguien que proceda de Yale!

Aquello casi hizo que el local se viniera abajo. El decano se incorporó para aplaudir con sus manos huesudas como una especie de fanático perturbado, liderando los aplausos. ¿Qué es lo que convierte la destrucción de un rival en algo aún más gratificante que una victoria propia? Quizá que siempre hemos envidiado en secreto su poder y aun que lo hemos temido. ¿Es posible que lo peor de no ganar un premio sea ver que alguien lo ha ganado en nuestro lugar?

La sonrisa en el rostro de Browning desapareció casi en cuanto comenzaron los aplausos. Yo lo miraba con atención y me preguntaba hasta qué punto seguía siendo el mismo de siempre, tan pendiente del efecto que producía en los demás. Se había inclinado sobre la mesa para coger una hoja escrita a máquina guardada dentro de una carpeta transparente de color negro. No dejó de mirar a su público mientras la recogía y la abría justo por debajo de la luz amarillenta del atril. La gente se había entusiasmado con los aplausos, y su reacción no se debía tanto a lo que Browning había dicho sino a cómo lo había dicho, con la insistencia alegre y arrogante de quien se cree el mejor y, aunque uno no podía hacer esos comentarios con alguien de fuera del grupo, sí podía hacerlos dentro. Browning los esperaba cuando dejaron de aplaudir.

Comenzó a leer texto preparado. Al cabo de tres frases, sabías que, hiciera lo que hiciera en otras ocasiones, esta vez él mismo lo había redactado, o al menos revisado. No había nada de las conocidas frases invocando todos esos valores en los que todos creen. Nada acerca del gran país en que vivíamos o cómo los estadounidenses siempre habían estado a la altura de los desafíos y siempre lo estarían. Ni una palabra sobre la libertad y la democracia y el derecho que Dios nos había dado a ganar tanto dinero como fuera posible. Browning hizo algo bastante poco habitual en un hombre que ocupa tan alto cargo y que, como era razonable pensar, no había renunciado a un cargo aún más alto. Hacia la mitad de un discurso sobre el estado del derecho en Estados Unidos, Thomas Stern Browning dijo a aquel público de poderosos e importantes miembros de la profesión que su manera de vivir la vida era totalmente equivocada.

—Dejadme que os diga cuál es el tipo de abogado que más necesitamos hoy en día. Necesitamos a hombres como Louis Brandeis, el inventor de lo que hoy se conoce como el «escrito de Brandeis». Supongo que recordaréis qué es: un escrito presentado ante un tribunal por alguien que no es parte en el proceso porque la decisión que en él se ha de adoptar afectaría a toda la comunidad. Demostró su importancia cuando un tribunal que tenía que decidir si una muchacha había sido forzada a trabajar entre doce y catorce horas cada día en una habitación sin ventilación, conoció cuántas mujeres en estas condiciones acababan exhaustas, desnutridas, golpeadas o muertas. Brandeis proporcionó la información necesaria para demostrar que aquello que podría haberse considerado una situación aislada que no provocaba mayores daños era un cáncer que amenazaba la existencia misma de la sociedad como un todo.

Browning hizo una pausa y frunció el ceño. Movió la cabeza de un lado a otro, con un brillo amenazador en la mirada. Dio un paso atrás desde el podio y se llevó las manos a la cintura. Con los hombros echados hacia delante, se balanceó sobre sus talones.

—Esta noche entre los presentes se encuentran algunos de los mejores abogados de este país —dijo, y levantó la cabeza. Una ligera sonrisa se extendió como una línea recta por su boca—. Y algunos de los mejor pagados. Estoy seguro de que se merecen lo que ganan. Y ahora que lo habéis ganado, ahora que la fortuna es vuestra, podríais empezar a dedicar una parte de vuestro tiempo a hacer algo un poco más importante que ganar más. Quizás os convenga recordar que en el pasado hubo abogados —hombres como Louis Brandeis— que pensaban que la expresión *pro bono* representa la más alta vocación de un abogado —exclamó Browning, con desprecio fulminante— y no algún pobre miserable con la mano tendida. ¿Sabéis de verdad, alguno de vosotros, lo que hizo Brandeis?

Browning se asió con fuerza al atril. La tensión en su cuello se acentuó y asomaron los músculos. Tenía las comisuras de los labios caídos. Había ira en sus ojos.

—Brandeis no lo hizo todo gratis. No malgastó el tiempo que dedicó a escribir, investigar y documentarse sobre esos famosos y clásicos escritos. Pagó por su propio tiempo. Pagó a la firma a la que pertenecía por el tiempo y el dinero que no ganó. ¿Me entendéis? ¿Lo puedo decir más claro? Louis Brandeis opinaba que su tiempo pertenecía tanto a sus socios como a él, y que esa doble obligación —para con el interés público y para con ellos— sólo podía cumplirla correctamente reembolsando al bufete los honorarios que, en otras condiciones, habría ganado.

Browning agitó la mano izquierda y sacudió vigorosamente la cabeza.

—No siempre fui de la opinión de que los abogados, o cualquier otro profesional, no debían dedicarse a otra cosa que no fuera productiva para ellos. —Una sonrisa perspicaz cruzó su boca suave y maleable—. Mi abuelo no construyó coches para regalarlos. Sólo cuando vine a Harvard a estudiar derecho —porque, a decir verdad, todavía no había decidido qué quería hacer— conocí a alguien que, al parecer, no pensaba de la misma manera. «Soy Antonelli», fue lo primero que dijo mi compañero de habitación, aunque yo ignoraba que lo tenía hasta que se presentó. «Soy Browning», respondí, y mientras lo decía me preguntaba por qué le respondía con mi apellido, como había hecho él, y si viviríamos juntos todo el año sin saber el nombre de pila del otro.

»En algún momento de esa primera semana —la primera semana de nuestro primer año— le pregunté si había pensado qué clase de abogado quería ser. Por descontado, supuse que habría elegido algo relacionado con el derecho empresarial o el derecho tributario o, quizá, si tenía más imaginación que la mayoría, con el derecho marítimo o el derecho internacional. Pero no fue así, me respondió que aspiraba a ser abogado penalista. Cuando le indiqué diplomáticamente que eso no proporcionaba grandes cantidades de dinero, él dijo que eso no tenía nada que ver. Como os podéis imaginar, supe que estaba ante una de las personas más raras que jamás había conocido.

Mientras escuchaban a Thomas Browning describiendo a alguien que yo no recordaba, los asistentes que se sentaban en mi mesa dirigieron hacia mí sus rostros con renovado interés. Browning cambiaba las cosas, las reinterpretaba de manera sutil para dar al presente una ilusión de coherencia, para presentarlo como una consecuencia inevitable del pasado.

—Lo invité a casa para la fiesta de Acción de Gracias y para saber lo que mi abuelo, que tenía un don para juzgar a los hombres, pensaba de mi nuevo amigo. —Browning hizo una pausa, miró alrededor de la sala, dio un paso al lado del atril, cogió un vaso de agua y bebió—. No sé cuántos de ustedes recuerdan a Zachary Stern —siguió, con la mirada fija en su mano cuando dejó el vaso—. Pero la manera de mirar del viejo hacía pensar a los demás que habían cometido un error. Así miró a Antonelli, y la mirada no surtió ningún tipo de efecto. Antonelli pensó que el pesado silencio de mi abuelo era una invitación a que él dijera lo que pensaba. ¿Sabéis qué dijo aquel alumno de primer curso de derecho de Michigan, del más lejano oeste? «Teníamos uno de sus coches cuando yo era sólo un niño. Siempre se estropeaba y nunca lo podían reparar, y mi padre, que era un hombre tranquilo, dijo que si algún día conocía a Zachary Stern le diría unas cuantas verdades a la cara.» Yo pensé que mi abuelo explotaría. Se puso rojo, todo él muy tenso, y se echó a temblar. Y de pronto soltó una carcajada. Reía, para que lo sepáis. Zachary Stern, el hombre que nunca sonreía, se había puesto a reír. A reír, sí. Y entonces se inclinó hacia mi amigo y le confió algo que yo jamás le había oído confesar antes.

—Fue un mal año. Tuvimos problemas en la cadena de montaje.

Browning levantó la cabeza y se irguió. En el rostro tenía pintada una expresión de diversión y perplejidad.

—«¿Qué año fue ése?», preguntó Antonelli, con el mismo talante con que, supongo, formula sus preguntas a los testigos en el banquillo. Mi abuelo lo miró sorprendido, y volvió a reír. «Ahora que lo dices», reconoció, «puede que haya sido más de un año».

Las mujeres me miraban con esa mirada de afecto perdido que habrían derrochado en aquel joven cuya valentía inocente había puesto en jaque al poderoso y formidable Zachary Stern. Era una historia fantástica, mejorada por la maestría con que Browning la contaba, con esos frases ricas y exuberantes, acompañadas del gesto preciso y, cada vez que era necesaria, la pausa perfecta. Era una historia maravillosa, y en ella no había ni una sola palabra de verdad. Browning no había reinterpretado mi encuentro con su abuelo en la mansión señorial de Grosse Pointe. Tampoco lo había vuelto a contar de manera que yo quedara retratado bajo una luz favorable. Sencillamente se la había inventado, de cabo a rabo. Yo jamás había tenido una conversación con Zachary Stern. Jamás lo había conocido. No me habían invitado aquel día de Acción de Gracias el primer año. Me invitaron al año siguiente, el día de Acción de Gracias del tercer curso, el año después del verano en que el viejo murió.

Yo estaba sentado en la penumbra y había dejado de ser sólo un rostro en la multitud. Ahora era un cómplice silencioso e involuntario en esa ficción portentosa inventada por Thomas Browning y contada como si fuera ni más ni menos que la verdad pura y dura.

—Siempre me alegré de haber convidado a Joseph Antonelli a casa ese día de Acción de Gracias. Me alegré de que tuviera la oportunidad de conocer a mi abuelo unos meses antes de que muriera. «Vigílalo», me dijo el viejo. «Es la clase de hombre que tiene éxito. Los que comienzan buscando dinero rara vez se hacen ricos.» Y luego mi abuelo añadió algo que lo dice todo. «El dinero no significa nada. Lo que cuenta es el trabajo. Es lo que puedes hacer con tu cabeza y con tus manos, las cosas que puedes construir, las cosas que puedes cambiar.»

Browning miró por encima de las cabezas de su numeroso público y, con esa voz profunda que lo arrastraba como una corriente poderosa, recordó a todos lo que era y no era importante.

—Recordamos a Zachary Stern por lo que hizo, por haber construido una industria, por haber cambiado nuestro modo de vida, no por lo que finalmente valía. Yo, desde luego, lo recuerdo por otras cosas y, sobre todo, lo recuerdo con gratitud por la lección que me enseñó aquel último día de Acción de Gracias de su vida: si quieres saber quiénes tendrán éxito entre los que te rodean, busca, si los encuentras, a aquellos que desean algo con tantas ganas que, si se vieran obligados, lo harían sin cobrar dinero a cambio. Y ésa es la razón, me atrevería a decir, por la que mi querido amigo es el abogado más famoso de este país y por la que gana más dinero en un mes que la mayoría ganamos en un año, sobre todo los que trabajamos para el gobierno.

El eco de su voz fue engullido por un silencio tan absoluto que el ruido de una silla que crujiera por el leve movimiento de un comensal se podría oír desde el otro lado de la sala.

—Y cada año devuelve la mayor parte de ese dinero. Sigue ocupándose de causas que nadie más quiere aceptar, causas en los que el acusado no tiene dinero y nunca lo tendrá. Y lo hace... Y bien, ¿por qué lo hace? Porque puede. Porque sabe cómo. Porque se formó como abogado y recuerda algo que la mayoría de nosotros hemos olvidado. Recuerda que jamás oyó a ninguno de sus profesores en la facultad de derecho decir que justicia en una causa tuviera algo que ver con el beneficio que se obtenía.

—Yo tampoco he trabajado por dinero —insistió, con una mirada inocente que primero despertó algunas risas y luego aplausos—. Es verdad que comencé con ciertas... modestas ventajas. Sin embargo, he intentado seguir las instrucciones de mi abuelo. He procurado seguir el ejemplo de mi amigo Antonelli. Intentaba pensar sólo en el trabajo y no en el dinero, pero aunque en los dos aspectos he tenido un éxito que supera los sueños de todo el mundo, mi mejor resultado ha sido acabar segundo, lo cual en los Estados Unidos de América, ya lo sabéis, equivale a acabar último. —La sonrisa se agrandó; el esfuerzo por reprimirla formaba parte del juego—. Sin embargo, quizás en alguna ocasión en el futuro —sugirió Browning, y uno de sus ojos brilló con un destello húmedo—, puede que sea capaz de presentarme ante vosotros sin ese horrible prefijo de *vice* delante de mi nombre.

Browning tenía otras cosas que decir, cosas solemnes y sumamente importantes acerca de nuestro país y hacia dónde se dirigía, y qué se podía hacer, y por qué deberíamos intentarlo. Pero yo estaba demasiado enfrascado en mis propios pensamientos y emociones para seguir el hilo de su discurso. Era la primera vez que lo veía desde que acabé mis estudios en Harvard, la primera vez que me encontraba en la misma sala que él desde aquel día gélido, hacía años, en Nochebuena, aquí, en el Hotel Plaza. ¿Por qué había insistido tanto en que viniera? ¿Y por qué precisamente aquí? Hay personas —la mayoría de nosotros, supongo— a las que ves todos los días durante años y que cuando dejas de verlas, cuando desaparecen de tu vida, no te das cuentas. Otras, en cambio, aunque sólo las hayas visto una sola vez —un rostro cuando paseas una noche por una calle céntrica, alguien que aparece de pronto en una esquina— nunca las olvidas. El recuerdo se nos queda grabado para siempre. Annie Malreaux era eso, y mucho más. Yo la conocía, y me gustaba, y cada vez que la veía era como si aquélla fuera la primera e inolvidable vez. Tenía una voz aterciopelada y cantarina que, cuando pensaba en ella, volvía a escuchar. No me había enamorado de ella porque siempre estaba con alguien, primero con Jimmy Haviland y luego, al final, con Thomas Browning.

Recorrí con la mirada la sala de actos en penumbra mientras todos los rostros anónimos y bien afeitados permanecían atentos y pendientes del estrado, escuchando el memorable discurso de Thomas Browning. Sentí las suelas de mis zapatos contra el suelo de parqué y recordé aquellos pasos sensuales que dábamos, cuando no había mesas y una orquesta tocaba y yo bailaba con una chica en los brazos, con otra chica, y ella miraba las luces que brillaban sobre el suelo reluciente, proyectadas por la lámpara de cristal por encima de nuestras cabezas. Cuando el discurso acabó y el público se puso en pie para brindarle a Browning una ovación cerrada, me escabullí entre la multitud. Había cometido un error al acudir a la cita.

Jimmy Haviland me estaba esperando cuando llegué a la puerta que daba al pasillo exterior lujosamente alfombrado. Las luces acababan de encenderse. Los aplausos que se elevaban hacia el techo dieron paso a un coro de cientos de bulliciosas voces hablando al unísono, de golpecitos en el hombro, de sillas que se movían y risas estridentes y repentinas, de gente que se despedía a gritos o farfullaba saludos entre aquellos que creían reconocerse mutuamente, aunque, en realidad, no estaban seguros. Entre el baile de rostros expectantes y sonrientes, Jimmy Haviland tenía el aspecto de un hombre bastante solo, el de un forastero que observaba desde cierta distancia un espectáculo que nada tenía que ver con él.

—Esa manera de leer discursos me recuerda algo a Churchill —comentó Haviland con una mirada entre triste, despreciativa e indiferente.

Yo estaba demasiado absorto en demasiadas cosas como para establecer comparaciones entre Browning y cualquier otro personaje. Al principio no lo vi claro, pero al cabo de un momento comprendí que tenía razón. Si se dejaban de lado ciertas diferencias evidentes, por ejemplo, que a Churchill se le asociaba con la guerra, la guerra a la que nació mi generación y que, de una manera que nunca habíamos entendido cabalmente, había moldeado nuestras vidas, las similitudes eran tan notables que te preguntabas cómo no habías reparado en ellas antes. El encadenamiento profundo y cadencioso de las frases bien equilibradas, las pausas con miradas aceradas, los gestos que sólo perseguían un efecto dramático, las falsas provocaciones, el cambio de dirección en el último momento que daban a sus palabras un doble sentido. Todo encajaba, algo así como un ejercicio de imitación, sin intención de ser idéntico, pero lo bastante parecido para que, una vez identificado, no te equivocaras con el modelo que lo inspiraba.

—Incluso comienza a parecerse a él. Siempre ha tenido esos hombros caídos y jamás ha hecho gran cosa para mantenerse en forma.

—No había gran cosa que hacer —dije, y conseguí cerrar la boca antes de añadir algún comentario sobre su cojera. En cualquier caso, Haviland no me habría oído. Estaba demasiado absorto en sus propias emociones.

—Yo sobreviví a ello —seclaró—. Annie murió, pero yo sobreviví.

En sus ojos adiviné el vago destello de una esperanza, como la luz en los ojos de un pecador, como la promesa de redención después de perderlo todo. Comenzó a mirar de un lado a otro, y el ir y venir de sus ojos fue cobrando velocidad. Comenzó a frotarse las manos, cada vez con más fuerza y cada vez más rápidamente, mientras se balanceaba sobre la punta de los pies, como quien aguarda desesperadamente un taxi un gélido día de invierno.

—Jimmy, ¿qué te parece si salimos de aquí y vamos a algún sitio a tomar una copa?

Se detuvo en seco y, con una sonrisa de agradecimiento, me preguntó si lo decía en serio.

—¿Con quién más en esta multitud querría yo tomarme una copa? —respondí, con el tono cínico con el que los solitarios como nosotros nos defendemos de la oscuridad vacía de la noche.

Haviland se encaminó hacia el bar del hotel. Yo negué con la cabeza y seguí hacia el vestíbulo.

—Estarán todos ahí —expliqué—. Los mismos de los que queremos escapar. ¿En qué hotel estás? Vamos a tomar una copa allí.

Él farfulló algo ininteligible sobre un hotel en el otro extremo de la ciudad. Yo me censuré por no haber pensado que debía de hospedarse en algún lugar barato de la periferia y que tardaríamos una hora en llegar y que nos costaría un mundo encontrar.

—Yo estoy unas manzanas más arriba, en el Warwick. Tienen un bar aceptable. ¿Te importa que vayamos ahí?

Cruzamos las puertas y bajamos por la escalera cubierta por un toldo. Cuando llegamos a la acera y ya nos marchábamos, miré hacia atrás y vi a los agentes del Servicio Secreto que acompañaban a Thomas Browning hacia un coche que esperaba.

—¿Creías que se quedaría en el Plaza? —preguntó Haviland, unos metros más allá. Me volví y lo alcancé—. Suelen celebrar estas historias más tarde, en la primavera, o en algún momento del otoño. Ésta la han celebrado ahora porque tenía un hueco en su agenda. Y aquí, en el Plaza, porque ahí es donde él quería.

El aire de la noche era frío y caminábamos a buen ritmo. Me sentaba bien aquel ejercicio después de haber permanecido sentado y acalambrado durante tanto rato. De pronto, Haviland se detuvo, se volvió hacia mí y buscó mi mirada.

—¿Por qué? —preguntó con voz angustiada—. ¿Por qué de todos los lugares que podía escoger lo ha tenido que hacer aquí? —Con un estremecimiento, hundió las manos en los bolsillos del abrigo y dio una patada a un objeto que no había visto. Comenzó a caminar con paso rabioso.

En la esquina, a una manzana del Plaza, una mano salida de la nada me cogió por el brazo.

—¿Señor Antonelli?

—Sí.

Un hombre de casi cuarenta años, con el pelo cortado al cepillo y un rostro que sólo podría describir como anónimo, me miraba fijo. No llovía, pero él llevaba un impermeable sobre la chaqueta y la corbata. Del cuello exterior de la camisa asomaba un cable delgado que llegaba hasta un auricular en la oreja.

—El vicepresidente quiere verlo —anunció el agente del Servicio Secreto con un tono que daba el sí por sentado.

—¿Cuándo?

—Ahora.

—No puedo —dije, y sonreí—. He salido a tomar una copa con un amigo.

El agente parpadeó. Mi respuesta no le hacía ninguna gracia.

—El vicepresidente de los Estados Unidos quiere verlo, señor. El coche está esperando.

Por el rabillo del ojo vi que Haviland hacía amago de irse. Con una mirada seca, le advertí que se quedara donde estaba, que sólo tardaría un momento.

—No puedo verlo ahora. Tengo otras cosas que hacer.

—Señor, yo...

—No es mi intención complicarle la vida, pero no pienso acompañarlo. Es así de sencillo.

El tipo llegó a la conclusión de que hablaba en serio. Asintiendo con la cabeza para sí mismo, se apartó un paso, sacó con gesto rápido un pequeño teléfono móvil y con voz preocupada dio cuenta de la situación. Al cabo de unos momentos de conversación en sordina, tapó el auricular del teléfono con la mano y me lanzó una mirada inquisitiva.

—¿Cuándo podría verlo, señor?

Haviland se había deslizado de nuevo hacia la sombra.

—Supongo que dentro de una hora, más o menos... O quizá mañana —añadí, indiferente.

—¿Dónde piensa ir a tomar su copa?

—Eso no le concierne en absoluto, ¿no le parece?

Una sonrisa de protesta, aunque no beligerante, cruzó la mueca tensa en los labios del agente.

—¿Dónde quiere que lo recoja?

Le dije que en el Warwick y lo despedí con una sonrisa y un apretón de manos. Era una cuestión de actitud.

—No deberías haber hecho eso —insistió Haviland cuando ya nos encontrábamos cómodamente instalados en la barra del Warwick. De unos cuantos tragos se bebió un whisky doble con agua, como si de pronto se apoderara de él algo parecido al pánico—. No puedes ignorar sin más una petición como ésta. —Parecía que el ánimo había pasado de la timidez y el miedo a la rabia y la confusión. Se apoyó con ambos brazos en la barra y, con la cabeza hundida entre los hombros, se quedó mirando su vaso con gesto amargo—. No debería haber venido. Sabía que sería un error.

La ira se desvaneció con la misma rapidez con que se había manifestado. Haviland se echó a reír y se volvió hacia mí. En su rostro llano y sincero apareció una mirada de desconcierto.

—Siempre hago lo mismo. Siempre hago cosas que sé puñeteramente bien que no debo hacer. Es porque soy un cobarde, y cuando eres un cobarde, haces estupideces, porque la única razón que concibes para no hacerlas es que tienes miedo. Siempre he sido así —concluyó Haviland; dejó ir la cabeza hacia atrás y bebió lo que quedaba en el vaso. Al acabar, lo dejó con un golpe en la barra pulida, y el golpe sonó como un eco vacío—. Póngame otro —ordenó al camarero, que con gesto mecánico había dirigido una mirada indolente hacia el origen de aquel ruido archiconocido.

—Era así cuando niño. Desde que tengo recuerdos. Así era. Por eso todos me querían. —Movió la pierna que estaba más cerca de mí por encima del taburete de cuero, dejó el pie en un apoyo metálico y siguió con el codo apoyado en el borde de la barra. Tenía la cara a sólo centímetros de mí y tuve que hacer un esfuerzo para no evitar su aliento rancio y letal—. Ésa es la verdad, ¿sabes? Todos querían a Jimmy Haviland porque no había nada que Jimmy Haviland no estuviera dispuesto a hacer.

Cuando un hombre comienza a hablar de sí mismo en tercera

persona es señal de que hay un problema. Los borrachos cansados y esos políticos que se golpean el pecho son los que lo hacen con más frecuencia, pero lo haga quien lo haga suele ser el comienzo de una orgía interminable de autocompasión, o peor.

—Escucha, Jimmy —dije, y me levanté del asiento—. Será mejor que suba a mi habitación. Tengo que cambiarme antes de que me vengan a buscar.

Con una fuerza sorprendente, Haviland me cogió por la muñeca.

—Intento decirte algo.

El camarero le sirvió el segundo vaso. Con una mirada entre perdida y pensativa, Haviland se lo llevó a los labios, pero no bebió. O si bebió, fue sólo un leve sorbo. Mantuvo el vaso apoyado contra el labio inferior, mientras su olor se mezclaba con el aire, el olor familiar de reflexiones a medianoche sobre las cosas que no debería haber hecho. Cuando lo dejó, fue con una especie de arrepentimiento, como si se le hubieran acabado las excusas para aplazar lo que tenía que decir.

—Lo que sucedió fue culpa mía. Es lo que te he dicho antes. Siempre hago cosas cuando sé que no debería hacerlas. No debería haber ido al Plaza ese día —dijo, con una expresión triste de arrepentimiento—. Sabía qué diría Annie cuando me viera. Sabía qué diría cuando yo le expliqué que quería una segunda oportunidad. Por eso tuve que hacerlo, por eso vine. —Haviland sacudió la cabeza como si después de todos estos años todavía no entendiera por qué era como era, por qué siempre tenía que demostrarse algo a sí mismo—. El único motivo que se me ocurrió para no decírselo era el miedo a lo que ella diría. Y por eso sucedió. Porque yo hice eso.

Aquello no explicaba nada, pero él no lo entendió, al menos al principio. Me miró, creo que esperando que yo le diera una especie de absolución, que dijera algo que finalmente le transmitiera algún consuelo. Nos quedamos mirando, trabados en una pausa incómoda.

—Ellos estaban ahí, ella y Browning, y hablaban tan apasionadamente que no se dieron cuenta de que yo había entrado. Le dije que yo la amaba más de lo que jamás la amaría Browning, que quería que me diera otra oportunidad. Me respondió que no debería haber venido, que hablaríamos más tarde, pero no en aquel momento y no allí.

Haviland hizo una pausa y me miró con una sonrisa distante.

—Que hablaríamos de ello más tarde. Era la única esperanza que necesitaba. No pensaba perder a Annie por segunda vez. Le dije a Browning lo que pensaba de él. Que era un embustero, y cosas peores, y que no tenía derecho a hacer lo que hacía. Que no amaba a Annie, que no amaba a nadie más que a sí mismo. Por eso sucedió todo, porque entré en el lugar que no correspondía y porque tenía que decir las cosas que dije. Ella salió corriendo detrás de mí, intentó calmarme. Se culpó a sí misma de mi transformación. Ella era así, ¿no? Creo que se sentía culpable por haber dejado que me enamorara de ella, como si hubiera podido hacer impedirlo.

»Me dijo que sería mejor que me fuera, que Browning estaba enfadado, que podríamos hablar más tarde, que todo se arreglaría. Y luego, cuando se encontró de nuevo con Browning, quiso contarme otra cosa. Así fue como sucedió, o así dijeron que ocurrió, que ella se inclinó por la ventana para buscarme. Dijeron —Browning dijo— que perdió el equilibrio y antes de que nadie pudiera llegar hasta ella, Annie cayó desde ese octavo piso y murió.

Le puse una mano en el brazo y lo miré directamente a sus ojos húmedos y enrojecidos.

—¿Browning te dijo que ella te buscaba mirando por la ventana?

Haviland parpadeó.

—Me dijo que fue culpa mía. Me dijo que no quería volver a verme.

—¿Browning te dijo que era culpa tuya? ¿Y tú le creíste?

—Fue culpa mía. No habría sucedido si no me hubiera presentado y hubiera dicho las cosas que dije.

Había algo en su manera de contarlo, algo en esa expresión atormentada que él no acababa de controlar que me decía que Haviland ocultaba un secreto, un secreto que deseaba compartir conmigo.

—Pero tú no crees que sucediera como él dijo, ¿no?

—No, no lo creo. Nunca lo he creído. Creo que Browning estaba furioso por lo que yo había hecho. Creo que discutieron por ello. Creo que él la empujó. Creo que así fue como murió.

Alguien me tocó en el hombro. Miré y encontré los mismos ojos expectantes del agente del Servicio Secreto. Tenía una cita con Thomas Browning, una cita que, de pronto, parecía pendiente desde hacía tiempo.

3

Al salir del hotel Warwick, el agente del Servicio Secreto se adelantó e hizo señas a un taxi. Después de esperar tres días una llamada que nunca se materializó, mi famoso y viejo amigo había escogido aquella manera para que, por fin, me reuniera con él: en el inmundo asiento trasero de un taxi de Nueva York. Había volado cuatro mil quinientos kilómetros, no porque lo deseara, sino porque Thomas Browning me había llamado en persona y me lo había propuesto de tal manera que me fue imposible decir que no. Ven unos días antes, había sugerido. Así, puede que tengamos más tiempo. Y yo, como un tonto, le creí. Me quedé en el hotel esperando su llamada, y cada vez que salía estaba seguro de que llamaría antes de que yo volviera. Me esperaban un montón de mensajes, pero ninguno era de él.

El agente dio una dirección al conductor y, con un gesto, le indicó por dónde girar. Por una cuestión de costumbre, no paraba de mirar hacia atrás y adelante, buscando en las aceras llenas de luces chillonas, atento a cualquier cosa fuera de lo normal. El movimiento de la cabeza se ralentizó, vaciló y luego se detuvo. En su boca delgada y tensa se dibujó una media sonrisa que transmitía cierto interés. Me lanzó una mirada de curiosidad.

—¿Le importa que le haga una pregunta?

Yo estaba tan interesado en la pregunta como él podía estarlo en la respuesta.

—¿Hace tiempo que lo conoce? —se aventuró a preguntar—. En la facultad de derecho. —Esperé en silencio a que siguiera—. Yo estaba en el Plaza esta noche. Escuché lo que dijo sobre usted.

El taxi giró por la calle Cincuenta y ocho, entre Central Park y el hotel Plaza. Una larga fila de limusinas todavía esperaba frente al hotel. Supuse que algunas esperarían durante horas mientras los miembros de mi promoción de la facultad de derecho, ya olvidado el desafío de Browning de volcarse más decididamente por el servicio público, hacían lo suyo para entregarse a la ilusión de que también ellos eran importantes.

—Pertenezco a este equipo desde hace dos años, desde que consiguió la nominación. No suele prodigarse en halagos. Nunca le había oído decir nada parecido a lo que ha dicho de usted.

Guardamos silencio mientras el taxi subía por Madison y luego seguía hacia la Quinta Avenida.

—En cualquier caso, tenía curiosidad, sólo eso —dijo, al cabo de un momento.

—¿Cuál es su pregunta?

El agente apretó los labios y sacudió la cabeza, desconcertado por algo que yo no entendía.

—Por qué se negó a verlo. Nadie ha hecho eso antes. Acabábamos de dejar el hotel, y supongo que él lo vio desde la entrada. Quería que fuera a dar una vuelta con él.

Miré por la ventanilla hacia el muro de piedra que discurre a lo largo del parque y la oscura masa de árboles era como un velo que cubría de misterio todo lo que había más abajo. A veces pensaba que no entendía nada, ni a otras personas, ni otros lugares, y a mí mismo menos que a nadie. Cualquier otro se habría sentido fuera de sí de orgullo, no habría pensado en otra cosa que impedir que se le notara demasiado. Yo estaba ahí sentado escuchando unos elogios brillantes y sólo vi en ello motivo de sospechas y un recordatorio de cosas que habría preferido olvidar.

—A veces... —Me detuve y miré al agente—. ¿Tiene usted un viejo amigo? ¿Alguien que conozca desde que era un chaval? Ya sabe, a veces se dicen las cosas de determinada manera y uno se lo toma de otra, cuando ése no era en absoluto el sentido.

Sugerí que se trataba de un malentendido entre amigos y que la culpa era sólo mía, respuesta con la que al parecer se dio por satisfecho.

—Cuando le dije lo que usted había dicho, que tenía otros planes, que iba a tomar una copa con un amigo, rió y dijo: «Ése es Antonelli, ya lo creo que sí. Todavía no he conocido a nadie que le haya dicho lo que tiene que hacer».

Antonelli. Así me llamó Browning cuando nos conocimos. No era lo que le había dicho a su público. Fue él quien me llamó así, no al revés. A mí me habían educado en Oregon. Había pasado cuatro años en Ann Arbor, en la Universidad de Michigan, que seguía creyéndose una avanzada de la civilización en la inmensidad del salvaje oeste. Y fui a parar a la costa este, a Harvard, donde se suponía que todo tenía un motivo y la tradición se remontaba a una época anterior al concepto de una Gran República en la que gente como yo podía presentarse en lugares como aquél. No hay nada que el ferviente demócrata quiera aprender con más avidez que las costumbres de una casa real. Desde el día en que nos conocimos, una tarde reluciente y fría a mediados de septiembre en Nueva Inglaterra, yo fui Antonelli y él, Browning, y yo me sentía como si finalmente hubiera encontrado un hogar.

Incluso se refería a su abuelo por su apellido. Pocos meses después de convertirnos en compañeros de habitación, hizo uno de los comentarios más raros que jamás he oído.

—Jesús nos dio el cristianismo, pero Stern nos dio el coche. —Los ojos de Browning desbordaban de alegría—. Jesús nos dio el cristianismo y, según algunos, debilitó a la raza humana. Stern nos dio el coche y acabó con nuestras posibilidades.

Estábamos sentados en la sala de estudiantes ya bien entrada la tarde, después de nuestra última clase, una de las últimas clases a las que asistimos juntos. Browning estaba leyendo el periódico y, de pronto, lo dejó.

—¿Crees que no es verdad? —preguntó con mirada desafiante, aunque yo no había dicho ni una palabra y tampoco había cambiado de expresión. Lo cierto era que apenas había prestado atención a lo que decía. Estaba removiendo el café, y con la otra mano escribía en una libreta algo relacionado con la asignatura y que, de no escribirlo, temía olvidar.

—Es verdad, Antonelli, hasta la última palabra. —Browning se reclinó hacia atrás y alzó el mentón. Quedó con la mirada fija en algo más allá de la ventana, algo que vio en el remolino de nieve que caía aquel día de finales de otoño. En su rostro pequeño y más bien pícaro asomó una mueca irónica, como la de quien recuerda haber hecho algún comentario ingenioso o que quizás habría querido hacerlo, pero había tenido que reprimir, un comentario que, de haberlo dicho, podría acarrear consecuencias terribles, aunque no del todo inesperadas—. ¡Piensa en ello! ¡El automóvil! Se suponía que era un fenómeno liberador. La libertad. Todo el mundo podría ir adonde quisiera, cuando quisiera. La libertad. Y el coche se convirtió en el medio para encadenarnos a nosotros mismos.

Browning volvió su mirada hacia mí, pero sólo un momento. Estiró las piernas, metió las manos entre los muslos e inclinó la cabeza a un lado. En la comisura de sus labios se dibujó un rictus pensativo. Miró por la ventana. La nieve caía con más intensidad a medida que anochecía, los copos eran como estrellas blancas que brillaban en una noche color pizarra. Volvió su mirada al interior de la sala, pero no hacia mí, sino hacia las filas de alumnos de derecho, con sus chaquetas todavía puestas, que sorbían café caliente, inclinados sobre sus libros como escribanos de ágiles dedos sumidos en su tarea.

—Yo no lo leí personalmente, aunque debería haberlo hecho; quiero decir que no lo leí entero. Pero un profesor en una ocasión lo leyó... —Volvió a mirarme fijamente con gesto rápido, y en sus ojos brilló una sonrisa casi de disculpas—. Leyó a la clase unas líneas de una carta de Jefferson en la que se quejaba de que los habitantes de Estados Unidos se estaban volviendo blandos y afeminados por pasar demasiado tiempo a lomos de un caballo. Un indio, decía Jefferson, podía recorrer ochenta kilómetros a pie más rápidamente que un hombre blanco a caballo. —Browning hizo una pausa, con una expresión lánguida en el rostro—. A mí me cansa un poco sólo pensar en tener que caminar en medio de esta maldita tormenta para volver a la habitación.

Volvió a mirar por la ventana e hizo una mueca. Se enderezó, apoyó los dos codos en la mesa y se sumió en un silencio reflexivo. Yo comencé a escribir otra idea aislada en mi libreta.

—No tiene demasiado sentido, ¿no te parece? —Yo alcé la mirada y lo encontré asintiendo con la cabeza mientras miraba lo que hacía—. Procedimiento civil. —Por su cara pasó una mirada de desagrado. Y luego, como si se hubiera percatado de su reacción, como si ésta fuera mucho más enfática de lo que había pretendido, rió—. No tiene ningún sentido. Antes de saber algo sobre el derecho, antes de saber qué es, insisten en enseñarte el procedimiento por el cual se aplica. Tienes que conocer una cosa, saber qué aspecto tiene, antes de ser capaz de desmontarla. Stern lo sabía. Es tan elemental que cualquiera debería saberlo.

Browning volvió a hundirse lentamente en la silla, como un globo que se ha hinchado al máximo pero no se ha anudado, de modo que el aire escapaba poco a poco, casi imperceptiblemente. Estiró las piernas, que eran más bien largas y delgadas desde las rodillas hacia abajo, pero con gruesos muslos. Cruzó el pie derecho sobre el tobillo izquierdo, como de costumbre. Nunca era al revés, siempre el derecho sobre el izquierdo y siempre avanzando la cadera ligeramente en la misma dirección, equilibrándose sobre la silla con una exquisita sensibilidad en el borde delantero. Se cruzó de brazos o, más bien, dejó la mano izquierda suelta palma arriba sobre su muslo y se cogió el codo de ese brazo con la otra mano. Con la cabeza caída hacia la izquierda, su mirada recorrió un trecho hasta llegar a sus mocasines color rojo oscuro. No importaba el frío o el calor que hiciera, ni importaba que lloviera o nevara o que el sol caldeara el asfalto hasta ponerlo al rojo vivo, Browning siempre andaba con el mismo par de zapatos.

—Me gustan —dijo, con un mohín de indiferencia, aquella única vez que, en un pobre intento de ser divertido, hice algún comentario al respecto. Ignoraba que el pie izquierdo de Browning tenía una ligera deformación y que, por eso, era dos tallas más grande que el derecho. Sin embargo, los mocasines tenían exactamente el mismo tamaño. Todos sus zapatos (y debía de tener docenas de pares, aunque sólo se ponía ésos cuando andaba por el campus) habían sido diseñados especialmente para parecer de la misma talla. Browning caminaba despacio, un paso perezoso y sin prisas y, como sólo supe posteriormente, sufría un dolor constante. El mismo zapato que ocultaba su talla le torcía la articulación del pie hacia el talón y lo mantenía ahí apretado con una presión de torniquete.

Browning dejó caer la cabeza sobre el pecho y la movió de un lado a otro. Tenía los ojos casi cerrados y tras aquel resquicio parecía perdido en algún cálculo. La boca en forma de arco de Cupido, prolongada hacia fuera por el esfuerzo de concentración en la tarea, asumió el aspecto del pico torcido de un loro. Comenzó a hablar por lo bajo con aquella voz distante que tenía. Era curioso cómo te cautivaba, te hacía prestar atención para entender lo que decía. Era como tropezar con alguien en la noche que mantenía un diálogo privado consigo mismo. Pero no sólo eso. Era como el soliloquio de un personaje de Shakespeare que hablara a solas consigo mismo, consciente de que había un público alrededor que no quería perderse ni una palabra. Sospecho que los únicos comentarios espontáneos que alguna vez había pronunciado Thomas Browning los había ensayado antes.

—Ése era el sueño —decía—. Siempre ha sido el sueño de Estados Unidos, el sueño de la libertad para irse, dejarlo todo atrás y pasar al siguiente sueño, y luego a otro. Hasta encontrar aquel lugar donde se puede vivir la vida que siempre se ha deseado, la vida que, en lo más profundo, sabemos que es nuestra por derecho.

La nieve caía en gruesos copos; la iluminaba farolas de luz parpadeante, que se apagaban y volvían a parpadear desde la oscura orilla al otro lado de Charles River, a unos cuatrocientos metros de distancia.

—El viejo Stern siempre creyó que era un instrumento de Dios. No creía en las religiones organizadas. —Browning dejó escapar por lo bajo una risa de impotencia, y luego un comentario sobre las desconcertantes creencias de los hombres—. Sería como reconocer la posibilidad de que Dios no lo había esperado durante todo ese tiempo. Era la manera que tenía de explicar su genio, el hecho —en apariencia innegable— de que había cambiado el mundo casi exclusivamente por sus propios medios. ¡Él! Un inmigrante de Gales que había desembarcado en este país a los doce años, un huérfano cuyo padre había muerto en la mina y cuya madre había muerto durante el parto de uno de sus innumerables hijos, un huérfano enviado a América por algún pariente lejano con un billete de tercera y sólo un pequeño atado de ropa. No asistió a la escuela ni un solo día. De alguna manera, aprendió a leer y escribir por sus propios medios.

¿Cómo se explica que alguien tenga ese origen y llegue a ser uno de los principales artífices del mundo moderno? ¿Crees que alguna vez pensó que era una cuestión de suerte? ¿Que por obra de un accidente era él el elegido y no otro? En realidad, eso es lo que era, un accidente, pero es más fácil creer que has sido el elegido, que te han dado lo que no le han dado a nadie más para hacer algo que nadie más hará. De modo que Stern creía en Dios, pero, cuidado, sólo gracias a su absoluta convicción de que Dios creía en él.

Miré a Browning; siempre fijaba la mirada en otro sitio, como si por debajo de aquel exterior afable, por alguna razón temiera que alguien se le acercara demasiado.

—Hablas de tu abuelo como si ya hubiera muerto.

Browning levantó la cabeza y me miró. No estaba irritado por lo que había dicho ni se sentía ofendido porque lo dijera. Daba la impresión de que cavilaba, de que pensaba si aquello era verdad y, si lo era, qué significaba.

—¿Y tú crees que alguna vez estuvo vivo?

Browning recogió las piernas por debajo de la mesa y dejó descansar la mano sobre el muslo, preparado para levantarse. Pensé que se marchaba, y volví a mis anotaciones, intentando recordar más cosas que debería haber anotado.

—Tomas apuntes casi textuales en clase —dijo Browning, como si le resultara curioso que para alguien mereciera la pena—. No entiendo por qué sigues anotando cosas, te sientas aquí después de cada clase y escribes y escribes como si tu vida dependiera de que recordaras todo lo que se ha dicho. —Algo en la página le llamó la atención. Cogió la libreta y la giró hacia él para verla con más claridad—. ¡Dios mío, Antonelli! ¿Escribes las preguntas que los otros alumnos han hecho en clase?

Supongo que se dio cuenta de cómo sonaba su pregunta, el menosprecio que suponía hacia el esfuerzo de alguien para quien la facultad de derecho de Harvard era la oportunidad de su vida y no algo que se podía tomar o dejar por capricho. De pronto se mostró muy extrovertido y generoso.

—Tienes razón al hacerlo de esta manera —dijo, con una sonrisa muy amistosa—. Y también tienes suerte de querer algo tanto como para trabajar tan duro. —Inclinó lentamente la cabeza a un lado y recorrió la sala de alumnos con una mirada cauta—. Todos aquí trabajan mucho, pero no por la misma razón. Tú quieres ser bueno en lo que haces. La mayoría de ellos —dijo, señalando a los demás con el mentón—, desean las ganancias que obtendrán si saben desenvolverse bien.

Browning me devolvió la libreta. Comenzó a incorporarse y entonces, con una sonrisa forzada, como si reprobara su actitud, volvió a hundirse en la silla.

—Mírame, aquí, emitiendo juicios sobre lo que los demás van a hacer con su vida. Como si yo hubiera tomado mejores decisiones sobre la mías. —Cruzó el pie bueno, su pie normal, sobre el otro, ocultándolo—. Como si alguna vez hubiera tomado alguna decisión sobre algo.

La taza de café que había traído a la mesa y de la que había bebido sólo un par de sorbos se había enfriado hacía rato; él la había olvidado. O al menos eso pensaba yo. Con la vista fija al frente, se llevó la taza lentamente a los labios, bebió un trago y la dejó, indiferente por completo a la temperatura o al sabor.

—No había alternativa.

Yo levanté la mirada. Browning no se había movido. Seguía mirando a media distancia, como si acabara de recordar algo que explicara lo que había intentado decir.

—Cuando todo había comenzado, ya no había alternativa. ¿No lo entiendes? Una vez comenzado, nadie podía detenerlo. Eso es lo que el viejo nunca entendió, que no era Stern el que lo había conseguido, que Dios no le había encomendado ninguna misión. Que una vez comenzado, lo que sucedería a continuación sería inevitable y que, en realidad, era sólo una cuestión de suerte, que si no hubiera sido Stern habría sido otro. Pero en una cosa sí tenía razón. Él era un instrumento, aunque no de Dios, sino del poder, de una fuerza que se había desatado sobre el mundo y se había puesto en movimiento hacía mucho tiempo, mucho antes de que el viejo pensara alguna vez en fabricar coches, mucho antes de que naciera.

Thomas Browning, la tercera generación de los Stern, el primer descendiente de filiación masculina, a quien el viejo Stern había elegido ya en la cuna con la intención de nombrarlo su heredero, dejó descansar todo su peso en el brazo izquierdo.

—Pero si él lo hubiera sabido, si hubiera sabido que era una parte tan sustituible como cualquiera de los miles de piezas que se producían para sus máquinas, no habría sido el mismo. Ésa es la ilusión, el gran autoengaño, creer en la importancia de uno mismo, ese egocentrismo asombroso que nos hace creer que somos el instrumento elegido por la Providencia, que perdona todas las despiadadas crueldades que cometemos, que hundamos a la competencia, que destruyamos a cualquiera que se cruce en nuestro camino. Y hacerlo todo sin siquiera pensárselo dos veces. ¿Quién sabe a cuántos hombres habrá conducido al suicidio el viejo Stern? Dudo que alguna vez lo haya pensado. Y si alguna vez lo ha pensado, créeme que no le ha importado. Era la regla de la vida: conquistar o perecer.

Browning guardó silencio, vaciló, como si reflexionara sobre lo que acababa de decir. Tenía la cabeza inclinada hacia delante, justo frente a mí. Miró por encima de un hombro, luego del otro.

—No, creo que me equivoco —dijo—. Creo que sí se dio cuenta y que sí le importaba. Creo que le importaba mucho llevar a alguien a la quiebra y luego, como resultado, a la muerte. Creo que se emocionaba al darse cuenta de que tenía tanto poder, que si se lo proponía podía cerrar a cualquiera todos los caminos salvo ése. Era la mirada, la depravación vacía en sus ojos, como un lobo al acecho que aguarda a que te debilites más y más y que tengas más miedo antes de asestar el golpe final. —Browning levantó la mirada del suelo y, en un breve gesto de desafío, alzó el mentón—. Vi muchas veces esa mirada a lo largo de mi vida. Esa mirada estaba destinada a mí. Me quería a mí porque necesitaba a alguien que mantuviera vivo aquello que él había creado. Me odiaba porque, en su mente retorcida, estaba seguro de que debería haber existido una manera de que él pudiera haber sido yo. Me odiaba porque él era un anciano y yo no.

Browning se reclinó hacia atrás en la silla, hizo un gesto vago con la mano y sacudió la cabeza.

—Has dicho que era una parte tan sustituible como cualquiera de las piezas que fabricaba para sus máquinas.

No sabía si me escuchaba, pero en cuanto dije eso él se volvió, rápido.

—¿Y te sabes de memoria la pregunta que ese cretino hizo en clase, no? —dijo, riendo de buena gana—. Tienes una especie de memoria instantánea para las cosas que oyes, ¿no es así? —preguntó, más serio—. No una memoria fotográfica... más bien un oído fonográfico. Estás condenado, Antonelli. Te pasarás el resto de tu vida recordando todo lo que esta gente ha dicho, cosas que ni siquiera recuerdan haber dicho, flotando de un lado a otro en tu cerebro. El ruido te volverá loco. —Me miró unos instantes con los ojos entrecerrados, como si quisiera examinarme más de cerca. Un destello brilló en sus ojos—. ¿O puedes apagarlo y encenderlo a voluntad? Como un disco... lo enciendes, tocas la parte que te gusta y luego lo apagas. ¿Así es como funciona?

Yo lo interrumpí.

—Una parte tan sustituible —repetí, y me incliné hacia delante, exigiendo una respuesta. Browning alzó la mirada y se cruzó la boca con los dedos de la mano izquierda, los movió lentamente de un lado a otro hasta que tuvo claro lo que quería decir.

—Cuando las cosas empezaron a moverse..., cuando las cosas se movían por sí mismas, las cosas inanimadas, ya no hubo vuelta atrás. El primer coche, unos pocos kilómetros por hora, nada más. Apenas suficiente para ir por delante de alguien que caminaba a ritmo normal. Pero eso no importaba. Era demasiado tarde. ¿Alguna vez leíste a Adam Smith y ese texto sobre las agujas? Cuando cada hombre hacía una aguja desde el comienzo hasta el final, desde cortar el cable de acero, afilar un extremo, aplanar el otro como una cabeza, meter cada producto acabado en un papel donde guardaba una docena o más; cada hombre en un día podía fabricar, digamos, equis agujas. Pero cambiamos las cosas. Que un hombre se dedique sólo a cortar el cable, que otro sólo se dedique a afilar el extremo, otro a aplanar la cabeza. En otras palabras, dividirlo todo en tareas más sencillas y hacer que cada hombre realice sólo una, y la producción aumenta cien o quinientas veces. Y eso sólo por lo que hace al trabajo manual. Si a eso añades la capacidad de trasladar las cosas hasta el lugar en el que las personas trabajan, para que no tengan que desplazarse y no pierdan tiempo, ya no hablamos de agujas, hablamos de máquinas en cadenas de montaje. Trasladas las máquinas a medida que las fabricas. Producción en movimiento. El movimiento produce las máquinas que producen la fuerza... del movimiento. Eso es lo que quería decir. Eso es lo que Stern nunca entendió. Cuando das a las cosas inanimadas el poder de moverse, generas una fuerza nueva en el mundo, una fuerza a la que nada puede resistirse. Las máquinas seguían perfeccionándose, mientras que los humanos que las hacían, cada uno de ellos ocupado en una tarea aislada, al final demasiado cansados para pensar en nada, decaían. Stern no pensó en nada de eso. Para él, todo era parte de la enorme máquina que fabricaba las máquinas. A Stern sólo le preocupaba cómo mantener todo el montaje en funcionamiento cuando él desapareciera, como si él o cualquier otro pudiesen hacer algo para detenerlo. Por eso siempre he sido un fracaso a ojos del viejo Stern, porque no le encontraba sentido a ninguna de las cosas que él creía tan importantes.

Browning apretó los labios y cerró los ojos con fuerza.

—No soportaba que tuviera mis propias opiniones. Si te pones a pensar en ello, no creía que nadie pudiera tenerlas. Para él todos eran máquinas.

4

El taxi se detuvo frente a uno de esos edificios grises de aspecto adusto donde los descendientes olvidados de personas fabulosamente adineradas, y a veces de mala reputación, vivían en el esplendor privado de habitaciones de techos altísimos y disfrutaban de lo más valioso que tiene Nueva York, a saber, una vista de Central Park. A última hora de la tarde, mientras yo me quedaba sobrecogido ante el asombroso parecido entre lo que Modigliani había visto en un joven conocido suyo y lo que yo recordaba de alguien que conocí hace tiempo, Thomas Browning había estado aquí, o podía haber estado, unas cuantas manzanas más abajo en esta misma calle.

El portero, vestido con una chaqueta verde y galones dorados, saludó al agente por su nombre.

—Buenas noches, señor Powell —dijo, mientras abría la puerta—, lo están esperando.

No me sorprendió ver que Thomas Browning estuviera allí, instalado en los dos últimos pisos. Mientras subía en el ascensor, me pareció raro que no hubiera pensado en ello antes. Browning, en realidad, nunca había vivido en ningún otro sitio. Michigan, donde Zachary Stern contribuyó a crear la industria del automóvil y hacer de Estados Unidos la potencia industrial dominante en el mundo, venía a ser lo mismo que la Bahía de Hudson había sido para John Jacob Astor o lo que los campos de petróleo de Pennsylvania y Ohio habían sido para John D. Rockefeller. Es decir, el lugar de donde venían, el lugar donde habían ganado su fortuna, el lugar donde algunos, como los Ford y los Stern, construyeron enormes mansiones que empequeñecían todo lo demás. Pero no se quedaron ahí, al menos la segunda generación y, desde luego, la tercera. Vinieron a Nueva York, donde vivieron como parte de la única aristocracia que se permitía en Estados Unidos, en la que cada uno ocupaba su lugar no gracias a un título de nobleza, que se heredaba por nacimiento, ni gracias al talento, que era algo útil sólo si se podía poner a la venta, sino gracias al dinero, que debía poseerse en grandes cantidades.

Desde que tuvo edad suficiente para escapar a la férrea disciplina de su abuelo, probablemente Thomas Browning no habría vivido más de seis meses en lo que él solía llamar su tierra. Había estudiado en Princeton hasta obtener la licenciatura, y luego había ido directamente a Harvard para estudiar derecho. Pasaba los veranos y la mayoría de las vacaciones en Nueva York, y si entonces yo nunca había pensado en ello era porque me interesaba más la vida que yo llevaba que lo que él hacía con la suya. Después de Harvard, viajó a Inglaterra e ingresó en la London School of Economics, o al menos asistió a clases, porque no obtuvo el título. También vivió en otros lugares.

Supe que había vuelto a Michigan cuando asumió la dirección de la empresa, la que había creado su brillante y lunático abuelo, y con la que pretendía perpetuar su apellido. Cuando leí las actas del primer discurso de Thomas Browning ante los accionistas como nuevo presidente de Stern Motors, me pregunté si no habría sentido la tentación de cambiar el nombre y dejar que el recuerdo del anciano tuviera una muerte bien merecida. No vi nada especialmente importante en el informe adjunto, según el cual el presidente tendría oficinas en Detroit y en Nueva York.

Cuando Browning se presentó al Senado, seguramente conoció por primera vez muchos de los lugares que visitó. Sin embargo, nadie lo habría dicho al observar la vibrante voluntad con que escuchaba hasta la última queja de la gente en aquellos pueblos. Era el heredero de una gran fortuna, pero también había nacido para otras cosas. Tenía aquel instinto, aquel toque, una chispa de generosidad que, en realidad, no se puede enseñar. Lograba que la gente pensara que él entendía perfectamente lo que querían decirle, fuera lo que fuera, y que, una vez que se lo contaban, él nunca lo olvidaría. Les hacía creer que, cualesquiera que fueran los problemas que padecían, él estaba ahí para ayudar. Todas las fotos que tenía en sus oficinas de Washington eran de Michigan y las tarjetas de Navidad que mandaba todos los años siempre eran estampas de algún paisaje nevado de los Grandes Lagos. Pero el senador Browning prefería Nueva York.

Las puertas del ascensor se abrieron frente a una entrada con forma de creciente. A cada lado de las dos puertas de doble batiente había un agente del Servicio Secreto de pie con las manos unidas delante y las piernas separadas alineadas con los hombros. Detrás de cada uno de ellos había una silla tallada de color dorado oscuro, y las dos tenían ese aspecto que tienen los muebles que nunca se usan. El agente de la derecha, con la dura mirada fija en un punto justo frente a él, estiró el brazo y nos abrió la enorme puerta de vidrio con relieves de bronce. Nos encontrábamos en el interior de una larga sala rectangular iluminada por tenues luces, ocultas a intervalos regulares en las paredes de palo de rosa, justo por debajo de la línea del techo. Otra serie de luces, cada una de ellas protegida por una pantalla con forma de concha y color verde lima, estaba encastrada en la pared, a medio metro del suelo, bañando con su luz suave y dorada un suelo de parqué con un diseño en zigzag que no tenía comienzo y, hasta donde alcanzaba la vista, tampoco tenía fin.

Había dos puertas a cada lado de la sala, flanqueadas por blancos pedestales de columnas con exuberantes plantas en la parte superior. Las puertas estaban cerradas y seguimos avanzando hasta el final, donde una puerta de dos hojas se abrió ante nosotros como la piedra en la cueva de Alí Babá. Entramos en una sala de proporciones colosales, con muebles dispuestos en grupos, como la biblioteca de uno de esos antiguos y exclusivos clubes del centro de la ciudad, donde en aquellos días antes de la igualdad, los varones miembros podían retirarse durante una hora tranquila a disfrutar un coñac, un periódico y un cigarro de vez en cuando. En el otro extremo de la sala, una pared de vidrio se alzaba unos dos pisos, y cada piso tendría al menos cuatro metros de alto. Más allá de las copas de los árboles, el perfil urbano de Central Park West brillaba como un fantasma en la oscuridad. Me encontraba en medio de millones de personas que deambulaban por calles anchas y concurridas, gente que nunca paraba de moverse y que vivía en diminutos pisos congestionados que vibraban toda la noche con el ruido. Sin embargo, parado ahí, mirando por encima del sector más elegante de la ciudad, me sentí abrumado por la extrema soledad de aquel lugar.

Me volví y a punto estuve de decir algo, pero el agente había desaparecido subrepticiamente. Me encontraba en un rellano, dos peldaños por encima del salón. Había unas cuantas lámparas encendidas, pero todas las sillas estaban vacías y todos los sofás desocupados. Me habían dejado esperando, pero nadie me había dicho cuánto tiempo. Era como estar encerrado en un museo de noche. Salí a la terraza y encontré un banco de piedra. Meciéndome lentamente, con las manos entrelazadas en torno a la rodilla, llené mis pulmones con el rico olor a dinero y a Nueva York, sonriendo ante el recuerdo de lo que creía haber descubierto cuando llegué por primera vez, cuando todavía era joven y había algo de romántico en todo, cuando todavía no había aprendido que por cada cosa que ganamos siempre hay algo que perdemos, que la única manera de vivir en Nueva York era vivir aquí y ser rico, porque con dinero podías vivir como quisieras, aquí, en el parque, por encima de todo, y dejar de formar parte de las multitudes.

—¿Te recuerda mucho nuestra habitación en la universidad?

Thomas Browning me había puesto la mano en el hombro, y lo apretó levemente. Yo seguí mirando el parque hacia Manhattan.

—Pero entonces teníamos un futuro por delante —dije, cuando estreché la mano que me tendía—. ¿En qué futuro puedes pensar cuando miras desde aquí?

Sus ojos pequeños bailaban como círculos en la noche. La calidez de su mano se apoderó de la mía y entonces me soltó. Con ambas manos me cogió por los hombros. Con una sonrisa alegre, me miró de arriba abajo.

—No has engordado ni un solo gramo. Eres el mismo de siempre —dijo, riendo, y la risa no tardó en desvanecerse—. Lo que he dicho esta noche ha sido en serio. Eres lo que todo abogado debería ser. —Me escudriñó los ojos, mientras me sostenía con los brazos estirados, asintiendo con la cabeza para transmitirme que decía la verdad, que no lo había dicho sólo por una cuestión de efecto. Yo le creí, o al menos eso pensé. Pero entonces, antes de que fuera demasiado tarde, recordé y, al recordar, me aparté.

—Nunca conocí a tu abuelo. Nunca tuve una conversación con él y, desde luego, nunca tuve la conversación que tú has dicho que tuve con el gran Zachary Stern.

Esperé una respuesta, la negación de cualquier intención ilícita, una disculpa por haberse dejado llevar hacia lo que temía fuera un error, o al menos un intento sincero de evasiva. Me puso el brazo sobre los hombros y me condujo al interior.

—Lo recuerdo todo con mucho detalle —comenzó a explicar—. Fue el Día de Acción de Gracias, el año antes de que el viejo muriera. Le caíste muy bien, algo que era poco habitual en él. No le caía bien casi nadie. Desde luego, yo nunca le caí bien. Pero tú sí, y no paraba de hablar de lo que le habías dicho, y de cuánto admiraba tu valentía, lo que hay que tener, como decía él, para enfrentarse a él y decirle lo que pensabas.

Browning se detuvo en medio del enorme salón. Me miró con una especie de inquieto pesar, como un reconocimiento de que cuanto más vivimos, más malas pasadas nos juega nuestra memoria.

—¿De verdad no lo recuerdas? —preguntó al volverse y, con su mano derecha sobre mi hombro, volvió a conducirme hacia delante—. Qué curioso, qué triste que tú lo hayas olvidado, porque la impresión del viejo Stern fue muy intensa.

Frente a su presencia serena e ingeniosa, comencé a pensar que, a fin de cuentas quizá tuviera razón, y que todo había sucedido tal como él lo contaba.

Me llevó hasta su estudio, una sala tapizada de libros y de dimensiones más modestas cuyas ventanas también daban al parque, pero más alejado de la calle, como un nicho construido en un lado del edificio. Había una pequeña terraza privada cubierta por un toldo, una silla, una mesa y una única tumbona, un lugar donde podía relajarse y estar a solas. El estudio también tenía algo de eso, un lugar secreto y privado, adecuado para una sola persona que trabaja. Había una mesa ancha que, según supe después, había pertenecido a su abuelo cuando la primera sede permanente de Stern Motors estaba en el barrio sudeste de Detroit. Stern nunca había tenido un socio y la mesa, que nunca había tenido una silla al otro lado, quizás estaba ahí para recordarle que nunca lo tendría. Junto a la mesa había una silla tapizada de cuero marrón, cómoda y a todas luces bastante usada. La única otra silla en la sala era de mimbre y tenía un cojín de cuero, duro y nada acogedor. Las estanterías estaban llenas de libros, muchos con impecables lomos de cuero bruñido, libros que a pesar de tener cientos de años parecían nuevos, el tipo de libros que pertenecen a coleccionistas serios que no reparan en gastos. En la estantería más cercana a la mesa, que tenía a su alcance sin levantarse de su sillón, había libros más nuevos y más ajados. Tuve la impresión de que versaban esencialmente sobre historia y política de Estados Unidos, con un claro énfasis en las biografías. También había una cantidad apreciable de títulos ingleses.

Las escasas fotografías intensificaban la sensación de que aquella era una sala privada, rara vez vista por alguien del exterior, o incluso por amigos muy cercanos. Por muy diferente que fuera de lo comúnmente visto, al fin y al cabo Thomas Browning era un político, uno de los políticos de mayor éxito de su generación. Su foto había sido reproducida miles de veces, no sólo junto a candidatos a los cargos más insospechados, sino también con las figuras públicas más importantes dentro y fuera del país. Parecía raro que no hubiera una sola foto en la que él no posara junto a alguien igualmente conocido. Había una foto de su abuelo, y la crueldad severa de su rictus acechaba, apenas oculta, tras una sonrisa cadavérica. También había una foto de sus padres. Y de su boda, él y la novia saliendo a toda prisa de una iglesia de piedra, riendo mientras intentaban protegerse de una lluvia de arroz. Había fotos de su hijo y su hija, con sus faldas plisadas y sus chaquetas abrochadas, uniformes de exclusivas escuelas privadas. El resto de las fotos, que ahora vi en su progresión lógica, seguía su vida y su carrera. Se detenía en un punto que parecía curioso, una foto en la que se veía a Browning cuando abandonaba, irritado y amargamente decepcionado, un estrado con micrófonos con un papel arrugado en la mano.

—El día que me retiré —dijo Browning, que se había estirado en su sillón. Todavía llevaba puesto el esmoquin, pero se había quitado la chaqueta y se había puesto una bata de seda. Era un gesto propio de un político británico de antes de la guerra, de un miembro de la clase gobernante, de hombres que no pensaban ni por un instante en lo que se ponían porque su ropa siempre la elegían criados que supuestamente sabían cómo tenían que vestir. Me pregunté si en alguna parte, en aquel laberinto de habitaciones perfectamente funcionales, alguien había hecho lo mismo por él.

—Por eso está ahí. Para recordarme que perdí, para que no ceda a la fácil vanidad de creer que no hay una verdadera diferencia entre llegar segundo y...

Browning metió las manos entre las piernas y echó levemente la cabeza hacia atrás, inclinándola unos centímetros a un lado.

—¿Cómo estás, Joseph? Quiero decir, de verdad. Ha pasado mucho tiempo. Me alegro de que hayas venido.

»¿Has pensado en Annie esta noche, cuando estábamos en el hotel? Yo sí. Empecé a hablar de ti y me vinieron todos los recuerdos. Desde luego, he estado en el Plaza muchas veces desde entonces, pero tú no, ¿no es verdad? Me preguntaba en qué pensarías. Fuera lo que fuera, estoy seguro de que pensabas en ella.

Él inclinó un poco más la cabeza, como si me invitara a responder. Pero yo había crecido y no sentía ya el deseo de convencerlo de que era alguien que quizás él deseara conocer. Me senté lo más recto que pude en el borde de la silla, mientras me recordaba a mí mismo que, más allá de lo que un día habíamos sido, ahora éramos dos extraños más que dos amigos.

—No me habrás pedido que venga hasta Nueva York para hablar de eso —dije. Intenté que aquello sonara convincente, pero la verdad es que sonaba vacío y un poco forzado. Browning se miró las manos y en su boca se dibujó una expresión triste.

—Ya sabes que yo estaba enamorado de ella.

Lo dijo como si fuera una confesión, algo que nunca había reconocido antes. Me miró con esa expresión de sospecha de alguien que de pronto teme haber ido demasiado lejos.

—Estaba enamorado de Annie. Nunca he amado a nadie más en toda mi vida.

¿Era ése el motivo por el que me había hecho cruzar el país de un extremo a otro y tenerme tres días esperando en un hotel? ¿Para volver al lugar de la tragedia, para traerme de vuelta a Xanadú? Quizá quería oírse a sí mismo decírselo —en voz alta— a la única persona que la recordaría como él y que no lo juzgaría como si fuera un necio. Volví a deslizarme hacia atrás en la silla, sonreí con gesto de simpatía y esperé a oír lo que diría.

—Quería casarme con ella —insistió, como si hubiera algo inherentemente increíble en esa confesión—. Todos pensaban, y ella pensaba, que debido a mi posición —el nombre, el dinero, los negocios, todo eso— nunca pasaría nada, que jamás sería algo serio.

Browning se incorporó y fue hasta la puerta de vidrio que daba a la pequeña terraza. Hizo deslizar la hoja para abrirla, dio medio paso al exterior y respiró el aire frío de la noche. Inclinó la cabeza y, con expresión sombría, restregó el zapato contra la gravilla que había caído de una maceta al suelo de piedra de la terraza. Bajo la luz amarillenta que proyectaba el interior, el pelo de Browning, que ya era canoso en las sienes, seguía teniendo ese aspecto pajizo e hirsuto que tenía cuando era de un color castaño entre dorado y rojo.

—Si querías casarte con ella, ¿por qué no lo hiciste? —pregunté—. ¿Qué te lo impedía?

Browning se encogió de hombros con ademán de impotencia y rió suavemente hacia la noche. Parecía el eco lejano de la risa juvenil de una muchacha.

—Todos estaban un poco enamorados de Annie —dije de pronto. Pero él no me oyó.

—Dios mío, estaba loco por ella —susurró, y su mirada reflejó su sentir. Miró el suelo y movió la cabeza hacia un lado mientras con el borde del zapato arrastraba una piedrecilla, sumido en la banalidad de las cosas—. A veces me pregunto qué habría sucedido si todo hubiese sido diferente, si sólo hubiéramos sido nosotros dos, sin todo lo demás... si hubiera vivido.

Volvió a su mesa y se dejó caer en el sillón. Con la mano izquierda se cruzó el pecho y se cogió el hombro del lado contrario. Durante un rato largo permaneció en actitud pensativa.

—Quería decírtelo —afirmó, finalmente—. Que estaba enamorado de ella, que quería casarme con ella, que me habría casado con ella. —Desvió la mirada hacia la puerta abierta, hacia un momento del pasado—. Y quería decirte que tenías razón en lo que dijiste entonces, que había muerto por mi culpa.

—Yo nunca dije que fuera culpa tuya.

Él se desentendió de mi objeción con un gesto de la mano.

—Se suponía que tenía que encontrarse con alguien. Eso fue lo que dijo. Se suponía que tenía que encontrarse con alguien y llegaba tarde. Yo no dejaba de insistir en que se quedara. No paraba de pedirle que se quedara un rato más, que tomara otra copa... A esas alturas, todos habíamos bebido demasiado. ¿Te acuerdas de eso, no? —preguntó repentinamente.

Era como si se hubiera transportado en el tiempo y, mientras descansaba la barbilla sobre el dorso de las manos dobladas, viera cómo todo ocurría ante sus ojos brillantes y ávidos.

—La fiesta de Navidad en el Plaza había durado toda la semana. No recuerdo si teníamos una suite o dos o si, en un momento de abandono descabellado, había alquilado toda la maldita planta, intentando con mi arrogante estupidez impresionarla con aquello que nunca la impresionaría. Había gente que ni siquiera conocía, gente que nunca había visto y que pululaba por ahí, entrando y saliendo. Seguro que llevábamos días bebiendo. Tú estabas ahí. ¿Lo recuerdas? ¿Recuerdas cómo funcionaba, cómo no parábamos de estudiar, asistíamos a las clases y, cuando se presentaba la oportunidad de ausentarse, veníamos a la ciudad, encontrábamos unas cuantas chicas o las llevábamos con nosotros y salíamos a corrernos una juerga?

Intenté recordarle que yo no me incluía entre ellos.

—Yo trabajé aquí un verano, y esa Navidad... —Pero él entrecerró los ojos sin miramientos y siguió evocando sus recuerdos, hablando como si, en realidad, estuviera simplemente informando sobre algo que estaba viendo.

»Había gente por todas partes, que entraba y salía. Era como uno de esos caleidoscopios que tenía cuando era pequeño, con todos esos colores maravillosos que se transformaban y cambiaban, formando una figura y luego otra. Dios, estaba loco por ella, loco por Annie, por cómo era, por cómo se movía, con esas piernas largas y ágiles y su cintura perfecta. Estaba enamorado de ella. Habría hecho lo que quisiera, cualquier cosa, si sólo hubiera dicho que sí. Por eso sucedió todo, porque yo estaba así de enamorado de ella y no podía dejarla ir. Sólo quería cinco minutos a solas con ella, cinco minutos para decirle que haría lo que ella quisiera si sólo nos daba una oportunidad. Pero ella insistía en que tenía que irse, que ya se había quedado demasiado, que...

—Y de pronto entró Jimmy Haviland y le dijo a Annie que tú no la amabas y que él sí —interrumpí—. Y luego Haviland se fue y Annie salió detrás de él para asegurarse de que se encontraba bien. ¿Qué sucedió... cuando Annie volvió?

Browning me lanzó una mirada de curiosidad.

—¿Quién te contó eso? ¿Haviland?

—Claro que sí. Esta noche estaba en el hotel.

—Entiendo. ¿Qué más te ha dicho? —preguntó Browning con una mirada que daba a entender que sabía que sería algo amargo y cruel.

—Que Annie le dijo que podrían hablar más tarde, que todo saldría bien.

No sabía si debía contarle todo lo que había dicho Haviland, pero Browning no dejaba de mirarme, convencido de que había algo más.

—Dijo que Annie volvió donde estabas, y que quería decirle algo más y que se había asomado por la ventana esperando ver por dónde había ido. Y que así sucedió, así se había precipitado a su muerte. Dijo que tú se lo contaste, que Annie hubiera muerto por culpa suya.

Me incliné hacia delante y lo miré fijamente a los ojos.

—¿Eso es lo que le dijiste? ¿Qué era culpa suya que Annie hubiera muerto?

Browning se quedó mirando las manos, que mantenía unidas sobre las piernas.

—Es probable que haya dicho muchas cosas que no debería haber dicho. Pero lo que Haviland te ha dicho no es del todo cierto. Annie no salió detrás de él. Haviland no se fue. Fui yo quien se marchó.

—¿Tú?

—Haviland estaba fuera de sí. Todos habían bebido demasiado, y él también. Annie intentaba calmarlo, pero él no dejaba de gritarme. Los dejé a solas para que Annie pudiera calmarlo.

—Sin embargo, ¿volviste?

Browning alzó la cabeza y asintió con un gesto de cabeza.

—Haviland se había ido. No sé qué le habría dicho, pero Annie estaba muy alterada. Por eso le dije aquello de que era culpa suya. Ella quería salir a buscarlo, decirle que se equivocaba, por las cosas que él había dicho. Por eso miraba por la ventana cuando cayó.

Quizá fue algo en mis ojos, una mirada de escepticismo, un momento de duda. Browning lo vio y supo de inmediato lo que significaba.

—Él no lo cree así, ¿verdad? Que ella se cayó. Piensa que...

—Que estabas enfadado por lo que él había hecho, que estabas enfadado a causa de lo que ella le había dicho, enfadado porque ella había salido a buscarlo. Cree que tú la empujaste. No cree que haya sido un accidente, piensa que tú la mataste.

Supuse que Browning se indignaría, o al menos se alteraría, que comenzaría a protestar de inmediato. Al contrario, se tomó lo que yo acababa de decir como la respuesta, o como el comienzo de una respuesta a algo que él se había empeñado en entender. Su mirada pensativa vagó por las paredes del estudio llenas de libros, como si buscara en un volumen no abierto aquello que necesitaba antes de solucionar el enigma que se había planteado.

—Es tarde —anunció al cabo de un momento. Se enderezó para abandonar aquella posición encorvada en la que se había hundido poco a poco—. Esta noche dormirás aquí. Todo está preparado —dijo, antes de que yo pudiera protestar—. Por la mañana volaremos a Washington y tú vendrás conmigo.

Empezó a levantarse del sillón, pero vio que yo no me había movido. Al parecer, se dio cuenta de que no se desharía de mí sin más, que yo no iría a ninguna parte si él no se explicaba.

—Han abierto una investigación —dijo, entrecerrando los ojos.

—¿Una investigación?

Browning me miró con los ojos totalmente abiertos. Hizo una mueca hacia un lado, luego al otro, con su boca pequeña y cerrada. Inclinó la cabeza a un lado y luego me miró como si me escrutara.

—Una investigación sobre las circunstancias de la muerte de Annie —dijo, y me lanzó una mirada extraña—. ¿Puedes pensar en una mejor manera de destruir la carrera política de alguien que acusarlo de estar implicado en un asesinato?

La muerte de Annie había sido archivada como un accidente. Había un informe de la policía que lo demostraba.

—¿Haviland? ¿Crees que después de todos estos años ha decidido decir que no fue un accidente, que fue un asesinato? ¿Que Annie no cayó sino que la empujaron? Sé lo que me había dicho, pero...

—Hay un testigo. No sé quién es, y puede que haya más de uno. Recuerda, yo estaba ahí cuando sucedió, cuando Annie murió. Se calificó de accidente —y fue un accidente—, pero si ellos lanzan la tesis de un asesinato... —Había un brillo de impaciencia en su mirada—. No necesitan acusarme. ¿No lo entiendes? Si acusan a alguien yo me vería implicado. Si alguien asesinó a Annie, entonces yo sería algo así como un encubridor, hablarían de una conspiración para proteger a quien lo hizo. Si eso sucede, si acusan a alguien de asesinato, si consiguen una condena, tendré que dimitir o me someterán a un voto de censura.

—¿De quién estás hablando? ¿Quiénes son estas personas que van a condenar a un hombre inocente de un asesinato que nunca ocurrió porque quieren arruinar tu carrera política. ¿Y qué crees que puedo hacer yo? —pregunté, buscando su mirada—. ¿Necesitas consejo legal?

—Quiero que te ocupes del caso.

—¿Qué caso? No hay ningún caso. Puede que ni siquiera se haya abierto una investigación. Puede que todo esto no sean más que rumores.

Había algo en sus ojos, que se agrandaron casi imperceptiblemente como reconocimiento mudo de que se esperaba, quizá palabra por palabra, aquella pregunta, aquella objeción, la mención de una posibilidad. No había acabado mi comentario cuando comenzó a responder.

—Tendrán un caso lo bastante sólido para presentarlo ante un gran jurado. Habrá una acusación. Y te garantizo que habrá juicio. —Su mirada se volvió fría, alerta—. Es la única manera de implicarme en el asunto. Yo estaba ahí. ¿Cómo no llamarme como testigo de la defensa?

—Si no piensan acusarte, ¿a quién acusarán? ¿Quién más estaba presente? ¿A quién más pueden acusar?

Browning sólo pensaba en una cosa.

—Quien quiera que sea el acusado, quiero que tú lo defiendas.

Aquello no dependía de mí y, desde luego, no dependía de él.

—Si acusan a alguien, escogerá su propio abogado.

Browning golpeó con ambas manos sobre la mesa y se enderezó del todo en el sillón.

—¡Dios me libre, Antonelli! Tú eres el mejor. ¿Por qué alguien acusado de asesinato —sobre todo de un asesinato que no cometió— querría su propio abogado? Además, tú conocías a Annie, tú estuviste ahí, sabes que fue un accidente. Desde luego que querrá contar contigo.

Se había incorporado y se movió con rapidez alrededor de la mesa. Tenía el brazo sobre mi hombro y, con el mismo entusiasmo de hacía un rato, me condujo por un pasillo bien iluminado hasta otra serie interminable de habitaciones. Se detuvo delante de una enorme puerta metálica repujada de color gris.

—Ven conmigo a Washington. Podremos hablar de esto por el camino.

—No puedo ir al D. C. mañana —objeté—. Tengo que volver a casa.

Browning asintió con un gesto de la cabeza, pero no porque estuviera de acuerdo con lo que había dicho. Ni siquiera había prestado atención. Era otra cosa, algo que acababa de recordar y que ahora quería añadir a lo ya dicho.

—Joanna te espera. Y nadie jamás le dice que no a Joanna —afirmó, con una sonrisa de advertencia.

—Creí que estaría aquí, en Nueva York.

—Se presentó algo en el último momento y no pudo venir. —Era una de aquellas explicaciones vagas y sin sentido que pasaban por ser aceptables entre personas que no estaban en condiciones de cuestionarla.

—¿Y cómo está? —pregunté cuando se volvía para irse. Él se detuvo y por un momento pareció pensar no sólo en la pregunta, sino también en las diferentes respuestas que podía dar. En su boca asomó una sonrisa como un secreto compartido.

—Igual que cuando la viste por última vez.

5

—¿Alguna vez has estado aquí? —preguntó Browning con voz queda y aire indulgente.

—¿En Washington? —pregunté, y me volví hacia él con expresión neutra.

—No, aquí. En la Casa Blanca.

—La limusina se detuvo en un pequeño aparcamiento oculto entre el ala oeste de la Casa Blanca y el edificio de las oficinas del Ejecutivo.

—Siempre fue el «Viejo Edificio de Oficinas del Ejecutivo», el «OEOB»[1] —comentó Browning con una mirada despectiva. Alguien abrió rápidamente la puerta del coche y yo bajé con él. Hizo un gesto breve hacia la monstruosidad de color gris que se alzaba sobre nuestras cabezas—. Y luego, durante la administración Clinton, se cambió el nombre a «EEOB».[2]

Un hombre joven y circunspecto de ojos negros e inteligentes le recordó que llevaba retraso.

—Puede esperar —dijo Browning. El asistente quiso protestar, pero Browning lo detuvo con una mirada—. No es tan importante. Rara vez lo es —añadió, y después de despacharlo me susurró:

»¿Te acuerdas de John Nance Garner? —preguntó—. Hizo varias cosas interesantes, pero sólo será recordado por su muy acertada definición del cargo que tanto él como yo hemos tenido el honor de

---

1. Del inglés «Old Executive Office Building». (*N. del T.*)
2. EEOB, siglas de Eisenhower Executive Office Building. (*N. del T.*)

ocupar: la vicepresidencia "no vale ni una escupidera llena de escupitajos". He pensado en ello —dijo, riendo por lo bajo mientras subíamos la larga y empinada escalera que conduce a la entrada del EEOB—. He cogido una pluma y me he quedado sentado a mi escritorio mirando una hoja de papel en blanco, intentando encontrar una mejor manera de decirlo. Lo habré intentado una docena de veces. "Una escupidera llena de escupitajos." Por cierto, lo que en realidad dijo Garner fue que no valía ni una escupidera llena de meado. Pero en aquel entonces nadie quería imprimir eso en un periódico. Ahora lo querrían imprimir todos, ¿no te parece?

Browning se detuvo a unos pasos de la entrada.

—Nunca has estado aquí, en la Casa Blanca. Ven, te llevaré a hacer una visita.

Me miró como solía mirarme cuando estaba a punto de proponer algo que no encajaba del todo en las normas, algo que se hacía como respuesta a un desafío.

—Venga —dijo, cuando siguió subiendo con renovado vigor—, veamos qué me han hecho durante mi ausencia.

Llegó a lo alto de la escalera, se adelantó, abrió la puerta y la mantuvo abierta para dejarme pasar.

—Este viejo mausoleo siempre fue el OEOB, pero cuando los republicanos se hicieron con el Congreso cambiaron el nombre del aeropuerto, de National a Reagan, y decidieron rebautizar esto también. Resulta difícil saber cuál de los dos es más sorprendente, si el abierto descaro de gente como Gingrich, Armey y todos los demás... —Browning calló en medio de la frase, como anonadado por lo curioso e incongruente que podía ser el mundo—. Eran una pandilla curiosa, docentes de tercera fila que enseñaban en escuelas de segunda fila. No tenían dudas sobre nada porque estaban puñeteramente seguros de sí mismos. Iban a cambiar el mundo... Con la excepción de Occidente. Eso era lo que decían. —Browning bajó la cabeza y me lanzó una mirada penetrante—. Podrían haber empezado por algo más pequeño, como salvar a Estados Unidos. Y aunque ése fuera el caso, tal vez debieron poner más cuidado en hacer promesas que fueran capaces de cumplir.

Seguimos por un pasillo largo y deprimente hasta otra escalera.

Podríamos haber tomado el ascensor, pero como Browning explicó más tarde, quería que yo sintiera todo el sabor decimonónico de aquel lugar. Cada vez que nos cruzábamos con alguien, la persona en cuestión se detenía para dejarnos pasar, sonreía y se rebanaba los sesos preguntándose por qué no sabía quién era ese individuo al que el vicepresidente trataba con tanto afecto y visible respeto.

—De modo que decidieron demostrar quiénes eran los que mandaban. El Old Executive Office Building se convirtió en el Eisenhower Executive Office Building. Supongo que deberíamos mostrarnos agradecidos porque en esa infatigable cruzada por cambiar la historia no decidieron rebautizarlo como Harding o Coolidge.

Llegamos a la puerta del despacho del vicepresidente, en la segunda planta.

—Y Clinton no hizo nada para frenarlo. Es probable que quisiera que todo el mundo creyera que era idea suya.

Browning abrió la puerta y, respondiendo con un gruñido alegre a los miembros del personal que se incorporaron para saludarlo, pasó raudo por las oficinas exteriores. Abrió la siguiente puerta, la que solía conocerse como sala de ceremonias del vicepresidente. Antes de entrar, se volvió y, con un brillo en los ojos, anunció:

—Éste es mi viejo amigo y compañero de facultad, Joseph Antonelli. El señor Antonelli estará de visita unos cuantos días. Les ruego que lo traten con la misma falta de respeto y condescendencia con que suelen tratarme a mí.

Browning se escabulló hacia el otro lado, dio dos pasos, volvió a la puerta y anunció:

—Díganles a ésos que llegaré un poco tarde, que tengo que mostrarle la casa a alguien.

Cerró la puerta a sus espaldas, se detuvo junto a mí, seguro de que sabía en qué pensaba mientras miraba una mesa larga y reluciente de un barniz color rojo dorado que ocupaba la mitad de la habitación. En un extremo, un sofá frente a una chimenea en cuya repisa estaban alineados modelos de barcos de tres mástiles, como los que antaño combatieron en las guerras de la nación. En el otro extremo, la mesa del vicepresidente, limpia e inmaculada, sólo un teléfono y un único y exiguo montón de papeles a un lado.

—Si tiene aspecto de que nadie jamás ha trabajado aquí —dijo, con un gruñido—, es porque prácticamente nadie lo ha hecho. Aquí es donde destierran a quienes ya han servido a sus designios. Mira, te enseñaré algo.

Abrió uno de los cajones de la mesa y me hizo mirar en el interior. Estaba vacío, no había ni un papel dentro, nada. Me dijo que mirara más de cerca. Entonces vi las marcas, profundas y definidas, diferentes letras de nombres e iniciales grabadas en la madera. Browning apenas controlaba las ansias de dar una explicación.

—Resulta difícil definir algo de lo que nadie sabe nada —musitó en voz alta; escuchaba su propia voz como si ensayara un discurso, un conjunto de comentarios que debían sonar perfectos—. No puede ser una tradición si es una especie de secreto privado. Y no se le puede llamar precisamente un rito de iniciación cuando, en lugar de celebrarse al principio, ocurre sólo al final. Se parece más a una travesura de estudiantes. Hombres adultos que actúan como adolescentes y graban sus nombres e iniciales en la puerta de un baño. Eso es lo que es, el secreto del club menos codiciado que conozco, el club de los vicepresidentes de los Estados Unidos, que no tenían otra maldita cosa de qué ocuparse.

Browning asintió en aras de la respetabilidad.

—Es algo más serio de lo que parece. Todos los vicepresidentes, desde Truman, lo han hecho. Es decir, han grabado sus nombres o iniciales en el mismo cajón de esta mesa el día en que dejaban el cargo. Si no hubiera sido porque Truman lo dejó para convertirse en presidente el día que Roosevelt murió, yo habría sospechado que comenzó como una especie de protesta contra el anonimato, una manera de dejar una prueba o al menos una huella —añadió, con una risa apagada—, para demostrar que, efectivamente, habían ocupado aquel cargo.

Browning se enderezó.

—No todos los vicepresidentes. A Spiro Agnew no lo dejaron —dijo. Alzó sus pobladas cejas y arrugó la nariz con gesto de disgusto—. Si Agnew hubiese abierto el cajón el último día, habría sido para buscar más dinero.

Yo había acabado de mirar, o así lo creía. Browning insistió en que volviera a hacerlo.

—Ahí... no junto a Nixon, sino cerca de Truman. «H. S. T.» ¿Qué ves?

—¿T. S. B.? —dije, mirando desde mi posición inclinada sobre el cajón—. Creí que habías dicho el último día...

La mirada de Browning se volvió dura, implacable, la mirada de alguien que ha sido víctima de un duro agravio que nunca está demasiado lejos de su pensamiento. Comenzó a pasearse detrás de la mesa, tres pasos hacia un lado, tres pasos hacia el otro. De pronto, echó la cabeza atrás y se detuvo.

—Lo hice el primer maldito día que llegué. Lo hice para decirme a mí mismo que, en lo que me concernía, mi primer día aquí era el último.

Se produjo un ligero movimiento, casi imperceptible; una muda introspección, un silencioso giro en el que dejaba de culpar a otros y se culpaba a sí mismo. Me miró y, por un instante, pensé que había olvidado quién era yo. Y luego fue como si hubiera olvidado todo lo que había dicho.

—Hay otra cosa que saben muy pocas personas. Cuando Nixon era vicepresidente tenía una grabadora sobre la mesa —dijo Browning, sacudiendo la cabeza con gesto de asombro—. Lo único que tenía que hacer para conectarla era apretar un botón con la rodilla. Ha habido algunos hombres muy extraños en la vicepresidencia... —Con una mirada significativa, me dio a entender que no excluía al actual designado en el cargo—. Pero seguramente Nixon fue el más extraño de todos. —Browning se dejó caer en una silla—. He leído muchas de las biografías sobre él y ninguna se ha acercado a la verdad de lo que era. —Dejó vagar lánguidamente la mirada por aquella sala cuyo ocupante vivía al arbitrio de los plazos—. Es el error que cometemos con muchas personas, pensar que tienen algo en la cabeza cuando, en realidad, no tienen nada.

El silencio se instaló en la habitación. Browning empezó a dar golpecitos, lenta y metódicamente, con una pluma fuente negra contra el duro sobre del escritorio

—Supongo que tienes razón —dijo al cabo de un rato. Sostenía la pluma al revés con los cinco dedos, y no paraba de dar golpecitos con ella—. Es el cargo.

Ya no me hablaba a mí. Ahora hablaba consigo mismo, intentaba dar algún sentido a las cosas.

—No puedes pensar en la persona que ocupa la presidencia como pensabas antes de ella. Conocías a ese tipo cuando se alojaba en moteles baratos y le mentía a cualquier grupo en la calle formado por más de tres personas. Lo conocías cuando no había nada que no fuera capaz de hacer o ninguna promesa que no fuera capaz de suscribir con el fin de conseguir el dinero que necesitaba para ganar. Sabías que el tipo era un cabrón mojigato sin principios, pero estaba tan convencido de su propia rectitud que era capaz de apuñalarte por la espalda y creer que lo hacía en defensa propia. Sabías todo eso, pero ahora es presidente de los Estados Unidos, y entonces piensas en Lincoln y en Jefferson, en Washington y en Roosevelt, y en todos aquellos que fueron grandes, y acabas pensando que debe de haber algo en el cargo que se contagia, de manera que cualquiera que lo ocupe se convierte en un hombre más grande y más valioso que los demás.

El eco de sus palabras quedó suspendido en un silencio apaciguador. Browning dejó ir la cabeza a un lado, y vi una mirada de diversión que brillaba en su rostro suave y redondo.

—Es divertido ver cuánto nos aferramos a nuestras ilusiones, incluso cuando sabemos que no son más que eso. La verdad es que el cargo no cambia nada. Sólo magnifica las virtudes o los vicios que ya existían. —Se inclinó hacia delante, con los hombros por encima de la mesa y las manos hundidas entre las piernas—. Ésa es la clave... entender eso. Escucha lo que dice el presidente, léelo en los periódicos y luego imagina que quien lo ha dicho es otra persona, digamos que el típico hombre de la calle, y verás que es la cosa más absurda que jamás hayas oído en tu vida. Pero nada de eso importa porque, al fin y al cabo, es el presidente, y lo que el presidente dice es importante.

Alzó la mirada al techo e hizo un gesto expresivo con la mano. En su boca asomó una sonrisa que creció, le arrugó las mejillas y siguió hacia sus orejas.

—Es como oír esos aterradores truenos divinos que vienen de las alturas, y luego tirar de la cortina como hizo Dorothy y descubrir que el mago que hay detrás no es más que un anciano inofensivo que insuflaba mucho aire caliente en el formidable nombre de Oz. —Browning se puso en pie de un salto, y en su mirada asomó un brillo pícaro—. Lo cual, por alguna razón, me recuerda que te prometí una visita de la Casa Blanca.

Me dejó a solas unos minutos mientras se ausentaba para hablar en otra sala con alguien de su equipo. Cuando volvió, estaba visiblemente enfadado y gruñía para sí mismo de una manera que me hizo pensar que aquello se debía a su frustración con el papel que le había tocado representar. Cuando cruzábamos el aparcamiento en dirección al ala oeste, había empezado a verlo con cierto sentido del humor.

—Hay espacio para unos cuarenta o cincuenta coches en este sitio. A la oficina del vicepresidente le han asignado dos plazas. Es una ventaja que sea un negociador tan astuto. La oferta original era una sola plaza.

Browning me sorprendió cuando me enderezaba la corbata. Daba la impresión de que pensaba que era una reacción apropiada, incluso subvalorada. Aunque nacidos en circunstancias tan diferentes que se diría que veníamos de dos mundos distintos, Browning y yo pertenecíamos a esa generación cuyas madres decían a sus hijos que podían llegar a ser presidente, cuando aquello era considerado el más grande de los honores y no una deshonra. Nacimos en los días en que Franklin Delano Roosevelt gobernaba en la Casa Blanca, cuando incluso sus enemigos tenían que reconocer que era una figura. Eso era antes de que Johnson y Nixon, Carter, Ford y los demás —algunos de ellos hombres decentes, pero ninguno de ellos grande— presidieran nuestra larga y progresiva decadencia. Si la democracia era nuestra religión cívica, la Casa Blanca había sido nuestro lugar de culto.

Browning me llevó primero a la Sala Roosevelt porque, me dijo, tenía una historia que contarme.

—Cuando Truman era presidente, esto estaba en ruinas. Se caía a pedazos, literalmente. Truman se mudó, se instaló en Blair House más o menos un año mientras lo renovaban todo. Él quería una sala junto al despacho oval que pudiera utilizar para reuniones y actividades de prensa, ese tipo de cosas. Fue idea de Truman darle el nombre de Sala Roosevelt. Es la única sala de la Casa Blanca bautizada con el nombre de uno de sus inquilinos. La Sala Lincoln no se llama así, en realidad. Sencillamente era el lugar donde dormía Lincoln y donde, más tarde, durmieron muchos contribuyentes ricos. Y bien, aquello se entiende en Truman, pero ¿qué tenía que hacer Eisenhower? Hoy en día, alguien insistiría en el derecho a rebautizar la sala. Eisenhower era demasiado sutil para hacer algo así —dijo Browning, sonriendo ante el ingenio y el arte del general—. Sencillamente reemplazó el retrato de Franklin Roosevelt por uno de Theodore Roosevelt. El genio radica en la sencillez. Fue mi abuelo quien me lo enseñó. Eisenhower es presidente y la Sala Roosevelt sigue siendo la Sala Roosevelt, pero sin decir una palabra a nadie, ya no pertenece a FDR.

»Eisenhower inició una tradición, como los partidos entre el Ejército y la Marina o alguna otra famosa rivalidad universitaria. El ganador se podía quedar el cuadro que deseara. Y así continuó, los demócratas ponían un Roosevelt y los republicanos otro Roosevelt... Hasta Clinton —Browning me lanzó una mirada torva—. No había ninguna tradición que él no estuviera dispuesto a romper. Él no colgó el retrato de FDR, y dejó el de Teddy en su lugar. —Sacudió la cabeza pensativamente—. Quizá porque pensaba en sí mismo como un progresista al estilo de TR. O quizá pensó que la mejor manera de situarse para ser reelegido era hacer creer a los republicanos que, en realidad, él era uno de ellos. Cualquiera que haya sido la razón, Clinton no conseguía llevar las cosas hasta el final. Tenía que darse a sí mismo una ventaja, un ángulo, una manera de demostrar que no rompía de verdad con una tradición, sino que comenzaba una nueva.

Browning alzó la ceja derecha y echó la cabeza hacia atrás. Se le torcieron las comisuras de los labios mientras pesaba en la balanza lo que se había hecho.

—¿Y por qué no? Para los Clinton y el resto de esa generación nacida después de la guerra, la historia y todo lo demás comienza y termina con ellos.

Las arrugas en su frente, apenas visible cuando su rostro tenía un aspecto normal, se le hundieron más profundamente en la piel. Bajó su mirada pensativa y comenzó a torcer la boca de un lado a otro. Dejó vagar la mirada al azar por el suelo de la sala y la alzó poco a poco hasta que, por un momento fugaz, se encontró con la mía y enseguida volvió a desviarla.

—Había algo de tramposo, incluso de cobarde, en su manera de hacerlo. —Browning respiró, casi un suspiro, pero lo bastante largo para subrayar lo que estaba a punto de decir—. Lo que ocurre cuando haces las cosas a medias, porque tienes demasiado miedo de ofender a alguien para ser sincero y directo, es que la gente estará de acuerdo o no, pero al menos te respetará. Clinton no podía sencillamente dejar que el retrato de Teddy Roosevelt permaneciera ahí. No era suficiente identificarse con un republicano antes que con un demócrata. También había un tercer Roosevelt famoso. Sí, exactamente... Eleanor. —Browning abrió los ojos de par en par. Comenzó a reír—. Él no volvería a poner el retrato de Roosevelt sobre la chimenea —explicó, señalando con la cabeza hacia el retrato de Teddy Roosevelt—, pero podía poner un busto de la mujer de Franklin por debajo del cuadro que conservaba.

Browning metió sus delicadas manos en los bolsillos de la chaqueta de su traje azul a rayas y se alzó sobre la punta de los pies con una expresión de reflexiva diversión en la cara.

—¿No te parece casi oír los engranajes que giran, las ruedas que dan vueltas y vueltas en ese cerebro calculador? Alguien le habría contado la historia de Eisenhower y de cómo había cambiado el significado sin cambiar el nombre. Hay algo esencialmente mezquino en una cosa así —dijo Browning, cuando salíamos de la sala—. Creerte muy listo por imitar lo que ha hecho otro.

Cuando llegamos a la puerta, miró por encima del hombro hacia la repisa vacía de la chimenea.

—La historia tiene un final interesante, una curiosa ironía en aquel intento más bien burdo de relacionarse con la notable mujer de FDR. El día que Clinton hizo aquella declaración memorable, quizá la única declaración memorable que hizo jamás, aquella primera negación irritada, sacudiendo el dedo ante la cámara, insistiendo con tanto desparpajo que jamás había tenido relaciones sexuales «con esa mujer, la señorita Lewinsky». Lo hizo ahí mismo, frente a la chimenea, justo frente al busto de Eleanor Roosevelt. Fue un milagro que el busto no cayera y se hiciera añicos, que no se rompiera en mil pedazos.

Desde la Sala Roosevelt, Browning me enseñó una oficina junto a la del jefe de gabinete de la Casa Blanca.

—¿Sí, señor vicepresidente? —preguntó una mujer de mediana edad con mirada suspicaz y una boca nada sonriente. Tapó el micrófono del teléfono con una mano. Browning la ignoró. Ella volvió a su llamada, pero con la mirada fija en él, observándolo, como si Browning fuera un intruso que no tenía ningún derecho a estar ahí. Browning mantuvo la puerta abierta el tiempo suficiente para que yo echara una mirada.

—Aquí han tenido los últimos vicepresidentes las oficinas de su equipo de trabajo. —Con la mano aún en el pomo de la puerta, señaló hacia un pasillo—. Junto al jefe de gabinete del presidente, justo más allá del despacho oval. No había ni una sola promesa que no estuvieran dispuestos a hacer —dijo, bajando la voz al ver que se acercaba alguien que salía de la oficina del jefe de gabinete—. Y no hay ni una sola que hayan cumplido.

Browning levantó la cabeza bruscamente.

—Hola, Arthur —dijo, con tono firme, al estilo ejecutivo—. ¿Cómo estás? —Se estrecharon las manos y Browning hizo la presentación—. Arthur, quiero que conozcas a un viejo amigo, Joseph Antonelli. Y éste, desde luego, es Arthur Connally, el jefe de gabinete del presidente.

En el rostro redondo e inexpresivo de Connally había una mirada vacía. Mi nombre no le decía nada y tuve la impresión de que, aunque le hubiera dicho algo, no lo habría mostrado. Trabajaba para el presidente, y todos los demás eran juzgados en relación con eso. Volvió a mirar a Browning antes de que acabara de estrecharme la mano.

—¿Qué te trae por aquí, Tom? — preguntó Connally, con una voz distante y preocupada. Miró de reojo hacia el fondo del pasillo. Comenzó a caminar, esperando que Browning lo acompañara. Browning no se movió. Connally se detuvo, miró hacia nosotros, impaciente, ansioso por irse.

—Pensé que querrías hablar de ello en privado —dijo Browning, con un tono de voz discreto aunque, por lo que parecía, no presagiaba nada bueno.

Con un voluminoso archivador bajo el brazo, Connally explicó que ya llegaba tarde a una reunión. Browning lo detuvo con una mirada gélida.

—Dile al presidente que tengo que hablar con él.

Connally negó con la cabeza, como si los dos supieran que eso era imposible.

—No volverá antes de tres días. Y después... Y bueno, ya sabes lo difícil que es. —Volvió a sacudir la cabeza y se alejó a toda prisa, y sólo aminoró el paso cuando Browning lo llamó.

—Entonces dile al presidente que lo he intentado.

Yo no sabía qué significaba aquello, pero no me correspondía preguntar. Sin embargo, era obvio que fuera lo que fuera se estaba fraguando desde hacía mucho tiempo. Browning lo había intentado con buena educación, con aquella corrección suave y pulida que al menos permite que los enemigos se hablen. Connally —si así se podía entender la mirada de ese funcionario— y otros en la Casa Blanca ni siquiera harían eso.

—¿Siempre hace lo mismo? —pregunté, siguiendo una corazonada.

—¿Connally? Sí. Sea lo que sea lo que le preguntes... sí, siempre hace lo mismo. Otro cosa no, pero sí es consecuente. Así que, sí, sea lo que sea siempre es igual. ¿Qué detalle desagradable en particular has observado en este desagradable ejemplar de hombre mezquino?

La sonrisa irreprimible y traviesa volvió a brillar en su rostro, el comentario encantador y malicioso sobre su propia irreverencia, la sonrisa que asomaba como un cartel publicitario de neón de su propio trabajo, considerado el mejor.

—Dime, Antonelli, dime —insistió cuando salíamos del ala Oeste y nos encontramos con el aire espeso y húmedo del exterior—, ardo en deseos de saber qué fue lo que particularmente te llamó la atención en ese monumental...

—¿Siempre mira a todos como si no existieran?

Browning inclinó la cabeza a un lado, y la mirada traviesa se borró de su expresión. Pensaba en lo que yo acababa de decir, le dio un par de vueltas en la cabeza.

—Sí —dijo, con voz queda, como si se hablara consigo mismo—. Siempre, salvo cuando mira al... Pero, claro —siguió, como si se le acabara de ocurrir—, muchos de los que trabajan aquí hacen lo mismo. En realidad, no ven nada excepto lo que ya creen saber. Y hay una cosa de la que están seguros —dijo, con una mueca letal—, y es que se tienen que deshacer de mí.

Un par de personas, miembros de su equipo, intentaban llamar su atención. Él los despachó con un gesto de la mano, como quien espanta moscas.

—Siéntate —ordenó con tono mecánico, y se dejó caer en la silla detrás de esa mesa de trabajo demasiado pomposa. Dejó descansar la barbilla sobre el pecho y me miró desde su ceño. Su aspecto era el de un inocente escolar que no dejaba de tramar jugarretas. El hecho de que lo odiaran, de que los asesores del presidente y, presumiblemente, el propio presidente deseaban que desapareciera de escena tenía el efecto, quizá no del todo raro o sin precedentes, de revitalizar sus sentidos y devolver a su rostro todo su color.

Su mirada se posó sobre un documento que había sido depositado discretamente en una esquina de la mesa durante su ausencia. Por el asomo de expresión que percibí en su boca, supe que el documento en cuestión no era ninguna sorpresa. Browning frunció los labios, entornó los ojos y, con la punta de tres dedos, empujó el documento hacia mí.

—Lee esto —dijo, y una sonrisa extraña y amarga asomó en sus labios—. Yo dirigía la tercera empresa más grande del mundo —comentó, y las palabras venían de lo profundo de su pecho. Su mirada se tiñó de una pátina de alegría vehemente y vengativa—. Pertenecí al Senado de los Estados Unidos durante casi diez años —prosiguió, y la voz se volvió más profunda e insistente. De pronto se inclinó hacia delante en la silla, con el desafío y el humor pintados en el rostro. Sus manos pequeñas se convirtieron en puños petulantes y dio un golpe sobre la mesa del segundo de la clase—. Yo habría sido presidente si esa traicionera pandilla de delincuentes ahí dentro no hubiera adoptado esa actitud incalificable, si no hubieran desatado una campaña de verdades venenosas a medias y mentiras abiertas. Yo lo acepté, consentí asumir la vicepresidencia porque sin mí no podrían ganar en Michigan, y sin Michigan no podían ganar. ¡Y después de todo eso —rugió, con una voz que reverberó entre las paredes de la sala—, este imbécil se atreve a decirme que me queda otro discurso por pronunciar... no puede ser!

Browning comenzó a pasear por la sala fuera de sí, con una especie de júbilo rabioso ante la estupidez de aquellas personas que despreciaba. De pronto se detuvo, dio media vuelta y me miró como si, finalmente, hubiera alguien que le entendiera.

—Yo pensaba hacer unos cuantos comentarios, recordarle a la gente con toda la amabilidad posible que la idea que algunas personas tienen de que el país debe una reparación por la esclavitud refleja una cierta ignorancia sobre un pequeño asunto llamado Guerra Civil. El presidente está en contra. Todos los que trabajan en la administración y que han sido sondeados sobre el tema están en contra. Pero a mí no me permiten decirlo porque alguien podría alegar que es ofensivo.

—¿No te parece magnífico? Los únicos conocimientos, las únicas nociones de historia de toda una generación que está creciendo proceden del cine; y todos son demasiado perezosos, o demasiado estúpidos para preguntar qué idea tiene sobre la Guerra Civil esta gente que pide formación. ¿Qué creen que habría pasado si el Norte —si Lincoln— no hubiese estado dispuesto a que se perdieran las vidas de cientos de miles de hombres para salvar la Unión? ¿De qué tipo de reparaciones estarían hablando hoy en día?

Con una mirada dubitativa e inquieta asomando en sus ojos inquebrantables, Browning se inclinó sobre la mesa barnizada que ocupaba la sala de un lado a otro.

—Todo habría cambiado —afirmó, con tono grave y reflexivo—. La esclavitud habría triunfado. El Norte habría sido una fracción de lo que es Estados Unidos actualmente. ¿Cuál habría sido el resultado de las guerras del siglo XX? Una Alemania invencible. La esclavitud de los negros. El exterminio de los judíos. —Browning echó la cabeza hacia atrás para escudriñar más de cerca lo que ya sabía—. Lincoln no sólo salvó a la Unión, salvó también al mundo. Y él lo sabía, por cierto. Al parecer nadie lo ha entendido, es decir, que ¡Lincoln lo sabía! Eso es lo que quería decir cuando anunciaba que éramos la última y mejor esperanza de la libertad, la última oportunidad, en realidad, de «un gobierno del pueblo, por el pueblo y para el pueblo». —La boca se le torció en un gesto de desprecio—. ¿Reparaciones? Que lean el segundo discurso de investidura. Que vayan a ver las tumbas, en Gettysburg, en Antietam. —Suspiró y sacudió la cabeza—.

Cuando no puedes hablar de Lincoln y la Guerra Civil ya puedes despedirte de la esperanza de que este país represente algo más importante que cómo ganar dinero y enriquecerse. Pero intenta hablar de esto a la gente ahí dentro —dijo, y señaló con la cabeza hacia el edificio adyacente de la Casa Blanca—. Lo único que entienden es lo que creen que tienen que hacer para ganar las próximas elecciones. —Guardó silencio un momento y luego, con una sutil media sonrisa que parecía guardar la clave de todo, añadió—: Y, desde luego, las que vendrán después de ésas.

»Lincoln —murmuró para sí mismo cuando volvió a sentarse—. Wilson lo entendió —afirmó, y me lanzó una mirada—. ¿Sabías que Wilson escribió una historia de Estados Unidos? Estás ante el único hombre aún vivo que puede afirmar con toda sinceridad que se ha leído los cinco volúmenes. Wilson utiliza una curiosa expresión, una y otra vez, cuando intenta describir lo que sucedía al terminar la guerra y salvarse la Unión. Todo empezó entonces, cuando las fuerzas de la industrialización de repente se desataron y el país comenzó a convertirse en lo que es hoy en día. Wilson, que era un académico, sólo podía verlo desde el exterior. No dejaba de usar la expresión "hombres en etapa de formación". Intentaba entender qué condujo a toda esa gente a arriesgarlo todo para construir todas esas fábricas y plantas, todas esas hilanderías y refinerías, esa infraestructura que cambió no sólo lo que éramos, sino, más importante aún, quiénes pensábamos que teníamos que ser. "Hombres en etapa de formación." No es una mala frase, capta aquella realidad industrial frenética de la época.

Cuando Browning hablaba de algo sobre lo que había reflexionado mucho entrecerraba los ojos y con los dedos de la mano derecha se presionaba un lado de la barbilla, se rascaba o se pellizcaba el extremo de su labio inferior. Era un gesto que rayaba en la ansiedad, aquel dedo que se movía sin cesar, una y otra vez, y cada vez más rápido hasta que, de forma repentina e inesperada, paraba. La mano caía, generalmente sobre la pierna, mientras su mirada recuperaba su talante normal, casi lánguido. Eran grandes semicírculos que lo miraban a uno con la ironía desenfadada de quien sabe que existen límites a todo aquello que le gustaría explicar.

—Es probable que marginarme de la Casa Blanca y ponerme aquí sea lo más conveniente. Ésta, por cierto, era la oficina de la Marina después de la Guerra Civil. Durante un tiempo, hubo en este edificio las sedes de los departamentos de la Marina, el Ejército y del Secretario de Estado. Cuando se construyó, era el edificio de oficinas más grande de Estados Unidos: cinco plantas, más dos plantas subterráneas. —Browning abrió los ojos desmesuradamente—. Es lo que consiguió la Guerra Civil, lo que consiguió Lincoln, es decir, que el gobierno nacional fuera mucho más poderoso e importante que los estados. Lincoln recreó los Estados Unidos, algo que probablemente haya que volver a hacer —añadió Browning, y se encogió de hombros con el gesto que sugería que sólo era una manera de hablar, una manera de expresar la insatisfacción con el giro que habían cobrado los acontecimientos.

Sin embargo, más allá del sentido superficial de las palabras, creí entender algo más, una ambición que, aunque distante, permanecía siempre en el horizonte. Parecía encajar con aquel desprecio que había exhibido con tanta presteza al comentar que sólo las próximas elecciones tenían alguna trascendencia o significado para quienes gestionaban los asuntos en el edificio adjunto.

—Lo curioso —siguió Browning, sin pausa— es que ocurrió algo que desde el principio puso de manifiesto la tensión entre los esfuerzos de la previsión humana y la revolución científica que se avecinaba. Basta con mirar estas paredes —dijo, maravillado por algo más que su altura—. Dos metros de hormigón armado, construidas para soportar... ¿qué otra cosa iba a ser?: un bombardeo con cañones. Pero en 1872, un año o dos después de acabar los trabajos, se empezaron a construir rascacielos de acero. ¿No ves la gran paradoja? Que el edificio más grande que había construido no sólo el gobierno sino nadie se convirtiera en obsoleto el día que era inaugurado. —Browning dejó escapar una risa grave y pensativa—. Algo bastante parecido a lo que pasó conmigo el día que juré el cargo.

El teléfono en su mesa sonó con un timbre sordo. Browning contestó.

—Sí, ya entiendo. De acuerdo. En ese caso, me gustaría que alguien acompañara al señor Antonelli en una visita. Podemos volver a ello esta tarde... ¿El embajador de...? Sí, eso es. No debería tardar demasiado. ¿Puede usted llamar a la señora...? ¿A qué hora? Oh, ya entiendo, de acuerdo. Sí, ahora mismo.

Browning colgó y, con la mano todavía sobre el teléfono, se quedó mirando fijo al frente, como si quisiera organizar sus impresiones inmediatas, recordando lo que tenía que recordar y olvidando lo que podía. Dejó el teléfono y me miró con una sonrisa amable e impotente.

—Me temo que me ha estallado una pequeña rebelión en las manos —dijo, y señaló con la cabeza hacia la puerta que daba a la oficina exterior—. Volveremos a encontrarnos al final de la tarde. Hay un país del que probablemente nunca has oído hablar que de pronto se ha gastado la mitad de su producto interior bruto en una embajada nueva, y se supone que yo debo hacer algún comentario al respecto. —Me miró con una sonrisa traviesa—. O quizá bastaría con presentarte y que tú hicieras los comentarios en mi lugar.

Me acompañó hacia la puerta, pero al cabo de unos cuantos pasos rápidos cambió a un ritmo más lento. Su expresión era pensativa y aun algo oscura. Cuando llegamos al otro extremo de la gran mesa pulida dejó descansar la mano derecha sobre el respaldo de una silla. Me escrutó con una repentina severidad, como si dudara de algunas suposiciones que había hecho. Y luego, aparentemente satisfecho porque no se había equivocado, tuve la impresión de que se disculpaba con la mirada.

—Aquello de lo que hablamos anoche... en Nueva York. Me temo que es verdad. Habrá una acusación. Puede que tarde menos en llegar de lo que pensaba. Y cuando llegue —me puso la mano en el hombro y me miró fijamente a los ojos—, necesitaré tu ayuda.

Browning sacudió dos veces la cabeza, rápidamente. Luego abrió la puerta y con una ancha sonrisa dirigida a quienes lo esperaban me despachó para que siguiera con mi visita.

6

Elizabeth Hartley fue la encargada de mostrarme Washington, no del todo como si fuera un turista, más bien como alguien que miraba desde el exterior. Elizabeth se empeñó en hacerme saber que se había graduado en la Facultad de Derecho de Harvard.

—Como Browning —dije, sonriendo para mis adentros—. Aunque supongo que tú habrás conseguido mejores notas. —Ella conducía y en ese momento pasábamos frente al Smithsonian Institute y ella acababa de hacer un comentario sobre una reciente exposición. El comentario sobre las calificaciones de Browning fue un cebo para captar su atención.

—¿No fueron buenas sus notas? —preguntó, con expresión sonriente.

—Sus notas estaban bien —aclaré—. Pero nunca le prestó importancia a salir en la *Law Review* ni a ser de los primeros de la clase. Tú sí has salido en la *Law Review*, ¿verdad?

Ella asintió con una sonrisa leve y amable, ansiosa por saber más acerca de Browning. Era una chica inteligente y atractiva, y sorprendentemente rápida, pero estaba demasiado cerca de lo que anhelaba y carecía de la distancia necesaria para verlo desde otra perspectiva. Con el tiempo se daría cuenta, pero ahora, a pesar de los largos silencios y el talante amistoso, era demasiado evidente que nunca descansaba, que la única idea que tenía en la cabeza era cuál sería su próxima jugada.

—Browning deseaba hacer muchas otras cosas. Estudió en Harvard porque quería aprender algo sobre leyes. Yo fui a Harvard por-

que siempre supe que quería ser abogado. Hay una diferencia. Y no
—dije, antes de que ella preguntara—, tampoco yo salí en la *Law
Review*.

Me propuso comer en Georgetown, pero yo preferí invitarla a
un chiringuito de perritos calientes a los pies de las escaleras del Memorial Lincoln. Lo había visitado antes, en otros viajes a Wahing-
ton, y quería volver a verlo.

—¿Cuánto tiempo hace que trabajas para Browning? —pregunté, y con el dorso de la mano me limpié la mostaza que me había
manchado el mentón.

—Hace mucho —dijo ella, con el entrecejo arrugado por el
sol—. Más de dos años. Empecé durante la campaña, en New
Hampshire.

—¿Por qué Browning?

Ella acabó su perrito caliente, arrugó la servilleta que no había
usado y lo tiró todo en una papelera de malla metálica.

—¿Siempre lo llama así? —preguntó, cuando yo daba el último
mordisco y me limpiaba la boca. No entendí la pregunta—. Siempre
se refiere a él por su apellido.

No estaba seguro de querer contárselo.

—¿Cómo lo llamas tú?

—Vicepresidente.

—¿Cómo lo llamabas antes, antes de New Hampshire, antes de
las primarias, al comienzo de la campaña?

—Senador. —Hablaba muy en serio.

—¿Y cómo lo llamabas por la espalda? ¿Cuándo te burlabas de
él, cuando lo imitabas?

Elizabeth me escrutó con lo que sólo podría describir como curiosidad profesional. Me sentía como el miembro de alguna tribu
desconocida ante la mirada relativamente asombrada del antropólo-
go, un isleño de Trobriand que se encuentra frente a la neutralidad
paternalista de una Margaret Mead.

—¿Nunca te reíste de algo que hubiera hecho? ¿Nunca te has
reído un poco de esa manera suya de dispararse en medio de una
frase, tan atrapado por su propio entusiasmo que de repente ni siquiera recuerda qué iba a decir? —Fruncí una ceja, intentando en-

contrar aunque no fuera más que un asomo de comprensión en su mirada impenetrable—. ¿Me dirás que Browning nunca hacía eso, que nunca se enredaba en lo que decía, que nunca se ponía a reír porque se daba cuenta de que esa manera de estropearlo todo era una de las cosas más puñeteramente divertidas que había oído en toda su vida?

Percibí un ligero brillo de reconocimiento, una fisura en el hielo del grosor de un cabello.

—Hablar mal de sí mismo. Sí, era uno de sus puntos fuertes. Trabajamos mucho en eso.

—Browning —dije, sacudiendo la cabeza mientras comenzaba a subir las escaleras.

—¿Sí?

—Me has preguntado por qué lo llamaba así.

—Sí —dijo ella, que todavía estaba interesada.

—Porque así hablábamos entonces.

—¿Sí?

—Sí.

Una expresión de perplejidad tiñó su mirada seria. No entendía. Eso no era lo que la preocupaba. No entendía por qué no entendía.

—Queríamos hablar como la gente que sabía las cosas que valía la pena saber, y eso quería decir con cierta formalidad. De modo que supongo que hicimos una especie de juego con ello. En lugar de usar los nombres de pila, usábamos los apellidos, porque eso nos recordaba que queríamos ser hombres serios que hicieran cosas serias. Yo lo llamaba Browning y él me llamaba Antonelli.

Llegamos a lo alto de la escalera. La estatua de Lincoln, con las rodillas juntas y dobladas y sus enormes manos sobre los brazos de la silla, se elevaba por encima de nosotros. Las palabras inscritas en mármol blanco me recordaron algo en lo que no había pensado en años.

—En cuarto de primaria tuve que memorizar eso. Si tuviera que hacerlo, lo recitaría, casi todo, incluso ahora. En aquellos días, todos tenían que hacerlo, memorizar el discurso de Gettysburg. Pero cuando estábamos en la facultad de derecho, Browning se aprendió de memoria el segundo discurso inaugural. Sentía una fascinación

por la historia de Estados Unidos, por cómo el país había cambiado.
Creo que se sentía más atraído por ese discurso por lo que había hecho su abuelo, por los cambios que habían tenido lugar después de
Lincoln y después de la guerra. Sólo estoy especulando, pero creo
que él creía que esos cambios se habían producido a un determinado precio, y que la única manera de saber cuál había sido ese precio
consistía en volver atrás y ver cómo eran las cosas en el pasado, intentar entender qué creían hacer las personas que propiciaron los
cambios. De modo que mientras el resto de nosotros estaba enfrascado en textos sobre los Contratos y la Propiedad y el Conflicto de
Derecho, Browning leía cosas que todos deberíamos haber leído
pero para las cuales no encontrábamos el tiempo. Pero, desde luego,
Browning siempre podía hacer cosas de las que los otros eran inca-
paces.

Ella asintió para dar a entender que comprendía, y yo sabía que
no comprendía nada en absoluto.

—No, aquello que he dicho no iba en serio, cuando dije que
Browning había venido a estudiar a Harvard para aprender algo sobre leyes, pero no para convertirse en abogado. Su mente no paraba
de elucubrar ideas, su curiosidad era insaciable. Entendía ciertas cosas que yo no captaba, y lo hacía con sólo una mirada. Se aprendió
de memoria el Segundo Discurso Inaugural de Lincoln. Una noche
lo recitó textualmente. Cuando le pregunté por qué lo había hecho,
me contestó que lo admiraba tanto que quería convertirlo en algo
propio. Y luego me dijo algo en lo que he pensado a menudo porque se afirma cada vez más como una verdad. Dijo que ese discurso,
el último discurso importante que pronunció Lincoln, marcó un
hito, que nunca más se pronunciaría un discurso como aquél en Estados Unidos y que cada generación se alejaría más y más de su espíritu.

Me había dejado llevar por los recuerdos de un pasado que sólo
recordaba vagamente, por esa presencia de Lincoln sumido en sus
pensamientos y por el recuerdo de lo que habíamos sido en el pasado y podríamos volver a ser. Me había dejado llevar por el deseo inocente y quizá desacertado de contar algo valioso a alguien joven e inteligente. Me sentía algo ridículo, y la verdad es que no me importaba

demasiado. Aunque ella no entendiera lo que yo le decía, o aunque pensara que era una banalidad aburrida en su vida ajetreada y jalonada por la ambición, al menos tenía la satisfacción de haber dicho la verdad. O lo que sabía de la verdad, porque, desde luego, toda la verdad en relación con Thomas Browning era algo que superaba por mucho toda mi capacidad.

—Tengo ese Segundo Discurso Inaugural de Lincoln —dijo ella, con una especie de certeza expectante—. Tengo todos los discursos de Lincoln. En mi ordenador. Puedo consultar cualquiera de ellos, el que quiera. Incluso puedo escribir una palabra clave, por ejemplo, *libertad*, y encontrar todas las ocasiones en que Lincoln la pronunció. Y no sólo Lincoln, desde luego. También Roosevelt y Kennedy, casi cualquier discurso, todos los discursos presidenciales que han sido pronunciados. —Con lo que parecía genuina simpatía, como el lamento del médico por el fármaco milagroso que, de haber sido descubierto antes, habría salvado la vida de uno de sus pacientes preferidos, añadió—: No tendría por qué haber dedicado tanto tiempo a memorizar el Segundo Discurso Inaugural. Le habría bastado con escribir una palabra clave.

Aquello me devolvió a la realidad. Miré mi reloj. Elizabeth Hartley miró el suyo. Bajamos por las escaleras abriéndonos paso entre turistas sudorosos y con ojos desmesuradamente abiertos que bajaban de un autocar mientras caminábamos hacia el coche de ella.

—Explícame algo, Elizabeth —dije; ella puso el motor en marcha y miró por el retrovisor—. Estuve con el vicepresidente esta mañana en la Casa Blanca. ¿Por qué da la impresión de que esa gente lo odia tanto?

Ella me lanzó una mirada rápida y luego volvió a mirar el camino. Aquella era una pregunta de absoluta actualidad. Me lanzó una segunda mirada, como recordándose que aquella conversación era segura, que yo era el viejo e íntimo amigo del vicepresidente. Aun así, deseaba estar segura.

—Leí el discurso del vicepresidente, el que pronunció anoche en Nueva York. ¿Usted sabía lo que pensaba decir acerca de usted? —preguntó con una sonrisa que insinuaba que ella lo había sabido con semanas de antelación.

—No, lo único que sabía era que quería que yo estuviera presente. Es la única razón por la que asistí —reconocí—. Porque él me lo pidió.

—¿Lo llamaron de la oficina?

—No, llamó Browning..., quiero decir, el vicepresidente. ¿Por qué a Arthur Connally, concretamente, le cae tan mal?

—¿Recuerda cuando Kennedy escogió a Johnson y cómo todos los colaboradores de Kennedy, los más cercanos, se pronunciaron en contra de esa decisión?

Después de todo, la chica sabía algo.

—Sobre todo su hermano Bobby —dije; pensaba en la facilidad con que los enemigos se transforman en amigos cuando era la única manera de ganar. A quienes resultaba más difícil convencer de que los enemigos del pasado no se convertirían en enemigos del presente no solían ser las personas más importantes, sino a las que trabajaban para ellas, las que creían en ellas.

—Esto se le parece, pero es peor. En realidad, nadie creía que Johnson fuera más inteligente que Kennedy o que sería mejor presidente. Todos sabían que Thomas Browning era enormemente inteligente y que casi cualquiera sería mejor presidente que el chico idiota de Carolina del Norte.

—¿El chico idiota? —pregunté, sin reprimir la risa.

—Bueno, teníamos que burlarnos de alguien, ¿no le parece?

Giró en una esquina y aparcó en una calle estrecha y flanqueada por árboles debajo del Capitolio.

—Pensé que le gustaría ver algo del Capitolio. O podemos sencillamente caminar. O encontrar un lugar donde sentarnos y charlar.

Subimos por la calle que rodea al Capitolio hasta que llegamos frente a la fachada de mármol blanco del Tribunal Supremo.

—¿Ha presentado alguna vez algún recurso de apelación ante el Supremo?

—No, nunca.

—¿Le gustaría haberlo hecho alguna vez?

Negué con un gesto de la cabeza, no del todo seguro.

—No lo creo. Soy un abogado de juicios. Nunca he trabajado demasiado en casos de apelación. No sabría qué hacer.

—¿Conoció a Reynolds? Eran de la misma promoción en Harvard.

Quizá le había dicho demasiadas cosas sobre Browning. No pensaba decir ni una palabra acerca de Reynolds ni de lo que sabía de él. Reynolds había sido un mentiroso y un tramposo, un atado de nervios que estudiaba con una devoción maniática y que, por miedo a olvidarlo todo sometido a aquella presión, llevaba chuletas a los exámenes finales. Nunca lo sorprendieron, pero todos sabían que lo hacía. Y ahora se había convertido en el juez Reynolds y, al menos hasta entonces, ninguno de los que lo conocimos le había contado a nadie lo que sabíamos.

—No, en realidad, no. Creo que teníamos un par de asignaturas juntos. Creo que no sólo era eso —dije, y me encogí de hombros.

Caminamos hasta Union Station, rescatada de su horrible decadencia y restaurada de como era cuando la única manera de llegar a Washington D. C. era por ferrocarril. Tomamos una taza de café en un bar en el interior de la enorme cúpula.

Yo quería saber más cosas acerca de lo que estaba sucediendo. Por qué, si es que Browning estaba en lo cierto, alguien estaba dispuesto a llegar al extremo insospechado de inventar un caso de asesinato a partir de un accidente, un accidente ocurrido hacía tanto tiempo que era muy probable que no quedaran más de media docena de personas que recordaran a Annie Malreaux. Browning parecía seguro de que se trataba de una conspiración para expulsarlo del cargo. ¿Pero por qué a alguien habría de importarle tanto que Browning fuera vicepresidente? Elizabeth Hartley no tenía ni idea de lo que había sucedido en una habitación de hotel en Nueva York unos años antes de que ella naciera, pero sabía mucho más que yo acerca de las actuales circunstancias de la vida de Thomas Browning. Suponía que me podía contar cosas que, al parecer, el propio Browning no estaba dispuesto a contarme.

—¿Qué sucedió? ¿Por qué perdió Browning? ¿Y por qué aceptó la vicepresidencia? Thomas Browning es la última persona que conozco que se contentaría con un segundo lugar.

Ella había invertido tanto de sí misma, tanto de su propia y brillante ambición en la carrera de Browning por la nominación que, aunque la edad marcara cierta distancia, incluso aunque propiciara una especie de irónica indiferencia, jamás sería capaz de pensar en ello sin tener el sentimiento de haber perdido algo, una oportunidad que se tiene sólo una vez en la vida.

—Nosotros no queríamos que la aceptara —dijo, y asintió con gesto pensativo—. Al llegar a la convención, sabíamos que Walker tenía la nominación en el bolsillo. No era eso lo que importaba —continuó, como si lo reviviera mentalmente una y otra vez—. Lo que importaba era que habíamos llegado más cerca de lo que nadie creía. Queríamos hacer lo que hizo Reagan, en... 1972 o 1976, cuando perdió ante Ford: pronunciar un discurso que nadie olvidaría.

—De modo que cuatro años más tarde, cuando Ford perdió —en este caso, Walker— vosotros comenzabais la carrera a la nominación como favoritos.

Elizabeth estaba sorprendida, incluso un poco impresionada.

—Así es, exactamente. Excepto, desde luego —siguió, rápida, volviendo al hilo conductor de su idea—, que no teníamos el atractivo que tenía Reagan para los neoconservadores. Walker lo tenía. Pero nosotros no queríamos demostrar que teníamos más apoyo de los conservadores, queríamos demostrar que teníamos más apoyo en todo el país. Walker tenía la nominación, pero no tenía ninguna posibilidad real de ganar las elecciones. No había manera de volver al centro cuando se ha ido tan a la derecha. Nos destruyó en Carolina del Sur con el tema del aborto o con el tema de la oración en las escuelas. Prácticamente insistió en que cada cual tenía no sólo el derecho, sino el deber de poseer un arma de fuego.

Me lanzó una mirada fugaz y angustiada, como alguien que intentara hacer todo lo posible por no llorar.

—Aún podríamos haber ganado si no hubiera sido por esa campaña de rumores de la que esos mentirosos decían ignorarlo todo. Cosas horribles, cosas increíbles —murmuró. Sacudió la cabeza ante la injusticia de todo aquello. Habían hecho cosas despreciables, y se suponía que la gente que hacía ese tipo de cosas perdía.

—Walker iba a perder, y no sería por estrecho margen. Al final, todos entenderían que Browning era la única posibilidad de los republicanos. Fue entonces cuando le hicieron la oferta, si se puede llamar así. Si quiere saber mi opinión, se parecía más a una amenaza.

—¿Una amenaza? —pregunté, aún más intrigado.

—Connally llevó a cabo una encuesta. Diferentes combinaciones. Walker haciendo pareja con una docena de posibles candidatos. Independientemente de quien fuera su compañero, Walker perdía por diez o quince puntos. Excepto cuando lo acompañaba Thomas Browning. En ese caso, el resultado era un empate cerrado. Llevaron a cabo otro sondeo, midiendo Estado por Estado, para ver si sucedía lo mismo en términos del voto electoral.

Recordé el comentario que había hecho Browning.

—Todo dependía de Michigan. Con Browning se repartieron el resto del país y Michigan les daba la victoria.

Ella se preguntó si aquello era una especulación acertada o si yo lo había oído de otra fuente, mejor informada. El café comenzaba a llenarse. Un joven de unos treinta y pico años, con traje y corbata, se había sentado junto a nuestra mesa. Elizabeth le lanzó una mirada rápida de hostilidad, giró su silla hacia mí y bajó la voz.

—Lo necesitaban para ganar, y por eso lo odiaban. —Las cejas le bailaban en su rostro entusiasmado—. En cualquier caso, siempre lo odiarían —explicó—. Esto sólo empeoraba las cosas. Connally le dijo al senador que si no aceptaba presentarse como vicepresidente, la derrota de Walker sería culpa suya y que el ala conservadora del partido jamás lo olvidaría. —Elizabeth hizo una pausa, apretó los labios mientras daba la impresión de que meditaba sobre lo que diría a continuación—. Yo oí decir, no estaba personalmente, pero oí decir que Connally dijo algo sobre cómo el senador seguramente no podía ignorar hasta dónde estaban dispuestos a llegar los conservadores por defender sus creencias.

Me miró para estar seguro de que yo la entendía.

—Hablaban de lo que pasó en Carolina del Norte. Le estaban diciendo que si Walker no era elegido presidente, él tampoco lo sería jamás.

Elizabeth se llevó la taza de café a los labios, vaciló un momento y la volvió a dejar sobre la mesa.

—Desde luego, eso no fue lo único que dijeron. Hablaron de la estrecha colaboración que se establecería. Dijeron que, como vicepresidente, el presidente consultaría con él todo lo que decidiera. Prometieron que después de la convención, los dos equipos de la campaña se fusionarían en uno solo. Prometieron que su palabra sería decisiva en los nombramientos del ejecutivo, incluyendo, sobre todo, y en esto fueron muy explícitos, los nombramientos en la misma Casa Blanca.

Volvió a coger la taza, se la acercó a la boca y volvió a dejarla. En sus ojos se adivinaba una pregunta.

—Él tenía que mentían, que dirían todo lo que hiciera falta para que él aceptara. Sabía que mentían sobre cualquier cosa. Si no lo sabía antes, es evidente que lo supo después de las cosas que dijeron sobre él cuando ganó en New Hampshire.

La expresión de incertidumbre en sus ojos se desplazaba de un objeto inmediato a algo más remoto.

—Todavía no entiendo por qué lo hizo. Sin él habrían perdido. ¿Qué sentido tenía aceptar ser el segundo si, con sólo esperar...?

—¿La amenaza? —volví a recordarle. Me preguntaba cómo podría haber olvidado lo que hacía unos momentos había constituido el núcleo de su argumento acerca de por qué Browning tuvo que hacer lo que hizo.

—Ya lo sé —respondió—. Ya sé lo que he dicho. Sé lo que me han contado. Lo que sucede es que para mí nunca ha tenido demasiado sentido. Si él no hubiera aceptado, si Walker hubiese perdido, ¿qué importaría que todos esos fanáticos de extrema derecha no apoyaran a Browning? ¡Tanto mejor! Browning es un conservador, un conservador de verdad, no uno de esos imbéciles que andan citando la Biblia y, mientras rezan a Jesús, te clavan un puñal por la espalda. —Sus ojos azules eran duros, penetrantes, despiadados—. Preferían elegir a un liberal que a un conservador que no cree que la política sea sólo otro camino a Armagedón. Lo único que había que hacer era dejar que Walker perdiera, demostrar que el ala derecha siempre perdería, demostrar que sólo Browning podía ganar cuando se trataba de los votos de todo el país. Sencillamente no entiendo por qué lo hizo, no llego a entenderlo y supongo que nunca lo entenderé. Y ahora esos desalmados quieren deshacerse de él para siempre.

Otros dos jóvenes se sentaron junto a nuestra mesa. Ya no quedaban mesas vacías y la gente iba y venía bajo la enorme cúpula.

—Caminemos —sugirió Elizabeth. Empujó la silla hacia atrás y se incorporó. Se alisó el abrigo claro con su perfecto corte de hombros y lanzó una mirada cauta a las tres caras de la mesa a sus espaldas.

—Debo estar volviéndome paranoica. Juraría que uno de esos tipos, el que llegó primero, estaba sentado a sólo unas mesas de mí en el restaurante donde cené anoche.

—Quizá sea sólo una coincidencia —aventuré. Ella fingió estar de acuerdo conmigo, pero no antes de volver a mirar para ver si el tipo seguía ahí.

Cuando salimos de la estación y dejamos atrás la marea humana que entraba, ella volvió a hablar de la Casa Blanca y de Thomas Browning.

—Para ellos, es un engorro tenerlo ahí —dijo, con una mueca vengativa—. Cada vez que pronuncia un discurso se puede oír cómo les rechinan los dientes. Sencillamente los vuelve locos —añadió, y la mueca se convirtió en risa—. Que los pongan en evidencia de esa manera; saben que no pueden hacer nada para impedirlo, saben que Browning es brillante y podría pronunciar un mejor discurso en sueños que Walker después de entrenarse diez años. Browning prefiere párrafos llenos de sentido, que a veces pronuncia de memoria y a veces simplemente improvisa, mientras ellos sudan, al borde del coma, pendientes de si han dado, con sus sondeos y sus grupos de trabajo, con aquella palabra que pondrá al presidente en la onda de lo que la gente quiere escuchar, sea lo que sea.

Llegamos al centro de un parque abierto donde se cruzaban varios senderos, a una manzana del edificio Russell de las Oficinas del Senado. Ella se detuvo y giró sobre su talones.

—Pero tendrían que encajarlo, encajar el hecho de que en cualquier comparación entre los dos, el presidente siempre acabará en segundo lugar. Son capaces de soportar cualquier cosa con tal de llegar al poder y quedarse ahí. Y ahora que están en el poder creen que ya no necesitan a Browning. No están preocupados por las próximas elecciones. Están preocupados por las que vendrán después.

—¿Las que vendrán después? —pregunté, subrayando sus palabras. Recordé dónde había oído antes esa misma frase, y en boca de quién—. ¿Cuando el presidente haya cumplido sus dos mandatos, cuando sea otro el candidato republicano?

—Quien asuma el cargo de vicepresidente, si hay un segundo mandato, será el candidato. No hay una certeza absoluta, pero así será. Y si Thomas Browning es el vicepresidente, los del ala derecha se darán golpes en el pecho y amenazarán todo lo que quieran. Browning ganará y ellos lo saben. Por eso quieren a otro, por eso quieren que Browning se descuelgue de la candidatura y por eso están dispuestos a cualquier cosa para deshacerse de él.

Se giró, comenzó a caminar, dio tres pasos y se detuvo.

—Todavía no saben cómo hacerlo. Pero no dude ni por un instante que esos cabrones de mentes retorcidas no tienen otra cosa en la cabeza. Intentan robarse el país, y Thomas Browning es el único que se interpone en su camino.

El arranque de energía, el alivio que experimentaba al decir en voz alta lo que pensaba de verdad le daba un aire frenético a su discurso. Liberada de las propias restricciones que se imponía, se volvía casi vertiginosa. Llevaba las cosas a extremos absurdos.

—Nuestra propia teoría es que usarán a los rehenes.

Yo reí sin saber por qué.

—¿Los rehenes?

Ella adoptó un talante más introspectivo.

—Se suponía que el vicepresidente tenía algo que decir en los nombramientos en la Casa Blanca. Después de las elecciones, eso se concretó en cuatro o cinco cargos para figuras que habían trabajado con nosotros. Ahí están, en alguna parte. Durante el día trabajan en algún asunto menor, pero están encerrados por la noche. Y la única manera de ganar su libertad es que Browning se incline por abandonar discretamente cuando le digan que no irá de candidato.

Aquello apuntaba hacia un dilema interesante. Si era verdad que Connally y, al parecer, también Walker, habían amenazado a Browning con la extinción política si no se unía a la candidatura, ¿qué podían utilizar para que aceptara que lo despidieran sin protestar? Como candidato de su partido, el presidente podía escoger a quien quisiera. Había precedentes de casos en que se había rechazado a un vicepresidente titular pero, como Elizabeth había insistido rotundamente, la estatura de Thomas Browning hacía de él una especie de fuerza independiente. No podía impedir que el presidente escogiera a otra persona, pero podía convertirlo en el equivalente político de un divorcio mal resuelto. Aquella era una posibilidad a la que Elizabeth Hartley había dedicado muchas horas de reflexión. Había sido el tema de acaloradas discusiones entre los que trabajaban para el vicepresidente.

—Llevarlo a la convención —explicó, mientras seguíamos por la acera junto al edificio Russell—. Primero, amenazar con hacerlo, y luego hacerlo. Decirles que no está dispuesto a rendirse. Decirles que pueden escoger a otro, pueden anunciar al mundo entero si les place, pero que él es el vicepresidente, que fue nombrado candidato por una convención y que se dirigirá a la convención para volver a obtener la nominación. —En los labios de Elizabeth asomó una sonrisa astuta; me miró de reojo—. Nunca se ha hecho antes. La televisión estaría fascinada, una convención con algo que merezca la pena seguir. Y no importaría qué sucediera. —Dijo eso último con una especie de profunda convicción, y yo tuve la certeza de que aquél era un argumento que había comenzado a elaborar dentro del pequeño círculo de asesores del vicepresidente.

—¿No importaría qué sucediera? —pregunté—. ¿Quieres decir que daría igual que ganara o perdiera?

—Ninguna diferencia —insistió ella, con una mirada fría, dura y decidida.

—Si pierde, se ha acabado, está fuera. Lo reemplazará otro en la lista.

—Y los demócratas ganarían las elecciones y Browning se presentaría la siguiente vez como el republicano que intentó advertir a todos de los peligros de un triunfo del ala derecha —respondió ella sin vacilar.

Ésa era una de las posibilidades. Pero había otra.

—Él pierde, y a Walker lo eligen para un segundo mandato.

Ella movió la cabeza.

—La posición de Browning no sería peor que si no hubiera presentado batalla. En realidad, sería mejor —corrigió, con una mirada rápida y aguda—. Se ha presentado como alguien que luchará por lo que cree, sean cuales sean las apuestas. Puede presentarse para ser nominado como una manera de continuar la lucha. Si no lo hace, si deja a Walker escoger a quien quiera, ¿cómo explicará cuatro años más tarde que no se opuso a que presentaran a un fanático en su lugar?

Ahora caminaba a buen ritmo y hablaba a toda velocidad. Llegamos a la esquina y esperamos a que cambiara el semáforo.

—¿Y qué pasa si gana, pero Walker pierde? ¿Entonces qué? ¿Acaso no culparán todos a Browning? ¿No dirán que es porque se le ocurrió montar una riña que dividió al partido y permitió que ganaran los demócratas?

Elizabeth Hartley era como una jugadora de ajedrez que había pasado horas, días y años pensando no sólo en todos los movimientos posibles, sino también observando cómo cambiaba todo el tablero con cada nueva jugada. Se lo sabía todo de memoria, lo conocía tan bien que las palabras salían de su boca antes de que acabara de formular mentalmente la idea.

—Perdió porque era Walker, no Browning, el que lideraba la candidatura. Perdió porque Walker intentó forzar la salida de Browning, no porque Browning se defendió luchando y ganó. Perdió porque, sin importar la cantidad de gente que admira y confía en Browning, sigue siendo sólo vicepresidente y porque, después de cuatro años, el público ya ha soportado suficientes desastres naturales y de mojigaterías estrechas y ahora desea otra cosa. De modo que, se mire como se mire, luchando en la convención, el vicepresidente gana.

Cuando todavía no había acabado la frase, su ánimo comenzó a ensombrecerse. Había algo que no sabía, la noción de que había otras fuerzas en pugna. Era como un indicio de peligro, vago, inquietante y real. Ella lo sentía. Había sucedido antes.

—Hay algo… no lo sé… como lo que hicieron en Carolina del Sur. Puede que intenten lo mismo, una campaña de difamación. Si creen que es la única manera.

Elizabeth miró su reloj.

—Tengo justo el tiempo para llevarlo hasta la embajada. Es ahí donde se encontrará con el vicepresidente, ¿no?

Estábamos en Embassy Row, cerca de nuestro destino, cuando recordé algo que había dicho, además de la pregunta que quería hacerle.

—¿Qué pasó en Carolina del Sur?

Elizabeth se detuvo en el borde de la acera.

—Inventaron unas historias horribles, cosas que no eran verdad, historias que no puedes negar sin dar a entender que hay algo de verdad en ellas.

—¿Qué tipo de historias? —insistí.

—Cosas acerca de él, acerca de su mujer. Incluso se decían cosas sobre sus hijos. El peor, eso sí, era un rumor.

—¿Qué rumor?

—El rumor de que años atrás mató a alguien, a una mujer, empujándola por una ventana en un hotel de Nueva York. —Elizabeth sacudió la cabeza—. Son personas peligrosas, señor Antonelli. Si alguien cayera por una ventana ahora, ¿sabe lo que pensaría yo? Que lo hicieron ellos para tener el pretexto de echar a rodar otra mentira odiosa, diciendo que Thomas Browning debe haberlo hecho porque era el tipo de cosas que hacía antes.

7

Era uno de esos países que sólo conocían los escolares obligados a memorizar los nombres de los países en el mapa, uno de esos lugares remotos que, de no sufrir esporádicamente algún terremoto de proporciones devastadoras, jamás salían en las noticias, un lugar que existía sin historia ni memoria desde hacía miles de años. Sólo se podían hacer vagas conjeturas acerca de su población, y al menos una de sus fronteras seguía el curso de los tributarios de un río ancho y caudaloso cuyos meandros no acababan de definirse en los mapas. El armamento de su ejército, orgulloso de sus glorias, oxidado por la lluvia y utilizado de cuando en cuando contra unos pocos civiles desarmados, nunca había sido utilizado en una guerra. Insignificante y olvidado, seguía siendo un país independiente y, en las curiosas ecuaciones de las relaciones internacionales, tenía derecho a intercambiar embajadores en términos de estricta igualdad con la mayor potencia del mundo. Como la famosa hermandad de ricos y pobres que duermen bajo los puentes de París, la suya era una igualdad que no servía para cambiar ni siquiera ocultar el hecho de que nadie en Washington prestara ni la más mínima atención al embajador ni, con la posible excepción de algún funcionario novel del Departamento de Estado, conociera su nombre. Su excelencia el embajador, representante oficial de una nación soberana demasiado ávida de constituirse como socio de pleno derecho en todos los foros relevantes sobre los grandes temas de la guerra y la paz, había finalmente convencido a su gobierno de que la única manera de llamar la atención del coloso del norte era construir una embajada tan espectacular que en el Washington oficial no se recordara nada parecido. La noche de la inauguración, cualquiera que se considerara alguien se encontraba en la cola para entrar.

Browning no había llegado, de modo que cogí una copa de champán de la bandeja de un camarero y me incorporé a la fila de recepción justo por delante de un jeque de Bahrein arropado en vaporosas túnicas. Cuando llegué ante el embajador mostraba una enorme viga que cruzaba por debajo el techo de vidrio, desde la pared de mosaicos dorados hasta la pared de mármol beige rojizo.

—Sólo había dos árboles como éste en todo el mundo —dijo, con el evidente orgullo de haber reducido su número a la mitad. Le comuniqué mi nombre al ayudante del embajador, cuya tarea consistía en susurrar el nombre de cada invitado al oído de su amo. El embajador acabó de estrechar la mano de una mujer escultural que me precedía. Dado que mi nombre no tenía ninguna relevancia, inclinó la cabeza hacia el ayudante para memorizar con rapidez el nombre del jeque de Bahrein al tiempo que me estrechaba la mano.

Me dediqué a deambular por el salón, entre apretados grupos de caras que se reconocían mutuamente, conversando en una mezcla de lenguas que sonaban más interesantes que la mía. Incluso el inglés sonaba raro, extranjero. Había un par de australianos que reían destempladamente mientras fustigaban a un neozelandés a propósito del resultado de un partido de rugby que se había disputado a quince mil kilómetros de distancia. Un hombre delgado de aspecto nervioso que hablaba con acento británico entrecortado comentaba que lo único que le faltaba a la embajada eran las máquinas tragaperras que él había visto en el único edificio que se le parecía, «en Las Vegas, donde la civilización americana había llegado a su máxima expresión».

—¿Siempre se queda así, contra la pared, hablando consigo mismo?

Levanté la mirada y encontré los ojos sonrientes y oscuros de una mujer de unos treinta y cinco años con una boca a la vez inteligente y triste. Su pelo era castaño oscuro, y la parte que quedaba en la sombra parecía negro. Tenía unos hombros delgados y muñecas finas y se movía con paso suave y ligero. Era una mujer con gracia y elegancia y totalmente dueña de sí misma. Pronunciaba cada palabra en inglés como si fuera la primera vez que la decía, insegura de cómo sonaría, y aquello hacía que simpatizaras con sus errores. No sólo era encantadora, también era la primera persona que veía en ese lugar que no parecía obsesionada con conseguir que todo el mundo la viera. Llevaba un vestido negro sin mayores pretensiones. Me tendió la mano.

—Gisela Hoffman.

—¿Alemana?

—Sí, alemana. ¿Y usted es...?

—Joseph Antonelli —dije, avergonzado por mi mala educación. Ella rió y me lanzó una mirada burlona.

—¿Italiano? ¿Y qué le trae por aquí esta noche? ¿Una misión de su gobierno, o sólo pasaba por aquí y se le ocurrió entrar a examinar más plenamente... creo que quiero decir más de cerca... el edificio más feo de todo Washington y, quizá, de todo el mundo?

Sostenía una copa de champán a la altura del mentón. Me miró con expresión atenta, como si hubiera formulado un juicio de suma importancia y me desafiara a no reír.

—No me han invitado, pero tampoco habría venido solo —respondí, observando su manera suave y fluida de moverse.

—Entonces está con alguien —observó. Había una pizca de desilusión, algo tan sutil que quizá fuera fruto de mi vanidad.

—Por decirlo de alguna manera, supongo que sí.

Ella rió y luego, como si nos conociéramos desde hacía mucho tiempo, apoyó la mano en mi muñeca y dijo que esperaba que nadie dijera eso jamás de ella. No entendí demasiado bien lo que quería decir. Ella volvió a reír, más callada, más íntima que la primera vez. Seguía con la mano apoyada en mi brazo.

—Estar conmigo, «por decirlo de alguna manera».

La tristeza, esa primera impresión de su boca, se convirtió en una sonrisa agridulce que enseguida se desvaneció. Yo no la conocía —acabábamos de presentarnos— y ya me deshacía en explicaciones como si hubiera hecho algo malo.

—No —balbuceé—, lo único que quería decir es que se supone que tengo que encontrarme con... —Iba a decir el vicepresidente, pero aquello sonaba pomposo y pretencioso, y demasiado oficial—. Se supone que tengo que encontrarme con un viejo amigo, mi compañero de habitación en la facultad de derecho.

Ella arqueó las cejas mientras bebía un trago de champán, una vaga respuesta que parecía poner fin a un flirteo que quizá ni siquiera había comenzado. Dejó vagar la mirada por el sofocante salón lleno de gente. La mirada amable había sido reemplazada por una impaciencia gélida. Ella también esperaba a alguien.

—Llega tarde —dijo, volviéndose hacia mí—. Siempre llega tarde. Cogió otra copa de champán de una bandeja que flotaba en las inmediaciones—. Al parecer, los americanos piensan que no importa, que pueden llegar cuando quieren y que todos esperarán. Miró su reloj y se quedó esperando, tensa y rígida, con un brillo en la mirada que insinuaba la severidad de su juicio.

—Usted es el abogado —dijo, de pronto. Parecía asombrada de no haberse dado cuenta antes—. Joseph Antonelli. Ya me parecía que su cara me era familiar. Y, desde luego, el nombre... ¿Qué hace usted aquí? Sí, esperando a un compañero de la universidad. Qué lugar más extraño para quedar con alguien. Nos hemos conocido antes —dijo, con una mirada que me retaba a recordarlo—. El año pasado, en Los Angeles, en el juicio de Stanley Roth.

Había conocido a mucha gente en Los Angeles durante ese juicio, pero estaba seguro de que no a ella. De otro modo no la habría olvidado.

—Cuando convocó la primera conferencia de prensa, la que se celebró fuera del estudio. Yo estaba ahí, era una de las periodistas que anotaba todo lo que usted decía.

—¿Es periodista? ¿Qué hacía, cubría el juicio?

—No, desafortunadamente, no. Trabajo para un periódico alemán, y me ofrecieron la posibilidad de trabajar en la oficina de Estados Unidos. —Inclinó la cabeza, sonriendo para sí misma ahora que me veía desde otro ángulo, bajo una luz diferente—. Joseph Antonelli —murmuró—. Vi la película que rodaron sobre ese caso. El actor que lo interpretaba a usted era bastante convincente.

Hizo una pausa, como si buscara las palabras precisas para un comentario extraño. Era una observación aguda y sutil, e iba directo al grano en un asunto que, hasta que lo oí en boca de ella, no había acabado de entender.

—Debe de ser difícil llegar a ser tan famoso y que todo el mundo piense que tiene otro aspecto.

—Puede que eso me haya salvado. Ha evitado que confunda la persona que soy con quien era en la pantalla. —No quería decir nada más. No quería hablar de mí. Quería saber más acerca de ella.

—¿Cubre la política para un periódico alemán? ¿Por eso está aquí, en la inauguración de una nueva embajada?

Ella descartó mi pregunta sin más.

—Browning. Cubro la vicepresidencia cada vez que tengo la oportunidad.

Con un gesto familiar, se apoderó suavemente de mi antebrazo y tiró de la manga para acercarnos un poco más.

—Es fascinante. Los dos juntos, el presidente y el vicepresidente, representan los dos extremos de Estados Unidos, es decir, lo mejor de ustedes y lo peor. Cuesta creerlo, ¿no le parece? Podrían haber tenido a Browning y eligieron a Walker. Es fascinante, lo digo en serio. Es la mejor historia que se puede encontrar en toda la ciudad.

Se produjo una repentina conmoción. De pronto cesó el ruido en la sala y todas las miradas se dirigieron al mismo punto.

—Tal como he dicho —susurró Gisela Hoffman—. Siempre llega tarde.

El embajador esperaba con los brazos abiertos, preparado para abrazar al vicepresidente de los Estados Unidos en nombre de la libertad y la igualdad. Browning se detuvo a un paso de él y extendió la mano izquierda para posarla en el hombro del embajador, quizá como un saludo, quizá para mantenerlo a raya. Con un gesto distante y formal de buena voluntad, le tendió la mano. Al embajador se le congeló la sonrisa. Browning dio un paso adelante para dirigirse a los presentes y el embajador se encontró solo e ignorado.

Browning era un hombre cortés, pero hasta cierto punto. Dijo que había querido ver con sus propios ojos el edificio «tan interesante» que captaba la atención de todo el mundo, y añadió que él era tan consciente como cualquiera de que había países con ricas culturas y tradiciones que no recibían toda la atención que se merecían. Y luego, bajo esas paredes imponentes de mármol, oro y vidrio, siguió para recordar a los presentes cómo, en otra época, otro país había sido ignorado.

—Cuando Estados Unidos se convirtió en un país, no podíamos permitirnos el lujo de tener embajadas en el exterior. Los pocos embajadores que enviamos a las grandes capitales de Europa, Londres, París, San Petersburgo y Madrid, vivían en pensiones o en hoteles baratos, y a veces esperaban años antes de que los ministros de exteriores de esos países grandes y poderosos se dignaran concederles una audiencia.

Browning paseó la mirada por la multitud. En sus ojos marrones advertí una alegre malicia. Cuando habló, su voz tenía un tono aleccionador.

—Nuestra presencia en medio de la extravagancia de las cortes europeas dejaba mucho que desear. Cumplíamos con todas las formas protocolarias de la diplomacia en nuestras relaciones formales, pero no podíamos ir mucho más allá. Éramos jóvenes, y quizá no fuéramos importantes, pero entendíamos qué éramos y qué queríamos ser. Habíamos hecho una revolución en nombre de la libertad y no pensábamos renunciar a ello. Éramos el Nuevo Mundo, no porque estuviéramos a este lado del Atlántico y Europa al otro, sino porque entendíamos que la república, la democracia, eran el futuro, independientemente de quiénes habían sido los dueños del pasado.

Browning alzó la mirada y extendió el brazo, un gesto destinado a abarcar todo a su alrededor, desde el techo de vidrio con sus enormes vigas hasta el intrincado diseño del suelo tallado a mano.

—Todo lo que se construye con el tiempo se derrumba. Monumentos destinados a durar para siempre se burlan de nuestra vanidad y se convierten en polvo. Lo único que se recordará es el ejemplo transmitido de generación en generación, no tanto por lo que hicimos como por qué lo hicimos y por quiénes éramos.

Y tras esas palabras, Browning se volvió rápidamente y estrechó la mano al embajador.

—Gracias por permitirme asistir esta noche —dijo, con aire de punto final. Se detuvo un momento a mirar hacia las cámaras y luego, con la misma rapidez con que había llegado, desapareció.

El ruido de la multitud volvió a apoderarse del salón, todos ávidos de hacer algún comentario, alguna observación que sería recordada y más tarde repetida. Gisela Hoffman, que se había situado delante de mí para ver mejor la llegada de Browning, anotó algo en una libreta y se volvió.

—¿Browning es el viejo amigo? —preguntó, segura de que había acertado—. Leí el discurso y lo que dijo sobre usted. Por eso ha venido, ¿no? Ha venido a ver al vicepresidente. ¿Cuánto tiempo estará en la ciudad?

—Un día o dos.

Ella mantuvo la mirada fija en mí, como si esperara la pregunta que sabía que yo le formularía.

—¿Te gustaría cenar conmigo mientras estoy aquí?

Ella comenzó a sonreír, pero antes de que dijera palabra sentí una mano en mi hombro. Era Powell, del Servicio Secreto, que me advertía que debíamos irnos.

—¿Tienes un...?

Gisela escribió un número en una hoja de su libreta negra, la arrancó y la dobló.

—Puedes llamarme a casa —me susurró al oído.

Seguí al agente Powell entre la multitud. Al llegar a la salida, miré hacia el interior esperando verla por última vez antes de partir. Vi que hablaba con un hombre alto y rubio vestido de traje azul, y parecía bastante alterada. Metí la mano en el bolsillo y palpé el borde de la hoja en la que había escrito su número. Me pregunté si debía llamar o no.

Subí y me instalé en el asiento trasero de la limusina. A la luz de una lamparilla de lectura, Browning hojeaba lo que parecía una agenda. Cuando la puerta se cerró, la dejó sobre las rodillas y me miró con una sonrisa triste y amable.

—Todavía no me ha tocado inaugurar supermercados, pero no me sorprendería que fuera lo siguiente en la lista —dijo, e inclinó el hombro hacia el extremo del asiento acolchado—. ¿Qué has pensado de ese lugar? ¿Qué has pensado de él?

Browning dejó descansar la barbilla en el pecho. Aparecía de nuevo aquella mirada melancólica que le hacía torcer la boca, una promesa de que estaba ávido de poder contar algo.

—Es asombroso el efecto que causamos en los demás. Hemos llegado a ser tan poderosos que resulta terriblemente importante aparecer retratado junto a nosotros. Esta tarde recibí el texto con las palabras del embajador, lo que pensaba decir a modo de introducción. ¡Eran diez páginas escritas a máquina! ¡Y el lenguaje! ¡Era como uno de esos discursos que solían hacer los conquistadores cuando reclamaban nuevos territorios para la corona española! Seguro que lo habría sacado y lo habría leído si le hubiera dado la más mínima oportunidad. Me he sentido un poco culpable por lo que hacía, pararle los pies de esa manera, pero ni la mitad de lo mal que me habría sentido si hubiera tenido que escucharlo de pie durante veinte minutos.

—En fin, se ha acabado —sentenció, y una chispa apareció en su mirada—. Te vi hablando con Gisela Hoffman. Ten cuidado. Es una mujer peligrosa.

—¿Peligrosa?

—Es encantadora y bella. ¿Hay algo más peligroso? Está casada, pero se están divorciando. Él estaba ahí. También es periodista. Trabaja para otro periódico alemán. Os vio a los dos juntos, y da la impresión de que no le gustó nada.

—¿Te has fijado en todo eso?

En su rostro apareció una expresión insulsa, casi del todo aburrida.

—Después de repetir lo mismo en los tribunales unas cuantas miles de veces, ¿piensas realmente en las palabras?

La limusina avanzaba escoltada por motoristas silenciosos, con las luces encendidas al mínimo, sin llamar la atención. Unos minutos más tarde dejamos la vía pública, entramos en un camino privado y cruzamos una puerta de hierro junto a un centinela armado que montaba guardia. Todo era muy silencioso, el silencio en sordina de los que escuchan, observan y esperan a ver qué pasará. Nos acercábamos a la casa, y las luces del coche iluminaron el porche cubierto. Browning dejó de mirar por la ventana, pero no me miró a mí. Se refugió en lo profundo de sí mismo, como alguien que ensaya mentalmente una escena que ya ha interpretado otras veces, una escena que nunca era agradable, pero que, abordada de forma correcta, podía limitarse a lo tolerable y, en caso contrario, al menos sería piadosamente breve. Empecé a sentir una especie de pánico, un deseo de encontrarme en cualquier lugar menos allí. Si hubiera sido algún otro viejo amigo que no había visto en años, si hubiera estado en cualquier otro lugar excepto el coche oficial del vicepresidente, en el interior de lo que para todos los efectos era zona militar, me habría disculpado, habría alegado otros asuntos o mi propio cansancio y habría seguido mi camino. A medida que nos acercábamos me sentía más incómodo e inseguro. Aquella mirada severa y fija de Browning no engañaba. Me decía todo lo que tenía que saber y mucho más de lo que deseaba saber de lo que había ocurrido, no sólo con Thomas Browning, también con su mujer.

La limusina se detuvo. La puerta del lado de Browning comenzó a abrirse. Él vaciló y luego tiró de ella para cerrarla. Se inclinó hacia mí y vi claramente que no sabía qué debía decir.

—Joanna no ha estado bien últimamente. Nada grave —añadió, intuyendo mi reacción—. Nada que no pueda tratarse.

Parecía una manera más bien extraña de describir una enfermedad.

Entramos en el vestíbulo del Observatorio Naval, la residencia oficial del vicepresidente desde que Gerald Ford había nombrado a Nelson Rockefeller en el cargo después de que Nixon renunciara y Ford ocupara su lugar. A nadie le llamó la atención ni le pareció sorprendente que alguien tan rico como Rockefeller no quisiera vivir en las modestas condiciones de sus predecesores al asumir un cargo al que nunca había aspirado.

Lo primero que vi fue un enorme comedor a la izquierda, con una mesa a la que se podían sentar fácilmente ocho personas por lado. Gran parte de lo que sucedía en el despacho del vicepresidente por las mañanas era discutido y decidido en torno a esa mesa por la noche. Frente al comedor, al otro lado del amplio vestíbulo, había un salón con sofás y sillones suaves y cómodos distribuidos aquí y allá. A través de la puerta abierta alcancé a ver la ventana que daba al porche. Las luces todavía estaban encendidas y los escasos muebles de mimbre blanco aparecían bañados en una luz amarillenta y mortecina.

—Tu habitación está en la segunda planta. Han traído tus cosas —avisó Browning.

Al otro lado del vestíbulo, justo frente a la puerta de entrada, una ancha escalera de caracol conducía a las dos plantas superiores. Por encima del descansillo, a unos tres peldaños de altura, en la pared junto a la escalera, una serie de repisas y estanterías exhibían réplicas exactas de piezas de artillería empleadas en las primeras guerras de nuestro país. Una sonrisa traviesa asomó en los labios de Browning.

—Cuando Gore era vicepresidente, estaban llenos de shofars. ¿Sabes qué es eso? Aquí tampoco lo sabía nadie, excepto aquellos que él quería que se dieran cuenta. El shofar es el cuerno ceremonial del carnero, aquello que soplan los judíos para anunciar las fiestas. Gore los trajo de Israel —suspiró Browning con resignación y cansancio—. Creo que pasó cada día que vivió aquí pensando en el dinero. Cómo conseguirlo, cómo gastarlo, cómo hacerlo rendir.

Ya en la segunda planta, me acompañó hasta el otro lado del pasillo y me enseñó mi habitación. Mi maleta me esperaba en un rincón y toda mi ropa había sido colgada. Browning se sentó en el borde de la cama y dio unos cuantos saltitos para probar el colchón.

—No está mal —dijo, con la misma sonrisa del día en que lo conocí, cuando probó las dos camas y luego insistió en que yo me quedara con la que él juzgaba mejor—. Si necesitas cualquier cosa... —dijo, señalando con un gesto de la cabeza el teléfono sobre la mesita de noche.

Después de quitarme la chaqueta y la corbata, fui a la ventana y miré hacia fuera. Al final de la curva del camino de entrada alcanzaba a ver la puerta de hierro y, más allá, a la distancia y hacia Embassy Row, las llamativas luces de la embajada aún brillando en la noche.

Se suponía que debía encontrarme con Browning abajo para tomar una copa. Acababa de salir por el pasillo cuando oí los primeros gritos apagados. Iba a dar media vuelta, pero no me apetecía esconderme en la habitación e intentar adivinar cuándo acabaría. Con pasos rápidos recorrí el pasillo hasta la escalera. Con cada peldaño que bajaba el ruido se hacía menos audible. La biblioteca, o el estudio, estaba a la izquierda de la escalera al bajar, más allá del salón, y sus ventanas también daban al porche de luz amarillenta. Cerré la puerta a mis espaldas y me dediqué a matar el tiempo examinando los títulos de los libros.

Las estanterías blancas encastradas se desplegaban en círculo a ambos lados de la chimenea y se alzaban hasta media altura de la pared. Estaban llenas de libros, algunos bastante antiguos.

—No hay otra biblioteca como ésta en Estados Unidos.

No había oído la puerta al abrirse. La voz de Browning era tranquila, tenía esa misma afabilidad sin mácula que a uno lo hacía sentirse como en casa. Con un libro en las manos, lo miré por encima del hombro. Al igual que su voz, su actitud no había cambiado. Fuera lo que fuera lo ocurrido arriba, ya había acabado, había sido olvidado, archivado con una especie de eficiencia implacable, con esa manera que Browning debía de haberse impuesto para pasar de un asunto al siguiente. No tenía tiempo para cuestionar nada de lo que había hecho, ni pensar demasiado en el futuro. No podía darse el lujo de sentir autocompasión ni, supongo, de compadecerse de nadie.

—Libros sobre la vicepresidencia, sobre los hombres que han ocupado el cargo... Todo está aquí. No basta con tener la desgracia de ser vicepresidente, también tienes que leer acerca de ellos —dijo, con mirada jovial. Me pasó un vaso—. Whisky y soda, ¿correcto? —Cogió un libro al azar de la estantería junto a su mesa y lo sostuvo con el brazo estirado, le echó una mirada antes de tendérmelo para que lo viera—. *Burr*, la novela de Gore Vidal. Al menos está bien escrita, aunque Vidal no diera en el clavo. —En sus ojos asomó un brillo reflexivo, como si reconsiderara algo—. Aunque haya estado mucho más cerca que la mayoría de estos... —dijo, y lanzó una mirada despectiva a las estanterías—. La mayoría han sido escritos por académicos que jamás conocieron a una figura pública y, mucho menos, llevaron una vida de figura pública. —Era una extraña manera de darle la vuelta. Él se dio cuenta de la duda en mis ojos—. Así solían hablar, y escribir, los ingleses. Los hombres de la vida pública, aristócratas ricos que participaban en la política, que eran elegidos al Parlamento por distritos que prácticamente les pertenecían, que formaban gobiernos, los hombres que gestionaban el país. Utilizaban la frase para distinguirse de los perezosos mal nacidos que sólo querían seguir aferrados a sus propiedades en el campo y satisfacer sus placeres privados.

Browning no se había cambiado el traje oscuro, aunque se había desabrochado el primer botón y se había aflojado la corbata. Estaba de pie en medio de la sala y se pasaba la mano por su espeso pelo castaño. Una expresión pensativa asomó en su rostro.

Se escuchó un ruido estrepitoso, un ruido que aumentaba y se acercaba. La puerta se abrió de golpe e irrumpió una mujer de mirada vacía y una mueca de desolación pintada en la cara, una mujer que me costó reconocer. Riendo destempladamente, se dejó caer en mis brazos, repitiendo mi nombre una y otra vez. Yo la sostuve, escuchándola mientras ella me decía lo contenta que estaba de verme, lo contenta que estaba de que hubiera venido, y yo fingía que ella no había cambiado, que seguía siendo la Joanna que yo recordaba y que no estaba borracha perdida.

Browning no tardó en quitármela de encima y la condujo hacia las escaleras.

—Es la presión —explicó, cuando volvió. No había ni huella de turbación en él, nada que insinuara siquiera una disculpa por la manera en que ella había gritado o cómo él había respondido. Lo describía como una enfermedad sin importancia, algo que se cura con un buen sueño.

—Le pasa a mucha gente en este tipo de ambientes —dijo, intentado deshacerse del tema con un encogimiento de hombros. Bebió un trago de algo que se había servido—. Sobre todo ahora. Joanna ha bebido demasiado —dijo, decidido a que ésas fueran sus últimas palabras. Se incorporó detrás de la mesa, se quedó mirando el suelo y, luego, con gesto pausado, levantó lentamente los ojos hasta encontrar los míos—. Lo hace a menudo, para ser sincero. Supongo que en ello encuentra una compañía —dijo, y su voz se hizo más débil—. Es su manera de lidiar con las cosas. —Inclinó la cabeza con una mirada triste—. Es más llevadero cuando estamos en Nueva York. Detesta esta ciudad, detesta la vida, las poses, la falsedad. Pero hace lo que tiene que hacer, va a todos los sitios donde tiene que ir, dice lo que tiene que decir. Mañana estará bien. Será como si no hubiera ocurrido nada.

Se giró a un lado y se quedó mirando algo que sólo él podía ver, algo que era tan real para él como aquello que podía tocar.

—Todo habría sido diferente si Annie hubiera vivido.

Se dejó caer en la silla, hizo una mueca de dolor y de inmediato la apartó de sí como algo sin importancia.

—Esta noche me he torcido el tobillo.

—¿El pie?

Él echó la cabeza hacia atrás y dejó escapar una risa apagada y triste.

—Lo había olvidado... tú ya lo sabes. Sí, el maldito pie. —Sacudió la cabeza, como enfadado consigo mismo—. FDR[3]. ¿Te imaginas cómo debió de ser aquello? Se pasó la vida en una silla de ruedas, pero cada vez que se le veía en público, estaba de pie, con el aspecto del hombre más sano y vigoroso del mundo, de pie o caminando, ¡Dios mío! Con la mano apoyada en el brazo de alguien, moviendo las piernas muertas entre aquellos hierros; ante un estrado, sosteniéndose en alto, con la cabeza echada hacia atrás con aquel gesto desenfadado, transmitiendo a todos la confianza para seguir, para superar primero los años de la Depresión y, después, la guerra. Y le levantan un monumento, ¿y qué hacen? Después de todo el dolor y el sufrimiento, después de todos esos esfuerzos heroicos para superar esa horrible parálisis, ¿qué hacen? ¡Lo ponen en una silla de ruedas como si él estuviera orgulloso de ello! Dios mío, ¿qué le ha pasado a este país? Todos quieren ser víctimas. ¿Te imaginas a alguien diciendo a Franklin Roosevelt que se compadecía de él?

Por su boca pasó una sonrisa, como una especie de secreto.

—Eso era lo que me daba fuerzas cuando era niño y no dejaban de intentar arreglarme el pie malo. Y, cuando no lo consiguieron, me obligaron a ponerme esos zapatones como cajas para que pudiera caminar como todos los demás y nadie se diera cuenta. Yo no paraba de recordarme lo que había sufrido Roosevelt. Si él podía hacerlo, qué derecho tenía yo a quejarme o a compadecerme a mí

---

3. FDR: Franklin Delano Roosevelt. (*N. del T.*)

mismo por un pequeño defecto como éste. Lo que todos deberían saber de Roosevelt no es que estaba condenado a una silla de ruedas, sino que consiguió deshacerse de ella gracias a su entereza y su determinación.

En la mesa, una lámpara con una pantalla de pergamino verde proyectaba su luz sobre un libro, marcado hacia la mitad con lo que parecía un trozo de papel arrancado de una libreta. Browning estiró la mano hasta tocarlo y la quitó de inmediato. En sus ojos apareció una expresión de inquietud.

—¿Recuerdas a Annie? ¿Toda la vida que había en ella? ¿Esa manera de reír con los ojos? ¿De cómo se oía la risa en su voz? Si no hubiera venido ese día, si no hubiera caído, todo habría cambiado. —Daba la impresión de que se concentraba en cada palabra, como si lo que iba a decir tuviera que ser perfectamente correcto—. O podría haber cambiado, podría haber sido diferente. Me habría casado con ella y nada de esto habría sucedido.

Iba a preguntarle qué quería decir con eso, pero me detuvo con una mirada de impaciencia.

—Quizá no me habría casado con ella. Quizás ella no habría cambiado su decisión. Pero tú te acuerdas de Annie, de cómo era. Siempre decía que nunca se casaría, que si dos personas se amaban debían estar juntas, pero no para siempre, sólo «hasta que el amor muera». —Browning sonrió—. No «hasta que la muerte nos separe», sino «hasta que muera el amor». Ella decía que siempre ocurría, que el amor se extinguía, y lo decía con toda la certeza mundana de la dilatada experiencia de sus veintitantos años. Me pregunto qué le habría sucedido, cómo habría cambiado. Me pregunto si habría cambiado algo. —Browning buscó el vaso que había dejado en el otro extremo de la gran mesa de caoba—. Me pregunto si alguno de nosotros cambia alguna vez.

Bebió un trago y, con las dos manos alrededor del vaso, lo sostuvo delante de sus ojos, inclinándolo apenas de un lado y otro, observando la luz cambiante que reflejaba la lámpara de pantalla verde.

—Annie no quería realmente ser abogado. Quería viajar a Europa, a París, a Florencia, y estudiar arte. Pensaba que sería emocionante, una manera diferente de vivir. Y si no funcionaba... bueno, siempre habría alguna otra cosa, trabajar de ganadero en Nueva Zelanda o convertirse a alguna religión en India o en Tíbet. Tú te acuerdas de Annie. Recuerdas cómo era.

Browning tamborileó ligeramente contra el vaso medio vacío.

—Yo habría ido con ella... adonde ella quisiera.

—¿Habrías abandonado la facultad cuando te faltaba menos de un año?

—No tenía la misma motivación ni el mismo deseo que tú de convertirme en abogado. Fui a Harvard porque podía usarlo de pretexto.

—¿Pretexto para qué?

—Para ausentarme de la empresa, alejarme de mi abuelo. De la vida que habían planificado para mí desde el día en que nací. Como pretexto para no convertirme en el guardia oficial de la leyenda del gran Zachary Stern. Había quienes se matriculaban en derecho porque no querían ir a Vietnam. Yo me matriculé porque no quería volver a Detroit.

—Annie me hizo ver que lo único que hacía era escapar, y que siempre haría lo mismo, escapar, hasta que decidiera qué era mi vida e hiciera con ella lo que quisiera, sin que importara lo que pensaran los demás. Desde luego —añadió Browning, con la confianza en sí mismo que había adquirido con el tiempo—, lo que yo quería era hacer exactamente lo que ella pensaba que debía hacer. Pero ella no quería que hiciera nada, no quería que fuera nadie. Quería que fuera yo mismo, y yo lo único que quería era estar con ella. —Browning dejó el vaso y estiró los brazos por encima de la cabeza—. Quizás habría acabado en ese rancho de Nueva Zelanda con unos cuantos miles de ovejas y una docena de hijos, ninguno de ellos nacido en el matrimonio porque Annie —ya sabes cómo era Annie—, no creía en aquello de «hasta que la muerte os separe». ¿Te cuesta creer eso? —preguntó, y apoyó los antebrazos en la mesa mientras se volvía para mirarme—. ¿Que hubiera acabado más bien en un sitio como ése junto a Annie, viviendo una vida anónima, en lugar de convertirme en alguien que casi llega a ser presidente, y que todavía podría serlo, alguien con más dinero de lo que podría gastar, alguien casa-

do con una mujer que le ha dado dos bellos hijos, una mujer que todos admiran, una mujer que nunca le ha contado a nadie que, en el
fondo de su corazón, en lugar de casarse conmigo, preferiría haberse casado contigo?

8

No pude dormir durante lo que debieron de ser horas. Veía a Annie paseándose por la suite del Plaza con ese mismo gesto melancólico de siempre en su boca y en sus ojos. Oía a Thomas Browning con la misma voz grave y pausada, que le daba ánimos a alguien que estaba tenso que se mostraba inseguro por algo —la escuela, una chica—, algo que ellos pensaban que les alegraría la vida o se la quebraría y que Browning, de alguna manera, sabía que era pasajero. Veía que su mirada se desplazaba hacia Annie mientras ella pasaba flotando por la habitación, mirando hacia atrás justo lo suficiente para sorprender su mirada, sostenerla, tocarla... y dejarla ir. Estaba enamorada de él. Al parecer, esa vez yo lo sabía. Quizá no de la misma manera que él se había enamorado de ella, con ese sentimiento desesperado de todo o nada, dispuesto a sacrificar toda esperanza y toda ambición por la oportunidad de estar con ella, pero sólo si lo permitía el alma libre de Annie. Browning habría abandonado, habría dejado los estudios, le habría dado la espalda al deber que había jurado para toda la vida. Habría ido con ella donde fuera. Se habría convertido en un granjero y habría tenido una saludable prole. Ahora lo sabía, como sabes a veces que ha ocurrido algo y mantienes esa certeza todo el tiempo como un secreto. Quizás era Joanna. Quizá la había apreciado demasiado para imaginar que había acabado en un matrimonio en el que ella siempre sería, en algún sentido, la segundona.

No sé cuándo me dormí finalmente, pero dormí como un muerto y no me desperté hasta bien entrada la mañana. Me duché y me afeité y mientras me miraba en el espejo intenté no pensar demasiado en si el tiempo me habría tratado con la misma cruel indiferencia con la que había dejado huella en el rostro antaño joven y bello de Joanna. Había visto fotos de ella en los periódicos, y la había visto hablar en televisión un par de veces, pero se trataba de apariciones programadas bajo la luz adecuada, normalmente a distancia y rara vez con primeros planos. Si en alguna ocasión su estado no era el de absoluta sobriedad, jamás se había notado.

Cuando me incliné más cerca del espejo, me pareció observar un ligero aumento en el número y profundidad de las arrugas en torno a mis ojos. Me froté con un poco de bálsamo para la piel y el color se acentuó hasta alcanzar un brillo saludable y rojizo. Empezaba a sentirme mejor. Me puse una camisa blanca perfectamente planchada y un traje azul con una corbata de tonos alegres. Cuando salía, me detuve frente a la ventana. Con la cabeza hundida bajo un sombrero de alas anchas y lacias, un hombre montado en una cortadora de césped trazaba líneas paralelas a lo largo del extenso césped del jardín. El aire estaba cargado, gris, caliente y húmedo, y amenazaba con llover. Salí de la habitación, pero ya no me sentía tan bien.

El pasillo estaba en silencio. Pero entonces, a una distancia incierta, detrás de una de las puertas cerradas, oí el zumbido sordo de una aspiradora. A los pies de la larga escalera de caracol vacilé, sin saber bien qué hacer. Me quedé escuchando pero, aparte el sonido ahogado de la aspiradora en la planta superior, no se oía nada. Me dirigí a la puerta de entrada, me detuve en el salón y miré en el interior, me giré y entré en el comedor. Había una puerta que conducía a la cocina, que, al parecer, también estaba vacía. El estudio tenía la ventaja de la familiaridad, y decidí esperar ahí.

Las habitaciones, como las personas, tienen sus estados de ánimo. Las sombras a medianoche en una pared iluminada por una lámpara crean un efecto diferente al de la luz de un sol apagado y tapado por el gris. La enorme mesa que había brillado como una antigüedad recientemente restaurada era ahora un mueble viejo, desgastado, con las cicatrices y marcas de los años y décadas de trazos de distintas plumas, trazos que quedaban por debajo de los importantes documentos oficiales. Era el registro involuntario de la repetición interminable de palabras escritas y reescritas. Palabras empezadas, palabras detenidas, palabras desechadas, una nueva hoja en el lugar de la antigua, un segundo intento seguido de un tercero y un cuarto.

Se produjo una repentina conmoción cuando la puerta de entrada se abrió de golpe y la casa se llenó de un torrente de voces. Me alejé de la mesa y me dediqué a mirar más de cerca las fotos en las que apenas había reparado antes. Mi mirada acababa de posarse en la de un hombre de algo más de sesenta años, de mirada inteligente y boca firme pero indulgente.

—Phil Hart.

Sorprendido, me volví. Browning estaba en la puerta; sus cabellos castaños, tirando a rojizo, apuntaban en todas direcciones; sus ojos azules, curiosos y alertas.

—¿Has dormido bien? —preguntó. Con una especie de mirada burlona y afable se sentó en la silla detrás de la mesa—. He tenido una reunión a las siete y media. Ahora hay una reunión aquí —avisó, señalando con la cabeza hacia el pasillo por donde acababa de llegar—. Y luego me voy. Tengo que dar un discurso a la una. Y otro a las tres. Al final de la tarde, estaré en algún sitio, y en otro aún más tarde —avisó, y dejó caer los brazos de los lados de la silla e inclinó la cabeza a un lado.

—Phil Hart. —Pronunció el nombre con una especie de entusiasmo expectante, como si acabara de mencionar a un amigo común perdido hace mucho tiempo—. Es un rostro interesante, ¿no te parece? Sirvió dieciocho años en el Senado y murió una semana antes del final de su último mandato. Le pusieron su nombre al tercer edificio de oficinas del Senado cuando todavía estaba vivo. Era la primera vez que a un edificio público de Washington lo bautizaban con el nombre de alguien aún vivo. En la votación para confirmarlo el resultado fue de noventa y nueve contra cero. Hart fue el único que se abstuvo.

En la mirada de Browning asomó un brillo nostálgico. Se inclinó hacia delante en la silla.

—Hart era un hombre muy modesto, y había quienes creían que cuando oyera hablar de la iniciativa del Senado intentaría detenerla.

La noche antes de la votación, una de sus colaboradoras así lo sospechó y dejó una nota en la mesa pidiéndole que no lo hiciera. Al día siguiente, encontró una respuesta en su mesa. En ella, Hart decía que no era tan modesto como ella creía, y que se había sentido sumamente complacido al enterarse de la iniciativa del Senado. Él no votaría por sí mismo, como entenderás —añadió Browning. Sonrió con fuerza para no emocionarse y luego, riendo de su propia vergüenza, hizo un gesto extraño con la mano.

»Eso sucedió en verano, y el día después de Navidad Hart había muerto. Yo fui a los funerales. Medio Washington estaba presente. Tres de sus amigos más cercanos, Ted Kennedy, Ed Muskie y Eugene McCarthy, estaban sentados en el centro, a unas doce filas de donde yo estaba. Kennedy estaba en el lateral, y lo veía con la misma claridad con que te veo a ti ahora. No podía contener las lágrimas y tenía toda la cara roja. Creo que nunca he visto a alguien tan destrozado.

»De todos los tributos rendidos, de todo lo que la gente dijo, lo más emocionante fue un discurso pronunciado por... No te lo creerás, pero te juro que es verdad... Por Strom Thurmond. Podrías leer durante años las Actas del Congreso, repasar la lista de cinco o diez mil votaciones y no encontrarías más de media docena de ocasiones en que coincidieran en el voto; sin embargo, Thurmond lo veneraba. ¡Imagínate! Strom Thurmond, que lideró a los Dixiecrats[4] en su escisión del Partido Demócrata en la convención de 1948, el hombre que prometió segregación hoy, mañana y para siempre antes de que George Wallace tuviera edad para hablar, el hombre que votó contra todas y cada una de las iniciativas de derechos civiles durante casi los siguientes cincuenta años. Y Phil Hart, el liberal entre los liberales, el gestor de la Ley de Derechos Electorales de 1965, la ley que establecía una garantía federal al derecho a votar y que cambió el panorama político del sur. Imposible, ¿no te parece? Pero verdad. Thurmond lo amaba. Lo amaban todos esos segregacionistas del sur

4. Dixiecrats: miembros del Partido Demócrata de los estados del Sur, que a veces votan en contra de políticas de derechos civiles y asuntos sociales, contrariamente a las directrices de ese partido. (*N. del T.*)

que el resto del país despreciaba. ¿Y sabes por qué? Porque los trataba a todos con una cortesía y un respeto infalibles.

»Te contaré una anécdota sobre Hart que no verás recogida en ningún libro. Se acercaba el día de la Ley de Derechos Electorales. Richard Russell, el senador de Georgia —en cuyo honor se ha bautizado otro de los edificios de las oficinas del Senado—, presidía una reunión de los líderes sudistas en el Senado, intentando imaginar cuál sería la estrategia legislativa de sus rivales. En medio de la reunión, sonó el teléfono. Era Phil Hart, que actúaba como portavoz de su partido a favor de la ley, y le contó a Russell exactamente lo que pensaba hacer. Asombrado, pero quizá no del todo sorprendido, Russell colgó el teléfono, les contó a los demás senadores del Sur lo que acaba de oír y luego, como el más grande de los cumplidos que se estilan en el sur, miró por toda la sala y dijo: "Eso es un caballero".

Browning alzó la cabeza. En sus ojos brillaba una mirada astuta.

—Hay quienes podrían pensar que Hart había sido un ingenuo. Otros pensarían que sólo intentaba ser justo. Es verdad que intentaba ser justo, pero no sólo por el bien de la justicia. No se trataba de un juego donde no importaba si ganabas o perdías, sólo que jugaras respetando las reglas. Esto lo cambiaría todo, y todos lo sabían. Hart lo entendía, y no sé cuántos más lo entendían. Dudo que muchos liberales entendieran que, aunque tuvieras los votos, no bastaba con ganar. Tenías que ganar de cierta manera que dejara a los otros alguna dignidad en la derrota. Si el Sur iba a aceptar la derrota, tenían que saber que se les había prestado una consideración razonable. Habían pasado exactamente cien años desde el final de la guerra civil. No pasarían cien años más, si Hart podía impedirlo, antes de que las razas se trataran mutuamente con respeto.

»Había otra razón añadida —siguió Browning—. El presidente del Comité Jurídico del Senado era James Eastland, de Mississippi, y en ese comité no se aprobaba nada si el presidente no lo quería. El verdadero misterio fue por qué Eastland, que podía haber parado la votación de la Ley de Derechos Electorales con sólo una palabra, dejó que se aprobara. Creo que fue porque Phil Hart le preguntó si dejaría que la ley pasara. La proposición de ley fue aprobada por el comité, y cuando llegó al Senado, donde todos los senadores del Sur votarían en contra en lo que sabían era una causa perdida, uno de ellos pronunció un discurso en el que atacaba personalmente a Hart. Alguien quiso levantarse para salir en defensa de Hart, pero él lo contuvo y le explicó que todo ya había sido preparado así. Una dosis de abusos verbales en boca de un senador del Sur de cara a sus votantes era un precio bastante bajo para que ese mismo senador se negara en silencio a hacer otra cosa que emitir su único voto para detenerlo.

Browning miró la fotografía en blanco y negro.

—Es la única foto de un personaje público que tengo aquí. Hart también sólo tenía una foto. ¿Sabes de quién era? De James Eastland, de Mississippi.

Browning se incorporó.

—Conservo aquella foto porque me recuerda lo que la gente, incluso los que están en política, puede llegar a ser. —La mirada se le endureció, calculadora, y me dio la impresión incluso de que algo vengativa—. La guardo para recordarme a mí mismo que no todos son como Connally y Walker y el resto de esa chusma que cree que el Estado es el enemigo y que los pobres sabrán cuidar solos de sí mismos. —De su pecho escapó una risa como un rugido—. ¿Lo ves? Sólo hay una persona en la habitación... ¡y me he sentido obligado a pronunciar un discurso! —Se dirigió hacia la puerta, mirando la foto de Hart por encima del hombro—. Es otra historia sobre la cual nunca leerás...

Se detuvo, volvió, se sentó en el borde del sofá de cuero. Daba la impresión de que meditaba sobre algo muy serio.

—Recuerdas a Reynolds —dijo, al cabo de un momento—. Qué cabrón miserable. —Se produjo otra pausa, no tan larga pero, en cierto sentido, más profunda. Alzó los párpados y vi una mirada de rabia—. ¿Recuerdas lo que hacía?

No quería restar importancia a su ofensa ni pensaba que fuera justificable, pero había decidido, por esa comodidad desesperada de una última ilusión, que si hacías lo que había hecho Reynolds siempre vivirías sabiendo que, fueran cuales fueran los logros alcanzados más tarde, se basaban en un fraude. Reynolds era un tramposo y, debido a eso, su vida era una mentira. Reynolds no importaba. Hacía tiempo que lo había borrado de mis recuerdos. Fue lo que le dije a Browning con palabras nada ambiguas. Como respuesta, él me miró como deseando que lo que yo decía fuera verdad.

—Desafortunadamente, ese tramposo, ese mentiroso, es el voto decisivo en un tribunal de cinco contra cuatro. Me odia con pasión. Sabe que me pronuncié en contra de su nominación, que cuando supe lo que pensaba el presidente —era idea de Connally—, intenté que el proyecto fuera eliminado.

—¿Les contaste lo que hacía en Harvard? ¿De cómo hizo trampa a lo largo de la carrera?

Una sonrisa ancha y maligna asomó en su cara.

—Aquello les habría acabado de confirmar que habían elegido al hombre indicado. —La sonrisa se le borró de los labios—. ¿Qué podría haber hecho? ¿Decirles que todos sabíamos que había hecho trampa, pero que jamás se había demostrado? ¿Demostrado? Si ni siquiera lo acusaron de ello, al menos no de una manera oficial. Lo único que podía decir —y lo dije— era que había ciertas dudas de que durante su larga carrera hubiese sido del todo recto en sus métodos. Desde luego, él lo supo todo. Sabe a qué me refería, y por eso me odia. Ya me odiaba antes, a mí, a ti y a todos lo que lo sabían. Nos odia porque sabemos, y creo que nos odia aún más por no haberlo denunciado nunca.

Con una mirada de desaliento, Browning se incorporó. Volvió a mirar la foto.

—Hace años, que ahora parecen siglos, Lyndon Johnson era presidente, y nombró a su buen amigo Abe Fortas para el Tribunal Supremo. Earl Warren estaba a punto de jubilarse. Johnson nominó a Fortas para presidente del Tribunal Supremo. —Browning me lanzó una mirada—. ¿Te acuerdas de todo esto? Y luego se supo que Fortas había recibido cierta suma de dinero, no demasiado, más o menos unos veinte mil, como honorarios, por ciertos gastos… —Browning ahora se movía, iba de un lado a otro de la habitación, con el pelo colgándole del lado derecho, por encima de la ancha frente—. Fortas tuvo que dimitir del Tribunal. Johnson no estaba dispuesto a dejarse vencer una segunda vez. No tenía la fuerza que había tenido en el pasado porque, en realidad, Vietnam lo había dejado tocado, casi lo había destrozado. Era probable que ya hubiera decidido que no se presentaría a la reelección. Pero entendía al Senado de una manera que quizá nadie había entendido. Había decidido proponerles un nombre que no podían rechazar. Iba a nombrar a Phil Hart como presidente del Tribunal Supremo de Estados Unidos.

Browning se quedó quieto y sacudió la cabeza, sorprendido y divertido porque alguien hubiera hecho algo tan notable y sin precedentes como lo que estaba a punto de contarme.

—Hart le dijo que no. Se lo pensó. Hizo al menos una llamada, de la que yo me enteré, para pedir consejo a alguien... Pero, sí, Hart le dijo que no. Le proponían la presidencia del Tribunal Supremo de Estados Unidos y él dijo que no. No sé por qué lo hizo. El primer presidente del Supremo, John Jay, pensaba que el cargo no merecía la pena. Dijo lo mismo cuando dimitió. Entonces lo reemplazó John Marshall y, desde entonces, se ha convertido en el sueño de todo abogado y en la obsesión de todos los jueces, pero Hart dijo que no. Creo que tenía muy claro cuáles eran los límites de su propio poder. No le gustaba hacer algo que no pudiera hacer bien. —Browning sacudió la cabeza, triste y arrepentido—. Ésa es precisamente la razón por la que habría sido un gran presidente del Supremo, uno de los mejores que jamás hubiéramos tenido. Es curioso cuando lo piensas. En una ciudad de egos tan colosales, Hart no tenía la vanidad suficiente.

El brillo de nostalgia en la mirada de Browning se desvaneció, la reemplazó una mirada fría, dura, intensa.

—Y ahora las circunstancias exactamente contrarias se están desplegando ante mis ojos, y no puedo hacer nada. Reynolds está en el Tribunal porque Walker lo quería ahí, y Walker lo quería ahí porque el actual presidente se está muriendo. —Con una mirada severa con que me exigía silencio, Browning añadió—. Sólo lo saben unas pocas personas. Cáncer. Puede que no le quede más de un año.

No podía creer lo que sabía que estaba a punto de contarme.

—¿Reynolds, presidente del Tribunal Supremo?

—Desde luego. Tienen el ejecutivo. Ahora quieren el Tribunal Supremo. Reynolds como presidente del Tribunal Supremo equivale a tener a Arthur Connally en el cargo. Le dirán lo que quieran, y él lo hará.

Quedaba una esperanza. En cuanto la mencioné, me di cuenta de lo absurdo que debía sonar.

—Otros presidentes han pensado lo mismo. Nombraban a personas que creían que votarían en un sentido y votaban en el sentido contrario. Earl Warren no acabó siendo el presidente del Supremo que Eisenhower esperaba.

—¿Reynolds? —preguntó Browning, casi riendo—. Aunque quisiera hacer lo correcto, jamás sería capaz de ingeniárselas. ¿Recuerdas lo que dijo Teddy Roosevelt sobre Oliver Wendell Holmes? Que tenía las agallas de una banana. Reynolds tiene ojos de mendigo, de un cobarde, deseoso de complacer. Obsérvalo bien algún día, esa mirada codiciosa en sus ojillos nerviosos cuando le presentan a alguien. En la boca comienza a dibujársele la palabra *Presidente,* como si tuviera que escucharla dos veces. Los ojos se le iluminan como una cerilla al encenderse. Adora cómo suena, el título, el hecho de que todos tengan que dirigirse a él como «presidente Reynolds». Ha estado varios días entrenando a la mujer que contesta su teléfono para que lo diga bien.

Browning captó mi gesto de escepticismo.

—Varios días, lo digo en serio. —Con el ceño fruncido me dio a entender que aunque no lo hubiera sabido todo, habría tenido la misma reacción—. Presidente… Reynolds. Era fundamental —explicó Browning, reprimiendo una sonrisa—. Esa pausa, esa pausa elocuente, entre las dos palabras. —Dejó caer la cabeza a un lado y me lanzó una mirada de perplejidad y duda—. El verdadero misterio es por qué no añadió un toque de trompetas. Yo diría que porque no era lo bastante agudo, aunque cuando sea consciente de la importancia del cargo… No, no sería porque no pensó en ello. Es probable que se lo esté guardando, que lo reserve para más tarde, cuando se convierta en presidente del Supremo y se lo pueda reservar para él.

Seguro de que estaba en lo cierto, asintió una vez y, luego, ligeramente divertido, se encogió de hombros.

—Tocan esas trompetas cada vez que el presidente entra en una sala. ¿Por qué no con el presidente del Supremo?

Pasó a mi lado hacia la puerta cristalera que daba al porche cubierto. Dejó descansar el brazo en el borde de la estantería mientras miraba por la ventana. Visto en esa actitud de reposo, su mano era de una sorprendente elegancia, y el arco de un violín habría encajado a la perfección entre aquellos dedos suaves y redondos. Tenía unas manos demasiado pequeñas para tocar el piano con una destreza más que aceptable, pero yo los veía moviéndose entre las cuerdas de un violín con la velocidad de un virtuoso. Se volvió un poco, se apoyó contra la parte plana de la estantería y el marco de la ventana. Sostuvo los brazos sobre el pecho, apenas doblados, hundido en un solo pensamiento turbador y deprimente.

—Reynolds jamás ha estado enfermo ni un solo día de su vida. Podría ser presidente del Supremo unos veinte o veinticinco años, quizá treinta. Si eso sucede, y a mí me obligan a retirarme, si ponen al tipo de hombre que quieren en la vicepresidencia, alguien que pueda seguir a Walker con otros ocho años de bienestar para los ricos y una política de *laissez-faire* para todos los demás, quizá nada pueda volver a unir a este país. Con Reynolds de presidente del Supremo y con el voto adicional que ganan al llenar la vacante, tendrán una mayoría permanente de seis contra tres. No habrá restricciones constitucionales para lo que esta gente pretende hacer.

—El aborto, el derecho a portar armas, la oración en las escuelas —empecé a recitar la lista de cuestiones que se solían incluir al programa de los conservadores. Browning se quedó mirando el suelo y colocó un pie unos centímetros por delante del otro.

—Eso es lo que quieren que todos piensen. Para mantener la atención lejos de lo que realmente traman —murmuró, con voz grave. Se apartó de la estantería y se giró hacia mí, ocultando el marco de la puerta cristalera.

—Cada vez que oigo a Walker o a uno de de sus amigos pronunciar un discurso y mencionar a Teddy Roosevelt me dan ganas de vomitar. Roosevelt entendió lo que la industrialización había hecho a este país y cómo iba a cambiar al mundo. Para Roosevelt, no se trataba de equivalencias, nada de equilibrios entre los intereses de las empresas y los intereses del gobierno de Estados Unidos. El gobierno —el interés público— era lo que contaba. ¡El país! Eso era lo que importaba. ¿Tú crees que esta gente piensa así? No tienen ni la menor idea de lo que Roosevelt quería decir.

Con un suspiro largo y profundo, Browning recuperó la compostura, y su mirada se volvió urgente, grave e intensa.

—No hablamos de nosotros mismos como ciudadanos, con los deberes y las obligaciones de un ciudadano. Hablamos de nosotros mismos como consumidores, como personas cuya principal función consiste en comprar lo que fabricamos para seguir fabricando más. El país sufre un ataque. ¿Y qué hacemos? ¿Un llamamiento para llevar a cabo un gran sacrificio? ¿Un llamamiento para una nueva idea de lo que creemos como país? ¿Lo encaramos como si fuera Pearl Harbour y le pedimos a todo el mundo que se aliste en el ejército o contribuya de alguna manera a seguir adelante con la guerra? ¿Lo tratamos como una gran oportunidad para cambiar nuestro modo de vida, para convertirnos en un país con algo más importante que hacer que elegir la última diversión? No, hacemos lo mismo que hemos hecho antes, es decir, gastar más dinero y salir de compras. Lo importante es la economía. ¿Y el patriotismo, la voluntad de sacrificarse por la libertad y por el país que amas? Se ha convertido en algo demasiado caro, un lujo que ya no podemos darnos. Si yo hubiera sido presidente, las cosas habrían sido diferentes, eso te lo puedo asegurar. Los días de exceso se habrían acabado para siempre.

—¿Qué habrías hecho? —pregunté.

Fue como si no me hubiese oído, pero al cabo de un momento, como si la pregunta le estuviese aún rondando, me miró con gesto duro y concentrado.

—Yo habría… —dijo, y se detuvo. Con la cabeza inclinada hacia delante, se acercó a la mesa. Abrió el segundo cajón del lado izquierdo y sacó un libro de bolsillo delgado. La tapa estaba doblada y rota, la tinta púrpura, descolorida.

—Cuando defiendes una causa ante un jurado, cuando sabes que tienes razón, ¿te has encontrado alguna vez tan embargado por la emoción, por la pasión del momento, que dices cosas que tienen un efecto inmediato? Y es precisamente el efecto que quieres, porque es la verdad y tú lo sientes así. Y dado que tú lo sientes así, todos los que te miran, los que te escuchan, también lo sienten. Y no sólo lo sienten sino, además, saben que pueden confiar en ti, y creen que estás diciendo la verdad. Y luego, una vez terminado el juicio, cuando ya ha pasado el calor del momento, ¿has vuelto a leer bajo la luz serena del día una trascripción del juicio? ¿A leer lo que dijiste ese día, a leer lo que dijiste con tanto fervor, con tanta convicción? Y dado que el momento ya ha pasado, ¿no te has avergonzado un poco, preguntándote cómo fuiste capaz de conseguirlo, de decir todas las cosas que dijiste? Y, al mismo tiempo, ¿no sabías acaso que tenías razón y que todo era verdad, y aunque suene algo afectado, incluso teñido de cierto fanatismo, en las mismas circunstancias, inmerso en la misma sensación de urgencia, no habrías vuelto a repetirlo todo? ¿No volverías, según reza la vieja frase, a «aprovecharte del momento»?

Browning se quedó mirando el libro que sostenía en las manos. Cuando alzó los ojos, alcancé a ver un rastro de arrepentimiento, una sensación de haber estado lo bastante cerca como para tocarlo, pero no lo bastante para hacerse con él, algo que había querido más que cualquier cosa. Duró sólo un instante, y si no lo hubiera conocido tan bien, o tanto como pensaba, dudaría de haberlo visto.

—Mira —señaló, riendo de sí mismo cuando me pasó el libro. Me puso la mano en el hombro cuando nos volvimos y fui con él hacia la puerta—. Lee esto, si quieres. Hay algo en este texto que explica lo que iba a decir.

Miré la tapa cuando abrió la puerta del pasillo. Montesquieu, *Sobre las causas de la grandeza y decadencia de los romanos*. Intrigado, miré a Browning, pero él ya caminaba rápido hacia el comedor, donde, tras las puertas cerradas, se oía un tumulto de voces exaltadas y alteradas. Él puso la mano en el pomo de la puerta, pero no la abrió.

—Léelo, sobre todo la parte que trata de lo que sucedió o, mejor dicho, de lo que podría haber sucedido cuando Julio César fue asesinado —especificó, con una sonrisa enigmática y distante en los labios—. Entonces seremos dos los que lo habremos leído.

Abrió la puerta y una docena de voces que gritaban a todo pulmón enmudecieron. Hacia el final de la mesa, Elizabeth Hartley abrió el puño con que acababa de golpear la mesa y extendió los dedos.

—Es reconfortante ver que vuestra deliberación discurre de manera tan tranquila y digna —observó Browning—. Estaré con vosotros en un momento. —Cerró la puerta, me puso la mano en el hombro y me acompañó unos pasos.

—Piensa en lo que te he dicho. Lo he dicho en serio. Van a acusar a alguien. Eres la única persona en quien confío.

—Todavía me cuesta creer que de verdad...

—Señor vicepresidente —llamó una voz con tono urgente desde el fondo del pasillo. Browning esperó mientras uno de sus colaboradores se le acercaba a paso rápido y le entregaba un teléfono. Al parecer, Browning entendió de inmediato que era importante. Sostuvo el auricular junto al oído, con la mirada fija hacia delante, escuchando sin el más mínimo cambio en su expresión.

—Gracias. Ya entiendo.

El colaborador recogió el teléfono y nos dejó a solas. Entonces Browning me miró con expresión de mal agüero.

—Las cosas se están moviendo más rápido de lo que había pensado. El gran jurado se reunirá esta mañana en Nueva York. —Inclinó la cabeza y se quedó mirando fijamente el suelo, hasta que tuvo un estremecimiento—. Esta tarde presentarán una acusación.

Yo tenía la sensación de que lo que estaba a punto de suceder había sucedido hacía mucho tiempo y que, de alguna manera, volvía a revivirlo todo, a ensayarlo todo hasta que finalmente acertaba.

Browning no dijo quién sería el acusado, pero creo que lo sabía. Quizá seguía deseando que nada sucediera, que lo que acababan de decirle era incorrecto o que, si acusaban a alguien, se trataría de otra persona. Lo único que dijo fue que lo sabríamos con seguridad antes de que acabara el día y que estaba más seguro que nunca de que yo debía hacer aquello que él me había pedido la noche anterior.

—Acepta el caso. Llámame a declarar al banquillo de los testigos. Yo estaba ahí, sé lo que sucedió. Sé cómo murió Annie —dijo—. ¿Cuándo fue la última vez que lo único que tuviste que hacer para ganar un caso fue llamar a un testigo para que dijera la verdad?

En su mirada se adivinaba una seguridad absoluta. Con la mano aún sobre mi hombro, nos despedimos con un apretón de manos.

—Lo que dije en Nueva York hace dos noches en la cena lo dije en serio. Eres el mejor que hay, y lo supe desde el día en que nos conocimos.

Tenía la mano sobre el pomo de la puerta del comedor, y recordó algo.

—Tienes un mensaje telefónico —dijo, señalando hacia una oficina al otro lado de las escaleras, frente al estudio. Miró hacia un lado, una mirada rara—. Y temo que Joanna no podrá reunirse contigo a mediodía para comer como había pensado. No se siente demasiado bien. —Alzó la cabeza, se me quedó mirando un instante antes de abrir la puerta y desaparecer en el interior. Era una mirada con la que pretendía disculparse por la mentira.

El mensaje era de Gisela Hoffman. Cuando le devolví la llamada, respondió al segundo pitido. Aquel acento que había provocado en mí una sonrisa había desaparecido. En ese momento aquella mujer se mostraba fría, distante, seria. Dijo que tenía que verme. Era urgente.

Una de las limusinas privadas de Browning me condujo más allá de las puertas, hasta la calle. Pasamos junto a la embajada que durante unas horas había sido el centro de atención de todo Washington. Ahora, los transeúntes pasaban sin siquiera dignarse lanzarle una mirada.

El chófer se detuvo frente a una estrecha casa de ladrillos en Georgetown, en un sector sombreado y con abundancia de árboles, y casas con fachadas similares y dimensiones casi idénticas. La mayoría tenía tres plantas y ventanas saledizas que daban a la calle. Algunas tenían verjas de hierro forjado con capas superpuestas de pintura negra y brillantes puertas de entrada lacadas. Todas tenían un vago aire colonial de elegancia perdida y habían sido cuidadosamente restauradas. Eran casas adosadas construidas para alojar a los grandes contingentes de los que por entonces eran llamados criados negros y trabajadores de baja categoría, que fueron desalojados cuando la carestía de viviendas se hizo desesperada a raíz de la expansión de las instalaciones de gobierno que se produjo con la Segunda Guerra Mundial. Durante los días álgidos de la Nueva Frontera se convirtieron en residencias de moda de la élite de Washington. Ahora seguían siendo el hogar de algunas de las personalidades más famosas y poderosas de la ciudad.

Gisela me abrió la puerta con la cara que yo recordaba. Era como si la voz fría y distante del teléfono perteneciera a otra persona. Sostuvo el borde de la puerta con las manos y lanzó una rápida mirada a ambos lados de la calle mientras me deslizaba en el interior. Browning me había mencionado el desagradable enfrentamiento que había tenido lugar en la embajada la noche anterior. Me pregunté si acaso no le preocupaba lo que podría pasar si la veían hablando conmigo en dos ocasiones. Había algo divertido y, de cierta manera curiosa, emocionante en la idea de un marido celoso acechando en la calle.

Llevaba una blusa blanca y una sencilla falda negra. Tenía el pelo recogido. Se había pintado los labios y llevaba tacones que dejaron un eco duro y abrasivo en el aire cuando me condujo desde la entrada con suelo de mármol hasta el salón con suelo de parqué, en realidad, apenas más grande que una pequeña sala de estar. Seguimos por la empinada escalera que parecía empezar desde el mismo pasillo hasta lo alto, en el tercer piso, y una vez ahí, a través de un comedor con paredes de espejo, pero sin ventanas, hasta una cocina grande en la parte de atrás.

—Gracias por venir —dijo. Tenía esa expresión ligeramente avergonzada que yo recordaba de la noche anterior, sonriendo como una escolar ante sus errores bien intencionados en la pronunciación correcta de las palabras—. Cuando me llamaste… —dijo, y vaciló mientras construía mentalmente la frase—. Cuando me volviste a llamar, no podía conversar… hablar. Estaba en el despacho —explicó—, y no quería que nadie se enterara. Me temo que… me preocupa que pienses que he sido muy ruda.

Nos sentamos ante una mesa cuadrada por debajo del mismo techo alto, al menos tres metros, que podían ser cuatro, que había observado en las habitaciones por donde habíamos pasado. Cada piso debía ser como el primero, una sala ancha, donde daba la sensación de que las paredes, debido a la altura del techo, oprimían a sus ocupantes y expulsaban la luz al exterior.

Gisela me miró con sus ojos grandes y oscuros mientras organizaba sus ideas. Respiró profundo.

—Lo siento —dijo, de pronto. Sus pestañas largas y finas se abrieron y cerraron cuando se levantó de un salto—. ¿Puedo ofrecerte algo?

—Me has dicho que tenías que verme. Me has dicho que era urgente.

Me pareció irresistible esa mirada de vergüenza y azoramiento que pasaba por su cara cada vez que recordaba algo que, no sabía cómo, había olvidado. Sacudió la cabeza, extendió las manos, se encogió de hombros, frunció el ceño y se concentró.

—Bueno, *urgente* quizá no sea la palabra más adecuada. *Importante* podría haber sido mejor. —Ligeramente confundida, parpadeó y miró por la habitación como si fuera ajena al lugar y lo viera por primera vez—. Te pedí que vinieras aquí porque no sé qué otro lugar podía ser… ¿seguro? Sí, quiero decir, quizá… donde nadie supiera que hemos hablado.

Con un dedo trazó una línea invisible sobre la mesa. Cuando se detuvo, se mostró seria, con una expresión curiosa, como si acabara de tomar una decisión.

—¿Estabas en el mismo curso que el vicepresidente Browning en la facultad de derecho?

No era una pregunta. Pero lo era. O, mejor dicho, era el comienzo de un interrogatorio: bien educado, civilizado, amistoso y, según me di cuenta de inmediato, potencialmente peligroso. Yo seguía esperando cuando ella alzó la mirada.

—¿Y en la facultad de derecho también estaba, aunque no en el mismo curso, otra alumna? ¿Una chica que se llamaba Anna Winifred Malreaux?

Desvanecida toda mi cautela inicial, esbocé una sonrisa.

—¿El segundo nombre de Annie era Winifred? No lo sabía.

La expresión de Gisela no se alteró. Ella no había conocido a Annie. No había conocido a ninguno de nosotros. Sólo le interesaba lo que preguntaba.

—Entonces, ¿sí? ¿Anna Malreaux iba a la facultad de derecho en la misma época?

Me di cuenta de que se trataba de una formalidad periodística. Las preguntas cuyas respuestas ya sabía, que precedían a otras preguntas, las verdaderas.

—Eso ya lo sabes —respondí—. ¿Por qué me preguntas lo que ya sabes? —inquirí, ceñudo—. Si quieres saber algo acerca del vicepresidente, ¿no crees que tendrías que preguntárselo a él?

Me arrepentí de haber venido. Comencé a incorporarme. Por

sus ojos pasó una mirada de mujer herida y yo, sin cambiar del todo de idea, me detuve, volví a sentarme y esperé.

—Lo siento. Quizá no debería haber… pero pensé que querrías saberlo. Se ha abierto de nuevo una investigación sobre su asesinato y…

—Annie no fue asesinada —objeté—. Fue un accidente. Se cayó por una ventana… No la empujaron.

—Se ha abierto una nueva investigación a propósito de su… muerte. Y se va a presentar una acusación.

Busqué en los ojos serios de Gisela.

—¿Cómo lo sabes? ¿Cómo podrías saberlo?

Ella bajó la mirada, posó la mano derecha sobre la mesa y se miró los nudillos. Browning acababa de saberlo. ¿Cómo era posible que ella se hubiese enterado tan pronto?

—¿Cuándo supiste que habría una acusación?

—Lo he sabido esta mañana —dijo, mirándome—, justo antes de llamarte. No te puedo decir más —apuntó con rígida formalidad, como alguien que intenta ser objetivo entre la verdad que no puede revelar y la mentira que no sabe cómo contar.

—¿Te lo ha contado alguien de la oficina del fiscal del distrito?

Ella comenzó a jugar con las manos hasta que se dio cuenta, y entonces paró. Fijó su mirada en la mía, temiendo que si la desviaba acabaría contándome lo que no debía. En lugar de ocultar la verdad, la daba a conocer. Gisela sabía que había una investigación, y sabía que habría una acusación, pero era una información que no había obtenido de una fuente en Nueva York.

—Tu informante es alguien de aquí, alguien de la Casa Blanca.

Ella inclinó la cabeza levemente a un lado.

—Sabes que no te lo puedo decir. Pero tú me lo puedes contar a mí, ¿no? El vicepresidente la conocía, ¿no es así? Sucedió en su habitación de hotel, ¿verdad?

—No —dije, casi irritado—. No en su habitación de hotel. —Era curioso cómo aquello parecía cambiar el significado, cómo daba una interpretación completamente diferente de lo que había ocurrido—. Sucedió en una suite de hotel… una suite del Plaza… en Nueva York —dije, y un sentimiento de frustración me hizo reír—. ¡Una suite!

Esa afirmación no es del todo cierta. Puede que alquilara toda la planta. Todas las habitaciones estaban conectadas. Era un lugar enorme. Había gente por todas partes, deambulaban de un lado a otro.

Ella mantuvo la mirada fija en mí, negándose a que la desviara del asunto en cuestión, el más importante. Más allá de esa actitud de criticarse a sí misma, había un talante firme y resuelto.

—Entonces, tú estabas allí. ¿Qué ocurrió?

—Sí, yo estaba allí —dije, y guardé silencio, vacilando, pero no sobre si contar o no la verdad, sino sobre cuánto compartir de la verdad—. No, no estaba.

Ella me miró sorprendida.

—¿Estabas o no estabas?

—Estaba en el Plaza, en Nueva York. No estaba allí cuando ella cayó.

—¿Quién estaba?

Fui yo el que desvió la mirada. Miré mi reloj como si hubiera llegado la hora de marcharme. Me rasqué un lado del mentón y traté de hablar con aire de indiferencia que, en realidad, sonó como una falsedad.

—Sucedió hace mucho tiempo —dije, y miré sus ojos incrédulos—. Fue un accidente. Fue un accidente —repetí—. De eso no hay duda.

—El vicepresidente estaba en la habitación, ¿verdad? —preguntó ella, con voz calmada y discreta.

Ante cualquier otra persona no habría contestado. Rara vez hablaba con los periodistas, y sólo si los conocía desde hacía años y sabía hasta dónde podía llegar. Ahora estaba irritado, irritado con ella por hacer esas preguntas, y conmigo mismo por esa manera torpe y curiosa de escabullirme de la verdad.

—¿Por qué me preguntas por cosas que ya sabes? La Casa Blanca te tiene que haber dicho que él estaba presente. No es ningún secreto. Hay un informe de la policía, quizá se olvidaron de mencionártelo. La muerte de Annie Malreaux quedó archivada como accidente. Claro que Browning estaba allí. Esto no es más que una broma de mal gusto. La única razón por la que se ha abierto una investigación es porque la gente que trabaja para Walker, incluyendo, supongo, la persona con que has hablado, parece tener cierto talento para contar historias que sirven para deshacerse de personas que no puede vencer por otros medios.

Me había puesto de pie. Murmuré unas disculpas a propósito de mi manera de hablar y le dije que tenía que irme. Ella me dejó ir, con mi incoherencia titubeante, y permaneció sentada, observándome con mirada fría y lúcida.

—¿También fuiste a la facultad de derecho con un tal Jamison Scott Haviland?

La formalidad del nombre me pareció rara, absurda, como si Jimmy Haviland se hubiese convertido en un jurista de prestigio, en uno de los miembros del Tribunal Supremo de Estados Unidos, alguien que podría haber ocupado el lugar de Reynolds, con las manos unidas y una sonrisa digna cuando, como cada mes de octubre, los nueve jueces posaran juntos para la foto de la inauguración del periodo anual. Como si Jimmy Haviland hubiera llegado a ser alguien importante o como si hubiera conseguido aquello que tenía todo el derecho de esperar para sí, en lugar de… en fin, en lugar de aquello en que se había convertido.

—Sí —reconocí, avanzando hacia el mostrador de la cocina. Con las manos por detrás, me incliné hacia el borde, esperando lo que vendría—. ¿Por qué?

En sus ojos asomó un brillo curioso, de simpatía, como si supiera que el nombre de Haviland traía a mi memoria algo que no quería recordar.

—¿Qué pasa con Jamison Scott Haviland? —pregunté, como impulsado por un presentimiento.

—Es a él a quien acusarán. Él será el acusado del asesinato de Anna Winifred Malreaux.

—Es imposible —insistí. Daba la impresión de que Jimmy Haviland apenas conseguía tenerse firme, tal como estaban las cosas. El solo hecho de volver al Plaza ya lo había consumido. Una acusación formal y pública de asesinato, del asesinato de Annie, lo destrozaría.

—¿Haviland era amigo tuyo? —Al principio, no oí bien lo que dijo. Con una voz más suave, más simpática, ella volvió a formularla.

—Sí… éramos amigos.

Ahora lo veía, tal como había sido, el Jimmy Haviland que caía bien a todo el mundo, aquel que siempre sería el primero de la lista si se trataba de especular con los nombres de esa promoción que probablemente se dedicarían a la política y tendrían éxito. Jimmy Haviland, que siempre encontraba un momento para alguien que necesitaba ayuda. Jimmy Haviland, joven y guapo, un tipo que había salido con demasiadas chicas para tomárselo en serio con ninguna, hasta que conoció a Annie, y ya no supo cómo no tomárselo en serio.

—¿Entonces lo ayudarás… lo defenderás? ¿Aceptarás ocuparte del caso?

—¿Qué? —pregunté, con mirada ausente—. ¿Si haré qué? ¿Ayudarlo?

Seguía pensando, seguía recordando; intentaba ver la cara de Annie, su aspecto, el efecto que causaba, cómo conseguía que los demás —Jimmy, Browning, todos nosotros— cambiaran su manera de pensar acerca de sí mismos. Me había puesto a sacudir la cabeza sin darme cuenta.

—Sí —me oí decir con voz distante—. Haré todo lo que pueda.

—¿Porque eres amigo de Jamison Scott Haviland o porque eres amigo de Thomas Browning?

Casi no había oído la pregunta, y no sabía la respuesta. Pensaba en otra cosa. ¿De dónde había salido el nombre de Jimmy Haviland? Había algo inquietante en la pregunta, algo siniestro y cruel que sugería una voluntad infatigable, una fría voluntad de hierro que no se detendría ante nada. Y luego estaba la otra pregunta, la pregunta en la que casi no me atrevía a pensar. Que no se trataba sencillamente de un rumor salido de la nada, que las personas que estaban detrás de esto sabían algo, que la muerte de Annie Malreaux, al fin y al cabo, no había sido un accidente. Pero, si eso era verdad, ¿qué sabía Thomas Browning y qué me ocultaba?

9

Llegas a una especie de lucidez cuando, acusado de la muerte de alguien, cobras conciencia de que acabarás enfrentado a la propia. Las dudas, los temores, el arrepentimiento obsesivo de medianoche ante las cosas que desearías no haber hecho y las que sí desearías, todo eso queda en segundo lugar frente a las vanas especulaciones de una vida que hemos vivido demasiado anclados en el pasado. La única idea en ese momento gira en torno a lo que nos espera y cómo vamos a lidiar con ello. La acusación de asesinato no destruyó a Jimmy Haviland. Daba la impresión de que le transmitía fuerzas, que le daba cierta confianza, o al menos un sentido de la dirección.

Jimmy Haviland había asistido a la cena de los ex alumnos en Nueva York con un esmoquin alquilado, raído y una talla demasiado grande. Jamison Scott Haviland se presentó a la lectura de su acta de acusación vestido con un flamante traje azul y unos zapatos lustrados al extremo de mostrar un brillo duro y chillón. Se había mostrado nervioso e incómodo rodeado de los exitosos y adinerados miembros de su promoción en la facultad de derecho, lanzando miradas fugaces y furtivas, moviendo la boca con un tic rápido en lugar de dejarla quieta el tiempo suficiente para dibujar una única y definible expresión o para prestar una voz coherente a un pensamiento bien formulado. Entre los abogados, los delincuentes y los reporteros que abarrotaban el pasillo al exterior de la sala de audiencias donde debía presentarse por primera vez, tenía la mandíbula fija en una línea firme y angular, y su mirada era directa e impaciente. Tenía el aspecto de un socio importante de uno de esos grandes bufetes de la ciudad, un hombre ocupado con muy poco tiempo disponible. No pude dejar de sonreír para mí cuando se me acercó por el pasillo.

—Browning me dijo que querías representarme —dijo Haviland cuando nos saludamos—, pero no sabía si creerle o no.

Haviland nunca había confiado en Browning, pero no dejaba de ser una curiosa manera de expresarse.

—¿Por qué habría de mentirte en algo como esto?

—Siempre hay algo subterráneo en los motivos de Browning, algo que no te cuenta. Las cosas nunca son del todo como él las dice.

Todo era demasiado críptico para mí. Le puse un brazo sobre los hombros y caminé con él pasillo abajo, lejos de las puertas de la sala y de la multitud nerviosa que había acudido a presenciar la acusación de alguien a quien nunca habían visto porque aquello podía implicar, aunque sólo fuera de manera indirecta, a alguien que todos conocían. Sólo nos quedaban unos escasos minutos de anonimato.

—Escúchame. Ha sido idea de Browning. Él me pidió que te representara. Yo no sabía si tú me aceptarías. Por eso te llamó Browning, para hacerte saber que yo estaba dispuesto si eso era lo que tú querías.

Estábamos apoyados contra la pared, las cabezas caídas, yo rodeándolo por los hombros. De pronto se volvió y me lanzó una mirada escéptica. Yo intenté explicárselo.

—Todo este asunto es un montaje para dar a entender que él encubrió un crimen, un asesinato. Quieren destruirlo políticamente.

La mirada de Haviland se tiñó de ira.

—Siempre tiene que tratarse de Browning. A mí me acusan de asesinato, ¡pero lo más importante es lo que quieren hacerle a él!

—Él sabe que eres inocente —comencé a protestar.

—¡Yo sé que soy inocente! —exclamó Haviland, furioso—. No hace falta que él me lo diga.

—Su testimonio lo demostrará.

La idea de que iban a acusarlo formalmente de un asesinato que no había cometido se había apoderado de su mente. Había pensado en ello con una intensidad que yo no podía igualar y de manera que no podía ni empezar a imaginar.

—¿Estás seguro de que eso es lo que piensa declarar? ¿Estás seguro de que no dirá que tiene alguna duda, que él estaba ahí, en la habitación, pero que había muchas otras personas, que él no vio, en realidad, caer a Annie, que sólo supuso que había sido un accidente?

Con una especie de sagaz superioridad, Haviland buscó mi mirada.

—Eso le permitiría mantenerse al margen, ¿no te parece? No tendría que correr el riesgo de que el jurado no creyera su testimonio si dijera que la muerte de Annie fue un accidente y que yo ni siquiera estaba allí. Si tantas ganas tiene de ayudar, de limpiar mi nombre, ¿por qué no ha dicho nada? ¿Por qué no ha hecho una declaración? ¿Por qué espera el momento del juicio?

Haviland calló y en sus ojos asomó una mirada rara, enigmática. Y añadió:

—Nunca confíes en Browning. No dice la verdad, toda la verdad, ni siquiera cuando miente.

El juicio aún no había comenzado. Aún debía darse el primer paso formal en un proceso que se prolongaría durante meses. Sin embargo, ya había una interrogante acerca de lo que otra persona debería haber hecho. Resultaba misterioso ver cómo una acusación, sobre todo una acusación falsa, situaba todo en una perspectiva nueva y más estrecha. Los rituales de la buena educación, la genuina inquietud por los sentimientos de los otros, la voluntad que ansiaba subordinar los propios deseos a los de los demás, todo el arte sutil del acuerdo y la conciliación, los pequeños y constantes ajustes con los que vivimos unos con otros en una paz tolerable aunque imperfecta, todo eso se olvidaba, se marginaba, quedaba pisoteado por la urgente necesidad de ponernos por delante, de privilegiar nuestra supervivencia y nuestra protección. Se destruyen matrimonios, se rompen amistades porque un acusado inocente empieza a ver como traición la incapacidad de obtener la devoción desprendida que él cree merecer y que sabe que necesita. En este caso, no había amistad alguna que arruinar. Haviland ya odiaba a Browning. Nada de lo que él pudiera hacer sería jamás suficiente, y no había nada que yo pudiera hacer para que cambiara de opinión.

—Todavía no han presentado la acusación —le recordé—. Por eso estamos aquí. ¿Desde cuándo sabes que te acusarán? ¿Cuándo lo supo Browning? ¿Cuándo crees, concretamente, que debería haber hecho una declaración? ¿Ayer? ¿De qué habría servido?

Haviland volvió a alegar que Browning debería haber hecho algo. Aquello era una beligerancia intencionada, era estúpido y corto de miras, y yo ya había tragado suficiente. Le di media vuelta, lo cogí por los hombros y lo puse contra la pared.

—¡Escúchame! —dije, y mi mirada ya era una advertencia—. Faltan unos tres minutos para que entremos en esa sala. Actuaremos como si todo esto fuera un montaje despreciable, una broma de mal gusto, como si deseáramos ir a juicio y desenmascarar a quien esté detrás de todo esto. Y eso significa que en unos tres minutos, ¡Thomas Browning se convertirá en el mejor amigo que jamás hayas tenido!

Haviland estiró la cabeza a un lado e intentó zafarse.

—El mejor amigo que hayas tenido —repetí, en un susurro irritado, manteniéndolo sujeto—. Y no lo llames por su nombre. Si alguien te pregunta, siempre dirás «el vicepresidente». Y no sólo eso, hablarás de él con respeto y admiración, como un gran hombre, como alguien que debería ser presidente. Recuerda que votaste por él...

—No voté por él... No...

—¿Qué no votaste por el testigo de la defensa? ¿Por el testigo que vio lo que ocurrió, que vio caer a Annie, que sabe que fue un accidente? ¿Estás seguro? ¿Estás seguro de que no votaste por él?

Su mirada cambió de franca hostilidad a una aceptación a regañadientes, resentida ante los imperativos de la vida. Comenzó a pedir disculpas, no por lo que pensaba de Browning (eso no cambiaría jamás), sino por enzarzarse conmigo. Le solté los hombros y él alzó las cejas en un gesto de resignación.

—Haré lo que digas.

Estaba justo frente a mí, a menos de un metro. Quizá porque tenía la mente puesta en otra parte, demasiado atrapado por la emoción del momento, pero sólo entonces me di cuenta. Todavía no eran las diez de la mañana y Jimmy Haviland, Jamison Scott Haviland, a punto de ser acusado de asesinato por un tribunal, había estado bebiendo. Busqué en un bolsillo de la chaqueta.

—Mira, aquí tengo uno de éstos —dije, y le pasé un paquete de pastillas de menta.

No dije más a propósito de aquello mientras entrábamos en la sala. Intenté convencerme de que era una excepción, una sola vez, que lo había hecho para darse valor para afrontar una mañana que a cualquiera habría acobardado. Había bebido una copa, nada más. No se le notaba al hablar y, desde luego, no se le notaba en su manera tranquila y segura de andar, con la cabeza en alto y la mirada firme, caminando a mi derecha. Entramos y nos dirigimos a la mesa de la defensa por el pasillo central. Se le veía mucho mejor que aquella noche después de la cena en el Plaza, mucho mejor de lo que transmitió durante nuestro única conversación por teléfono. Estaba demasiado agradecido para sentirme alarmado. Pero yo conocía a personas que bebían y conocía a personas que con una única copa ya tenían suficiente, una copa para calmar los nervios. Sabía que, sin más aviso que éste las cosas podían salirse fácilmente de madre.

Haviland me leyó el pensamiento. En cuanto nos sentamos a la mesa de la defensa se volvió hacia mí y, con esa sonrisa radiante y tímida que lo había hecho tan popular aquellos primeros años en Harvard, me aseguró que no era ningún problema.

—Sólo una. Sólo para ponerme bien y estar despierto.

Sólo una. Era divertido ver cómo, al cabo de un tiempo, aquella mentira comenzaba a sonar como verdad.

La presentación de la acusación estaba programada para las diez de la mañana. Miré mi reloj. Habían pasado cinco minutos. Una acusación de este tipo es un mero trámite, quizás el procedimiento más sencillo que se da en las causas penales. El juez pide al fiscal que lea el título de la causa y presente el documento formal, normalmente una acusación devuelta por un gran jurado. El fiscal lee el auto de acusación o, si la defensa renuncia a una lectura formal, formula una declaración abreviada de los cargos específicos de los que se acusa a la persona en cuestión. A continuación, se le pregunta al acusado cómo se declara ante esos cargos. Ha habido casos en que, sólo para romper la monotonía, yo habría estado encantado de renunciar a mis honorarios si alguien, llevado por su instinto criminal, hubiera respondido: «¡Culpable como un Judas, señoría, pero jamás podrán demostrarlo!». En los primeros años de mi carrera, un ladrón ya más bien maduro e incompetente, se encogió de hombros y comentó, con una sonrisa cautelosa: «Depende de cómo se mire, señoría», pero eso fue lo más cerca que llegué.

En los días en que me ocupaba de litigios en los tribunales, a veces me presentaba a ocho o nueve acusaciones en una misma mañana, una después de otra. «Siguiente caso», ordenaba el juez, y el funcionario pasaba a la siguiente carpeta. El ayudante del fiscal del distrito abría una nueva carpeta del montón que tenía en la mesa. Si se trataba de encarcelados por decisión judicial, un agente del sheriff entraba en la sala con el siguiente preso esposado. «*El Estado contra García*. Robo con allanamiento de morada». El juez me lanzaba una mirada. Las palabras sonaban en mi cabeza como una cancioncilla. «Declaramos recibida la acusación; renunciamos a la lectura formal; presentamos declaración de no culpabilidad y solicitamos fecha para el juicio.» El juez devolvía la carpeta a una funcionaria y anunciaba la fecha del juicio, que la funcionaria incluía en el expediente mientras pasaba la carpeta siguiente al estrado. El acusado, que no tenía ni idea de lo que había sucedido, era devuelto a la cárcel. Y eso era todo. Si tardaba más de sesenta segundos, era porque el juez se tomaba el tiempo de comentar al acusado que todavía lo recordaba de la última vez que lo habían detenido.

Eran las diez y diez. Junto a la puerta por donde entraría el juez, un alguacil uniformado esperaba con las manos cruzadas por delante. Era un tipo de más de un metro ochenta, hombros anchos y cuello corto y grueso, y tenía la misma expresión vacía que había visto en el agente del Servicio Secreto que acompañaba al vicepresidente. Eso sí, los ojos del alguacil no iban de lado a lado, buscando sin parar la menor señal de que algo no estuviera en su lugar. En realidad, sus ojos no se movían para nada. Hasta podría haber estado dormido mientras esperaba con todos nosotros que empezara la rutina de un episodio absolutamente ordinario. Al cabo de un rato, puso un pie por delante del otro y cruzó los brazos sobre el pecho. Frunció los labios y se quedó mirando el suelo de linóleo color beige rojizo.

Movió la nariz con gesto vigoroso; entraba y proyectaba hacia fuera el labio superior, como alguien que intenta no estornudar. De pronto sorbió con tal fuerza por la nariz que lanzó la cabeza hacia arriba. Acto seguido, con las manos agarradas a la hebilla del cinturón, se quedó mirando hacia delante, volviendo a su interminable y monótona vigilancia.

Dos minutos después, la puerta finalmente se abrió. El alguacil dio un paso adelante y alzó la cabeza. Había abierto la boca para avisar que se iniciaba la sesión cuando una mujer le puso una mano en la manga y lo detuvo. La estenógrafa del tribunal llevó su máquina al lugar correspondiente, una tarima elevada a unos treinta centímetros del suelo y justo por debajo del banquillo de los testigos. Era una mujer de unos sesenta años o más, de pelo canoso, peinado modesto y ojos amables. Instaló el trípode en la tarima y luego colocó el aparato encima. Cuando lo tuvo todo tal como quería, se levantó del pequeño taburete de cuero y asintiendo con la cabeza hacia el alguacil, una señal leve pero no inamistosa, salió por la misma puerta por donde había entrado. Empezaríamos en algún momento, el problema era saber cuándo.

El fiscal del distrito estaba a punto de perder la paciencia. En ese momento hizo amago de levantarse de su lugar en la mesa del fiscal del distrito. Luego, con expresión ceñuda y malhumorada, volvió a hundirse en la silla y observó a la estenógrafa con una especie de suspicacia irritada, como si fuera culpa suya que la sesión no hubiera comenzado puntualmente. Cuando la mujer salió, él la siguió con mirada diabólica, mordiéndose el labio inferior e intentando también morderse su afilada lengua. Por el rabillo del ojo vio que yo lo observaba. En lugar de desviar la mirada e ignorarme, me miró fijo a los ojos, una mirada distante y siniestra que reflejaba la absoluta seguridad de un hombre para quien la vida era una serie de certezas, un círculo cerrado que no admitía ni la sombra de una duda ni un momento de vacilación. Cuando decidía que eras su enemigo, era la guerra hasta el final, una guerra sin cuartel. Era lo que me habían dicho las personas que había consultado, las observaciones que con curiosa regularidad se colaban en todas las conversaciones. Bartholomew Caminetti no hacía prisioneros.

Implacable, astuto, despiadado, Caminetti ya iba para su segundo mandato como fiscal del distrito de Nueva York. Y quería que fuera el último. El hecho de presentarse como candidato a gobernador o al Senado o, como afirmaban ciertos rumores, el hecho de convertirse en el Fiscal General de Estados Unidos cuando el actual ocupante de ese cargo fuera nombrado para la siguiente vacante en el Tribunal Supremo, no importaba tanto como el hecho de seguir escalando, seguir ascendiendo, nunca detenerse en un solo lugar, un solo cargo, el tiempo suficiente para que alguien pensara que esa posición, fuera la que fuera, era lo último a que podía aspirar. Era la ambición decidida del marginado, nacido sin disfrutar de ventajas, que había tenido que luchar por todo lo que tenía y que se negaba a aceptar que pudiera haber algún límite a lo que podía lograr.

Bartholomew Caminetti había nacido en una familia rigurosamente católica, era el menor de ocho hermanos. Dos hermanas suyas se hicieron monjas. Su hermano mayor llegó a ser sacerdote. Su hermana preferida, Rosemary, la que le precedía, consiguió una beca en Columbia y fue violada y asesinada una noche en Morningside Heights cuando volvía de la biblioteca. Su muerte estuvo a punto de destrozar a los padres. La madre de Caminetti, que él al parecer adoraba, no salía de su habitación excepto para cocinar la cena, y no salía de la destartalada casa donde vivían, en Brooklyn, excepto para ir a la iglesia, donde, con la cabeza cubierta, intentaba no cuestionar demasiado lo inexplicable y, en sus momentos de mayor debilidad, la negligencia imperdonable de Dios. Edward Caminetti, el padre de Bartholomew, enterró a su hija en tierra bendita siguiendo los ritos de la iglesia, rezó por su alma en el cielo y nunca volvió a pisar la catedral.

El violador y asesino fue finalmente atrapado. Aunque ya tenía un nutrido expediente de agresiones, sólo tenía diecinueve años y era demasiado joven para tener el expediente criminal de un adulto. La muerte de Rosemary Caminetti, una muerte que tuvo terribles consecuencias para su familia, era simplemente otro crimen, otro número que se sumaba a lo que en aquel momento era una escalada de asesinatos de proporciones de récord. Un ayudante del fiscal del distrito con exceso de trabajo, intentando manejar un atado de casos que superaba tres veces su capacidad, quiso evitarse las complicaciones del juicio y negoció una sentencia. El asesinato se redujo a homicidio involuntario y la violación fue reducida al cargo menor de agresión sexual. El joven ayudante del fiscal del distrito se dio por satisfecho al saber que, con tiempo y gastos mínimos, al violador y asesino lo encerrarían quizás hasta diez años. El padre de Rosemary Caminetti se guardó su rabia. Compró un arma sin decírselo a nadie, y probablemente la habría usado de no haber muerto unos años antes de que el asesino de su hija abandonara la prisión.

Antes de la muerte de su hermana, Bartholomew Caminetti había querido estudiar para abogado. Después de su muerte, su única intención era llegar a fiscal. Se licenció de Fordham con matrícula de honor y luego estudió derecho en Georgetown, ya sea porque, como posteriormente sugerirían algunos de sus enemigos políticos, sus notas en la prueba de selectividad para la carrera de derecho no fueron lo bastante buenas para ingresar a facultades más prestigiosas, como Harvard o Yale. O porque, como él siempre insistió, prefería continuar su educación católica. Durante los veranos, Caminetti trabajaba en Capitol Hill, en el despacho de un congresista en cuyo distrito había crecido.

Eran las diez y cuarto. Observé los ojos del alguacil, esperando que parpadeara, preguntándome si no estaría muerto. Haviland me tocó en el hombro.

—Es probable que el juez haya querido descansar un momento —comentó, con expresión jocosa.

Caminetti se incorporó, lanzó una mirada a la carpeta abierta sobre la mesa, la examinó durante un momento y luego, con cara larga, sacudió la cabeza con exasperación cansada, la cerró y volvió a sentarse. Pasaron otros dos minutos. Con un movimiento fluido y continuo, volvió a incorporarse, vino hacia donde yo estaba sentado y me tendió la mano.

—Bartholomew Caminetti —dijo, con el duro acento de un hablante nativo de Nueva York. Me puse de pie y estreché su mano.

—Joseph Antonelli —respondí, mirándolo fijo.

—Esto es algo inhabitual —dijo, y señaló con la cabeza hacia la puerta cerrada que daba al despacho del juez—. Muchos de estos tíos se vuelven poco rigurosos, no respetan el tiempo de los demás. Ya sabe, pueden hacer esperar a todo el mundo porque son jueces, y eso es lo que hacen. Ya me entiende, seguro que se encontrará con lo mismo en otros lugares. Pero en él no es habitual. En fin, a esperar unos cuantos minutos y ya veremos qué pasa.

Dio media vuelta y, sin decir palabra, volvió a su lugar. Se dejó caer en la silla, con los codos apoyados en la mesa, con las manos abiertas y juntando con firmeza los dedos, esperando que el tiempo pasara.

El apretón de manos de Caminetti había sido firme, decidido y rápido, igual que su manera de hablar. Muestras de sinceridad como si acabara de encontrarse con un viejo amigo y no con un extraño o, en mi caso, un rival al que sólo unos minutos antes había mirado con expresión de desprecio. Tenía esa férrea seguridad en sí mismo que le permitía elogiar a alguien y regañarlo al cabo de un rato sin cuestionarse si esa persona lo veía como alguien inconsecuente o cruel. En cierto sentido, era el secreto de su éxito como político, la clave de su visible popularidad. Solía decir (o al menos ésa era la impresión que daba, porque yo no podía resistirme a la idea de que había algo más que una dosis de cálculo en ello) exactamente lo que pensaba. La primera vez que se presentó a las elecciones de fiscal del distrito, un republicano ante un electorado decididamente demócrata, a todos los grupos de obreros blancos con que tuvo contacto les contó que su hermana había sido violada y asesinada, y luego les dijo que estaba decidido a que una cosa así jamás le sucediera a ninguna de sus hermanas, pero que si llegaba a suceder, «la basura que lo hizo o morirá o se pasará el resto de sus días en prisión, no los diez años que le concedieron al asesino de mi hermana».

Caminetti no había dudado en explotar la tragedia de su propia hermana para obtener réditos políticos, y tampoco le había costado reconocer las preferencias de los votantes por las figuras de cargos electos que se situaban en primera línea de fuego. En más de una ocasión se había presentado en la escena de un delito aún no consumado, un robo que había salido mal, una toma de rehenes, con la policía parapetada y sin intervenir, y se mostraba a cara descubierta, físicamente expuesto al peligro, dando órdenes a diestra y siniestra.

Era un gran escenario, y él lo sabía. Sus adversarios alegaban que ésa era la razón por la que actuaba así, y que lo único que conseguía era entorpecer el trabajo de la policía. Pero no podían poner en entredicho su valor, y dejaban de criticarlo con tanta ligereza cuando Caminetti insinuaba que sería un placer invitarlos la próxima vez que intentara ayudar a la policía a que personas inocentes no resultaran heridas.

Con ese instinto de la publicidad, era capaz de estar en todas partes a la vez. Cuando no salía por la televisión mientras se estaba perpetrando un delito, se encontraba con un micrófono en mano describiendo con profusión de elogios la investigación policial que había conducido a una detención, o anunciando, con mirada dramática y angustiada, el horrible crimen que se había cometido en el caso que su oficina se preparaba a castigar con la máxima severidad. Caminetti llevaba seis años en el cargo, pero éste era sólo el segundo caso que había decidido asumir personalmente. Cuando corrieron los rumores de que el vicepresidente podía estar implicado, nadie preguntó por qué. Todos sabían que Bartholomew Caminetti se encontraba entre los primeros republicanos destacados de Nueva York que habían apoyado la candidatura de William Hobart Walker, y nadie ignoraba lo que Walker era capaz de hacer en cualquier momento del futuro inmediato por su buen amigo Bartholomew Caminetti. Era algo muy diferente saber qué implicaba eso para el funcionamiento imparcial de la justicia.

Eran las diez y veinte. A Caminetti se le agotaba la paciencia. Con una mirada de asco, abandonó la silla y pasó junto a la mesa, decidido a averiguar por qué le hacían esperar. Refunfuñando para sí mismo, raspó con los nudillos el extremo de la mesa al pasar.

—Atención, atención —comenzó a gritar el alguacil, despertado de su sopor por algún ruido que sólo él podía oír. Caminetti se detuvo en seco, sacudió la cabeza pensando en esa desconsiderada actitud que le había hecho malgastar su tiempo y volvió a su lugar detrás de la mesa de los letrados donde, al igual que todos nosotros, se mantuvo de pie esperando a que el honorable juez Charles F. Scarborough entrara deprisa —o, más bien, entrara como una explosión— en la sala de juicio.

Scarborough cruzó la sala con el extremo de su toga negra flotando a sus espaldas, con un montón de libros y documentos bajo el brazo derecho. En la mano izquierda sostenía un enorme pañuelo blanco con que se tapaba la nariz y la boca. Tenía los ojos enrojecidos y su rostro ovalado era pálido. Llegó al banquillo y se dejó caer en la silla como alguien que acaba de recibir un balazo mortal. El montón de libros y papeles se desparramó por la superficie de la mesa donde trabajaba. Se enjugó el sudor de su frente afiebrada con el pañuelo blanco y luego se cubrió la boca y tosió. Levantó la mano derecha con un gesto de cansancio para disculparse y rendirse al mismo tiempo, y farfulló:

—Maldita fiebre del heno. —Su rostro comenzó a enrojecer y los ojos pequeños y redondos se convirtieron en diminutas rayas. Su nariz, corta y algo respingona, se arrugó cuando se apretó las fosas nasales. Justo a tiempo, el pañuelo se abrió como una sábana agitándose al viento. Cuando el juez sepultó la cara en el pañuelo blanco y húmedo, se oyó un ruido como un silbido terrible, seguido de inmediato por un rugido parecido a un trueno, o a la rotura de una gruesa cañería de agua.

—Bienvenido a Nueva York, señor Antonelli —murmuró. Me miró fijamente mientras se seguía frotando—. Es un placer tenerlo entre nosotros. ¿No es así, señor Caminetti? ¿Sí? De acuerdo —dijo, y alzó las cejas todo lo posible mientras plegaba metódicamente el pañuelo.

—Estará de acuerdo, señor Caminetti, que es un honor, un gran honor, tener a alguien con la gran capacidad y brillante reputación del señor Antonelli en nuestros tribunales. ¿Sí? —Con la mirada, siguió el movimiento de su mano que ocultaba discretamente el pañuelo—. Es lo que yo suponía. —Juntó las dos manos sobre la mesa frente a él.

—Lo digo en serio, señor Antonelli. Es un placer tenerlo con nosotros. —Una sonrisa más bien tímida le cruzó la boca, casi imperceptiblemente—. Cualquier cosa que este tribunal pueda hacer para que su estancia entre nosotros sea más agradable... —dijo, con voz suave, algo vacilante.

Acto seguido, como si tuviera algún reparo, bajó la mirada lentamente. Mientras reflexionaba sobre algo, se frotó el mentón. Inclinado hacia delante en esa actitud de intensa cavilación, tenía el aspecto de uno de esos juristas ingleses sumamente eruditos que poseen un conocimiento casi enciclopédico de las leyes y que pueden recitar de memoria antiguas causas con la misma facilidad con que otros hombres recitan los resultados de los partidos del fin de semana, o que resumen las pruebas al final de una causa sin mirar las notas ni detenerse a recordar un punto, y que desafía al primer abogado lo bastante valiente, o lo bastante estúpido, a cruzar espadas. Hay muchos jueces que no me agradan, pero tuve la impresión de que éste sí me agradaría. Aún no llevaba dos minutos en la sala, todavía no había hecho nada, y ya sabía que todo lo que había oído acerca de él, todas las anécdotas sobre el legendario Charles F. Scarborough, que según algunos era el juez de primera instancia más brillante de su generación, eran verdad.

Había momentos en que permanecía aparentemente perdido en alguna ensoñación privada, y al momento siguiente era una máquina imparable, que agitaba las manos pequeñas y suaves en todas direcciones, sus ojos penetrantes convertidos en una tormenta de entusiasmo y de emoción incoherente. Dio con la palma de la mano sobre su mesa y con voz ronca y poderosa se dirigió a los asistentes que abarrotaban la sala.

—Y quiero asimismo dar la bienvenida a todos los ciudadanos que, con espíritu cívico, han decidido acompañarme esta mañana. —Dejó que el eco de sus palabras flotara por la sala de altos techos. Una sonrisa orgullosa, desafiante y exigente se dibujo en su boca roma—. Siempre he pensado que las formalidades necesarias de la ley, la seriedad con que nos vemos obligados a asumir nuestro deber, sólo se potencian cuando se llevan a cabo bajo la mirada vigilante de los ciudadanos. —Siguió una pausa. La sonrisa ganó terreno en sus labios—. Se habrán dado cuenta de que he dicho «mirada». Ustedes están aquí para mirar, y nunca…¡nunca!... para hablar. Ésa es la única regla en que insisto con máximo rigor.

Scarborough tenía la costumbre, que yo ahora descubriría, de mirar repentinamente hacia un lado, como si se volviera para hablar con alguien, un alter ego invisible, con que solía compartir confi dencias. El movimiento de sus ojos era tan brusco y definitivo que cuando lo hizo por primera vez yo miré inmediatamente a la derecha, hacia las sillas vacías de la tribuna del jurado, preguntándome por un instante dónde podría haberse metido la persona con la que estaba hablando.

—Con el máximo rigor —repitió, dando la impresión de que rebajaba para su oyente invisible el tono ligeramente pomposo con que quizás había hablado. Sus ojos lanzaron destellos, se quedaron fijos sobre el público y no se movieron—. Con ello he querido decir que si alguien llega a suspirar una palabra durante éstos u otros procedimientos, por el poder con el que me ha investido el Estado de Nueva York le haré sencillamente azotar hasta morir. ¿Queda claro este punto? —preguntó, inclinando la cabeza a un lado y tamborileando con los dedos de la mano izquierda.

En los rostros del público asistente apareció una sonrisa. Pero nadie se atrevió a pronunciar palabra. Si el juez les hubiera dicho que se tendieran en el suelo y comenzaran a hacer flexiones, ellos lo habrían hecho, agradecidos por la posibilidad de participar en alguna empresa que lo tuviera a él como fuerza motriz.

—Hay una razón por la que estamos aquí, señor Caminetti. ¿Por qué no arroja algo de luz sobre la materia que nos ocupa?

Bartholomew Caminetti no formaba parte de la multitud. Estaba demasiado ocupado pensando en lo que tenía que hacer a continuación para caer bajo el influjo de otra persona. Había aguantado de pie junto a la mesa del fiscal con el documento de la acusación en la mano, esperando con indiferencia patente y ojos entornados a que todo comenzara.

—Señoría, nos encontramos hoy aquí por la causa del *pueblo del Estado de Nueva York contra Jamison Scott Haviland* —soltó Caminetti, con voz seca y ligeramente nasal—. El inculpado está acusado de asesinato en primer grado. —Caminetti avanzó un paso en mi dirección—. Que conste en acta que le hago entrega al abogado de la defensa de una copia certificada y verídica de la acusación devuelta por el gran jurado.

Lancé una breve mirada a la acusación antes de dejarla sobre la mesa.

—Señoría, la defensa acusa recibo del auto de acusación, renuncia a una lectura formal y...

Scarborough se inclinó hacia delante sobre los dos brazos y lanzó una mirada a su confidente imaginario.

—Renuncia a una lectura formal —dijo, y frunció exageradamente las cejas—. El tribunal aprecia los esfuerzos del distinguido abogado defensor por proceder de manera expedita —dijo el juez, que había vuelto a posar la mirada en mí—. Sin embargo, en un asunto tan grave como éste, creo que merece la pena leer íntegramente la acusación. Señor Caminetti, le ruego que proceda.

No se produjo ningún intercambio entre ellos dos. Caminetti ni siquiera asintió con la cabeza para decir que se daba por enterado de lo que le pedían. Yo tuve la impresión de que no se había producido ese intercambio, que todos esos gestos por los cuales alisamos los bordes bastos de nuestras conversaciones y formamos un todo coherente con los fragmentos rotos de nuestro discurso cotidiano habían sido reemplazados por una economía rigurosa, despachados cortésmente como una pérdida de energía y tiempo. Caminetti comenzó a leer con un tono de voz que, al igual que ese momento en que encendemos la radio y damos con un programa que ya ha empezado, parecía no tener un comienzo. Scarborough permaneció sentado como si estuviera en trance, escuchando cada palabra.

—Un momento —dijo, levantando el dedo índice de la mano derecha—. Otra vez —añadió, y le lanzó a Caminetti una mirada alerta e inquisitiva—. ¿El veinticuatro de diciembre de mil novecientos sesenta y cinco?

Caminetti se lo quedó mirando con expresión vacía.

—Desde luego, eso no puede ser correcto —señaló Scarborough, con tono de amable protesta—. No puede ser que el gran jurado haya devuelto una acusación afirmando que el crimen ocurrió con tal especificidad. ¿Acaso no dice: «En o aproximadamente el veinticuatro de diciembre de mil novecientos sesenta y cinco»? —preguntó, con una voz profundamente seria, como si fueran dos abogados en una biblioteca de derecho discutiendo el punto central en el caso más importante de sus carreras. Caminetti volvió a mirar la acusación.

—En o aproximadamente el veinticuatro de diciembre de mil novecientos sesenta y cinco —leyó, siguiendo sin inflexiones ni alteración de la voz, como si antes lo hubiera leído exactamente de esa manera y no hubiera pasado corriendo por la frase omitida.

—¿Y cómo se declara el acusado? —inquirió el juez Scarborough con una mirada que traducía su interés y su curiosidad cuando Caminetti llegó al final de su lectura.

Haviland estaba de pie junto a mí, a mi izquierda, y tenía las manos cruzadas por delante. Ante la mirada inquisitiva de Scarborough no parpadeó ni desvió la mirada. No se puso a jugar con los dedos ni boqueó para tragar aire. Estaba igual de tranquilo y sereno, pero no como cualquier acusado que jamás hubiera visto ante un tribunal penal, sino como cualquier abogado. Era un hombre que quizá por primera vez en su vida sabía exactamente lo que iba a hacer.

—¿Cómo se declara, señor Haviland? —preguntó Charles Scarborough con voz amable y reflexiva—. ¿Culpable o no culpable?

Haviland no vaciló. Las palabras salieron de su boca claras y fuertes y dejaron un eco en las paredes revestidas de madera de la sala con el tono conciso de algo que, en lugar de comenzar, estuviera a punto de acabar.

—Culpable, señoría. Annie Malreaux murió por culpa mía.

10

Jimmy Haviland temblaba como una hoja al viento. En su rostro se había hecho fuerte una sonrisa demacrada que le torcía la boca, se negaba a soltarla, torciéndola en una mueca tras otra, cada cual más extraña. Yo esperaba que en cualquier momento soltara una risa espantosa con la que pronunciaría un veredicto de locura sobre sí mismo, pero no dijo palabra. Sencillamente se quedó ahí temblando, con aquella mirada absurda que casi se podía interpretar como de alivio. Yo había cometido el error de no verlo venir. Jimmy Haviland había estado demasiado perfecto, demasiado dueño de sí mismo, ajeno a la sala, a la multitud, al ritual formal mediante el cual se le acusaba del asesinato de la chica que, en el pasado más o menos imaginario de sus recuerdos, era la única a la que alguna vez había amado. Tuvo que haber buscado en lo más profundo de sí para encontrar la fuerza para transmitir esa impresión de calma exterior.

Debió de haberse sorprendido, incluso complacido, al darse cuenta de que se podía quedar ahí, en pie, en medio de la sala, con todas las miradas fijas en él y con los presentes, si no convencidos, al menos dispuestos a creer que era culpable de asesinato. En aquellos breves momentos, todo dependía de él, de cómo se comportara bajo aquella presión que no podría comprender alguien que no la hubiera vivido. Lo había hecho todo correctamente, y lo había hecho con esa noble reserva que, cuando éramos unos críos, casi había sido la definición misma del valor, a saber, enfrentarse al fuego enemigo sin pensar ni un segundo en la propia seguridad, mirar a la muerte a los ojos con la indiferencia burlona de un hombre al que jamás se le ocurriría quejarse de lo que el destino le deparaba.

Jimmy Haviland, quebrado por largos años de decepción y cosas peores, mucho peores que la decepción, había recuperado la compostura, se había sacudido el polvo de los restos desvaídos de su propia dignidad y del respeto de sí mismo. Y entonces, al final, cuando sólo le quedaba ese único asunto pendiente, que consistía en declararse no culpable, todo se había derrumbado. Era la prueba de cuánto se había esforzado, de lo difícil y doloroso que debe de haber sido controlarse a sí mismo. Le puse un brazo sobre el hombro para calmarlo y descubrí que, en lugar de sentir lástima por él, lo admiraba por el valor que había demostrado. Frente a un pelotón de fusilamiento, a un hombre le tiemblan las rodillas cuando oye la orden de disparar. ¿Disminuye eso en algo el valor que había demostrado caminando hasta el paredón por su propia voluntad?

—¿Señoría? —respondí, observando la mirada preocupada del juez Scarborough. Él sonrió con gesto de simpatía, lanzó una mirada significativa al fiscal del distrito y tomó el asunto en sus propias manos.

—Ha habido cierta falta de precisión en mi manera de formular la pregunta. No es mi intención indagar las razones por las que algo ha ocurrido. No he preguntado si alguien se siente culpable por algo que le haya sucedido a otra persona. Mi intención es formular la pregunta mucho más precisa de si el acusado desea declararse culpable del cargo específico de la acusación.

Scarborough había alzado las cejas en dos semicírculos, como los arbotantes de una catedral gótica. Le daba el aspecto de alguien eternamente curioso, alguien demasiado inteligente para sentir ira o miedo.

—Por lo tanto, señor Antonelli —dijo, mirándome deliberadamente a mí y no a Haviland—, en la acusación de asesinato en primer grado, ¿cómo se declara el acusado? ¿Culpable o no culpable?

Con mi mano izquierda apreté el hombro de Haviland. El temblor cesó. Él miró el suelo con gesto sumiso, callado y perdido.

—No culpable, señoría —respondí, con voz segura y firme. En cuanto pronuncié estas palabras, Caminetti continuó.

—Señoría, el pueblo solicita que el acusado sea retenido sin fianza —dijo, mientras comenzaba a devolver sus legajos al archivador. Daba la impresión de que pensaba que lo que había pedido era rutina y que la respuesta sería automática. Yo me giré y lo miré directamente. Al parecer, él no se dio cuenta.

—Este supuesto crimen tuvo lugar hace más de treinta años. Antes de esta mañana, el acusado jamás había sido acusado de un delito, de ningún tipo de delito.

Caminetti cerró la carpeta. La sostuvo con tres dedos de su mano izquierda, inclinó la cabeza y entrecerró los ojos con una mirada hostil. Los músculos del lado de la cara le temblaron de energía y tensión. Estaba rígido a más no poder, preparado para abandonar su postura y cogerme, o al menos coger mi argumento, por el cuello.

—Nunca ha sido acusado de ningún delito hasta ahora —seguí, con más vehemencia al ver la reacción de Caminetti—. El acusado ha vivido en la misma ciudad y ha practicado la abogacía en el mismo despacho durante años. Sirvió a su país en el ejército de los Estados Unidos. Es un veterano que ha sido condecorado. ¡Y el señor Caminetti lo quiere retener bajo custodia! Esperar el juicio, acusado de un crimen que no sólo el acusado no ha cometido sino que nunca ocurrió, un crimen fantasma, una muerte por accidente que ciertas personas han decidido por motivos propios tachar de asesinato. Si hay alguien que debería ir a la cárcel mientras espera el juicio, debería ser…

Caminetti alzó la cabeza como impulsado por un resorte. Tenía la cara roja de rabia. Sus pequeños ojos calculadores brillaban con desprecio y una especie de maldad, una oscura advertencia de lo que vendría después.

—Debería ser —repitió, con tono amenazador—. Déjeme que le diga lo que debería ser…

—Señores, creo que el asunto que nos ocupa es si el acusado debe ser retenido, si se le debe fijar una fianza o si se le debe dejar libre debido a su condición —intervino Scarborough mientras extraía el pañuelo blanco arrugado de debajo de su toga.

Sus ojos comenzaron a lagrimear. Mantuvo la cabeza erguida con un movimiento ligero pero brusco. Abrió el pañuelo frente a la cara, ocultando así la lamentable explosión al público. Con la boca y la nariz aún cubiertas, gesticuló con la mano libre y retomó el hilo de sus palabras como si no hubiese habido interrupción.

—Señor Caminetti, ¿cuáles son, concretamente, los argumentos en que se basa la petición para que el acusado sea retenido sin fianza?

Terminó de limpiarse la nariz y, con una leve mirada de desagrado, plegó el pañuelo y lo devolvió a su lugar en el interior de la toga de algodón negra. Inclinó la cabeza a un lado y con el dorso de la mano se rascó la mejilla izquierda.

—Concretamente, ¿hay algo de lo que ha dicho el señor Antonelli, a saber, la ausencia de un expediente delictivo, sus antecedentes, su posición en la comunidad, que usted desee rebatir?

Tan astuto como las calles donde había crecido, Caminetti sabía cuándo no debía mostrarse de acuerdo con algo que no podía negar. Todo lo que yo había dicho sobre Haviland era verdad, y Caminetti lo había ignorado como si no contara.

—Hemos pedido que sea retenido, señoría, porque este crimen odioso no sólo ha sido cometido por el acusado, sino porque durante más de treinta años éste ha ocultado ese odioso crimen.

Todo en Bartholomew Caminetti era tenacidad, no sólo su aspecto, también su manera de hablar. Escupía las palabras en cortos estallidos de *stacatto*, palabras ensayadas y cuidadosamente escogidas para expresar su indignación y su rabia. *Odioso* siempre había sido un término del gusto de los fiscales. No se confundía fácilmente con ningún calificativo. Entrañaba la insinuación vagamente obscena de algo torcido y perverso. Cada vez que Caminetti lo empleaba, había un destello de algo furtivo en sus ojos, como si conjurara su propio recuerdo de cosas que quisiera olvidar, de tentaciones que no había sido del todo capaz de resistir.

Mientras apoyaba la cara en la mano izquierda, Scarborough escuchaba con una especie de asombro divertido mientras el fiscal del distrito describía la cruel cobardía de un joven al que se había dejado vivir la existencia de un hombre libre hasta bien entrada la edad mediana en lugar de encerrarlo de por vida.

—Este crimen odioso ha permanecido sin castigo durante demasiado tiempo —concluyó Caminetti, entrecerrando los ojos en una mirada penetrante, como si mediante su formidable poder de concentración pudiera forzar la decisión que anhelaba.

Scarborough se rascó la barbilla.

—El acusado será dejado en libertad dada su condición y prestigio. Sin embargo, ordenaré que le sea retirado el pasaporte, que será entregado al tribunal hasta el final del juicio. —Respiró profundo, apretó los labios y arrugó la nariz. Al cabo de un momento de reflexión, dejó escapar un largo suspiro—. Tenemos pendiente fijar una fecha para el juicio. —Miró al secretario y, cuando estaba a punto de preguntar algo, pareció arrepentirse—. Antes de proceder, me pregunto si podría consultar con los abogados en mi despacho. —Se levantó de su asiento, vaciló, sorbió por la nariz para reprimir un estornudo y luego miró hacia la multitud que llenaba la sala—. Se levanta la sesión —sentenció, con una sonrisa maliciosa y traviesa antes de desaparecer por la puerta lateral.

Seguí al fiscal del distrito por la misma puerta por donde había desaparecido el juez hacía sólo unos momentos. Había un pasillo estrecho que se perdía entre pilas de cajas de cartón y archivadores metálicos. A la derecha, una puerta abierta de par en par daba a la sala del jurado. Me llamó la atención una mesa rectangular dos veces más grande que una mesa normal de un comedor normal. Resultaba curioso encontrarla en aquel laberinto de cubículos para el personal del tribunal, pero la verdad era que todo en el tribunal era así, todo congestionado, todo amontonado, las cosas metidas en cualquier lugar, donde cupieran. Construido antes de la guerra, el edificio se había convertido en un lugar lúgubre, gris y deprimente, con un aire viciado y paredes sucias, retretes rotos y lavabos desportillados. Cuando los pasillos estaban llenos de gente y los bancos de la sala de juicio estaban repletos, incluso en esos momentos, si uno daba un paso atrás y dejaba vagar lentamente la mirada más allá de los ascensores con sus puertas metálicas rayadas hasta las ventanas sin limpiar, o a lo largo del suelo de linóleo surcado de marcas, las sillas destartaladas y la base astillada de las puertas de madera, se tenía la persistente sensación de un gran vacío, de una soledad que gritaba su silencio, la sensación de que lo que se llevaba a cabo en esos interiores era una especie de farsa, un secreto que nadie quería reconocer de que lo que sucedía aquí siempre sucedía demasiado tarde.

La sala del tribunal en sí misma era una sala rectangular con revestimiento de madera hasta la altura de una persona y, más arriba, paredes de yeso de color indefinido. Arriba, donde las paredes remataban en el techo, unas piezas cuadradas con intervalos de unos centímetros conformaban una moldura de un diseño vagamente clásico. En la pared a la derecha, de cara al banquillo, había cuatro ventanas dobles y estrechas que permitían tener una vista parcial del exterior gótico del ala opuesta del edificio de los tribunales. Había dos hileras de bancos para el público de unas siete plazas, separadas por un ancho pasillo central que iba desde la entrada, dos puertas dobles en la parte trasera, hasta una barandilla de madera de mediana altura fijada por delante a una base de mármol de unos veinte centímetros. No había una puerta por donde pasar, nada que empujar cuando uno entraba en aquel lugar privilegiado donde sólo se admitía a aquellas personas que tenían algún asunto pendiente con el tribunal. Había una cuerda de terciopelo azul enganchada a las columnas laterales de la barandilla de madera. Casi esperaba ver aparecer a un *maître* que la abriría, y me preguntaba, en mi ignorancia de habitante del oeste, si debía dar una propina al alguacil.

Caminetti llamó ligeramente a una puerta y entró sin que le abrieran. Alcancé la puerta antes de que me diera en las narices. Por un momento pensé que había entrado en una sala del Museo Metropolitano de Arte, una de esas salas de época montadas con el ojo experto de un coleccionista ligeramente desequilibrado dispuesto a gastarse todo el dinero del mundo para crear una representación perfecta de un lugar y un tiempo ya desaparecidos. Las paredes, y no sólo las paredes, también el techo, tenían revestimiento de caoba tallada. El suelo lucía una alfombra de pared a pared color beige sobre la cual había otras lujosas alfombras orientales, aquí y allá, de brillantes tonos azules y rojos. Al otro extremo de la sala, lejos de la puerta, había una mesa de elegantes patas curvas. Daba la impresión de que encontraría un mapa medieval del mundo parcialmente conocido desplegado encima. La mesa estaba instalada de lado bajo la única ventana, situada de tal manera que la luz que entraba por ella pasaría directamente por encima del hombro derecho del juez cuando estuviera sentado, leyendo inclinado un informe legal o redactando la sentencia que estaba a punto de dictar.

Las paredes que se unían en el rincón cercano a la ventana estaban adornadas con cuadros de las escuelas flamenca y florentina más conocidas de los siglos XVI y XVII. Las otras dos paredes exhibían estanterías de un color negro rojizo barnizado. Por lo que pude observar, no había ni un solo libro que versara sobre derecho, ni un volumen de famosas causas de apelación, ningún tratado, ni compilación ni boletín. No había doctos comentarios sobre las leyes, ninguna ley, que suelen adornar las estanterías de juristas en todas partes. No había más que libros empastados en cuero con letras doradas en los lomos, agrupados no por temas ni autores, ni siquiera por tamaño, sino por color: marrón, rojo, verde. Por antiguos que los contenidos pudieran ser (y en el volumen que tenía más cerca leí el nombre de un autor latino) las tapas estaban relucientes y nuevas, sin una arruga ni una fisura. Era la biblioteca de un hombre orgulloso de sus posesiones, de alguien que deseaba enseñar algo para que otros imaginaran por dónde discurría su pensamiento.

—Quintiliano —dijo Scarborough cuando vio que yo desviaba la mirada hacia el título—. ¿Lo ha leído?

Saludó con un suspiro benevolente mi respuesta cuando reconocí que no.

—Creía que los escritos de Quintiliano sobre la retórica eran más para los políticos —comenté, lanzando una fugaz mirada de soslayo a Caminetti—. He leído a Cicerón porque se ocupaba de juzgar casos en los tribunales —añadí, volviendo a mirar a Scarborough—. Pero no en latín. —Sonreí y sacudí la cabeza, menospreciando mi ignorancia—. Aunque creo que habría entendido tanto en latín como, me temo, he entendido leyéndolo en inglés.

La discreta expresión en el rostro imperturbable de Scarborough no se inmutó. Sonrió con los ojos, asintió con gesto sabio y se volvió hacia Caminetti, que esperaba con impaciencia y aburrimiento para saber por qué estaba perdiendo el tiempo aquí, escuchando aquello, cuando podría dedicarse a cosas importantes.

Scarborough estaba de pie junto a una silla de brocado azul con el brazo apoyado en el respaldo. Nos invitó a sentarnos en el sofá, frente a él. Pero Caminetti, que deseaba una visita lo más breve posible, negó con la cabeza. Scarborough saludó la negativa del fiscal del distrito con una especie de indiferencia divertida y volvió su atención hacia mí de una manera que daba a entender que su única preocupación era que estuviésemos los dos cómodos. Sus modales eran impecables, pulidos, conocedor de los sutiles ajustes por los cuales se hace sentir a todos que han sido tratados correctamente, que se les ha escuchado con respeto, que sus opiniones se han tomado en cuenta, se han apreciado y considerado y se han integrado como parte del acuerdo, cualquiera que fuera, que la situación requiera. Scarborough tenía el temperamento brillante del hombre que te hace pensar que, sólo después de meditarlo durante horas, a regañadientes y lamentándolo mucho, llega a la conclusión de que no puede hacer lo que le pides. Como el cortesano que lleva una daga dentro de su guante de terciopelo sin mostrar ninguna emoción.

—Un caso interesante, ¿no cree? —preguntó el juez, arqueando una sola ceja.

—Un caso interesante —convino Caminetti, mecánicamente. Scarborough sonrió y esperó. Caminetti también esperó—. Un caso interesante —repitió, preguntándose por qué tenía que hacerlo. Scarborough se rascó la barbilla con la mano derecha y se volvió hacia mí con una pregunta en la mirada. Yo ignoraba del todo cuál podría ser la pregunta, y esperé. Scarborough alzó ambas cejas, frunció sus labios rosados y dio unos pasos en la otra dirección, hacia la mesa al otro lado de la enorme sala. Dio tres pasos y se volvió, miró primero a Caminetti, después a mí, buscando en nuestra expresión algo que, a todas luces, no encontró. Sacudió la cabeza y se acercó rápidamente a la mesa. Cogió un periódico y lo agitó en el aire.

—¿Han leído ustedes esto? —preguntó, con voz pausada—. ¿La columna en el periódico de hoy que dice que se trata de un juicio político? ¿Que la única razón por la que esta causa ha sido…, que la única razón por la que se ha hecho esta acusación… era para poner en un aprieto al vicepresidente? ¿Qué todo esto ha sido montado por personas cercanas al presidente, por personas que se quieren deshacer de Browning con el fin de que puedan nombrar a otro vicepresidente? ¿Que esto…?

Scarborough devolvió el periódico a la mesa y, por un momento breve y reflexivo, miró por la ventana. Con un movimiento rápido, se aflojó el broche de su toga negra. Se la quitó, la colgó en una percha en un rincón y se puso la chaqueta de un traje de Savile Row.

—No me interesan las motivaciones de nadie —señaló, con un tono casi indiferente. Tiró de los puños de la camisa hasta la distancia adecuada de las mangas de la chaqueta—. Sólo me preocupan las cuestiones relacionadas con las pruebas y con el desarrollo normal del juicio.

Tenía la mirada fija en uno de los gemelos de su camisa, que se había deslizado hacia el interior de la manga. Tiró de él hasta hacerlo visible. Cuando lo tuvo en su lugar, frotó su superficie de ónice con el pulgar y borró una pequeña mancha. Alzó la mirada, pero no había acabado. Tuvo que hacerlo de nuevo, asegurarse de que desapareciera aquella pequeña imperfección casi invisible en la brillante superficie de la piedra. Finalmente satisfecho, alzó la mirada para fijarla directamente en el fiscal del distrito.

—¿Tiene usted la intención de llamar al vicepresidente como testigo de la acusación?

Caminetti pareció vacilar, pero sólo por un instante.

—No por el momento, señoría.

La respuesta no fue del agrado de Scarborough. Su rostro redondo y suave, primero irritado por el estornudo y luego tapado por el pañuelo con que se sonaba, se estremeció con un gesto de impaciencia.

—En este momento no estamos en la sala del tribunal —le recordó a Caminetti con una sonrisa gélida—. Y la pregunta no era qué pensaba hacer usted por el momento. Lo que quiero saber es si el vicepresidente está en la lista de testigos que la acusación tiene la intención de llamar a declarar en este juicio.

Bartholomew Caminetti escuchaba atentamente. Sin mover ni un pelo del bigote ni parpadear una sola vez, se concentraba en cada palabra. Estaba de pie, tieso como una tabla, enfundado en su traje negro un poco ancho de hombros, un traje cuyas mangas le cubrían las mangas de la camisa y cuyos pantalones colgaban sobre los cordones de sus zapatos. Sin disculparse, repitió su respuesta.

—No por el momento, señoría.

El juez lanzó atrás la cabeza y arqueó las cejas a la vez.

—Ya entiendo. —Cruzó la sala y se sentó en el sillón junto al sofá—. Siéntese —dijo, con esa voz ensayada y serena, haciéndole un gesto a Caminetti con la mano mientras me miraba a mí. Puso los dos puños sobre los brazos del sólido sillón y cruzó la pierna izquierda sobre la derecha.

—Piense por un momento que la acusación no llama al vicepresidente. ¿Lo hará la defensa? —Antes de que yo pudiera contestar, añadió—: Según entiendo, o quizá debería decir según los rumores que he leído, el vicepresidente estaba presente cuando esto sucedió, cuando la chica cayó por la ventana. —Alzó la mano como para rechazar una objeción de Caminetti, que se había sentado obedientemente al otro lado del sofá—. No importa cómo cayó. Si eso es verdad, y si él fue testigo de lo que sucedió, entonces yo supondría que…

Yo había dado por supuesto que la acusación no llamaría al vicepresidente como testigo. No se llama a alguien al banquillo de los testigos si se sabe que declarará a favor del rival. Pero, en ese caso, ¿por qué no lo decía Caminetti? Tenía que darme una lista de testigos, no podía guardarla como si fuera un secreto. Yo intentaba pensar lo más rápido posible, procurando dilucidar qué motivos podría haber tras su visible reparo para comprometerse en un sentido u otro. Sin importar lo que Caminetti supiera, o hasta qué punto estuviera implicado, no había duda de que la columna que Scarborough había citado estaba en lo cierto. Se acusaba a Jimmy Haviland de asesinato, pero en realidad iban a por Thomas Browning. Eso significaba que tenían que demostrar que Haviland había cometido un asesinato y que Browning había ayudado a encubrirlo. La mejor manera de conseguirlo, la mejor manera de formular esa acusación y hacerla creíble, era hacer que Browning testificara sobre algo que se podía demostrar como falso. Era un montaje, una trama para obligar a Browning a testificar por la defensa para que luego se alzara la veda de la contrarréplica letal con que soñaba un fiscal astuto e implacable. Era la oportunidad de destruir a alguien famoso y poderoso, la posibilidad de desnudar a alguien que, hasta ese decisivo intercambio en la sala del tribunal, había vivido la existencia de los privilegios y la inmunidad de la que gozan hombres afortunados con influencia y prestigio. Y entonces, ¿por qué estos reparos? ¿Qué era lo que yo no captaba? Decidí no mostrar ninguna de mis cartas y devolví el asunto a Caminetti.

—No he visto una lista de testigos —respondí, mirando de reojo al fiscal del distrito—. No he visto nada, nada excepto ese trozo de papel donde se acusa a mi cliente de asesinato.

—La lista de testigos ya ha sido elaborada —dijo Caminetti. Se inclinó hacia adelante, preparándose para levantarse del sofá—. La puede recoger esta tarde. —Hizo una pausa, se puso las manos sobre las rodillas y se inclinó, con una cara fingida de molestia en su rostro habitualmente inexpresivo.

Scarborough cruzó el tobillo sobre la rodilla y se echó hacia atrás en la silla demasiado mullida.

—Merece la pena leer a Quintiliano —dijo, inclinando la cabeza hacia mí con la aparente intención de seguir con un tema que, por la sonrisa de disculpa que le lanzó fugazmente al fiscal del distrito, sabía que no despertaría en él ningún interés. Dejó esa idea absolutamente superflua flotando en el ambiente, un recordatorio delicado y a la vez malicioso de que sería él quien decidiera cuándo un tema estaba zanjado. Retiró los brazos de los apoyos de la silla y dejó las manos sobre las piernas, y luego tuvo un gesto como si se examinara las uñas bien pulidas, una tras otra, un recorrido lento que se prolongaba sin motivo ni fin hasta que Caminetti empezó a relajar las manos que tenía sobre las rodillas. En una demostración absoluta de derrota, se cruzó de piernas.

—Sí, la razón por la que pregunto si el vicepresidente será llamado como testigo es que, quizá como ustedes ya lo saben, soy un viejo conocido de él. Fuimos juntos a la facultad de derecho.

Scarborough alcanzó a captar la mirada de sorpresa que se apoderó de mi expresión. La había estado esperando.

—Yo iba un curso por delante. —Fue lo único que dijo, la única razón que ofreció para explicar por qué nunca nos encontramos—. No nos conocíamos demasiado bien —añadió, y miró hacia Caminetti—. Tuvimos ocasión de conocernos mejor más tarde, aquí, en Nueva York. Eso es lo que quería que supieran los dos, que conozco bien a alguien que, pensé, podría ser citado en calidad de testigo. Sin embargo, al parecer ninguno de los dos se encuentra aún en condiciones de decir que lo llamará como testigo.

Hizo una pausa, con la mirada fija en Caminetti, para darle una oportunidad de enmendar su respuesta. Caminetti enseñó las palmas de las manos en un gesto de indiferencia y perplejidad.

—Dudo mucho de que esto sea argumento suficiente para que me recusara a mí mismo en esta causa, pero quiero que los dos entiendan con mucha claridad —añadió, con una mirada superficial en mi dirección—, que una vez que salgan de esta sala no podrán decidir que sí, que citarán al vicepresidente como testigo y que, debido a mi amistad personal con el testigo, preferirían que yo renunciara. —Se levantó de la silla—. ¿Ha quedado todo claro? Bien. Ahora, antes de que se vayan, hay una cosa más.

Caminetti se había incorporado y se alisaba la chaqueta, preparado para lanzarse hacia la puerta.

—No pienso imponer una orden de silencio a nadie, todavía no. Pero tan pronto alguno de ustedes mencione el nombre del vicepresidente en relación con esta causa —advirtió, con una mirada que, más allá de la afabilidad superficial, era mortalmente seria—, tan pronto cualquiera relacionado con la acusación o con la defensa se atreva siquiera a especular sobre si sería posible citar al vicepresidente como testigo… tan pronto esto amenace con convertirse en algo más que el juicio de un hombre acusado de asesinato, no vacilaré ni por un instante en imponer las más severas sanciones, incluyendo procedimientos de inhabilitación para ejercer la profesión. El juez Scarborough apoyó la mano en mi hombro y me acompañó hasta la puerta, dejando atrás a Caminetti.

—Espero que disfrute de Nueva York mientras esté aquí con nosotros. Si hay algo en que pueda ayudarle… —dijo, y abrió la puerta. Supongo que tendría que haberla sostenido para Caminetti, pero dejé que se cerrara a mis espaldas.

Había recorrido la mitad de ese pasillo estrecho, deprimente y lleno de gente, casi hasta la sala del jurado, cuando oí sus pasos acercándose por detrás.

—Antonelli —llamó, con ese acento escueto y cortante de los neoyorquinos. Yo me detuve, giré la cabeza y lo esperé. Él siguió caminando, ni siquiera aminoró el ritmo, siguió de prisa hacia su siguiente cita, fuera donde fuera. Apresuré el paso sin quererlo, sin saber por qué lo hacía, pero llevado por una especie de profunda curiosidad por averiguar qué quería y, quizá, saber algo más de él.

—¿Dónde se aloja? —preguntó. No tuve la oportunidad de responder, ni siquiera de decidir si quería responder o no—. ¿Le gusta la comida italiana? —Esta vez tampoco esperó la respuesta—. Claro que le gusta. Pruebe el Carmine's, en el distrito del Upper West. No reservan mesa. Está siempre lleno. Dígales mi nombre. Le darán una mesa. De verdad —añadió, con un gesto leve pero decisivo de asentimiento cuando me miró por primera vez.

Estábamos a tres pasos de la puerta que conducía a la sala de juicio. Lo miré fijo a los ojos e incliné la cabeza en dirección a la sala que acabábamos de dejar. En una conversación con Bartholomew Caminetti, las palabras resultaban superfluas.

—¿Eso? —dijo, encogiéndose de hombros—. Mucho dinero. La mujer también tenía dinero. Divorciado hace un par de años. —Iba a dar media vuelta para irse cuando pensó que a un visitante ajeno a la ciudad se le debía una explicación más detallada, y agregó—: Dinero de Nueva York... finanzas, ese tipo de cosas.

—¿Dinero de Nueva York? ¿Es bueno eso?

La pregunta no tenía ningún sentido para él.

—Es buen dinero.

Abrió la boca y balanceó la cabeza de arriba abajo, y los ojos le brillaron y el pecho y los hombros comenzaron a agitarse. Estaba riendo, pero sin emitir ningún sonido. Mejor aun, como mucho una curiosa respiración sibilante, un ruido similar al de una rueda de bicicleta que se deshincha.

—Tan bueno que pertenece a todas las juntas directivas de las grandes instituciones de beneficencia de la ciudad. ¿No lo sabía? El honorable Charles S. Scarborough es uno de los hombres más ricos de Nueva York. ¿O creía usted que todo eso de ahí dentro lo pagan los contribuyentes? —Una alegre malicia discurrió por la línea delgada de su boca—. Uno solo de esos cuadros… ¿dinero de los contribuyentes? Yo podría acusar a alguien de eso —dijo, sacudiendo la cabeza como si lamentara que se tratara de algo que aún no había podido consumar. Si no era Scarborough, algún otro juez, algún otro funcionario, alguien a quien pudiera bajar de su pedestal y destruir en nombre de un público siempre dispuesto a disfrutar de revelaciones sobre la corrupción de jueces y políticos, o de cualquiera que destacase por encima de la multitud. Debió de recibir la idea de destronar al famoso y formidable Thomas Browning como la visión sublime de algún santo cruel y ascético.

—Recuérdelo. Carmine's. Mencione mi nombre —dijo, mientras abría la puerta y pasaba delante, rápido, para entrar en la sala de vistas. Como seguramente esperaba, ahí estaba la misma jauría de reporteros que habían venido para asistir a la lectura de la acusación y escuchar qué tipo de comentarios provocadores e incendiarios les transmitiría Bartholomew Caminetti para las ediciones de la tarde y los primeros telediarios de la noche. Lo vi recoger de la mesa del fiscal los pocos papeles que había traído consigo y salir de la habitación, enardecido con cierta forzada indignación mientras respondía a una sarta de incoherencias y gritos con aseveraciones como «crimen odioso» y «encubrimiento masivo».

Jimmy Haviland estaba donde yo lo había dejado, encorvado sobre la mesa de la defensa, meditando sobre alguna idea distante y fugaz, ajeno al coro de voces *in crescendo* que acompañaba al fiscal del distrito por las puertas que daban al pasillo. La acusación estaba sobre la mesa, con la tapa vuelta hacia abajo frente a mi silla vacía. La cogí, la doblé en dos en sentido vertical y me la metí en el bolsillo del abrigo. Recogí mi maletín del suelo, junto a la silla. Haviland no se movió. Permaneció sumido en ese trance, apenas una sonrisa, inexpugnable y sin esperanzas, pintada en la boca. Le puse una mano en el hombro lo más suavemente posible y le dije en voz baja que había que irse. Asintió con la cabeza, como si respondiera a una voz que oía, pero no ahora, en el presente, y no mi voz, sino otra, una voz que solía acompañarlo cuando se perdía en un laberinto de recuerdos sin fin.

—Tenemos que irnos —repetí, insistente, pero por lo bajo.

—Ya lo sé —dijo, y alzó la mirada, lentamente, como con reparos, hasta encontrar la mía. La boca se le torció en un gesto de arrepentimiento.

—He quedado como un tonto, ¿no es cierto?

Lo miré a los ojos, para sondear la profundidad de su tristeza, y recordé cómo era Jimmy cuando lo conocí y en nuestras vidas no existían las tragedias. Reí por lo bajo y él intuyó el ánimo que me inspiraba, y se dejó contagiar por él.

—Sí, es verdad —dije, y seguí riendo—. Pero no te preocupes. Todos saben que para tontos, la estrella soy yo.

Jimmy se incorporó, y en sus ojos advertí un brillo de agradecida irreverencia.

—Tienes toda la razón. Sólo un necio se ocuparía de un caso como éste.

La horda de reporteros que se arremolinaba en torno a Bartholomew Caminetti lo seguía fuera del edificio, demasiado pendientes de conseguir hasta el último de sus despiadados y cáusticos comentarios para recordar que en todo juicio, además de la acusación, existía la defensa. Tal vez yo fuera el abogado de la defensa más conocido en este país, pero estábamos en Nueva York y nadie que no viviera aquí podía ser tan interesante o importante como alguien que sí vivía. Hasta que se mudó a esta ciudad, Gatsby no existía.

Seguimos por el largo pasillo desierto y tomamos el ascensor hasta la planta principal. Dos alguaciles escoltaban a un detenido por las escaleras en la parte trasera del edificio, moviéndose con esa coreografía metódica y ensayada de movimientos rígidos en una escena urbana interpretada todos los días. Al otro lado de la calle, cruzamos por Columbus Park y dejamos atrás las mesas de madera con los chinos apiñados alrededor de un tablero observando con ojos de entendidos el desarrollo de la partida de un juego que todos conocían. Estábamos en los lindes de Chinatown. Al otro lado de la calle, en una concesión a la profesión de abogado, había un bar irlandés.

Jimmy me miró.

—¿Sólo una copa? —preguntó—. Yo invito.

Nos sentamos en el extremo de una barra larga y lustrosa, dos hombres de edad mediana que acunaban sus copas una hora antes de mediodía.

—¿A qué hora es tu vuelo? —pregunté, aunque no fuera más que para romper el silencio de la mirada vacía de Jimmy Haviland.

—No tengo vuelo —dijo, después de beber un trago que no sabía a nada. Lo miré—. No sabía si me detendrían. En cualquier caso, no importa. Tomaré el tren. Es lo que solía hacer, hace mucho tiempo, tomar el tren para venir y volver de Nueva York. Hace años que no lo he hecho.

—¿Cuánto tarda?

—No importa. Cuanto más tarde, mejor. No tengo prisa por volver. ¿Y tú? ¿Tienes un vuelo esta noche?

Mis pensamientos estaban en otra parte.

—¿Estás seguro de que no recuerdas quién estaba allí, además de Browning, además de Annie? ¿Alguien que pueda declarar que ya te habías ido? ¿Qué no estabas ahí cuando Annie cayó?

Él respondió sacudiendo la cabeza con gesto de malestar.

—A veces me pregunto si yo estaba, o si sólo lo he soñado. —Tenía los codos apoyados en la barra, con la mirada fija en el vaso semivacío, intentando recordar y volver a verlo todo con claridad, como alguna vez debió de haberlo visto.

—A mí no me interesaba quién estaba y quién no. Yo fui a ver a Annie. Había docenas… había cientos de personas alrededor. Eran sólo caras. Lo único que recuerdo con seguridad es que cuando entré en la habitación, la que estaba a la derecha de la suite, ellos dos estaban solos, sólo los dos, como ya te he contado.

El barman se acercó, dispuesto a renovar el contenido del vaso. Jimmy se lo pensó un momento y luego, con una sonrisa para sí mismo, tapó el vaso con las dos manos y dijo que no con la cabeza.

—Sólo uno —dijo, mirándome como si quisiera recordarme que lo había prometido y que, al menos a partir de ahora, cumpliría con lo prometido.

—Venga, salgamos de aquí —dije, antes de que esa sensación pasajera de bienestar se perdiera en la pasajera necesidad de beber uno más antes de parar.

Empezamos a caminar y, cuanto más nos alejábamos, más densa se volvía la marea humana hasta que, al final, fue imposible avanzar sin tener que esquivar a alguien.

—Escúchame, he estado pensando —oí que Jimmy decía a mis espaldas— sobre lo que sucedió. —Con cada paso que daba, la voz parecía más distante—. Quizá no fue un accidente. Quizás Annie no cayó. Puede que yo haya tenido razón todo este tiempo. Quizá la empujaron, quizá la asesinaron, no exactamente a propósito, pero sí en un arranque de ira.

Me detuve y me volví para mirarlo. Estaba casi un metro más atrás, un rostro en la apretada muchedumbre.

—Ella no estaba enamorada de él. No habría ido con él a ninguna parte. Puede que él lo hiciera… quizá se enfadó, la golpeó, la empujó y ella, al retroceder, cayera. Si no fue un accidente, si alguien la empujó, tiene que haber sido él.

—¿Quién? —grité yo, cuando él se giró, sepultado por los ruidos de la multitud ambulante—. ¿Quién? —pregunté, aunque sabía perfectamente de quién hablaba.

Era una sensación extraña, algo que jamás había experimentado, la esperanza de que esta persona acusada de asesinato a la que yo representaba se equivocara cuando, más allá de la vaga insistencia en que alguien tenía que haber cometido el crimen, citaba a la persona en cuestión. Yo quería que Browning estuviera en lo cierto. Quería creer que la causa contra Jimmy Haviland era una mentira, un montaje de una conspiración política para obligar a Browning a dimitir. Tenía que creerlo, no tanto por Thomas Browning como por su mujer. Si no había pensado en ello antes, lo entendí desde el momento en que volví al hotel y me comunicaron que tenía un mensaje de la oficina del vicepresidente. La señora Browning quería saber si podría comer con ella pasado mañana en Washington, D. C.

11

Cuando era mucho más joven pensaba que todo el mundo tenía que enamorarse al menos una vez en Nueva York, y que probablemente a todo el mundo le había ocurrido. Yo me enamoré, o casi, hace mucho tiempo, aquel verano tórrido que pasé en Manhattan, el verano antes de mi último año en la facultad de derecho. Me he enamorado, enamorado de verdad, sólo una vez. Esto no quiere decir que no haya habido otras ocasiones en que he estado a punto, que he tenido la sensación de que podría volver a suceder, como había sucedido aquella única y particular vez. Debería haber sabido que eso nunca ocurriría, que sólo te enamoras de verdad una vez en la vida. Pero no hay nada tan fácil de perdonar como la esperanza, y yo tenía el pretexto de mi juventud. Había ocasiones en que desesperaba por volver a sentir esa emoción, de encontrar algo que perdurara, momentos en que aquella sensación duraba una sola noche de casi borrachera y terminaba con una risa en la bruma azul grisácea del amanecer, con algo más que un leve arrepentimiento. Sin embargo, hubo otras veces en que aquello era más serio y duraba más, cuando al menos por un tiempo lo único en que podía pensar era en la mujer, la última que había descubierto, y cada pensamiento que le dedicaba estaba envuelto en un paquete de cinta brillante dentro de un fulgor dorado perfecto. Así había sido aquel verano, en Nueva York, cuando conocí a Joanna y empecé a pensar que podía volver a pasar, que podía enamorarme por segunda vez.

Joanna tenía unos pómulos pronunciados, pelo castaño claro y ojos oscuros que podían llenarse de fuego o hielo, capaces de pasar de un estado a otro a velocidades asombrosas. Era siempre amable con los extraños, y a veces podía ser cruel con los amigos, aunque sólo —según había tenido ocasión de observar— cuando pretendían mostrar que, en su opinión, las reglas que eran válidas para todos los demás no eran válidas para ellos. Aquello era, o al menos así lo pensaba en esa época, la típica reacción de hijas de familia bien que bailaban y practicaban equitación y asistían a escuelas privadas rodeadas de árboles y jardines con césped. Eran chicas criadas con tanto refinamiento para discernir lo que siempre era correcto que, gracias a un instinto secundario, más agudo y más natural que el primario, a veces daban la sensación de que actuaban correctamente cuando, en realidad, no lo hacían. En los círculos privilegiados en que se movía Joanna con perfecta naturalidad, las apariencias lo eran todo y la respetabilidad significaba, sobre todo, que no te pillaran *in fraganti*. Supongo que era eso lo que me atraía de ella, lo que la hacía irresistible, la sensación de que tras esa fachada de buenas maneras irreprochables y refinadas, tras aquella mirada de estudiada indiferencia, había alguien que esperaba ver si estabas dispuesto a correr el riesgo.

Estoy seguro de que era eso, o algo por el estilo, porque cuando nos conocimos no me gustó en absoluto. Fue durante una pequeña reunión social convocada por Thomas Browning, por alguna razón que en ese momento parecía importante, aunque quizá carecía de todo interés. Creo que yo sólo pensaba que era importante porque Browning estaba en Nueva York y quería que yo asistiera.

Habíamos pasado mucho tiempo juntos en Cambridge, durante el curso académico, pero eso era casi lo único. No recuerdo si fue el día de Acción de Gracias de mi segundo o mi tercer año, ni recuerdo si fue el verano antes o después de que muriera Zachary Stern, el caso es que me invitaron a la propiedad familiar de Grosse Pointe sólo en una ocasión. El verano después de nuestro primer año, Browning desapareció. Viajó a Europa, sobre todo, pero también a otros lugares. A veces recibía postales de lugares remotos en Asia o Australia y, en un ocasión, creo que de São Paulo, Brasil, con unos comentarios breves y sarcásticos sobre los problemas de aprender a hablar del negocio del automóvil en lenguas que no siempre entendía. El verano siguiente volvió a viajar, pero tenía una semana o dos antes de la partida y pensaba pasarlas en casa, es decir, en Nueva York.

Llegué después del trabajo y ya estaban todos, sentados alrededor de una gran mesa en la parte trasera de Maxwell's Plum. Thomas Browning les decía que la única perspectiva peor que tener que ingresar en la empresa familiar era la de trabajar como abogado.

—Aquí llega Antonelli, tarde y con la elegancia que lo caracteriza —anunció con una sonrisa lánguida cuando yo acababa de sortear la última mesa y me sentaba en la última silla vacía. De los que estaban, sólo conocía a Browning. Los demás me eran totalmente desconocidos, pero era evidente que eran sus amigos. Sentí que era el objetivo de todas esas críticas miradas, toda gente de mi edad que, seguramente, se preguntaban dónde encajaba yo. Había oído la coletilla de su último comentario. Le devolví esa sonrisa suya que tenía algo de irreverente.

—Los que no tenemos una empresa familiar en la que ingresar, lo llamamos volver a casa después del trabajo.

Fue como si todos contuvieran el aliento, como si esperaran la reacción de Browning antes de responder con su propio comentario. Browning tenía un instinto que le servía para todo. Sin tardar un momento, sin esa breve vacilación que habría insinuado que enmascaraba con buenas maneras lo que realmente sentía, hizo un gran gesto con que barrió la mesa y lanzó la cabeza hacia atrás.

—Os presento a Joseph Antonelli. ¡El único hijo de su madre que tiene huevos para decirme siempre la verdad! Que alguien le traiga una copa.

Y, de pronto, todos querían ser mis amigos. O casi todos. Sentada justo frente a mí, Joanna Van Renaessler, que Browning me presentó como amiga de la familia de toda la vida, me miraba con las cejas fruncidas y una sonrisa escéptica. No se había creído ni por un instante lo que Browning acababa de decir.

—No creo haber oído jamás hablar de alguien que diga siempre la verdad.

En sus ojos brillaba una especie de agudo sentido de la percepción, como la mirada de un jugador empedernido que ha perdido con demasiada frecuencia como para no saber calcular sus probabilidades. Yo me sentía víctima de cierto paternalismo, pero, más que eso, me sentía retado a demostrar que tenía algo propio en que apoyarme y que no era simplemente uno más de los amiguetes circunstanciales de Thomas Browning

Ésa fue la sensación que tuve, que Joanna encontraba algo de sospechoso en todas las personas que no conocía desde hacía años, en cualquiera que no fuera un «amigo de la familia de toda la vida», porque nadie que Browning hubiera conocido en los últimos tiempos era de fiar. Aunque ella no lo supiera, yo había llegado a la misma conclusión. Había visto cómo todos intentaban acercarse a él porque se trataba de Thomas Stern Browning y porque podía hacerles algún favor.

Había mucho ruido, risas y voces y copas que entrechocaban. Los otros amigos en la mesa estaban inclinados hacia uno u otro lado, enfrascados en sus propias conversaciones. Estábamos en el extremo de la mesa más alejado de Browning, que se las arreglaba en lo que parecían conversaciones simultáneas con dos chicas muy elegantes sentadas una a cada lado. No dejaba de mirarnos con los ojos entrecerrados, y yo tenía la sensación de que había planeado las cosas de esta manera, que yo estaría sentado frente a Joanna y que él podría divertirse observándonos. Lo hacía sin mala intención, sin pretender hacerle daño a nadie, sólo para ver cómo funcionaban las cosas cuando dos personas de realidades tan distintas se encontraban en una situación en la que, al menos durante un rato, no podían separarse. Quizá su interés fuera más allá de la curiosidad. Quizás, aunque yo no lo supiera entonces y no lo sospecharía hasta mucho después, Browning creía que aquello encerraba para él una lección.

Yo estudiaba en la facultad gracias a una beca y trabajaba media jornada y durante el verano para conseguir el dinero que me permitía ir tirando. Mi familia no era famosa y sus raíces se remontaban a una o dos generaciones. Cien años atrás nos llamaban inmigrantes y, de manera nada civilizada y con más frecuencia, también espaguetis y cosas peores. Joanna Van Renaessler pertenecía a una familia cuyos ancestros prácticamente habían sido los artífices de Estados Unidos, una familia cuya riqueza se remontaba a tantas generaciones que ni siquiera recordaban con exactitud cómo había comenzado la bonanza, quizá con la venta de lo que más tarde sería Rhode Island o haciendo trueques con los territorios de New Jersey.

—No sé si alguna vez he oído hablar de alguien que siempre diga la verdad —repitió Joanna, más divertida que nadie con mi silencio.

—Da la impresión de que te decepcionaría conocer a esa persona. ¿Por qué? —pregunté, mientras ella se disponía a replicar con ironía—. Porque estás convencida de que tendría que ser aburrida y nada interesante, sin nada que ocultar, sin la necesidad de disimular nada.

En sus ojos apareció un destello y luego se refugió tras una sonrisa enigmática.

—¿Acaso insinúas que la única manera de ocultar un secreto, la única manera de esconder algo que uno no quiere compartir es a través de la mentira? —Alzó el mentón sólo un par de centímetros, justo lo suficiente para invitarme a jugar. Con un movimiento brusco de la cabeza, sus ojos volvieron a brillar—. ¿No había escuchado, joven señor Antonelli, que el silencio es más elocuente que las palabras?

—¿Joven señor Antonelli? —Yo era mayor que ella, pero por su manera de decirlo, con esa risa suave en su voz, insinuaba un asomo de sabiduría femenina que me hizo pensar que sabía cosas acerca de mí que yo mismo desconocía.

—¿Quieres decir la diferencia entre mentir y no decir la verdad? —pregunté, y me incliné sobre la mesa—. ¿La mentira que parece más convincente porque nunca es pronunciada a viva voz?

Ella bajó la mirada y la posó sobre el vaso que agitaba, sonriendo en silencio para sí misma.

—¿Eso es algo que has leído en algún libro, en alguna novela, una de esas citas que te empeñas en memorizar porque piensas que llegará la ocasión en que la utilizarás? —Siguió con la mirada fija en el vaso—. ¿No es eso lo que hacen los jóvenes, los que intentan labrarse un camino en la vida, alzarse desde sus humildes orígenes para convertirse en alguien útil e importante, famoso y, desde luego, rico?

Alzó la mirada. La sonrisa se había convertido en algo incómodamente parecido a una mueca. Un instante después, había desaparecido, como si se lo hubiera pensado mejor y decidido que había cometido un error, que había dicho algo que no quería decir. El rubor de sus mejillas se acentuó. Se mordió el borde del labio rojo y suave.

—No quería... no he debido... —No estaba acostumbrada a pedir disculpas y ahora que creía que sí las debía, no sabía cómo hacerlo. Irritada consigo misma, se volvió hacia el otro lado de la mesa. Browning, que seguía inclinado a un lado y luego a otro, en su conversación simultánea, la esperaba, y parecía radiante al ver su mirada de desconcierto.

—¿Vamos a salir a alguna parte a cenar? —preguntó Joanna con una voz que acalló de inmediato las otras conversaciones de la mesa.

Browning miró su reloj y, con una gran sonrisa pintada en los labios, sacudió la cabeza al darse cuenta de lo rápido que pasaba el tiempo. Levantó el brazo para llamar al camarero y retiró su silla hacia atrás.

—Sería estupendo —anunció, mirando a cada uno de los invitados—, pero me temo que la fiesta acaba aquí. Al menos para nosotros —añadió, y me lanzó una breve mirada antes de dirigirse a los demás—. Mientras vosotros os quedáis aquí, o vais a cualquier otro lugar, Antonelli y yo iremos a cenar con un hombre muy aburrido, un abogado, por cierto, para hablar de un pequeño asunto legal que probablemente nunca alcanzaré a entender.

La mirada de Joanna insinuaba que esperaba otra cosa, aunque parecía menos una cuestión de decepción que de conveniencia. Si lo hubiera sabido, habría hecho otros planes. Cuando Browning y yo nos íbamos, alcancé a oírla disculpándose cuando los demás le pidieron que se quedara.

—Le gustas —dijo Browning con una mirada alentadora cuando salíamos del restaurante y seguíamos calle arriba—. La conozco, por eso lo sé.

El aire quieto y pesado del verano sabía a algo que se quemaba. El calor apabullante se deslizaba desde la acera a la calle y allí se alzaba en las sombras diáfanas y vibrantes de un espejismo en el desierto. Tenía la boca seca, y mi cara comenzaba a brillar con el pulso de la luz de un enorme sol rojo. A mi alrededor, todos los edificios de ladrillo tenían un color negro calcinado. El cielo se había convertido en cenizas, teñido por la bola de fuego en el horizonte.

—Joanna trabaja aquí, en Nueva York. En J. Walter Thompson, publicidad. Tiene su propia casa. —Soltó una risilla mientras aceleraba el paso, indiferente al calor—. Y es preciosa, ¿no te parece? —preguntó, al darse cuenta de que yo no contestaba. Se detuvo y esperó a que yo llegara junto a él—. ¿Te pasa algo? ¿Por qué caminas tan lento? ¿He dicho algo que te haya deprimido? —preguntó Browning con esa misma sonrisa de complicidad.

Respondió a mi sonrisa con una mirada de inocencia herida.

—A veces no me las arreglo demasiado bien con esto de desembarazarme de los demás. —Sacudió la cabeza al hablar de su propia incompetencia. Daba la impresión de que lo lamentaba de verdad—. No debería haberlo hecho, pero es verdad que tenía que irme. Había hablado de pasarnos la noche entera, pero luego salió esto otro y...

Se había quedado mirando la acera, pensando en lo que había hecho. Pero había acabado, y ya no tenía sentido seguir hablando de algo que no se podía cambiar. Enderezó los hombros y me lanzó una mirada distante pero amistosa. Supongo que quería darme a entender que no pasaba nada. Y que si conociera todas las circunstancias, no lo juzgaría culpable de nada más que una pequeña mentira bien intencionada.

—En fin, si no vamos a cenar —dije, otra vez caminando deprisa para seguir su paso, que volvía a acelerar—, ¿qué haremos?

Browning se detuvo en seco. De pronto, el ligero tinte de su rostro enrojeció aún más.

—Dios, qué tonto soy. Tengo que... encontrarme con alguien en el Village. No pensé que...

Le puse una mano en el hombro y encaré su mirada avergonzada.

—Está bien —dije, reprimiendo una sonrisa—. Yo cenaré con ese abogado, por si alguna vez vuelvo a ver a Joanna y me lo pregunta.

Me miró con agradecimiento y se volvió para irse.

—Por cierto, Joanna me odia —alcancé a decir—. Y, para ser sincero, a mí tampoco me gusta tanto. ¿Creíste que me gustaría? —pregunté, riendo hacia el calor opresivo que me rodeaba.

Browning lanzó la cabeza hacia atrás y se volvió sin detenerse.

—No, te equivocas. Te equivocas en todo —añadió, mientras se alejaba a toda prisa.

Lo observé a lo lejos caminando calle abajo como un escolar ilusionado. Cuanto más se alejaba, más apresuraba el paso, como si temiera que esa persona con la que debía reunirse no fuera a esperarlo. Yo no tenía otra cosa que hacer que irme a casa. Pensé en llamar un taxi, e incluso me planté en medio de la calle con la intención de parar al primero que viera. Pero entonces recordé su manera de mirarme, esa especie de condescendencia que mi sensibilidad no podía pasar por alto, y pensé sin motivo ni lógica alguna que tenía que demostrar algo, no a ella sino a mí mismo. No necesitaba nada, desde luego nada que ella pudiera darme. Que ella se fuera de paseo con esos amigos suyos que sabían derrochar dinero, viajando en limusinas oscuras, silenciosas y distantes. Cuando viajaban en taxi, se sentían llenos de orgullo democrático. Yo no necesitaba dinero. Siempre podría caminar.

El lugar donde vivía en Manhattan había sido decorado con ese típico estilo tortuoso de Nueva York. La hermana de un amigo mío, también compañero de nuestra promoción, tenía un pequeño piso de una habitación en la calle Veintiséis, entre Lexington y la Tercera Avenida, y estaba dispuesta a dejármelo los dos meses de verano a mitad del precio del alquiler si pagaba a la mujer de la limpieza una vez a la semana y le regaba las plantas. La hermana de mi amigo se había licenciado por UCLA, o por la USC, nunca estaba seguro de cuál de las dos, y trabajaba en una casa de subastas. Tenía un mes de vacaciones y se había tomado un mes más sin sueldo con la intención de viajar por Europa con un artista infeliz en su matrimonio que buscaba inspiración y que quizá la encontrara en ella.

Sólo llevaba dos semanas en la ciudad, y ya parecían dos años. No conocía a nadie y después de esa noche estaba relativamente seguro de que nunca conocería a nadie. Browning se iba, o al menos eso creía yo, pero aunque hubiera cambiado sus planes y hubiera decidido quedarse, tenía la sensación de que no lo veía muy a menudo. Las jornadas en el bufete de abogados donde trabajaba eran interminables, un largo peregrinaje en asuntos legales que no tenían otra respuesta que la que escribían los ángeles en la cabeza de un alfiler. Si alguna vez había tenido dudas acerca de mi futuro como abogado de derecho penal, un verano estudiando cuestiones relacionadas con propiedades y escrituras de traspaso acabó por convencerme de las bondades del asesinato. Lo curioso era que a los abogados para los que trabajaba les agradaba, y pensaron que a mí me pasaría lo mismo después de haber pasado suficientes semanas de ochenta horas viendo la precisión lógica con que se ejecutaban las cosas bien hechas. Todos los días me esclavizaban a estas tareas, lo cual significaba, desde luego, que tenía que dedicar noches y fines de semana.

No me importaba tanto el calor brutal y pegajoso. Me daba algo en que pensar más allá de lo que me proponía cenar esa noche antes de sentarme a la mesa y comenzar a trabajar en el informe que el señor Dowling quería hacia el final de la semana. Moviéndome lentamente, cada paso un esfuerzo bajo el calor que me debilitaba, con la cabeza caída para evitar los faros que me encandilaban, no me di cuenta de ella hasta que estuve a una manzana del edificio.

Estaba de pie a la sombra del toldo y miraba distraída hacia el otro lado de la calle. A solas consigo misma, sin nadie con quien hablar, su rostro había perdido la animación de esa máscara que mostramos al mundo y que cambia según nuestras necesidades. Era una chica encantadora, así de sencillo, con una piel fina y fresca y ojos que parecían vulnerables e incluso, pensé, algo extraviados. Era como si por debajo de la mirada fugaz y aguda, por debajo de las máscaras y gestos, todo fuera parte de una representación que a veces no deseaba tener que interpretar. Crucé la calle esperando tomarla por sorpresa.

Joanna me vio venir por el rabillo del ojo. Por su boca cruzó una sonrisa como un fugitivo que se escabulle. Se giró y me miró con un gesto frío, como midiendo algo. Yo tenía el cuello manchado de sudor y la camisa se me pegaba a la altura del pecho. Tenía los ojos cansados y llenos de partículas de polvo. El pelo mojado me caía pegado a la cabeza. Ella empezó a reír.

—No gastarías un dólar en un taxi. No me sorprende. No después de lo que he oído —dijo, apoyando el hombro en uno de los soportes metálicos del toldo. Cruzó los pies a la altura de los tobillos y mantuvo las manos estiradas por delante, mirándome con ojos divertidos y provocadores—. Lo he oído todo acerca de ti, ¿sabes? De cómo te pasas el día entero trabajando, de cómo nunca sales, de cómo una de las maneras de conseguir que hagas algo es insinuar que quizá no lo consigas. De modo que como hace demasiado calor para respirar, has decidido que tenías que caminar. —Inclinó la cabeza a un lado, con una mirada caprichosa de total certeza pintada en la cara—. ¿Es más o menos así? ¿Es eso lo que has decidido hacer y ésa la causa? Y recuerda —agregó, bajando el mentón con un dejo que me hizo pensar que estaba a punto de invocar algo de nuestro muy reciente pasado—, la única mentira permitida es la que no se dice en voz alta.

De pronto recordé dónde se suponía que tendría que estar. Se debió de notar, porque cuando empecé a hablar ella me puso los dedos sobre la boca y dijo:

—Será mejor que no.

—¿Mejor que no?

Ella sacudió la cabeza, pero no como antes, con ese desprecio rápido y contenido, sino con una risa relajada.

—Cuéntame la primera mentira de tu joven existencia.

Volvía a sentirla, la misma intuición de que algo va a suceder, algo escrito sin mi conocimiento, pero ya leído por ella de principio a fin.

—Sabía que no iríais a cenar con Thomas y un abogado. Sé que te ha usado como excusa porque le convenía. Es lo que hace, siempre lo ha hecho, inventar excusas que no existen. Lo hace tan bien que a veces pienso que cuando lo dice se cree que, en realidad, es la verdad. No es culpa suya. En cierto sentido, supongo que incluso es agradable. Le cuesta horrores decirle a alguien algo que cree que no quiere escuchar. ¿Y ahora, con quién se ha ido? ¿Una chica que conoció en la facultad?

Lo dijo con tono desenfadado, pero no consiguió ocultar del todo cierto interés y la esperanza de que yo le dijera lo que sabía. En realidad, no sabía nada, pero no se lo dije. No le dije absolutamente nada, y ella pareció darse por satisfecha de dejar el tema.

—Y porque sabía que no irías a cenar con él, pensé que quizá querrías salir a cenar conmigo.

Me pregunté dónde podría llevarla. Si la llevaba a algún lugar de los que ella frecuentaba, estaría sin blanca durante todo un mes.

—Tenía la intención de comer en casa, y pensé que quizá querrías venir —siguió ella, como si tuviera una respuesta para cada uno de los titubeos que leía en mis ojos demasiado inocentes—. No, no pienso cocinar —añadió, riendo como para disculparse—. En la de mis padres. Siempre me esperan —explicó con una mirada deliberadamente enigmática—. Sobre todo cuando no me esperan.

Se apartó un mechón de su cabello casi rubio de los ojos y se apartó del soporte. Se quedó frente a mí con los pies juntos.

—¿No crees que es lo más adecuado? ¿Conocer a mis padres antes de que intentes meterte en la cama conmigo? —Ahora reía con los ojos, se reía de mí o conmigo, pero no lo sabía—. Ya sabes lo incómodo que resulta hacerlo después, quiero decir, conocer a los padres después de haber conocido a la chica… de esa manera… ya me entiendes. ¿No te sentirías raro y culpable, como si estuvieras mintiendo acerca de algo, aunque eso no sucederá nunca? —Me puso la mano en el hombro, provocadora, burlona, intentando encontrar aquella primera señal de vergüenza, como si se tratara de un premio que tuviera que ganar—. De esta manera, los conoces con la conciencia tranquila, sabiendo que nunca lo has hecho y que quizás —añadió, apartándose sólo lo necesario para que yo viera toda la magnitud de su sonrisa orgullosa y provocadora—, sólo quizá, nunca lo harás. ¿Por qué no te duchas y te cambias y nos vamos?

Los Van Renaessler vivían en uno de esos refinados edificios de piedra gris construidos hacia la década de 1960 0 1970 en Central Park West. Sus padres eran más viejos de lo que había imaginado, entre los cincuenta y cinco años y un poco más, según mis cálculos. Tenían un aire de personas cómodamente instaladas en la vida, sin ambiciones más allá de lo que poseían. Las paredes estaban cubiertas de cuadros de marcos dorados de artistas famosos y muertos, desde los impresionistas franceses hasta el Renacimiento italiano, e incluso antes. No había nada pretencioso, una agradable familiaridad que hizo que me sintiera como alguien conocido desde hacía años, un amigo invitado en lugar de un desconocido traído de pronto ante su puerta.

—Quería que lo conocierais enseguida —dijo Joanna, con una mirada traviesa—. Me he enamorado completamente de él. Nos casamos pasado mañana —anunció, con tono relajado mientras se servía un trozo de tarta de chocolate—. Y nos gustaría que vinierais, si podéis. En City Hall, a las diez.

Su padre asintió con gesto sabio y luego, sacudiendo la cabeza ante aquella última broma, se dirigió a mí.

—Lo puedo decir con cierta autoridad, porque la he conocido toda su vida, aunque eso no significa que la entienda, que casarse con mi hija sería el error más grande en la vida de cualquier hombre.

—No me creéis —fingió protestar ella—. Pero si estoy enamorada, locamente enamorada de Joseph... ¿te llaman Joe?, y no puedo vivir sin él y me casaré con él pasado mañana, aunque no se moleste en pedírmelo. ¿Ahora podemos comer? Estoy muerta de hambre.

Me convertí en un convidado habitual aquel verano en el enorme apartamento de Arthur y Millicent Van Renaessler en Central Park West. Al menos una vez a la semana, a menudo de improviso, Joanna decidía que teníamos que pasar a visitarlos. Siempre estaban contentos de vernos, y creo que al cabo de un tiempo empezaron a pensar que las intenciones de Joanna eran serias, quizá no a propósito del matrimonio, pero sí con respecto a mí. Yo tenía la curiosa sensación de que los padres no sólo no lo desaprobaban, sino que, además, por alguna razón, experimentaban cierto alivio. Sobre todo su padre, que hacía lo indecible por alentarnos demostrándome que no había verdaderos obstáculos que nos impidieran a su hija y a mí llevar las cosas hasta donde quisiéramos. Todo era muy sutil, pero ni siquiera yo podía dejar de entender a qué apuntaba, cuando comentaba, de esa discreta manera suya, que un viejo amigo suyo, alguien con quien había ido a la escuela, había mencionado hacía pocos días lo difícil que era encontrar jóvenes con talento y ganas de trabajar. Sí, ¿y había comentado que este viejo amigo suyo era uno de los socios fundadores de una de las dos o tres firmas de abogados más importantes de la ciudad? Cuando le dije que estaba bastante seguro de que volvería a Oregon al acabar la facultad y que abriría mi propia bufete, sus ojos grises brillaron alegremente y me contó cuánto había disfrutado de su única visita al noroeste hacía años y que no podía imaginar mejor lugar donde vivir.

—Mi padre siempre intenta casarme —comentó Joanna, a su manera despreocupada, cuando le dije bromeando que, al parecer, su padre pensaba que sería mucho más feliz en Portland de lo que jamás había sido en Nueva York. Ella me miró con una sonrisa provocadora, en realidad, menos provocadora de lo que parecía—. Se lo dije la primera noche que nos conocimos, ¿lo recuerdas?, que me había enamorado locamente de ti. No les dije en ese momento, y todavía no lo he hecho, que tú te has enamorado locamente de mí.

Si hubiéramos estado en un restaurante, o sentados en un banco del parque, en algún lugar tranquilo donde el tiempo nos perteneciera y las preguntas llegaran con sus respuestas y todo lo que se dijera fuera verdad, no estoy seguro de lo que habría sucedido, de qué habría dicho, pero habría dicho algo y nuestras vidas habrían acabado siendo muy diferentes. Eran los últimos días de agosto y habíamos pasado algunas horas cada día juntos, y cada vez que nos despedíamos ansiaba volver a verla. No sabía si estaba enamorado de ella, y por eso era un necio, porque la única razón por la que no lo sabía era que ya me había enamorado una vez antes. Aquello no era lo mismo. No era ni de lejos tan intenso, tan obsesivo. Pensaba en ella, ansiaba verla, pero también pensaba en otras cosas. No era lo bastante listo para entender que lo que sentía por Joanna se parecía más a lo que, en realidad, se debería sentir, y que cuando maduras las cosas son diferentes a cuando eras sólo un niño. Si le hubiera dicho lo que pensaba, puesto que no habría tenido tiempo de explicarlas a mi manera, tal vez habrían surgido cosas que no tenía en absoluto claras. Empecé a decir algo, aunque no estoy seguro de qué era, cuando Joanna abrió los ojos, emocionada, y me cogió por el brazo.

—¡Ahí está! —exclamó, en medio del ruido ensordecedor que se había apoderado de la sala. Moviéndose entre la multitud de la sala de ceremonias del Roosevelt Hotel, como un águila dorada y reluciente, avanzaba John Lindsay, candidato a alcalde, hacia el podio para saludar a miles de nuevos voluntarios.

—¿No lo encuentras magnífico? —exclamó Joanna con mirada atónita—. ¿No te parece maravilloso? ¡Nueva York es la ciudad más fabulosa que existe! —Estaba cogida de mi brazo y me sonreía—. Dime que vendrás. Dime que después del próximo curso vendrás aquí, a Nueva York, a Manhattan. Te fascinará, sé que te fascinará. Es el único lugar donde vivir.

Y luego se volvió y gritó con los demás, los ojos vivos y chispeantes, feliz por el próximo renacimiento de la ciudad, una ciudad que no sólo vivía alrededor de ti, también en ti, se convertía en parte de lo que eras. Me quedé observando a aquella gente que entonaba cánticos, sabiendo con toda la certeza del mundo que Joanna jamás dejaría la ciudad.

Una de las últimas veces que la vi, a mediados de septiembre, antes de que regresara a la facultad, el señor Van Renaessler me explicó, o intentó explicarme —porque, al fin y al cabo, lo suyo era pura especulación— la relación entre Thomas Browning y Joanna. Eran, como Browning me había dicho cuando nos presentó, viejos amigos, relacionados por ciertos lazos familiares. Ésa fue la frase que usó: «Ciertos lazos familiares». Lo dijo con la precisión reflexiva de alguien que, cuando era necesario, era muy cuidadoso con sus palabras.

Era un día despejado y luminoso, uno de esos días que parecen traer consigo algo del verano y del otoño. Joanna ayudaba a su madre con algo y, cuando su padre lo sugirió, cruzamos la calle y nos internamos en el parque hasta que encontramos un banco vacío.

—Las dos familias nunca fueron amigas, nunca de manera muy estrecha. Eran, sobre todo, negocios. Para el viejo Stern, desde luego, esa empresa suya era toda su vida. La única razón por la que nos hablaba, y quizá la única por la que hablaba con cualquiera, era que nosotros teníamos algo que él necesitaba. En los años en que las cosas no iban bien, él necesitaba una fuente de dinero. Por eso venía a vernos, por lo del banco. Muchos bancos quebraron en aquellos años, pero ese era un peligro que nunca existió para nosotros. Cualquiera que fuera la suma que le prestáramos, Stern lo pagaba todo, a veces antes del vencimiento. Pero debo decir que lo hacía con la falta de tino más grande que jamás he visto.

El señor Van Renaessler arrugó la nariz. Al cabo de un momento, soltó una risilla.

—En todos los años que hizo negocios con nosotros, primero con mi padre, después conmigo, jamás se dignó decir gracias. Lo ayudamos a superar la depresión. Sin nosotros, todas esas plantas de montaje suyas habrían cerrado, y ni una sola vez tuvo la decencia de agradecernos la ayuda que le habíamos prestado. Nosotros recuperamos nuestro dinero, y daba la impresión de que creía que éramos nosotros quienes debíamos agradecérselo. ¿Quién sabe? Quizá deberíamos haberlo hecho. Se necesitaba algo más que el dinero —dijo, reconociendo de inmediato el mérito ahí donde lo veía, incluso, o quizá sobre todo, en alguien a quien a todas luces no toleraba—. Era necesario tener una especie de genio implacable para hacer funcionar algo así de grande, así de complejo, con cientos de miles de personas que hacían cientos de miles de cosas.

El señor Van Renaessler husmeó el aire. Avanzó un hombro y se cogió una mano con otra. Se quedó mirando el banco en silencio y las arrugas de la frente se hicieron más profundas.

—Quiero tener mucho cuidado al decir esto. Thomas Browning es uno de los jóvenes más correctos e inteligentes que he conocido. Pero es la elección equivocada para mi hija. —Por un momento me escrutó con una rara intensidad, como si buscara la respuesta a una pregunta que, sabía, no podía formular—. Hay un punto en que un padre no puede inmiscuirse en la vida de su hija. Eso no significa, ya entiendes, que no está… significa que está condenado a lidiar con las cosas a solas y sin objetivo alguno puesto que, al final, lo único que puede hacer es esperar a que las cosas salgan lo mejor posible—. Hizo una pausa y, con una de las sonrisas más generosas que he visto, dijo, con una tristeza que me sorprendió y me emocionó—: Entiendo que la primavera que viene, cuando acabes Harvard, no volverás.

Comencé a farfullar una respuesta, y creo que si él no me hubiese detenido, habría cambiado de opinión acerca de mis planes para el futuro.

—No —dijo, negando con la cabeza—. Tienes razón en hacer lo que crees que debes hacer. Es la única manera de vivir. Créeme, tal vez sea la única cosa que he aprendido en mi vida, pero ésa es la verdad. Tú serías lo mejor que podría ocurrirle a ella por la misma razón por la que Thomas sería lo peor.

—Se conocen desde que eran niños. Joanna no tendría más de ocho o nueve años cuando Stern comenzó a venir con su nieto a Nueva York. Los padres de Thomas son excelentes personas, pero por la manera en que el viejo se apoderó de su vida se diría que no tenía padres. Thomas nunca tuvo una infancia, quizás él mismo te lo haya dicho; había que verlo para creerlo. Stern le quitó toda la espontaneidad, le quitó la vida y lo acució con un sentido de la responsabilidad que incluso para hombres de mi edad sería una carga insoportable. No tenía amigos, no iba a la escuela, sólo tuvo tutores privados hasta el día en que se marchó a Princeton. No sabía cómo hablar con nadie que no fuera vestido de traje. Por eso creo que cuando vio a Joanna por primera vez mi hija se convirtió en la persona con quien él creía poder ser él mismo.

Ha durado años. Son como hermano y hermana. Con la salvedad, desde luego, que no lo son. Cada vez que Thomas tiene un problema, cada vez que algo ha salido mal, la busca a ella porque es la única persona en quien confía. Y eso es lo que me preocupa. Están demasiado cerca el uno del otro, y no están lo bastante cerca. Cuando está contigo, Joanna es una persona viva y espontánea. Con Thomas es como si pensara que tuviera que protegerlo, no sólo del mundo, también, en cierto sentido, de sí mismo. Hay otra cosa, algo que en realidad no debería decir. Ha dedicado tanto tiempo a escapar de la influencia de su abuelo, intentando ser alguien diferente de lo que el viejo quería, que a veces pienso que por debajo de su encanto exterior se ha convertido no en lo que Zachary Stern quería, sino en lo que Zachary Stern era, es decir, un hombre impulsado a hacer algo que nadie ha hecho antes.

El sol se había hundido en el horizonte. El aire resultaba frío. El padre de Joanna se incorporó, se abrochó la chaqueta de punto y hundió las manos en los bolsillos del pantalón. En la distancia, una niña lloró al caer por un pequeño terraplén de césped en brazos de su madre.

—Cuando el viejo murió hace dos semanas, la primera llamada que Thomas hizo fue a Joanna. Llegará la semana que viene. ¿Lo sabías?

Joanna no me lo había contado.

12

El chófer dobló en una esquina en Georgetown y de pronto llegamos a una entrada lateral deslabrada de un edificio de dos plantas de ladrillo y mortero y maderas pintadas, pero descascaradas por la intemperie. La entrada quedaba dos peldaños por debajo del nivel de la calle, y la sólida puerta del restaurante brillaba con su barniz negro y basto. No había carta, ningún papel enmarcado que informara a un curioso interesado qué se servía ni a qué precios. No había número de teléfono al que llamar. Sólo el nombre, cinco palabras en francés, era suficiente para dar la impresión de que se trataba de un lugar demasiado caro para entrar sin pensárselo. Subiendo por las escaleras de madera por la parte de atrás, rodeado de la mezcla de aromas de una docena de platos, rápidas órdenes apagadas, ollas y sartenes, todo aquello brindaba una perspectiva diferente de lo que de verdad era el privilegio. Las escaleras agrietadas crujieron bajo mis pies, y la barandilla, fijada a los soportes con clavos que al cabo de un siglo se habían oxidado y aflojado, tembló cuando la toqué. Bajo el cristal roto de una lámpara exterior abollada, había una puerta rejilla que colgaba torcida de una bisagra también torcida. Desde el interior, una mano la empujó y la puerta quedó abierta.

Con la mano huesuda aún sujetando la puerta, un agente del Servicio Secreto vestido con traje y los tres botones de la chaqueta abrochados, hizo un leve gesto con la cabeza hacia una segunda puerta a menos de tres pasos. Había otro agente de pie junto al vano, con las manos cruzadas sobre el pecho, las piernas alineadas con los hombros. Fui a coger el pomo de la puerta, pero él llegó antes. Entré en un comedor privado y la puerta a mis espaldas se cerró.

Había ocho mesas pequeñas en la sala, todas cubiertas con mantel de lino blanco. Sólo había una mesa servida. En el otro extremo, la luz penetraba por unas persianas bajadas a tres cuartos y se derramaba sobre unas manos que descansaban sobre la mesa. En la sombra, Joanna esperaba sentada, observando, cuando yo me acerqué.

—Hola, Joseph Antonelli.

Aquel tono provocador de su risa me trajo recuerdos de lo que Joanna había sido cuando la conocí aquel verano en Nueva York, cuando casi me enamoré de ella y, en realidad, quizá me enamoré del todo. Todavía era muy bella, no como había sido antes, pero con aquel aspecto que sólo se tiene gracias a la herencia y el dinero, un aspecto de belleza juvenil menos acusado pero no del todo ausente. Su aspecto siempre había dependido de cosas sutiles, algo que no se notaba tanto cuando era joven. Era su manera de estar, un poco distante, un poco por encima y al margen de las cosas, la gracia de sus movimientos. Sin embargo, más allá de todo eso, era su manera de mirar. Como si supiera todo lo que hay que saber sobre su interlocutor y le agradara todo lo que sabía. Me senté a la mesa con el vago deseo de no haber abandonado jamás Nueva York.

Joanna me tendió la mano.

—Me temo que hice el ridículo la semana pasada. Espero que puedas perdonarme.

Su voz era más comedida, más controlada, y toda su dulce plenitud había desaparecido. Comedida, controlada, como tenía que ser, intentaba recordarme a mí mismo, cuando todas y cada una de sus palabras eran grabadas, transcritas, cuando se les prestaba un significado que, en un descuido, podían ser interpretadas como algo que ella no pretendía decir. Su voz se había vuelto más seca, más circunspecta, y el entusiasmo espontáneo se había desvanecido, desaparecido del todo. Comedida, controlada, como el eco distante y vacío de algo perdido, una pálida imitación de la voz que yo había amado y que, durante unos pocos meses, había resonado sin parar en mi mente joven e ilusa.

—No hay nada que perdonar. No hiciste nada malo.

Con la espalda perfectamente erguida, se inclinó hacia delante y apoyó los codos en la mesa. Dejó descansar el mentón sobre las manos entrelazadas, y en sus ojos brilló una mezcla de travesura y tristeza.

—A una mujer de mi edad se le pueden perdonar muchas cosas, incluso tal vez que beba una copa de más. Pero entrar en un lugar donde sabes que te encontrarás al hombre del que un día estuviste loca y desesperadamente enamorada, y no sólo borracha sino, además, sin maquillar... eso es peor que imperdonable. Es una estupidez. —Hizo una pausa, y siguió—: Pero tenía unas ganas terribles de verte. Es curioso cómo pensamos. Todos estos años y, de pronto, no puedo esperar una noche más.

Estiró el brazo sobre la mesa y me apretó el brazo. Una curiosa sonrisa agridulce cruzó por sus labios, breve como la luz de un pabilo. Le cubrí la mano con la mía y sonreí. Una puerta se abrió a nuestras espaldas y ella retiró la mano. Desplazándose como una sombra, silencioso y sin esfuerzo, un camarero se acercó con una botella de vino, llenó nuestras copas y se marchó.

—¿Nunca te casaste, verdad? —preguntó, mirándome por encima de la copa que se llevó a los labios. Yo esperé mientras ella bebía y, sabiendo que ella sabía la respuesta, esperé a que volviera a hablar—. Supongo que no me sorprende, aunque no sé exactamente por qué. Quizá fue esa chica de la que una vez me hablaste, aquella chica de la que estabas tan enamorado, la chica de Oregon con la que te querías casar. —Se quedó un momento pensando—. Jennifer. ¿Se llamaba así, no? ¿Jennifer? ¿Qué habrá sido de ella?

No nos habíamos visto en años, pero por mucho que hubiéramos cambiado, los recuerdos que teníamos del otro no lo habían hecho. Creo que nos daba cierta seguridad, una sensación de que podíamos hablarnos como si en lugar de años desde la última vez que nos vimos hubieran pasado sólo días. Y entonces le conté la verdad, o todo lo que de la verdad podía soportar. Le conté que Jennifer y yo íbamos a casarnos, que había sucedido algo y que ahora ya había desaparecido para siempre, perdida en un lugar donde nadie podía encontrarla, atrapada en el interior de una mente que había apagado las luces y cerrado las puertas para siempre jamás.

—Solía ir a verla. Ahora ya no. Ya no sabía quién era. Nunca lo sabrá. Es una de las razones por las que dejé Portland, y por las que me quedé en San Francisco. No siento tanta culpa.

Joanna no me pidió explicaciones. Es imposible vivir más de cuarenta años y no saber lo que significa sentirse culpable por cosas sobre las que no se tiene ningún control. Es un dato de la existencia, tan tangible y real como el hambre o la sed o el deseo carnal. Una sospecha vaga y turbadora, que nunca acaba de desvanecerse, de que podríamos haber hecho algo para cambiar las cosas, algo que no supimos descubrir porque éramos demasiado estúpidos o demasiado egoístas, o porque estábamos demasiado atrapados en nuestras propias ambiciones. De modo que intentamos escapar, intentamos poner toda la distancia posible entre nosotros y nuestros recuerdos de las cosas que nunca podremos cambiar en absoluto.

—Pero tú sí te casaste —dije, apartando mentalmente aquellas cosas demasiado duras de sobrellevar como para esperar, o querer, que otro las compartiera.

Ella se inclinó hacia mí, me buscó con la mirada. Estaba a punto de hablar cuando la puerta volvió a abrirse. Entró un segundo camarero, más viejo que el primero, un hombre de pelo canoso y encrespado y hombros enjutos y rectos. No alzó la mirada ni un instante, no nos miró a ninguno de los dos mientras servía una ensalada César, primero a Joanna, después a mí. El silencio era inescrutable y profundo. Joanna lo observó hasta que terminó su tarea y lo siguió con la mirada hasta que la puerta se cerró con un suspiro a sus espaldas. Como si el camarero hubiera sido una quimera, una mera fibra de su imaginación y como si los platos hubiesen estado siempre ahí, servidos, esperando que ella se dignara a comer, cogió el tenedor y me miró con una sonrisa agradable.

—Es mi restaurante preferido —anunció, sin mayor entusiasmo—. No es tan bueno como los que me gustan en Nueva York. —Probó la ensalada y, con una mirada sutil, dio su parcial aprobación. Probó por segunda vez, dejó el tenedor y empujó suavemente a un lado el plato de relieves dorados.

—¿No te sorprendió que me casara? ¿O no te sorprendió que me casara con Thomas?

Me había pillado con la guardia baja. Intenté recordar lo que había pensado en su momento, pero lo único que podía recordar era que no supe de su boda hasta que se celebró. Creo que lo leí en los periódicos.

—No viniste —dijo ella, una afirmación puramente factual. Pero por su manera de inclinar la cabeza, desde un ángulo más abierto, había algo más que eso—. Thomas dijo que no vendrías —siguió, mirándome de la misma manera, con un interés reforzado—. No sabía si era por él o... por mí.

Esperó a que yo dijera algo, quizás una respuesta, una réplica. Pero no sabía qué decir.

—Thomas dijo que no vendrías. Dijo que era preferible no invitarte. Así no te sentirías en la obligación de disculparte.

Su expresión cambió. En sus ojos se dibujó una mirada perdida, nostálgica. Su mirada esbozó un gesto valiente, como desafiando su propia pérdida de control, decidida a decir lo que se había propuesto.

—¿Por qué no te quedaste en Nueva York? ¿Por qué no podías volver a Nueva York después de acabar la facultad? ¿Qué habría tenido de malo esa decisión?

Yo quería contarle la verdad o lo que, después de todo lo ocurrido, parecía la verdad. Porque, al fin y al cabo, no había nada con qué contrastarla. No había hechos concretos, hechos irrefutables, sólo ideas vagas sobre lo que podría haber sido.

—Me habría gustado —dije, sincero, o con toda la sinceridad que podía poner sobre la mesa.

Me recliné contra la silla de respaldo de mimbre y me quedé mirando la alfombra. Era como si hubiésemos vivido la vida en mundos paralelos. Yo seguía teniendo la sensación de que ella siempre había estado fuera de mi alcance, más allá de lo que podía aspirar, una mujer que había vivido en un mundo que jamás llegaría a conocer.

—Pensé mucho en ello los primeros años después de ese verano. Recordaba cómo había sido, cómo lo había sentido ese verano en Nueva York, y me preguntaba qué habría sucedido si no me hubiera ido, si hubiera acabado la facultad de derecho y hubiera vuelto a trabajar en aquel bufete de Wall Street. —Cuando alcé la mirada, ella tenía los ojos fijos en mí. Por un instante, recordé cómo había sido todo—. Volví a pensar en ello cuando regresé a Nueva York, cuando pensaba que iba a verte.

Bajé la mirada y me incliné hacia delante con el brazo sobre la mesa, pensando en cómo decir lo que para mí era la verdad, aunque con la esperanza de que no lo fuera. Era demasiado tarde. Siempre había sido demasiado tarde, y ésa era la pura verdad. Yo lo sabía y, aun así, había algo, una especie de segunda certeza, o una duda que proyectaba su sombra sobre la brillante y sólida certeza en la que un día yo había enterrado el pasado, una sensación de que, después de todo, me había equivocado.

—¿Pero cómo habría encajado yo en todo eso? —pregunté—. Yo era un chico de Oregon. Mi padre era médico, un médico de cabecera. Nunca fuimos pobres, pero nunca fuimos ricos. Tú no querías dejar Nueva York, no sólo porque te fascinaba la ciudad, también porque eras su dueña, eras parte de ella y siempre lo habías sido. En cualquier caso habrías acabado con otra persona, alguien que compartiera tus orígenes y tu clase. Creo que era inevitable que fuera Thomas Browning. Tendría que haberme dado cuenta en ese momento, por esa manera que teníais los dos de cuidaros mutuamente, que un día acabarías casándote con él.

Con un diestro movimiento de la mano, Joanna se enjugó una solitaria lágrima. Esperó, con un rostro inexpresivo, a que entrara un tercer camarero, seguido de otros dos, uno de los cuales retiró los platos de la ensalada mientras el segundo disponía los nuevos cubiertos en torno a los platos limpios. Salieron en cuanto acabaron con su cometido. El tercero, con una sonrisa que delataba cierta preocupación, sirvió las porciones, deteniéndose con un leve movimiento de los ojos para saber cuándo detenerse. Joanna no lo miraba. Con un solo y breve gesto de la cabeza, lo detuvo. El hombre retrocedió unos pasos y luego desapareció. Como si hubiera aguantado la respiración durante todo ese rato, Joanna respiró hondo.

—Odio ser quien soy —dijo, con una mirada venenosa que no iba dirigida a mí, sino a ese mundo de intrusos al que no se podía sustraer.

No había mirado a nadie que hubiese entrado en el comedor mientras ellos la miraban a ella. Me pregunté si no sería una manera de protegerse contra la constante violación de esos ojos que la escrutaban, ávidos. Echó la cabeza hacia atrás y con una mirada de impotencia se disculpó, no por lo que había dicho, sino por las circunstancias en que estaba obligada a vivir. Se volvió hacia las venecianas de color crema de la ventana, cerca de donde estaba sentada. Con un movimiento inseguro, se inclinó para ajustarlas y dejar entrar más luz.

—El clima aquí es horrible —dijo, y lanzó una breve mirada al exterior—. Es caliente, húmedo y te debilita. Te quita la energía, hace que todo se ralentice. Tal vez por eso los del Sur hablan tan lento y beben tanto. El esfuerzo de hablar da sed —dijo, y rió suavemente y con cierto placer por su manera cansina de hablar. La sonrisa languideció por un momento en sus ojos y luego, lentamente, muy a su pesar, se desvaneció.

—Me habría casado contigo si me lo hubieras pedido —dijo; había levantado la cabeza para adelantarse a cualquier interrupción—. Y si no querías vivir en Nueva York, yo estaba dispuesta a ir adonde fuera contigo. Pero nunca me lo pediste, nunca me pediste que fuera contigo. De modo que yo te pedí a ti que volvieras a Nueva York, porque ahí estaba, ahí vivía, y ahí… si tú hubieras estado… podríamos haber vivido como ese verano en Nueva York.

No había tocado su plato. Lo apartó y cogió la copa.

—Y creo que fue culpa mía. Por no contarte lo que sentía. Por suponer sólo que tú tenías que haber entendido que la razón por la que yo hablaba así —de Nueva York— era porque pensaba que si a ti también te fascinaba, volverías y no irías a vivir a algún lugar donde yo no pudiera estar.

Es habitual en la infelicidad reescribir nuestras vidas, partir de un comienzo diferente para llegar a otro final. Nos aferramos al pasado y a lo que podría haber sido, a lo que queríamos o creíamos querer, antes de que un corazón roto nos enseñara que nuestras buenas intenciones tienen escaso efecto en las cosas como son.

Joanna alzó la cabeza. Sus ojos brillaban, expectantes, tristes.

—Mi padre estaba terriblemente decepcionado cuando nos separamos…

—Tu padre. ¿Está…

—Murió hace tres años. Mi madre murió un año antes. Él estuvo bien un tiempo, no estaba deprimido. Supo aguantar. Nunca mostraba sus emociones, o casi nunca. Su generación era así. En toda mi vida jamás le oí alzar la voz. Si no aprobaba algo que habías hecho, se limitaba a mirarte, no decía palabra. Y sabías que lo habías decepcionado y te jurabas a ti misma que nunca volvería a ocurrir. —Joanna calló y desvió la mirada, sacudiendo la cabeza con aquel recuerdo de lo ocurrido—. Nunca lo vi tan decepcionado como el día que le conté que tú te marchabas a Harvard y que no volverías a Nueva York. Salvo, quizás, el día que le conté que iba a casarme con Thomas Browning.

Tenía las manos sobre la mesa. Ahora las miraba con una extraña e intensa fascinación.

—Mis manos eran muy bellas —dijo, separando los dedos. Con una expresión desdeñosa, retiró las manos de la mesa y las sepultó en su regazo. Estaba sentada de lado y miró en silencio por las venecianas de la ventana, recordando.

»Mi padre estaba terriblemente decepcionado —dijo, al cabo de un momento—. No quería que me casara con Thomas. Quería que lo hiciera contigo —afirmó, y una sonrisa le asomó por el extremo del labio inferior—. Me contó la conversación que tuvo contigo, esa tarde, en el parque. Él no solía ser así, nunca, y el hecho de que esa vez actuara de aquella manera hizo que lo amara todavía más. Pensaba tan bien de ti. Creo que, a su manera, te quería tanto como yo. No quería a Thomas. A Thomas lo respetaba, lo admiraba en cierto sentido. Pero era en ti en quien podría haber pensado… o en quien pensaba… como un hijo.

Podía oír la voz de su padre. Lo veía sentado en el banco del parque junto a mí, hablándome de su temor.

—Creía que acabaría pareciéndose demasiado a su abuelo, el viejo Zachary Stern —dije.

Joanna no dejó de mirar la ventana. Estaba ahí sentada con esa mirada de rígida elegancia, y la sonrisa que se había insinuado en sus labios se había vuelto amarga, rezumaba un desprecio no disimulado.

—Mi padre siempre supo juzgar a los hombres.

Aún miraba por la ventana; cayó entonces en un silencio que se volvió pesado y adquirió dimensiones enormes.

—Thomas te está utilizando. Lo sabes, ¿verdad? —preguntó, al cabo de un rato, moviendo la cabeza de un lado a otro hasta que sus ojos, inquisitivos y sin contemplaciones, se encontraron con los míos—. No te pidió que vinieras a Nueva York por esa cena —había dicho que no hablaría en esa cena— por los viejos tiempos. Puede que lo haya hecho porque quería utilizarte para aclarar alguna cosa. Leí lo que dijo de ti, y la verdad es que es lo que piensa. Es lo que piensa del abogado, del tipo de abogado en que te has convertido. Pero ésa no era la razón. No te trajo aquí, a Washington, para darte la oportunidad de verme. Yo quería encontrarme contigo en Nueva York. Se encargó de que en su oficina programaran para mí alguna estúpida celebración.

Soltó una breve risa, un leve reproche de su propia emoción, una disculpa por dar a entender que podía pedirme explicaciones, pedirme cualquier otra cosa.

—¿No te parece un poder maravillosamente conveniente? Cuando no quieres ver a tu mujer, decides que vaya a algún sitio a pronunciar un discurso. Siempre me están diciendo qué tengo que hacer y dónde tengo que estar. Incluso hoy, en lugar de tomarme todo el tiempo que quiera, me llevan a no sé dónde después de comer.

Joanna comenzó a beber un trago. Consciente de que yo la miraba, dejó la copa. Era como si se observara a sí misma con una especie de ironía malsana mientras, con la punta de tres dedos sobre la base, empujaba la copa y la ponía, al menos metafóricamente, fuera de su alcance.

—Es Annie. Siempre es Annie —dijo, con una mirada cansada y desilusionada. No dejaba de mirarse la punta de las uñas que se estiraban hacia la copa. La boca se le convirtió en un nudo y su mentón, siempre tenso y rígido, comenzó a temblar. Con un ligero estremecimiento, respiró hondo y dejó escapar un suspiro.

—No era lo que pensabais que era —dijo Joanna. Volvió a dejar la mano sobre las piernas y se apartó de la ventana. Estaba sentada justo frente a mí, con la cabeza ligeramente inclinada, hablaba tranquila, sosegada, y era dueña de sí misma. Me contó cosas de su vida y cosas de Thomas Browning que transformaron lo que yo recordaba en algo nuevo y me hizo preguntarme en qué otras cosas que yo creía también me equivocaba.

—Nuestra relación con Thomas era más bien de hermano y hermana. Éramos unos críos cuando nos conocimos. Su madre, Penélope Stern, era una mujer guapa, insípida y vanidosa. Su padre, Warren Browning, era un desastre cortado con el mismo patrón, un hombre débil, vacilante, guapo y seductor. A mí solían recordarme al duque y la duquesa de Windsor: refinados, bien educados, muy bien vestidos con su ropa muy cara. Personas que te imaginabas intercambiando cumplidos sobre su buen aspecto mientras se miraban a hurtadillas en el espejo más cercano. Era todo, la ropa, las joyas, las perfectas buenas maneras. Y tanto una como el otro tenían la cabeza vacía de ideas. Viajaban a todas partes, conocían a todo el mundo. Estaban demasiado ocupados para pensar en otra cosa que no fuera la siguiente fiesta, el siguiente lugar adonde tenían que viajar y, desde luego, en ellos mismos. Dejaban dejado a Thomas al cuidado de una niñera mientras viajaban por el mundo. Pero no tuvieron que tomar esa decisión. Zachary Stern se ocupó de ello.

»Yo vengo de una familia rica y privilegiada. Siempre lo he sabido. Pero mis padres querían que yo llevara una vida normal, que fuera como las demás chicas. Creo que lo lograron porque el día que conocí a Thomas Browning pensé que era un niño raro. Tenía doce años, una cara regordeta y manos igual de regordetas, y me hablaba como si yo fuera una criada recién contratada. Se puso a darme órdenes y a decirme lo que tenía que hacer. Yo lo ignoré, y cuando él siguió, me reí de él. Y cuando siguió, lo dejé ahí solo, entré en la sala donde mi padre estaba reunido con Zachary Stern y le dije que si me dejaban un solo minuto más en esa habitación, acabaría dándole una bofetada a aquel niño espantoso.

»Nos hicimos amigos, y cuando comencé a ver cómo lo trataban, cómo lo habían criado, las expectativas, las exigencias, cómo planificaban toda su vida, quise ayudarle, demostrarle que había un mundo más allá de lo que él conocía, que no tenía por qué convertirse en lo que su abuelo o cualquier otra persona le dictaba.

Joanna inclinó la cabeza y, como si recordara algo desagradable, arrugó la nariz.

—Ya era demasiado tarde, desde luego.

—¿Demasiado tarde? ¡Pero si sólo era un niño!

—¡Un niño moldeado según los dictados del propio Zachary Stern! Nunca había ido al colegio, no tenía amigos… y nunca los tendría.

—¿Nunca los tendría?

—¿Cómo iba a tenerlos? Con una educación impartida por una docena de especialistas diferentes que cobraban una fortuna. Tenía la mentalidad de alguien con el doble de edad y las emociones de un niño consentido y caprichoso. No había quien se resistiera a él, quien lo contrariara, nadie que insistiera en sus propias razones, porque la única manera de tener razón era cuando Thomas no la tenía. Todas las aristas que se liman en el patio de la escuela, que se suavizan en la competencia civilizada de la clase… él nunca lo vivió.

—Pero no era así cuando yo lo conocí. No había nada de esa arrogancia, de esa actitud egoísta hacia las cosas. Seguramente era la persona menos ensimismada que haya conocido.

Ella me lanzó una mirada de extrañeza, pero dio la impresión de que me concedía la razón en ese punto.

—Sí, más tarde… al menos en apariencia. ¿Pero nunca te diste cuenta de que daba la impresión de que observaba las cosas desde el exterior? Sentado ahí, con esa sonrisa amable, hablando suavemente o, más probable, escuchando. Y siempre observando, observando el comportamiento de los demás, como si fuera un extranjero que intentara aprender las costumbres de un lugar donde nunca había estado.

Joanna sacudió la cabeza, irritada consigo misma porque no se explicaba bien.

—No era arrogancia. Era más que eso. No andaba por ahí jactándose de que un día sería dueño del mundo, o al menos de la «organización industrial más grande» que el mundo había conocido. Eso no era más que un hecho, un hecho impresionante y abrumador que nadie le dejaba ignorar. Y eso es lo que Zachary Stern nunca entendió, que lo que habría sido el sueño de cualquier otro hombre, lo que había sido su propio sueño, sólo era el punto en el que empezaban las ambiciones de su nieto.

Joanna me observó con ojos intensos, escrutadores, buscando mi mirada para saber si lo había explicado correctamente, para saber si yo lo había entendido.

—Era como pertenecer a una religión, como nacer católico, por ejemplo. Es lo que eres, de dónde provienes, y es tu manera de mirar el mundo. Thomas, Thomas Browning, nieto de Zachary Stern, nació, a todos los efectos prácticos, creyendo que la empresa, aquella impresionante organización industrial, era suya. ¿No ves la increíble paradoja? Zachary Stern, un hombre que mi padre odiaba profundamente, había dedicado su vida a construir aquella empresa, a destruir a cualquiera o cualquier cosa que se le cruzara en el camino, para dejarla en manos de alguien cuya obsesión, cuando la heredara, sería: ¿Y ahora qué más?

»Dicen que hay rasgos que sólo aparecen cada dos generaciones. Thomas es igual de ambicioso que Zachary Stern, ambicioso hasta la médula. El viejo quería fundar un imperio industrial. Thomas quería ser presidente, desde el día en que supo que era la única manera de escapar de la sombra de su abuelo. Es una de las razones por las que intenté impedir que se comprometiera con esa chica, Annie Malreaux.

Joanna repitió lo que ya había dicho, como si estuviera decidida por alguna razón a convencerme de que me había equivocado, como si lo que alguien pensara todavía pudiera cambiar las cosas.

—Annie no era lo que vosotros pensabais. No era lo que parecía, un compendio de poemas y versos, distinta de las demás porque parecía flotar por encima de las cosas y se negaba a tomarse en serio lo que para otros era importante. Thomas creía que era auténtico, que lo único que a ella no le gustaba de él era su posición, su fortuna, que ella pensaba que esas cosas eran obstáculos que nos impedían vivir como éramos en el fondo, vivir como seres libres. —Joanna me miró con un asomo de cinismo, como si supiera la verdad—. Ella decía que había ido a Harvard porque le parecía interesante aprender algo de derecho. Su actitud despreocupada era una cuestión de conveniencia. Le procuraba cierta protección cuando tenía que enfrentarse al hecho de que, aunque era lo bastante buena para matricularse en Harvard, quizá no lo fuera para estar entre los mejores. Es lo que hacen algunas personas, ¿no? Si no puedes ganar, menosprecias las reglas del juego. De modo que ella vivía esa pequeña mentira interpretando el papel del espíritu libre y etéreo que flota por encima de las ambiciones humanas, desdeñando con una sonrisa de superioridad el materialismo predominante, cuando lo que de verdad quería era casarse con Thomas Browning y descubrir que de pronto era rica.

—¿Crees que así era, en serio? —pregunté en cuanto pude. Ignoraba si tenía razón. Me costaba imaginarme a Annie como una persona tan calculadora como Joanna la pintaba—. Quizá tenías una actitud protectora, si piensas en lo que sentías por él —aventuré.

Joanna me lanzó una mirada dura, como si hubiera olvidado cuál era mi lugar. Cuando vio que era demasiado tarde para ocultar su irritación, intentó disimularla con una sonrisa reflexiva.

—Quizá fuera ésa mi actitud. De una cosa estoy segura, y es que hubiera sido preferible que se fugara con ella y descubriera por sí mismo si Annie era lo que él creía. —Sacudió la cabeza con un rictus amargo—. Más que cualquier cosa, desearía que no hubiera muerto. Lo que sucedió aquel día lo cambió todo. Por eso me casé con Thomas. Y por eso él se casó conmigo, porque ella murió ese día. Ella había desaparecido. Y tú también. Thomas se casó conmigo, pero nunca la ha olvidado. Y ahora volvemos a vivirlo todo. Y, peor aún, tú también. ¡No es justo! ¡No esta bien! Fue un accidente, pero esta gente no se detendrá ante nada.

Su mirada transmitía una intensa súplica, como si deseara que yo entendiera algo que ella misma no acababa de comprender. Pensé que en cualquier momento rompería a llorar.

—Yo le advertí de cómo era esta gente, Walker y los demás. Le dije que sólo querían utilizarlo para las elecciones y que después sus promesas no importarían. No cumplirían nada de lo prometido. Podría haberse quedado en el Senado, pero está tan obsesionado con la presidencia que no pudo negarse. ¡Y ahora, esto! Acusan a alguien de asesinato y él te engaña para que aceptes el caso.

—¿Me engaña? ¿Qué quieres decir?

—Si alguna vez me amaste, por favor, por favor prométeme que no lo harás, que no te comprometerás en este juicio.

—Pero si ya estoy comprometido. Soy el abogado de Jimmy Haviland.

—Encuentra a otro para que se ocupe de ello. Dales alguna excusa. ¡No lo entiendes!

—¿Qué es lo que no entiendo?

No me respondió. No dejaba de mirarme, una mirada que tenía algo de frenética.

—¿Qué es lo que no entiendo? —repetí, desconcertado por la repentina idea de que algo terrible estaba a punto de ocurrir y que yo debería saber qué era.

De pronto, la puerta se abrió de par en par. El agente del Servicio Secreto le hizo saber que había llegado la hora de partir. Joanna recuperó rápidamente la compostura y se incorporó. Durante un momento permaneció de pie junto a mí, sin decir palabra. Y luego me rozó la mejilla con una mano y se obligó a sonreír.

—Me habría casado contigo, si me lo hubieras pedido ese verano en Nueva York.

Yo iba a decir algo, pero ella me puso la mano en los labios.

—No, no digas nada. Quiero conservar así el recuerdo de este momento. Quiero seguir creyendo que me habrías pedido que me casara contigo si hubieses sabido que estaba dispuesta a dejar Nueva York.

Y un instante después, había desaparecido.

13

¿Por qué quería Joanna que renunciara al caso? Puede que Jimmy Haviland pensara que Thomas Browning era responsable de la muerte de Annie Malreaux, pero seguro que Joanna no. ¿O sí lo creía? Parecía imposible, pero cuanto más averiguaba sobre lo que había sucedido en la vida de las personas a las que un día me había sentido tan unido, menos sabía de ellas. Quizá Joanna sólo pretendía advertirme de las personas que se habían propuesto destruir a su marido, de los colaboradores del presidente que estaban dispuestos a acusar de asesinato a un hombre inocente porque así contribuirían a que dimitiera un vicepresidente que querían quitarse de encima. Si estaban dispuestos a llegar a ese extremo, era razonable pensar que no vacilarían en hacer lo mismo con un abogado de la defensa que se cruzara en su camino.

Cuanto más pensaba en ello, más seguro estaba de que no me equivocaba. Joanna no podía impedir que Thomas Browning se enfrentara al camino del peligro, pero intentaría impedírmelo a mí. Seguramente sabía que era un intento fútil, sabía que Browning tenía un papel que desempeñar, y yo también. Sí, Browning quería que yo me ocupara del caso, que defendiera a quien acusaran de la muerte de Annie, pero era yo quien había decidido hacerlo. Jimmy Haviland era responsabilidad mía. Aunque quisiera, no podía abandonarlo.

Bartholomew Caminetti no tenía de qué lamentarse ni tenía reparos. Desde luego, no se preguntaba qué había pasado con sus antiguos amigos, con personas que no había visto en años. Él se preparaba para presentar su acusación de asesinato, y yo ya sabía lo suficiente de él para entender que no dejaría nada al azar. Tendría que prepararme para este caso como me había preparado para cualquier otro, y eso significaba saberlo todo acerca de la víctima, acerca de Annie Malreaux. No sólo cómo había muerto, sino cómo había vivido. Mirara donde mirara, debía enfrentarme al pasado.

Había conocido a Annie Malreaux en Harvard, apenas durante un año. También conocí a algunos de sus amigos. No sabía quién era Annie antes de que fuera a Harvard ignoraba qué había pasado con las personas con las que había mantenido estrechas relaciones. Buscaba algo, cualquier cosa, que me revelara quién era de verdad y por qué su suerte se saldó con aquello que Thomas Browning siempre había calificado de accidente. Al menos sabía por dónde empezar.

La encontré trabajando a cuatro patas, arrancando la maleza de un pequeño jardín en la parte trasera de una estrecha casa de piedra de color gris donde había vivido desde mucho antes de que muriera su hija. Sabía que yo vendría, pero era una mujer de más de ochenta años y no estaba seguro de que recordaría la hora. Cuando nadie contestó a la puerta, abrí la verja de la entrada y entré por el jardín de atrás.

—¡Señor Antonelli! —dijo. Se apoyó en las rodillas y empujó la visera flexible del gorro hacia atrás—. Ha llegado justo a la hora. —Se incorporó y se limpió la tierra de las mangas de la camisa. Con un movimiento elegante, se quitó el gorro y lo lanzó sobre una estaca de madera alrededor de la cual crecía una tomatera. En su pelo fino y de color castaño sólo asomaban unas pocas canas. Tenía unos ojos grandes y una mirada que delataba curiosidad y orgullo. Sus pómulos eran anchos; su nariz, larga y recta, y la boca, grande y animada. Su aspecto era el de una mujer que no vacilaba en decir lo que pensaba.

—Hace un calor de mil demonios, ¿no le parece, señor Antonelli? —dijo, con una voz que le tembló, pero sólo hacia el final de la frase. Con el dorso de la mano se secó el sudor que le resbalaba desde la frente hasta las cejas.

Me miró con los ojos entrecerrados y dudó, como si no supiera muy bien qué hacer a continuación. Inclinó la cabeza e intentó centrarse.

—La gente solía venir aquí —dijo, con una sonrisa generosa y pensativa mientras caminaba hacia mí— en verano, para acampar junto al lago. Queda a sólo unas manzanas —añadió, torciendo su cuello largo y aún grácil hasta que sus ojos, que evitaban el sol, quedaron a la sombra del cielo del este—. Por eso construyeron todos esos enormes hoteles, esos que tienen unos armarios empotrados más grandes que una habitación, para el negocio del verano. En aquel entonces nadie tenía aire acondicionado y, ya que había que sufrir tan miserablemente, ¿por qué no venir a la playa a gozar del agua?

Se apoyó en mi brazo con una mano de aspecto frágil y, con una fuerza que no esperaba, se aferró a él mientras caminábamos hacia la puerta de atrás.

—Ahora han destinado un par de esos edificios a dormitorios colectivos, o habitaciones para estudiantes. Ya no hay gran demanda de lugares de veraneo al sur de Chicago. En realidad, es una lástima. —Abrió una puerta mosquitera de color negro oscuro algo desvencijada—. Algunos de esos hoteles eran bastante bonitos. Yo perdí mi virginidad en uno de ellos. Creo que fue en el Windemere. —Lo dijo con un tono de voz ligeramente confuso, como si quisiera recordar, sin estar del todo segura. En sus ojos invernales brillaba un asomo de travesura, y supe que no había olvidado ningún detalle.

—¿Usted es de Nueva York? —preguntó, mientras sacaba una jarra de limonada de la nevera y servía dos vasos.

La seguí de la cocina al comedor, y nos sentamos ante una mesa de tintes oscuros con patas redondas y gruesas. Sólo había dos sillas, una en un extremo y la otra justo al lado de lo que habría sido el primer puesto a la izquierda. Sobre la mesa había libros con extraños y largos títulos, hojas de apuntes escritos con letra precisa y bien calibrada, páginas escritas a máquina a doble espacio, muchas de ellas corregidas, todo desperdigado con el desorden típico de un trabajo en plena elaboración.

—Ponga eso a un lado —dijo, como si el montón de páginas manuscritas sobre la mesa no tuvieran más valor que el periódico de la semana pasada—. Es mi conferencia —añadió. Cerró los ojos y apoyó la superficie fría del vaso en su mejilla tensa y arrugada. Aquello pareció relajarla. Una sonrisa lánguida, casi sensual, cruzó fugaz por su boca apergaminada—. Sí, a mi edad —dijo, cuando abrió los ojos y dejó el vaso—. ¿En qué puedo ayudarle, concretamente, señor Antonelli? ¿Usted es de Nueva York? —volvió a preguntar, mirándome con visible interés—. De ahí vengo yo, originalmente. Nueva York, no hay nada que se le parezca. ¿No está de acuerdo? ¿Usted también es de allá?

Estiró la mano para alcanzar el original escrito a máquina, unas diez páginas que, siguiendo sus instrucciones, yo había desplazado hacia el centro de la mesa, lejos de mi vaso. Cuando lo sostuvo en sus manos, noté un ligero temblor. Luego me di cuenta de que el temblor permanecía, y que ese movimiento constante de su cabeza, apenas perceptible, que al comienzo había atribuido a un interés profundo, era un síntoma de la misma condición de discapacidad, el mismo declive, progresivo, irreversible y cruel.

—La deuda no reconocida de Tolstoi con Rousseau. —Alzó la mirada, seguro de que yo entendería su osado significado. O quizás eso quería que yo pensara. Que suponía que podía hablarme de su trabajo como uno de sus pares cuando, en realidad, no lo suponía para nada. Había algo de reconfortante, de acogedor y no del todo sincero en la manera de envolverte con su mirada, como si entendiera una parte de ti cuya existencia habías ignorado hasta encontrar esa mirada. Era curiosa esa manera de hacerte sentir que descubrías algo de ti sólo cuando lo veías en los ojos de otra persona. Me había sucedido una vez, hacía mucho tiempo. Lo había olvidado, había olvidado esa mirada grave y, a la vez, enigmática. Ahora, cuando volví a verla, vi algo más que la mirada. Recordé los ojos, y tuve la impresión de que los volvía a ver ahora, los mismos ojos, pero esta vez en la mujer que los había tenido antes que Annie.

—Supongo que podría titularlo «Plagio lisa y llanamente», pero con eso se perdería en parte la precisión, la sutileza, ¿no cree usted?

Estaba sentada perfectamente erguida, con una sonrisa indulgente en sus labios resecos. Había algo especial en su manera de estar. El cuello largo, los hombros anchos y las articulaciones sueltas, los ojos llenos de luz, la boca fuerte aunque, en algún sentido, vulnerable, las manos que no paraban de temblar. Y su voz, que se estremecía hacia el final y se convertía en una especie de silencio ahogado. Cada pregunta que hacía parecía algo personal que me recordaba a una majestuosa y ya anciana Katharine Hepburn. Era imposible no sentirse atraído por ella, imposible no sucumbir a su encanto.

—¿Cree usted que soy demasiado vieja para dedicarme a esto, señor Antonelli? —preguntó, inclinando la cabeza—. Aquí nadie parece pensarlo. Es una de las cosas que hace que esta ciudad sea diferente, una de las razones por las que algunas personas —las que hemos vivido aquí más años— la adoramos. En la Universidad de Chicago albergamos la curiosa idea de que quizá la mente valga más que el cuerpo, y que quizá la progresiva decadencia de éste no sea incompatible con el poder de aquélla, que se mantiene y aun puede aumentar. Puede que muramos aquí, señor Antonelli, pero lo que no hacemos es jubilarnos. Porque cuando llegas al punto en que no puedes trabajar, cuando ya no puedes hacer aquello para lo que viniste a este mundo, deberías morir. O, más bien, el cuerpo debería morir. La mente nunca muere, no si ha formado parte de la conversación.

Sonrió al ver mi expresión de desconcierto.

—La conversación que sigue a lo largo de los siglos con las mentes que supieron pensar. ¿Cree usted que Aristóteles ha muerto de verdad? Abra la *Metafísica* y descubrirá cómo dialoga con él, cómo lo cuestiona, cómo encuentra respuestas. En cualquier caso, eso es lo que hacemos aquí. Formulamos preguntas a personajes como Rousseau, que un día escribió… ¿Por qué lo habrá escrito? «Si quieres vivir más allá de tu siglo.»

—¿Cuánto tiempo hace que trabaja aquí, en la Universidad de Chicago, señora Malreaux?

Una sonrisa delgadísima le arrugó la comisura de los labios. Se inclinó hacia delante con la espalda erguida y apoyó el codo derecho en la mesa. Con los dedos corazón e índice abiertos sobre su mejilla, juntó el pulgar y los otros dos dedos en la base del mentón. La sonrisa flotó, se desplazó hacia el otro lado de la boca.

—La Universidad fue fundada en 1892. Unos años después llegué yo —dijo, e inclinó la cabeza en un ángulo más agudo—. No es «señora Malreaux». Nunca me casé. Llámeme Vivian. ¿En qué puedo ayudarle, señor Antonelli? ¿Por qué quería verme?

Parecía imposible que no lo supiera, pero era evidente que no tenía ni la menor idea de por qué había venido.

—Conocí a su hija, señora Malreaux. Íbamos juntos a la facultad, y...

Su mirada se tiñó de curiosidad, se hizo intensa y alerta. Pero también percibí una sensación de confusión y una reticencia instintiva. ¿Por qué alguien que había conocido a su hija en la facultad de derecho querría verla ahora, después de tanto tiempo?

—¿Conoció a Anna en Harvard? ¿Iba al mismo curso?

—No, ella iba a un curso inferior. Yo era el compañero de habitación de Thomas Browning.

Esto pareció devolverle la confianza.

—Ah, sí... Thomas. —Buscó mi mirada, esperando mis explicaciones.

—En estos momentos represento legalmente a Jimmy Haviland.

El nombre suscitó la misma respuesta de reconocimiento en su mirada. Pero esta vez era algo más que el reconocimiento de un hecho. Había un sentimiento de simpatía y comprensión que no se había manifestado al mencionar el nombre de Browning.

—¿Por qué habría de necesitar Jimmy que alguien lo represente legalmente? —preguntó, con una mirada de inquietud—. No puede haber hecho nada malo. No si es el mismo Jimmy Haviland que yo recuerdo.

¿Cómo era posible que no lo supiera? El rumor sobre la implicación del vicepresidente de los Estados Unidos en un encubrimiento criminal se había convertido en el tema de mayor cobertura en los medios de comunicación de todo el país. Ella tendría que haberlo leído y, después, con la memoria defectuosa de la edad, sencillamente lo habría olvidado.

—Ha salido en todos los periódicos, está por todas partes en la televisión —comencé a explicar, mirándome las manos con un sentimiento creciente de incomodidad.

En lugar de la mirada en blanco del olvido que esperaba, vi que mis palabras la hacían reír.

—Me temo que no leo los periódicos, señor Antonelli —me lanzó una mirada cargada de alegre indiferencia hacia lo que el mundo consideraba importante—. Tengo ochenta y dos años. ¿Qué novedades cree usted que debería seguir con interés? En cuanto a la televisión... ¿Por qué habría de mirarla? ¿Por qué la miraría nadie? Pero, por favor —siguió, ansiosa de volver a la pregunta que había formulado—, cuénteme lo de Jimmy Haviland. ¿Qué ha ocurrido?

—Ha sido acusado de asesinato.

Con una contención estoica, ocultó la reacción, cualquiera que fuera, que la noticia le había provocado. Sabía que había algo más que eso, y esperaba a que le contara de qué se trataba.

—Dicen que la muerte de Annie no fue un accidente. Que fue un asesinato. Que Jimmy la empujó por la ventana.

Vivian Malreaux se llevó las manos a la cabeza.

—En esta larga vida he sido testigo de estupideces de todo tipo, pero ésta es indudablemente la cosa más estúpida que jamás he oído. Yo la habría empujado por la ventana mil veces antes que Jimmy. ¿Por qué hacen esto? No es posible que crean que es verdad.

La mirada de Vivian Malreaux era triste, desconsolada, irritada. Alzó el mentón como si quisiera ocultar las manos, las hundió en su regazo. Tuvo un ligero estremecimiento. Apretó las manos y golpeó con los puños contra la dura mesa de madera con un gesto de desesperación mitigada. Con la boca torcida y hecha un nudo, sacudió lentamente la cabeza.

—Yo solía decirle a Anna que acabaría arruinándole la vida a Jimmy Haviland —dijo, con una voz amarga y angustiada—. Él estaba tan enamorado de ella que era casi doloroso verlo. No era culpa de Anna, desde luego, había muchos jóvenes enamorados de ella, o que creían estarlo. Pero Jimmy era diferente. La amaba demasiado. Lo vi enseguida, en cuanto lo conocí. Su manera de mirarla, ese empeño por saber qué era lo que ella quería, cómo podía complacerla. La amaba demasiado. Si la hubiera amado menos se habría dado cuenta de que hacía todo lo que no debía, de que tenía que guardar cierta distancia, hacerle creer que no se pasaba todo el día pensando en ella.

Vivian Malreaux me miró con un gesto cargado de significado.

Quería que entendiera que el juicio que estaba a punto de emitir no era tan cruel como podía parecer en un comienzo.

—A la larga, desde luego, no habrían cambiado las cosas. Jimmy Haviland estaba enamorado de algo que no podía poseer. Anna jamás se enamoraría de él. Pero lo habría hecho a él menos dependiente de lo que ella sentía y le habría dejado algo de sí mismo.

Una sonrisa misteriosa y profunda brilló un instante en sus ojos.

—Supongo que alguna vez le habrá sucedido algo parecido, señor Antonelli. Algo trágico —dijo, y bajó la mirada para ahorrarme la incomodidad de tener que responder.

—En algunas personas, la tragedia vuelve al alma más profunda; se ven entonces las cosas bajo una luz diferente. La terrible conciencia de que ocurren cosas horribles, de que no hay finales felices, de que no podemos saber —no, realmente— qué nos depara el destino da sentido al mundo. Pero otras personas, como Jimmy Haviland, nunca se recuperan. Nunca llegan a creer que sucedió de verdad, que el mundo sea tan injusto, que la vida resulte tan injusta. Lo supe desde el momento en que lo vi, cuando me di cuenta de que Anna se había convertido en todo su mundo. Supe que acabaría mal, y supe que él acabaría con el corazón destrozado. Lo que no sabía era que volvería a ocurrir una segunda vez.

Mantenía la cabeza en alto, rígida, para no dar tregua a los temblores que ahora asediaban a su boca. Su cara era como el viento duro del invierno, frío, desolado y despiadado. Su mirada buscaba sin cesar en las sucesivas etapas del pasado hasta dar con aquel momento, para describirlo entonces con la facilidad y la claridad con que leería la página de un libro bien escrito.

—Jimmy me llamó. Así me enteré de que Anna había muerto. Jimmy me llamó. —Siguió una pausa larga y grave. Con los ojos entrecerrados, se frotó la palma de la mano derecha con el pulgar de la izquierda—. Creo que lo supe antes de que él abriera la boca. Lo supe por su aliento entrecortado cuando intentó pronunciar mi nombre. Lo supe cuando intentó pronunciar el nombre de Anna y se derrumbó por completo. Vino a verme. Me ayudó con todos los trámites, se portó como un valiente. Vino a verme porque creyó que debía ayudarme. Vino y yo hice todo lo que pude por ayudarlo a él.

Una sonrisa triste y melancólica se insinuó en las ruinas temblorosas y frágiles de la boca de Vivian Malreaux. Hablaba con voz vacilante y compasiva, un eco de las cosas que se desvanecen, que languidecen para siempre, claras y vívidas, en el recuerdo abierto y doloroso de la mente.

—Le pidió que se casara con él. Ella le destrozó el corazón cuando le dijo que no. Pero Jimmy Haviland era uno de esos seres raros y nobles que yo creo ya no se dan con tanta frecuencia. Era alguien que creía, y lo creía de verdad, que era imposible que alguien amara tanto como él la amaba a ella y no fuera correspondido.

La sonrisa melancólica adquirió un tinte más optimista, brilló unos instantes y comenzó a desvanecerse hasta que, triste e irreparablemente, murió del todo. Parecía que su profunda mirada se perdía en algún punto justo frente a ella y buscaba alrededor algo a que aferrarse, algún otro lugar desde donde empezar.

—Tenía razón. El amor nunca deja de ser correspondido, no del todo. Ése es el problema, desde luego, ese «no del todo». Jimmy la amaba con todo su corazón, y Anna lo amaba por eso. —Volvió la cabeza repentinamente y me lanzó una mirada aguda e inquisitiva—. Anna lo amaba. Lo amaba por todo lo que él la amaba a ella, no porque él estuviera enamorado de ella, sino porque Jimmy era capaz de enamorarse tanto de alguien. Ella envidiaba un poco eso, esa capacidad de sentir con tanta intensidad. Era una capacidad que ella no tenía. Era demasiado mujer para eso.

—¿Era demasiado mujer para eso? —balbuceé yo, sorprendido por lo que acababa de decir—. ¿Qué quiere decir «era demasiado mujer para eso»?

Como si disfrutara íntimamente de ese exceso verbal, una sonrisa enigmática afloró en la comisura de sus labios. Con dos dedos de la mano izquierda se frotó suavemente el mentón.

—Anna entendía la naturaleza cambiante de las cosas. Entendía que lo que sientes hoy tal vez no lo sientas mañana, y que seguramente no lo sentirás al año siguiente, y menos aún al siguiente. Entendía no que el amor no dura, sino que cambia de significado. Jimmy Haviland estaba enamorado de ella, Thomas Browning también, había muchos jóvenes enamorados de ella, y todos querían casarse. Pero el matrimonio, si algo significa el amor es posesión, y ella no era capaz de someterse a eso, a ser poseída por alguien. Se entendía demasiado bien a sí misma, se entendía demasiado bien como mujer para eso.

Yo seguía confundido, pero no tanto como para no ver el defecto, el error que ella cometía. Vivian Malreaux dijo que nunca se había casado. Annie había nacido fuera del matrimonio en una época en que aquello no pasaba inadvertido ni dejaba de ser sancionado. Era indudable que las objeciones de Vivian Malreaux contra el matrimonio se basaban en una convicción personal, pero lo que antiguamente podría haber sido un análisis razonable sobre la opresión de las mujeres parecía tan antiguo como los muebles victorianos de la casa en que vivía.

—¿Cree sinceramente que el matrimonio se basa en la posesión? —pregunté, ocultando mi incredulidad tras una máscara de civilizado interés. Para mi sorpresa, ella rió.

—Sólo cuando funciona —dijo, y sus ojos brillaron al percatarse de mi impotente mirada de perplejidad—. Por eso el matrimonio se ha convertido en algo imposible, porque no es más que un trato pasajero por el cual dos personas acuerdan tener relaciones sexuales y ganar dinero. —Me miró con un gesto de maliciosa travesura—. El matrimonio acabó hacia el siglo XIX. No sólo acabó porque la condición económica de las mujeres cambió y ellas se volvieron más independientes, más autosuficientes, y no acabó sólo porque resultaba más fácil —mucho más fácil— conseguir el divorcio. ¿Por qué era más fácil el divorcio? Porque las mujeres adquirieron la igualdad de derechos. Pero una vez que las mujeres tuvieron los mismos derechos amparadas por la ley, y el derecho a tener acceso a todas las oportunidades del mercado, la mujer dejó de ser objeto y de depender del otro para existir y subsistir, y hasta para ser feliz. Ya no era un objeto. No podía ser poseída. Pero si no podía ser poseída, y sólo se pertenecía a sí misma, ¿cómo podía pensar un hombre que le pertenecía? Y si no le pertenecía al hombre, si ella no era una parte, una parte inexpugnable de él mismo, ¿cómo podría protegerla con la pasión feroz con que protegía su propia vida? ¿Cómo podía tener con ella el mismo tipo de instinto de posesión y responsabilidad que ella, la mujer, tiene con su hijo?

»Es la vanidad de nuestra época, señor Antonelli. Seguimos pensando que podemos cambiar la naturaleza de las cosas y que nada se perderá. El matrimonio murió hace cien años, cuando las mujeres fueron libres para hacer lo que quisieran porque, desde luego, a los hombres se les concedía la misma libertad. Ahora, todos tienen sus derechos y, me parece a mí, poca cosa más. Yo no me casé, señor Antonelli. No estaba dispuesta a pertenecer a otra persona. Y, para ser sincera, no me casé porque el hombre que se hubiera avenido a algo menos que eso no me interesaba demasiado.

—Pero tuvo una…

—¿Una hija? —Encajó la fuerza de aquella objeción totalmente convencional con un leve gesto de la cabeza—. Usted supone que me lo pidieron. —Dejó descansar el mentón en la punta de los dedos, cerrados en parte como un puño artrítico y enfermo. Una sonrisa inquieta se movió por la sombra de sus labios—. Usted supone que el padre de Anna sabía que era el padre. Usted supone…

De pronto dio un respingo, como quien se da cuenta de un mal hábito. Sonrió para ofrecer una disculpa muda y se levantó de la mesa. Se quedó de pie detrás de la silla, apoyando las dos manos en el respaldo, sin dejar de mirarme.

—Podría haberme casado con el padre de Anna. Si hubiera sobrevivido a la guerra. Quizá sobrevivió. No lo sé. No sé qué pasó con ninguno de ellos, con esos chicos que partieron a la guerra ese verano, el verano del cuarenta y dos, el verano que viví en Nueva York. Era la guerra, señor Antonelli, la guerra. Chicos jóvenes… que partían a combatir y a morir en una guerra. Una mirada de soslayo, un contacto… una hora, una noche… y no hay arrepentimiento. Media docena de jóvenes podrían haber sido el padre de Anna, jóvenes con los que me acosté durante el periodo en que fue concebida. Cuando me di cuenta de que estaba embarazada hubo otros jóvenes. Ni siquiera quise adivinar quién podría haber sido, ni siquiera qué aspecto tenía. No me importaba ni importaba. Quería que fueran todos los jóvenes con que había estado, cada uno de los jóvenes de los que me había despedido y mandado a la guerra.

Valiente, desafiante, indomable, el fuego de sus ojos invernales iluminaban la habitación.

—¿Quién fue el padre de Anna? Un joven que conocí una maravillosa noche del verano del cuarenta y dos en un pequeño apartamento sin ascensor en Greenwich Village, no lejos de Washington Square. Creo que por eso el resultado fue tan bueno, nacida al amor y al valor en medio de la guerra.

Me dejó con la imagen de una sonrisa desdibujada en su boca y se dirigió a la cocina. Al cabo de un rato, trajo una bandeja de madera con té y galletas. La casa, que tenía aire acondicionado, era cómoda, pero no hacía tanto frío como para ponerme la chaqueta. Ella se había puesto un jersey sobre los hombros para abrigarse tras un golpe de frío. Las tazas de té temblaron cuando las dejó con cuidado sobre los platillos. Mordió un trozo de una galleta de chocolate.

—Soy una mujer vieja —dijo, con un brillo pícaro en la mirada—. No tan vieja como para haber bailado con Isadora Duncan, pero, francamente, tampoco tan tonta como para haberlo deseado. No quería ser algo que los hombres desearan. Quería ser alguien que tuviera un valor a mis propios ojos. Y eso es lo que quería para Anna. Que fuera ella misma, de acuerdo con su naturaleza, no que fuera lo que se imaginaba que otros querían que fuera. —Hizo un brusco movimiento de cabeza—. Lo último que quería de ella es que intentara ser como los hombres. ¿No le parece patético? Esta demanda rabiosa de igualdad entre los sexos. ¿Igualdad con respecto a qué? ¿El trabajo? ¿Dejar que otra persona te diga cómo tienes que vivir? Eso es lo que yo quería para Anna. ¡Que viviera!

Mantuvo los ojos fijos en mí un momento y luego desvió la mirada. Con expresión pensativa, Vivian Malreaux bebió un trago de té.

—Es curioso las cosas que recordamos, ¿no le parece? Veo las cosas que Anna hizo, las cosas que consiguió, e imagino lo que habría sucedido, cómo habría vivido, lo que podía haber sido, o habría... sido. Pero, desde luego...

Se ajustó el jersey alrededor del cuello y se refugió en él, como si el frío le hubiera llegado a los huesos.

—¿Cuándo es el juicio? —preguntó con voz tranquila y desapasionada.

—La primera semana de octubre.

—¿Cómo está él? ¿Cómo lo ha encajado Jimmy? Esto lo debe estar destrozando. No lo he visto en años. Solía venir, cada cierto tiempo, cuando podía. Y luego, durante mucho tiempo, también escribía. Todos los años, en Navidad, recibía una tarjeta. Y un día dejó de escribir. Tenía la esperanza de que eso significara que había dejado de creer que ese día también había muerto una parte de él. Jimmy creía eso, ¿sabe? Por su mirada, señor Antonelli, veo que todavía siente lo mismo, que su vida también acabó entonces. Y que, sin importar lo que sucediera después, siempre se juzgaría con esa nostalgia agridulce que te dice nada volverá a ser tan espléndido. Supongo que a todos nos ocurre lo mismo, que hay cosas en nuestras vidas que hacen que otras no parezcan tan buenas como habrían sido si antes no las hubiésemos disfrutado. Sin embargo, para Jimmy Haviland era peor. Porque lo que Jimmy tenía, lo que recuerda, no había sucedido. Lo que Jimmy tenía era esperanza, una esperanza casi sagrada de que podría haber sucedido y que se habría plasmado en su pensamiento cuando Anna hubiera entendido —de verdad— lo imposible y desesperadamente decidido que estaba. Cuando entendiera que nadie jamás la amaría —podría amarla— tanto como él, y tanto en el tiempo. Jimmy era la excepción que confirma la regla. La habría amado para siempre y, Dios mío, todavía la sigue amando, ¿no?

Vivian Malreaux se inclinó con sus largos brazos delgados estirados por delante en el espacio libre entre las pilas de libros y papeles desperdigados sobre la mesa de patas gruesas. Con la punta del dedo índice de la mano izquierda empezó a dar golpecitos secos sobre la dura superficie opaca, hasta que entrecerró los ojos y aquietó su mirada penetrante.

—No —anunció bruscamente cuando el eco del tamborileo cesó—. No es razonable, no es justo. Es imposible que Jimmy Haviland haya hecho nada parecido a lo que dicen. Ni en mil años. Estaba herido, desilusionado, de eso estoy segura. Pero siempre actuó como un caballero. Lo último que habría hecho habría sido enfadarse por lo que sentía Annie. Anna lo amaba, ¿sabe usted? A su manera. No pensaba casarse con él ni llevárselo a la cama, no lo quería de esa manera. No quería a nadie así, hasta… Por eso es tan increíblemente triste.

—¿No quería a nadie así hasta… quién? ¿Hasta Thomas Browning?

Vivian Malreaux pensaba en Jimmy Haviland. Al comienzo, no entendió del todo lo que le había preguntado. Entrecerró los ojos con una expresión de perplejidad, que desapareció en un instante.

—Sí. Vino con él una vez. Aquel otoño, unos meses antes del accidente, unos meses antes de que muriera. No sé si estaba enamorada. Se sentía intrigada por él. ¿Quién no se habría sentido así?

Entendí lo que quería decir.

—Era diferente de otros —dije, para demostrarle que entendía—. Siempre parecía mayor, más inteligente…

—¿Más inteligente? —preguntó, y me lanzó una mirada escéptica—. Sí, supongo que lo era, más que la mayoría —murmuró, con la mirada apagada, pensativa y contenida—. Inteligente, encantador, atento. Pero ésas no son cualidades tan raras en el mundo como para que Anna reaccionara de aquella manera, con aquel interés, por quien las poseyera. No, Thomas… Thomas Browning tenía otra virtud, una virtud que lo distinguía de todos los demás jóvenes que ella había conocido, y de todos los jóvenes que podría haber conocido.

Me rasqué la oreja; intentaba adivinar a qué virtud se refería. Me miró con ojos inteligentes y desafiantes, como si yo ya supiera la respuesta y que, cuando me lo dijera, me preguntaría cómo no lo había pensado antes.

—Iba a convertirse en uno de los hombres más ricos del mundo. Ella se habría casado con un hombre así.

Lo dijo sin el menor asomo de insinuación de que aquello fuera una actitud despiadada o mercenaria. No dejaba de mirarme, y sospeché que me desafiaba a no reír, a no reconocer que lo que había dicho acerca de su hija no reflejaba la tragedia, sino la gran comedia de la condición humana. Alzó su testa orgullosa y la mantuvo inclinada con gesto seguro, como quien puede ver no sólo el meollo de las cosas, sino lo mejor que hay en ellas. Annie se habría convertido en eso, y se parecía a lo que años atrás yo había visto en Joanna, a saber, una mujer con sus propios atributos, atributos que la hacían inmune a los juicios malsanos del mundo.

—Podría haberse casado con él por eso, por tener tanto dinero, de la misma manera que podría haber decidido casarse con Jimmy Haviland porque tenía tanto amor. ¿No se da cuenta? Porque no necesitaba ninguna de las cosas que ellos tenían, ni amor, ni dinero. Y ya que ella no habría tomado lo que ellos querían darle, los dos se habrían convertido en hombres muy generosos.

Rió con los ojos y me dio unos golpecitos en la mano. Y luego movió la cabeza a un lado como si estuviera a punto de compartir conmigo el secreto que lo explicaba todo.

—No hay igualdad entre los sexos, señor Antonelli. Nunca la ha habido y nunca la habrá. Lo único interesante o importante que los hombres han hecho jamás lo han hecho por devoción a una mujer. Los hombres crean las religiones, pero sólo para poder adorar a las mujeres de otra forma. Los hombres son sólo lo que las mujeres les dejan pensar que son. No es culpa mía que, al parecer, tantas mujeres hayan olvidado esa importante verdad de la vida.

Miró el reloj que había sobre la repisa de la chimenea a través de la puerta deslizante que dividía el comedor del salón.

—Tengo que ir a mi despacho —avisó, mientras se incorporaba y comenzaba a recoger los platos—. Tengo un alumno de doctorado que vendrá a verme. No tardaré más de un minuto en arreglarme. Si tiene tiempo, acompáñeme y caminaremos. Así podremos hablar.

Caminamos a lo largo del Midway bajo un cielo blanco e implacable. El calor de agosto era agobiante e ineludible. El aire dejaba un sabor de boca amargo, a quemado. Pasamos por la Rockefeller Chapel y, una o dos manzanas más allá, seguimos junto a una verja de hierro. Más adelante, el césped bordeaba un edificio gótico de tonos grises. Me explicó, como breve referencia, que era el Lab School donde Anna había ido a la escuela primaria. Dos manzanas más allá cruzamos la calle y pasamos por un pasaje estrecho entre dos estructuras góticas que daban a un cuadrángulo.

—Anna fue a esta escuela, cuando salió del Lab School donde empezó, para prepararse para la universidad. En realidad, la universidad era su casa. Se graduó cuando tenía diecinueve años.

—Se habrá sentido muy orgullosa de ella —aventuré, respirando con dificultad el aire pesado y húmedo. La seguí por una puerta de vidrios de colores.

—Esto es Harper —explicó, mientras esperábamos un ascensor en el interior de ese edificio que no parecía tener cien años de existencia, sino miles.

Su despacho estaba en el último piso, con un techo inclinado hacia la pared exterior.

El alumno de doctorado aún no había llegado. Me quedé observándola desde la puerta.

—Hay una cosa que quería preguntarle. Annie tenía una amiga, una chica joven. Iban juntas a la facultad, pero creo que ya se conocían. No consigo recordar su nombre y no sé dónde podría encontrarla ahora.

—¿Querrá decir Helen? ¿Helen Thatcher? —Rodeó la mesa del escritorio y se quedó mirando el tejado irregular de piedras grises, intentando recordar—. Sí, eran buenas amigas. No sé qué habrá pasado con ella. Solía recibir noticias suyas. La última vez, aunque de eso hace ya muchos años, vivía en el oeste, creo que en California. Pero, como digo, de eso hace años. Ignoro si todavía estará ahí. Puede que todavía tenga su dirección, ya que he guardado la mayoría de cartas y tarjetas que enviaron los amigos de Anna. ¿Quiere que intente dar con ella? Estaré encantada de enviársela.

Afuera, en el pasillo, el ascensor se detuvo con un estrépito y se abrieron las estrechas puertas. Un joven de cabello castaño y despeinado, con ojos oscuros y agresivos, se acercó a nosotros con andar desgarbado. Era el joven que tenía por delante la presentación de una tesis cuya suerte le parecía incierta.

—¿Te importaría esperar un momento, Evan? —preguntó ella. Apoyó en mi brazo su mano marcada por las manchas de la vejez y comenzó a caminar conmigo por el pasillo. Vivian Malreaux tenía un corazón demasiado noble, y tenía demasiado respeto por el trabajo bien hecho, era una parte demasiado importante de ella misma, para hacerle esperar víctima del suspense—. Está bastante bien, Evan —dijo girando la cabeza.

Yo tenía que mirar. Tenía que ver esa reacción con mis propios ojos, el indescriptible alivio que experimentamos al saber que ha salido bien algo a lo que hemos dedicado años de nuestra vida, algo que tiene una importancia que jamás podría comprender quien no lo haya vivido. En este caso, no que ha salido bien, sino incluso mejor de lo que jamás nos atrevimos a soñar.

—Es mejor que bueno, Evan. Es de lo mejor que he leído.

Al chico se le iluminó la mirada con un entusiasmo juvenil y tímido. Recordé cómo te sientes cuando el futuro —nuestro futuro— de pronto parece proyectarse para siempre y no hay nada en él salvo las cosas que alguna vez desearemos. Así había sido en el pasado para todos, para Anna, Joanna y Thomas Browning, y sobre todo para Jimmy Haviland, que, más que cualquiera de nosotros, había sido capaz de amar algo, a alguien, más de lo que jamás se amó a sí mismo.

—Pobre Jimmy —dijo la madre de Annie mientras esperaba conmigo a que volviera el ascensor—. ¿Sabe qué hizo después?

Yo no estaba seguro de lo que quería decir.

—¿Después de dejar la facultad? ¿Después de volver y acabar?

—Así es —confirmó ella con la mirada—, correcto. Abandonó. Yo lo hice volver.

—¿Usted?

—Le dije que lo último que Anna querría sería que abandonara, que no terminara. De modo que el otoño siguiente volvió. Pero ¿después de graduarse ese verano? Se enroló en el ejército. Fue a Vietnam. Si quiere mi opinión, creo que intentó que lo mataran. ¿Cuántos se alistaron para volver? ¡Jimmy! Cree que es un fracaso porque no murió. Jimmy siempre lo hacía todo correctamente y todo siempre le salía mal. Nunca debería haber conocido a Anna —dijo, con un movimiento breve y decidido de la cabeza—. Si no la hubiera conocido, nada de esto habría sucedido. Él habría tenido una buena vida.

Me pregunté si era verdad lo que decía. Tal vez, de no haber sido Anna habría habido otra chica y, aunque el sueño hubiera sido diferente, el final habría sido el mismo. Algunos, al parecer, nacemos para ser infelices.

El ascensor se detuvo con un golpe seco, las puertas chirriaron al abrirse. Ella siguió apoyada en mi brazo un momento.

—Él la amaba de verdad, quizá más de lo que nadie nunca ha amado a otra persona. Hizo todo tipo de cosas por mí después de aquello. Nunca lo vi derramar una lágrima después de esa triste llamada por teléfono. Supongo que estaba decidido a que yo superara el dolor. —Una sonrisa triste asomó en sus labios—. Thomas Browning también la amaba. Pero jamás supe de él, ni una sola vez, ni siquiera una tarjeta con una nota.

14

Thomas Browning estaba en lo cierto cuando decía que, desde el comienzo, yo quería ser abogado defensor y que no me importaba cuánto dinero ganara. Pero también estaba en lo cierto al decir que había acabado ganando más que la mayoría de abogados que empezaron pensando sólo en el dinero. Fui a San Francisco para trabajar en el caso que me convirtió en un personaje famoso. Me quedé porque no quería perder a la mujer con la que había vivido durante un tiempo en la calidez otoñal de un romance de madurez. Siempre inquieto y descontento, buscando algo que no podía definir. De todos modos acabé perdiéndola, pero San Francisco se había convertido en el único lugar donde me sentía en casa. Compré un piso en Nob Hill por un precio absolutamente escandaloso. Y todos los atardeceres, mientras veía el sol deslizándose hacia el ocaso, convertido en una bola de fuego líquido que se difuminaba por el horizonte púrpura del Pacífico, cada uno de esos atardeceres, cuando caía el velo negro e impenetrable de la noche, sabía que lo valía hasta el último centavo.

Era curioso pensar que Helen Thatcher, la amiga de Annie en la facultad de derecho, también vivía en San Francisco. Aunque no nos habíamos conocido lo suficiente para considerarnos amigos, habíamos sido algo más que extraños. Sin embargo, podría haberme cruzado con ella en la calle docenas de veces y no la habría reconocido. Estaba casada, o al menos lo había estado cuando le mandó aquella carta a la madre de Annie. Ahora se llamaba Helen Thatcher Quinn, y vivía a menos de diez minutos de mi casa.

Vivian Malreaux también me envío algunas fotos, de las que todas excepto una databan de cuando Annie estudiaba en Harvard. Parecían estar ordenadas en una secuencia cronológica. En la primera, Annie está junto a una chica frente a la biblioteca de la facultad de derecho.

Yo había sido incapaz de recuperar mentalmente la imagen de Helen Thatcher, como mucho una imagen vaga y en sombras de una chica de poco más de veinte años, lista y simpática, con un aspecto aceptable de muchacha aficionada a los libros. En la foto salía más guapa de lo que yo recordaba, unos ojos vivos y alegres y una boca más bien triste y vulnerable. No me había fijado más en ella en esa época porque, como la foto también insinuaba, había en Annie Malreaux una cualidad magnificente y orgullosa, algo casi eléctrico. Te sentías atraído por sus ojos grandes y risueños, como si prometieran que las cosas más banales y rutinarias se convertirían en las más interesantes y emocionantes que hubieras vivido. Annie era atractiva, pero ahora que ya era lo bastante viejo para recordar que las chicas normales se convertían en mujeres bellas, volví a fijarme en el rostro de Helen Thatcher. Había en ella una sensibilidad, una discreta seguridad que le permitía no prestar demasiada importancia al hecho de que todos se fijaran primero en Annie, la chica con la sonrisa espectacular y la mirada misteriosa, la chica que Jimmy Haviland todavía amaba y que Thomas Browning nunca olvidaría. Resultaba difícil mirar esa foto, dos estudiantes jóvenes con los brazos cargados de gruesos libros de derecho, riéndose una de la otra y también de sí mismas mientras posaban en las escaleras de la biblioteca intentando adoptar una pose divertida. Una foto tomada para recordar un día cómo habían sido sus vidas cuando todavía les quedaba por vivir la mayoría de las cosas que el futuro les deparaba.

Había una foto de Annie con Jimmy Haviland, tomados de la mano bajo las frondosas ramas de un olmo en algún lugar del campus. Ella sonreía a la cámara. Jimmy le sonreía a ella. La miré un rato largo, intentando recordar a Jimmy como lo había conocido entonces, cuando todavía era un joven que se quería comer el mundo, antes de que perdiera a Annie, no una vez, sino dos, y que sólo podía mirar hacia el pasado con ira y arrepentimiento. Alguien quizás había dicho algo divertido, probablemente a Annie. En boca de Jimmy asomaba apenas una sonrisa y un segundo después se habría puesto a reír. Pero la cámara captó el comienzo, no el final. Y la sonrisa, inocente y bienintencionada, se convertía, teniendo en cuenta lo que ahora sabía, en el prólogo inconcluso de un pasado angustiado y torturado.

En una foto junto a Thomas Browning, Annie Malreaux parecía, si no menos segura de sí misma, más preocupada por transmitir la impresión de una mujer que sabe lo que hace. Estaba de pie junto a Browning, pero no se tocaban. Más allá de los sentimientos que albergaban el uno por el otro, sus miradas estaban fijas en la cámara. Ella sonreía, pero no había nada de la alegría provocadora y risueña, nada de aquel talante relajado y amigable que se apreciaba en la foto con Jimmy Haviland. La primera era una de aquellas fotografías que con los años nos hacen reír, las fotos que nos recuerdan lo bien que nos lo pasábamos, una de aquellas que al cabo de los años nos llevan a preguntarnos qué habrá pasado con los que aparecen en ella, esperando que todo haya ido bien. Esta otra foto era demasiado formal, demasiado seria para eso. Parecía anunciar una realidad de cierto peso e importancia, un cambio en cómo serían las cosas. Era una de esas fotos que una chica podía enviar a los padres o que un joven mostraría a sus amigos cercanos. No era todavía un compromiso, sino una expectativa, una promesa implícita de que, a menos que algo se torciera irremediablemente, el compromiso era sólo una cuestión de tiempo.

Imaginaba la misma foto, la misma mirada de afectuosa consideración, tomada más tarde, después del compromiso, después de la boda, unidos y después reafirmados, no por los impulsos o la pasión, sino por el mutuo reconocimiento de unos intereses compartidos, por lo que cada cual podía hacer por el otro. Por elocuentes que fueran sus declaraciones de que habría partido con ella al fin del mundo y vivido una vida anónima, Browning tenía esa misma mirada de seguridad de siempre, esperando que las cosas fueran a él, seguro de que irían. En realidad, era curioso lo diferente que parecía Jimmy Haviland y lo poco que Thomas Browning había cambiado. Miré la foto a la luz para examinarla más de cerca. Me recordó el

cuadro de Modigliani que había mirado durante tanto rato en el
Metropolitan Museum of Art. Era la misma boca protuberante, los
mismos ojos semicirculares. Browning siempre había parecido mayor que el resto de nosotros. Quizá por eso ahora tenía ese aspecto
tanto más joven.

La cuarta y última foto era una imagen que Jimmy Haviland había enviado a Vivian Malreaux desde Vietnam. Estaba de pie junto
a un búnker de sacos de tierra, con expresión desanimada y sin afei-
tar, con unas placas de identificación metálicas que le colgaban de
una delgada cadena en el cuello. Llevaba los puños de la camisa
abiertos, y tenía pegada al pecho una camiseta oscurecida por el sudor y la suciedad. En bandolera por encima del hombro derecho,
cargaba con una canana. La culata de su rifle descansaba apoyada
en el suelo y tenía cogido por un extremo el cañón de acero opaco.
Me pareció la mirada de un desconocido, de un joven que esperaba
morir, con el único deseo de que aquello no tardara demasiado. Me
pregunté (a cualquiera que hubiera visto la foto le habría pasado lo
mismo) por qué se la habría mandado a ella, por qué se la habría enviado a alguien a quien no pretendía hacer daño. Y entonces recordé que Vivian Malreaux era capaz de mirar las cosas de frente.
Jimmy había compartido con ella la muerte de su hija, su única hija.
¿Era eso lo que pretendía, invitarla a ser testigo también de su muerte? No porque quisiera hacerle más daño ni añadir otra herida, sino
porque ella era la única en quien podía confiar, la única que podía
entender y, al entenderlo, darle algún significado a la muerte que,
para él, estaba a sólo días, o quizás horas, de producirse. Era su única manera de no morir solo, de tener en la muerte lo que no había
tenido en vida: Annie, la chica que había amado, unida para siempre
en el recuerdo vivo de una persona que los había conocido y amado
a los dos. Las pocas líneas que le escribió, la breve carta que mandó
con la foto, daban a entender que así había sido.

«Anoche perdimos a tres hombres en una misión de patrulla. Y
la noche anterior, a otros dos. Nadie habla demasiado de ello. No hay
gran cosa que se pueda decir. Estamos perdiendo, y aunque quisiéramos vencer, no estoy seguro de que supiéramos cómo hacerlo. Pon
una flor en la tumba de Annie en mi nombre. No creo que vuelva.»

Era una carta escrita en las delgadas líneas de un bloc, unas pocas palabras garabateadas una noche, mientras las balas trazadoras volaban como luciérnagas en el aire caliente y agitado de la selva. Cuando la escribió, Jimmy Haviland tiene que haber pensado que ya estaba muerto. Doblé la carta respetando los dobles ya marcados por el tiempo y la devolví al sobre junto con las fotos.

Desde la ventana de mi despacho, más allá de la calle estrecha y animada, miré hacia la bahía que brillaba con reflejos gris plateados. Era una tarde suave y luminosa, uno de esos días entre verano y otoño en los que recuerdas las cosas con nostalgia y sin amargura ni arrepentimientos, y en los que incluso las cosas que desearías que hubiesen sido diferentes no parecen importar demasiado. Recuerdo, de niño, o quizá recuerdo lo que otros me contaron, los barcos que volvían a puerto de la guerra en el Pacífico, los marineros que lanzaban sus gorras blancas al aire al entrar en la bahía, soldados que gritaban y reían y saludaban al pasar bajo el Golden Gate, cuando volvían a casa para quedarse. La guerra de Jimmy Haviland había tenido un final diferente. No había multitudes de bienvenida en los muelles de San Francisco, nada de paradas eufóricas en Market Street. Jimmy aterrizó en una base aérea a sesenta y cinco kilómetros al norte, se puso la ropa de civil y desapareció, un extraño que no era bienvenido, de vuelta a casa de una guerra que ni siquiera le había hecho el favor de dejarlo morir.

De los tres que éramos, Haviland, Browning y yo, él había sido el único que había respondido a la llamada de su país y había ido a la guerra. Yo solía pensar que era importante prestar atención a la impopularidad de la guerra y al hecho de que había tantos opositores. Ahora ya no pienso así. Browning nunca pensó así. Solía argumentar o, más bien, insinuar a su discreta manera, que había algo terriblemente oscuro en el razonamiento de esos hijos consentidos y bien asentados de las familias blancas de clase media alta que protestaban contra la guerra desde la seguridad de su matrícula académica para no tener que ingresar en el ejército, mientras otros jóvenes que no podían ir a la universidad, que no podían darse ese lujo, jóvenes que en lugar de nacer ricos habían nacido negros, morían en su lugar.

Desde luego, Browning tampoco se enroló, y sabía que no tenía ninguna posibilidad de que lo enrolaran. Él era 4-F, o así lo habrían calificado si se hubiera sometido a un examen físico en el ejército, debido a su pie torcido. Eso no sucedió porque gozaba de las mismas prórrogas que los demás. Y porque, aunque nadie jamás hablaba de ello, todos sabían que, al menos en esa guerra, los hijos de las familias importantes y poderosas no se alistaban. Cada llamada a filas cumplía con los contingentes necesarios. Cómo lo conseguían era asunto de ellos.

Yo presenté mis prórrogas, como todos los demás, pero estaba de acuerdo con Browning. Había algo que no estaba bien en insistir con tanto escándalo en que una guerra era inmoral cuando estabas tranquilo en casa y otros morían en tu lugar. De modo que esperé mi turno, sabiendo perfectamente que era probable que jamás me llegara el día. Cuando acabé la facultad me quedaban sólo un par de años antes de que fuera demasiado mayor para ser llamado a filas. La edad que tenía entonces me convertía en candidato de último recurso. Si a Browning lo hubieran llamado, creo que se habría presentado, si no con muchas ganas, al menos sin vacilar. Si me hubieran llamado a mí, también me habría presentado, aunque hubiera deseado no tener que hacerlo y me muriera de miedo.

Jimmy Haviland tampoco tenía que presentarse. A diferencia de Browning y de mí, él se oponía a la guerra, y lo hacía con una pasión que no dejaba lugar a discusión. Sin embargo, estaba de acuerdo con Browning en un punto. Estaba de acuerdo con que era incorrecto e injusto que si tú no ibas, otro tuviera que ir en tu lugar. Había llegado solo a esa conclusión. No necesitaba que Browning ni nadie le señalara la tensión moral en que lo situaban sus argumentos. De modo que protestaba contra la guerra, y sólo le había mencionado a unos cuantos amigos que, más allá de la prórroga académica, no haría nada para evitar la llamada a filas. Y luego murió Annie, y a él dejó de importarle tanto la guerra, y ya no le importaba nada lo que pasara con él. Acabó la facultad de derecho, pero creo que fue sólo porque, con las mejores intenciones, Vivian Malreaux le dijo que estaba segura de que eso es lo que habría querido

Annie. Y luego se alistó en el ejército y fue a Vietnam, lo cual significaba que otro se salvaba de ir.

Ha pasado mucho tiempo desde Vietnam, pero cada vez que alguien hace algún comentario sobre el valor que he tenido al aceptar el caso de un acusado que nadie más quería representar o al mantenerme firme ante una lluvia de invectivas lanzadas por un juez arrogante y pagado de sí mismo, recuerdo a los pocos que conocí, como Jimmy Haviland, de los que no todos volvieron, y me avergüenzo de que en el pasado estuviera dispuesto a que otro ocupara mi lugar y arriesgara su vida por mí.

El día llegaba a un lánguido final. Nada parecía demasiado importante. No tenía nada que hacer, no tenía que estar en ningún sitio. Muy por encima del ruido estrepitoso de las angostas calles de la ciudad, me quedé sentado en la quietud silenciosa de mi despacho, compadeciéndome un poco de mí mismo. La sala tenía el aspecto de un club privado, una de esas habitaciones de alfombras gruesas y paredes con sólido revestimiento de madera, con sillas demasiado mullidas en las que te hundías tan fácilmente que quien entrara no sabría si había alguien o no. Había una chimenea de mármol gris y dos ventanas muy altas con sus pesadas cortinas de terciopelo que dejaban entrar una luz discreta y bien dosificada. A un lado de la repisa de la chimenea, tres volúmenes encuadernados en cuero cuyas páginas, que por lo que sabía no habían sido aún guillotinadas, se sostenían entre dos sujetalibros de mármol blanco. Mi mirada deambuló por las ricas y relucientes paredes revestidas de madera, por la superficie rojiza del escritorio de palisandro, por toda la opulencia muda de la sala. Aparte de esos tres libros con cubiertas de cuero, no había ni un solo libro en toda la sala.

Todas las mañanas me sentaba en un sillón de orejas, vestido con uno de mis trajes de sastre, sostenía el periódico ante mis ojos y detenía la lectura de vez en cuando para asir la fina taza de porcelana llena de café a la manera que mi secretaria sabe que me gusta. El periódico era lo único que había para leer. No había ni una estantería en la sala, nada de esos estantes que solían cubrir las paredes de mi despacho de abogado, gimiendo bajo el peso de cada nueva adición de los tribunales de apelación a las causas reseñadas. La firma tenía una sala de documentación completa y actualizada. Cuando necesitaba algo, la documentalista o una de sus ayudantes me lo encontraba. Si necesitaba un libro, ellas lo conseguían. Si necesitaba una cita, ellas la programaban. Si necesitaba algo más que una cita, por ejemplo, el estado actual de la ley sobre un asunto legal que podría decidir un caso en el que trabajaba, había ayudantes que querían dejar una buena impresión. O había socios que buscaban ansiosamente un asociado, incluso había socios jóvenes que esperaban aprender algo de mí sobre derecho penal y que se ocupaban de todo.

No había estanterías en las paredes. No había papeles sobre mi mesa. Todo el mundo se movía a mi alrededor, cerciorándose de que se cumplía con todo lo pendiente; que todas las noticias, los detalles desagradables, los esfuerzos de sudor e imprecaciones requeridos para prepararse para un juicio lo manejaban otros. Sencillamente se suponía que yo estaba demasiado ocupado para trabajar. Lo único que tenía que hacer era decir una palabra y toda la máquina del bufete se ponía en marcha con la misma eficacia implacable, la misma división del trabajo estrecha y especializada que había sido el sueño de Zachary Stern.

Tenía todo lo que algún día creí anhelar y, no obstante, me compadecía a mí mismo porque no alcanzaba la talla de lo que otros habían hecho. Thomas Browning casi había llegado a ser presidente, y todavía tenía la oportunidad de conseguirlo. Pero no era Browning el que importaba. No era Browning el que hacía que me sintiera incómodo. Era Jimmy Haviland. El hombre era un desastre, su vida estaba arruinada, estaba acusado de un crimen que no había cometido y, sin embargo… en cierto sentido lo envidiaba por lo que había hecho y por lo que había intentado hacer. Le habían destrozado el corazón y nunca se había recuperado, pero en el fondo, si lo sumabas todo, te dabas cuenta de que, a diferencia de tantos otros cuyas vidas eran intercambiables y cuyos sueños eran reemplazables, Jimmy Haviland al menos tenía un corazón que podía ser destrozado. Más aún, hacía lo posible por que las cosas salieran bien. Había combatido en una guerra que, en su opinión, no debió llevarse a cabo porque creía que su propia vida había acabado y debía ocupar el lugar de alguien que todavía tenía motivos para vivir. ¿Y qué aparecería en mi lista de logros? ¿Que había impedido que innumerables personajes de mala calaña sufrieran los castigos que se merecían? Quizá la única esperanza que me quedaba era hacer todo lo posible para que a Jimmy Haviland no lo castigaran por algo que no había hecho.

Era hora de partir. La carta de Vivian Malreaux, las fotos y la carta escrita por Jimmy Haviland estaban sobre la mesa, dentro del sobre en el que ella las había mandado. Se me ocurrió que debería llevarlas conmigo, que la foto podría devolverme el recuerdo de algo importante, algo que pudiera ayudar a Jimmy Haviland.

El coche me recogió en la entrada del edificio. El conductor sabía dónde tenía que llevarme. Diez minutos más tarde, cuando se detuvo frente a la dirección que le había dado, tuve esa curiosa sensación, casi una premonición, de saber algo sin saber exactamente qué era. Había visto aquella casa antes. Había pasado por ahí, no sé cuántas veces, quizás una vez a la semana, durante mis paseos por Nob Hill y a lo largo de Pacific Heights. Y todo ese tiempo, sin saberlo, había conocido a la mujer que vivía allí, a la mujer que había vivido allí durante años.

La casa marrón adosada se encontraba en una esquina. La calle de la fachada era recta y plana, la vecina parecía una postal de San Francisco, tan inclinada que parecía caer directamente a la bahía. Crucé el patio de ladrillo, subí las escaleras y toqué el timbre. Abrió la puerta un mozo chino. Le dije mi nombre. Él retrocedió unos pasos, señaló una silla ancha de brocado con brazos curvos de madera y desapareció.

Había un intenso olor a jazmín en el aire. Los muebles, las alfombras, los tapices de seda en las paredes, los jarrones con diseños intrincados y coloridos, era todo chino. Todo, de eso estaba seguro, viejo, antiguo y auténtico, no sólo caro, sino de valor inestimable. Pasaron los minutos y el silencio era tan profundo que se podía oír, un zumbido distante y tenue, parecido al sonido de las caracolas. Pasó otro rato, y comencé a sentirme incómodo, como si hubiera desembarcado en un lugar en el que no debería estar. El respaldo de la silla era más alto que mi cabeza, y el asiento era tan estrecho que me obligaba a apoyarme en los brazos de madera. Me sentía como uno de esos soldaditos de juguete tamaño real que ponen en los escaparates en Navidad. Me incorporé y empecé a mirar por el largo salón de forma rectangular.

Había un piano de cola al otro lado de la sala, y estanterías en la pared frente a las ventanas, desde donde se gozaba de una vista sin obstáculos del Golden Gate. Los libros no eran ni demasiado viejos ni nuevos. Todos tenían una cubierta protectora, y los títulos insinuaban los gustos de la clase media acomodada. La clase de obras que se discutía en grupos de lectura de gente bien intencionada y que, al cabo de un año o más, se guardaban y se olvidaban, algo que valía la pena guardar aunque nunca se leyeran por segunda vez. De pronto me di cuenta de que no estaba solo.

—Tiene libros interesantes —dije, preparado para saludar a una mujer que no había visto en treinta años, la mujer que un día había sido la mejor amiga de Annie Malreaux.

Lo primero que pensé era que había cometido un error, que me había equivocado de dirección, o que Helen Thatcher y Helen Thatcher Quinn no eran la misma persona. La mujer que se había detenido en la puerta del salón era mayor, no mayor de lo que había sido entonces, sino de lo que debía ser, unos veinte años mayor. Estaba vestida impecablemente, demasiado impecablemente, con un traje negro de punto y zapatos negros de tacón. Llevaba un collar de oro y pendientes de oro, como una mujer que tiene una cita para comer en uno de esos clubes privados que sólo admiten a un nuevo miembro después de que uno de los antiguos ha muerto. Su pelo, negro, brillante y rígido como si lo hubiera inmovilizado a fuerza de laca, le daba el aspecto de una peluca que todas las noches se guardaba en un maniquí. Sus pestañas tenían ese mismo aspecto quebradizo, como si las abriera y cerrara sin ritmo por encima de sus ojos fríos y distantes. Tenía tanto maquillaje como una actriz en escena, con las mejillas coloreadas y los labios pintados de rojo. Todo en ella parecía un disfraz, y me dio la impresión de que cada noche, cuando se iba a acostar, se lo quitaba todo, la ropa, el pelo, el maquillaje y lo dejaba colgando como el traje de un payaso, en un gancho de la puerta del baño. Había algo extrañamente familiar en ella. La había visto antes, en los últimos años, pero no recordaba dónde.

—Señor Antonelli —dijo, con una sonrisa muy correcta al tenderme su mano bien cuidada y pintada—. Por favor —dijo, inclinando muy ligeramente la cabeza hacia el sofá a sólo unos pasos.

Ella se sentó al otro lado, en el borde, con las rodillas muy juntas y las manos pequeñas sobre su falda. Me miró sin reconocerme y sin visible interés.

—Me alegro de volver a verla —dije, mirándola a los ojos en busca de una señal de que recordaba. Nada—. Nos conocimos en Harvard, no demasiado bien, ya lo sé. Pero usted era amiga de Annie Malreaux y yo era el compañero de habitación de Thomas Browning. También era amigo de Jimmy Haviland.

Se produjo un ligero movimiento de los ojos, un leve temblor en la comisura de sus labios.

—Yo conocí a Annie Malreaux, sí —dijo, con una especie de cautela, algo que se veía obligada a reconocer con ciertos reparos, temiendo quizá que aquello condujera a algo en lo que no quería inmiscuirse.

—Usted era su mejor amiga —insistí.

—Ella era amiga mía —respondió, como si fuera un hecho apenas recordado y sin importancia.

Me sentí irritado, y dejé que se notara. Busqué el sobre en el bolsillo de mi chaqueta. Encontré la foto que buscaba y se la entregué.

—Usted era su mejor amiga. Iban juntas a todas partes. Estaba en Nueva York el día en que murió, el día en que cayó de una ventana en el hotel Plaza. Usted conocía a Thomas Browning. A Jimmy Haviland. Y, si no me equivoco, me conocía a mí.

Miró la foto. En su boca asomó una leve sonrisa, que se borró enseguida. Luego, me miró a mí.

—Conocí a Annie Malreaux. Éramos amigas.

Le pasé la foto siguiente, la de Jimmy y Annie tomados de la mano.

—¿Y recuerda también a Jimmy Haviland? ¿No?

Ella me volvió a mirar y me la devolvió.

—Sí, recuerdo a Jimmy Haviland.

Le pasé la siguiente foto y le pregunté, mientras miraba a Thomas Browning junto a Annie Malreaux, si también lo recordaba a él.

—Sí, desde luego que lo recuerdo. Pero ignoro en qué podría ayudarle, señor Antonelli.

—¿Entonces sabe que represento a Jimmy Haviland y que a Jimmy lo han acusado del asesinato de Annie?

—Sí, lo sé.

Era impresionante lo diferente que parecía, asombroso e inexplicable. Había cambiado, todos habíamos cambiado, pero ¿era posible olvidar del todo a alguien con quien un día se había tenido una relación tan estrecha como ella con Annie Malreaux?

—No parece estar demasiado molesta por ello —comenté, porque se me acababa la paciencia.

Sus ojos maquillados lanzaron una mirada de desprecio, como si yo hubiera olvidado mi lugar. Se incorporó. Yo no me moví.

—¿Estaba usted en Nueva York el día que murió?

—Sí —dijo, con una mirada rígida.

—¿Estaba en el hotel?

—No, no cuando sucedió. Me había ido horas antes. Me fui esa mañana y volví a casa. Era Nochebuena. En realidad, no puedo ayudarle, señor Antonelli. He intentado explicárselo. Ahora, si me permite, tengo que atender a otras cosas.

Me sentí avergonzado, me incorporé e intenté disculparme.

—Lo siento, señora Quinn. No tenía la intención de insinuar que no le importaba lo que le sucedió a Annie, o lo que podría pasarle a Jimmy. Sé que sucedió hace mucho tiempo, y que todo ha cambiado mucho.

Ella asintió, y al menos formalmente aceptó mis disculpas, pero no tuvo ningún gesto que diera a entender que quería que me quedara. Iba a acompañarme a la puerta cuando, de pronto, se detuvo, me pidió que esperara y cruzó la sala hasta el piano. Había una foto sobre la tapa, una foto enmarcada. La trajo y me la enseñó.

—Ésta es mi hija, mi única hija.

Observé la foto de una mujer bastante atractiva, casi en la treintena y, de alguna manera, lo supe.

—¿Annie? —pregunté, cuando se la devolví.

—Sí, Annie. Era el único nombre que quería ponerle. Supongo que esperaba que tendría algo de esa inteligencia brillante, ese mismo grácil desprendimiento que tenía Annie. —Guardó silencio, quizá pensara en algo, en algún un motivo que explicara por qué no quería hablar de ello—. Algunas cosas son demasiado dolorosas para recordarlas con claridad, o para pensar en ellas a menudo. Siempre pensé en Annie después de su muerte. No podía quitármelo de la cabeza… cómo sucedió todo, ese día, todos los días posibles, la noche de Navidad de mil novecientos sesenta y cinco. En realidad, no paré de pensar hasta que escribí sobre ello, en mi primera novela, la novela con que empezó todo.

Vio la mirada de asombro y perplejidad pintada en mis ojos. Sonrió, como riendo ligeramente de sí misma.

—Usted no lo sabía. Y yo que creía que ése era el motivo, al menos en parte, por el que usted quería verme, para saber si mi nombre podía ayudarle en algo. Escribo con un pseudónimo, señor Antonelli… Y, sí, me acuerdo de usted y lo he leído todo sobre usted en los periódicos. Incluso he pensado alguna vez en llamarlo para averiguar si, por casualidad, se acordaría de mí, la amiga callada y tímida de Annie Malreaux. —Había puesto la mano sobre mi brazo, como una vieja amiga—. Mire —dijo, llevándome con ella hasta la estantería—. Le daré una copia autografiada y, si alguna vez lo lee, dígame qué le parece, si me acerco o no a lo que Annie fue en realidad.

Una sombra tiñó su mirada cuando volvíamos hacia la puerta.

—Desde luego, es ficción. No podía escribir toda la verdad. Que Annie cayó por una ventana el mismo día en que se comprometió.

Yo me dirigía hacia la puerta, atrapado en la confusión de mis propios recuerdos, preguntándome cómo era posible que no hubiera recordado que un día me habían dicho que la mujer que vivía en esa casa era Rebecca Long, una de las escritoras más aclamadas por la crítica en todo el país.

—¿El día en que se comprometió? —pregunté, sin entender, repitiendo una frase que no tenía sentido.

—Sí, ¿no lo sabía? Annie y Thomas Browning iban a casarse.

15

Annie Malreaux y Thomas Browning iban a casarse. Ella se lo había contado a Helen Thatcher. pero, y he ahí la tragedia, no se lo había contado a él. Browning estaba desesperado por que ella se quedara otro rato, desesperado por encontrar un lugar donde pudieran hablar, lejos de toda la gente que se había reunido en la octava planta del hotel Plaza. Quería decirle a Annie que haría lo que fuera, que renunciaría a todo, que se escaparían al último rincón del mundo si ella lo quería... Cualquier cosa con tal de que ella fuera con él, estuviera con él, se casara con él. Estaba desesperado por que se quedara y ella no paraba de decirle que se tenía que ir, y él nunca supo que era porque Annie no quería decírselo delante de tanta gente, que ella también quería casarse con él. Y entonces, cuando finalmente estuvieron a solas, llegó Jimmy Haviland, furibundo y exigente, y lo había estropeado todo.

Recuerdo a Annie Malreaux. Aquella actitud ligera y huidiza, etérea, esa actitud de no tomarse nada demasiado en serio era una máscara, una pose, una manera de mirar el mundo, la espectadora divertida de las singulares locuras de la gente a su alrededor, una manera de asegurarse de que nadie se acercara demasiado para averiguar qué era importante para ella. Quién sabe cuántas veces Browning le pidió que se casara con él, pero esta vez, la última vez, en algún momento de esa Navidad, ella decidió decir que sí y casarse con Thomas Browning. Aquello era demasiado importante y serio para anunciarlo en medio de una fiesta que había durado tanto que nadie podía decir cuándo había empezado.

Me preguntaba si debía decírselo o si contarlo empeoraría las cosas. Aun así, era la verdad y tenía su propio peso. Puede que situara las cosas en una perspectiva diferente porque cambiaba el recuerdo que tenía de Annie Malreaux, la chica que siempre estaba más allá de su alcance, la mujer demasiado joven, demasiado escurridiza para pertenecer jamás a nadie, la mujer que había cambiado de parecer, que había renunciado a las absurdas posibilidades de moverse irresponsablemente y sin parar por el mundo y había dicho que sí, sin condiciones, para compartir su vida con él.

Eran casi las seis. La temperatura empezaba a bajar, el aire era frío y húmedo. La niebla penetraba desde el mar y se arremolinaba en torno al Golden Gate Bridge, corriendo un velo gris en torno a la ciudad y la bahía, frente a un paisaje colorido y luminoso, lleno de vida y acción. A tres manzanas de la casa de Helen Thatcher, en Pacific Heights, famosa porque estaba habitada por la escritora más conocida de San Francisco, la mundialmente famosa Rebecca Long, me detuve en una esquina y observé por la estrecha apertura de una calle empinada y serpenteante cómo el sol se volvía de color púrpura, lavanda y rosa, mientras la niebla ondulante alrededor de las torres del puente dejaba de ser de un gris amorfo y opaco y se convertía en un rosa profundo, misterioso. Divisé los coches que abandonaban la ciudad y cruzaban al otro lado. El tráfico en sentido contrario, hacia la ciudad, quedaba sepultado por la niebla y era invisible. Era como ver desplegarse un recuerdo, algunas cosas indelebles y claras, otras casi más reales porque nunca las recordamos del todo, como pensamos que deberían ser.

Me metí las manos en los bolsillos y comencé a caminar con paso decidido, protegiéndome contra el frío que llegaba. Mantuve un ritmo regular y enérgico y recorrí una manzana antes de volver al paso normal, sin saber por qué tenía que darme prisa. Nadie me esperaba en casa, nadie se preocuparía por mí si llegaba tarde. Cenaba cuando me daba la gana, después de escoger el restaurante de mi gusto. No tenía que consultar los deseos de otra persona, ni tenía que anticiparme a sus veleidades. Había varios lugares donde solía ir, y si no eran tantos como cuando empecé a salir a cenar, sólo era porque me resultaba más fácil acudir a los lugares más cercanos.

Había dos o tres restaurante a los que iba con cierta regularidad, y a uno de ellos solía acudir con más frecuencia que a los otros dos juntos. Era un restaurante italiano, un tranquilo local de barrio que no se parecía en nada al restaurante repleto y ruidoso de Nueva York, donde todavía estaría esperando un plato si no hubiera recurrido al influyente nombre de Bartholomew Caminetti.

Comía en el mismo restaurante, pero había otros lugares a los que podía acudir. Dejaba mi ropa en la misma lavandería, pero sólo porque era conveniente. Compraba la comida, si compraba, en el mismo supermercado, o me detenía en el mismo bar a tomar una taza de café los sábados por la tarde cuando estaba en San Francisco. Pasaba frente a los mismos escaparates de las tiendas y buscaba en las mismas pequeñas librerías de viejo. Puede que aquello tuviera la apariencia externa de una vida aburrida de un individuo cualquiera de clase media y de mediana edad, pero yo no lo sentía así. Estaba enamorado de esa ciudad. Podía quedarme sentado horas en ese restaurante, observando cómo el camarero trababa amistad con una pareja que venía por primera vez, viendo cómo los dos parecían interesarse más el uno por el otro, o verlos quedarse hasta la noche, a veces hasta que el restaurante cerraba. Conocía de vista a algunos dependientes de las librerías, y también a empleados de otras tiendas, parte de ese círculo de amigos anónimos que hace que la vida de la ciudad sea más cómoda que la vida en un pueblo. Es la superficie de las cosas, no la ilusión de que las cosas son como parecen, sino la ilusión más misteriosa e interesante de que las cosas son tan sobrecogedoramente bellas o tan trágicamente románticas como alguna vez imaginamos. Nueva York era energía y emoción, ambición, poder y riqueza. San Francisco era el final del arco iris, el lugar con el que seguías soñando porque allí nunca dejabas de soñar.

Había cometido un error al dejar que Thomas Browning me convenciera para que fuera a Nueva York. Había sido un error inmiscuirme en las vidas de personas que no había visto en años y que sólo creía conocer. Porque la verdad era que no los conocía, no los conocía en absoluto. Los habría conocido mejor, a Browning, a Joanna y a Jimmy Haviland, a todos, si no los hubiera conocido años antes, si nunca nos hubiésemos cruzado. Entonces habría partido de la sencilla ignorancia, y habría escrito lo que descubría en una página en blanco. Al contrario, ahora los veía a través de la lente distorsionada de supuestos recuerdos de cómo habían sido años atrás. Cuando a los veinte años viví aquel verano en Nueva York, pensé que entendía qué hacía funcionar la ciudad, por qué todos pensaban que era el único lugar donde vivir. Podría haberme quedado... me habría quedado si hubiera entendido lo que Joanna intentaba decir, me habría convertido en un neoyorquino y habría intentado llegar a lo más alto. Ahora era demasiado tarde. Había estado ausente demasiado tiempo. Todos me eran extraños. Quería quedarme aquí, en San Francisco, donde nunca me sentía como un extraño, incluso entre personas que no conocía.

Nob Hill quedaba a sólo unas manzanas. La niebla había engullido el puente, se había apoderado de las avenidas —aquellas calles largas y rectas que se extendían hacia ambos lados de Golden Gate Park— y comenzaba a ascender por los cerros. Al otro lado de la bahía, en el lado este, Berkeley brillaba con tonos escarlatas y dorados bajo la luz agonizante de un sol rojo como la sangre. La luz del sol en mi cara era tibia y la bruma, que avanzaba por delante de la niebla, me humedecía la piel. Las estaciones eran un escándalo, siempre distintas, nunca se repetían de la misma manera, y en cada ocasión algo en ellas hacía que sintieras deseos de que volvieran. No quería volver a Nueva York.

El portero no estaba en su lugar habitual, bajo el toldo verde de la entrada. No se le veía por ninguna parte detrás de la puerta de cristal enmarcada de madera. Cuando busqué mi llave, apareció de pronto y con un movimiento hacia atrás de su brazo largo y grueso me abrió la puerta.

—¿Cómo está esta noche, señor Antonelli? —preguntó con su ronco gruñido de siempre.

—Estoy bien, George —respondí mientras me dirigía al ascensor, unos metros más allá, al final del suelo de baldosas oscuras. Él me siguió detrás. Con su mano de dedos gruesos se me adelantó y pulsó el botón para llamar el ascensor.

—Puede que la niebla sea muy densa esta noche, ¿no cree?

—Puede que sí —respondí, mirándome los zapatos, esperando a que se abriera la puerta del ascensor. George tenía la costumbre de acompañar a la persona que esperaba y luego, metía la mano y, sin mirar, pulsaba el botón del piso correspondiente. Al parecer, a las ancianas les agradaba aquel gesto. Yo todavía intentaba pensar en una manera delicada de pedirle que lo dejara. Se abrió la puerta y entré.

—¿Qué piensa de las noticias, señor Antonelli? —preguntó. Cualesquiera que fueran las noticias, había olvidado el que normalmente era el siguiente paso. Con cierta satisfacción, pulsé el botón de mi piso. Sonreí y alcé la cabeza.

—¿Qué noticias son ésas, George? —pregunté, cuando la puerta comenzaba a cerrarse. Él retrocedió, y en su rostro grueso y cuadrado asomó una expresión apagada de perplejidad.

—Lo del vicepresidente. ¿De verdad no se ha enterado? —La puerta se cerró del todo y el ascensor comenzó su suave ascensión.

«¿Qué ocurre con el vicepresidente?», me pregunté, con una sensación creciente de urgencia cuando el ascensor se detuvo en la segunda planta. Subió una octogenaria delgada y bien vestida, con un perrito de raza pomerana y aspecto malicioso en sus brazos. La mujer le hablaba, le rascaba por debajo del hocico, disculpándose porque debían esperar que el ascensor subiera antes de que pudieran bajar, y sin dejar de mirarme, como si yo fuera el culpable porque, de no ser por mí, no habrían tenido que esperar.

—Lo siento —dije, cuando finalmente llegué a mi piso. Ella arqueó una solitaria ceja blanca, alzó el mentón y apretó su boca arrugada. Era lo más cerca del perdón que podía llegar.

¿Qué pasaba con el vicepresidente?, me pregunté mientras abría la puerta y entraba. Encendí el televisor, pero la última vez que lo había hecho había sido en uno de los canales de películas antiguas. Antes de que pudiera cambiarlo, sonó el teléfono. Era Gisela Hoffman.

—Qué agradable volver a escuchar tu voz —dije—. Pensé que podría verte en Nueva York.

Me dejé caer contra el respaldo del sofá, me hundí en los cojines con los pies sobre el borde la mesa de centro frente a mí, escuchando su voz divertida y juvenil. Podía verle la cara, esa expresión de timidez y asombro cada vez que no pronunciaba bien una palabra.

—Te vi durante la lectura de la acusación, pero…

—¿Estabas ahí, en la sala? ¿Por qué no me dijiste que irías? Podríamos haber cenado juntos. Podríamos haber conversado.

—Sólo fui para la lectura del auto de acusación. No podía quedarme. Tengo que preguntarte *on the record* —añadió, con una voz extraña, como si se avergonzara de introducir un toque de formalidad—. ¿Cuál es tu reacción ante lo que ha ocurrido hoy? ¿Influirá en algo en cómo piensas llevar a cabo la defensa de Haviland?

Quité los pies de la mesa y me incorporé.

—¿Qué ha pasado hoy día? —pregunté, finalmente alerta ante el hecho de que había sucedido algo de vital importancia y yo, al parecer, era el único que no sabía de qué se trataba—. ¿Qué ha pasado con el vicepresidente?

Se produjo un silencio pesado. Gisela no podía creer que no lo supiera.

—Tu amigo, Thomas Browning, ha hecho algo que nadie esperaba, algo que nadie imaginaba. Ha dimitido, hace tres horas.

—¿Ha dimitido de la vicepresidencia? ¿Ha renunciado? —Me sentía muy incrédulo, y luego me di cuenta de que no, que no era incredulidad. Siempre había un motivo para las decisiones de Thomas Browning. También habría una razón para ésta—. ¿Por qué ha renunciado? —pregunté, profundamente intrigado. Por mi cabeza desfilaban mil motivos. ¿Tenía algo que ver con el juicio? ¿Había algo que yo no supiera, algo que nunca me había contado?— ¿Qué motivos ha alegado?

—No ha dado ningún motivo —respondió Gisela, desconcertada—. Es lo que tiene a todo Washington en… ¿cómo se dice? Sí, en vilo. Browning ha renunciado al cargo. La carta que ha enviado, la carta que su oficina ha entregado a la prensa, dice sólo: «Por la presente, renuncio al cargo de vicepresidente de los Estados Unidos». No alega ningún motivo, no dice nada.

—Sin embargo, habrá una razón, ¿no? —pregunté, pensando en voz alta.

—Sí, eso creo. Alguna razón debe de tener.

Sentí un escalofrío que me recorría la espalda. Los hombres del presidente querían a Browning fuera de la lista. Eran los mismos que le habían ganado la nominación utilizando aquellos anónimos y asquerosos rumores sobre él y un asesinato en Nueva York. Yo defendía a un hombre acusado de ese asesinato, un caso que, según Browning, se había montado con el único objetivo de asegurarse de que nunca tendría una posibilidad de volver a presentarse como candidato a la presidencia. Y ahora, sencillamente había renunciado. ¿Por qué? A menos que fuera la única manera de salvarse de algo peor que la derrota política. Con una sensación de pánico que me corroía, le pregunté a Gisela qué pensaba.

—No lo sé. Podría haber renunciado cuando quisiera. Decidió escoger este día, viernes por la tarde, justo a tiempo para las noticias de la noche. Todo el mundo hablará de ello, todos especularán este fin de semana. Será el tema de las tertulias del domingo en la tele. Browning renuncia y nadie sabe por qué. Todos estarán esperando el próximo viernes para saber qué pasa.

—¿El viernes? ¿Por qué? ¿Qué sucede el viernes?

—Browning ha convocado una conferencia de prensa el próximo viernes por la tarde. —Guardó silencio un momento y, cuando volvió a hablar, su voz sonaba diferente. Había dejado de ser una voz de periodista.

—¿Cuándo vuelves a Nueva York?

—Mañana. El juicio comienza el lunes. ¿Estarás ahí?

—Sí. ¿Podemos vernos? Tengo que decirte algo, y preferiría no hacerlo por teléfono.

Nos despedimos y yo me quedé sentado entre las sombras alargadas del sol encubierto por la niebla, intentando concentrarme en lo que me había dicho Gisela, intentando, sin apenas conseguirlo, no pensar demasiado en ella. Había algo esquivo en aquella mujer, algo que no acababa de entender. Estaba casada, pero se estaba divorciando. Era una europea que tropezaba con las palabras en inglés, pero sabía más de la política de Estados Unidos de lo que yo sabría jamás. Era tímida y, a veces, introvertida, sus rasgos eran finos y delicados, sus ojos bellos y oscuros, pero era capaz de plantarse y pedir respuestas a preguntas que, en su opinión, debían formularse. Sin embargo, más que todo eso, más que el hecho de que mostraba diferentes facetas de sí misma en momentos diferentes, había una sensación profunda, insistente e irresistible, de que yo la conocía a ella y ella me conocía a mí y que, de esa manera que a veces sucede, nos habíamos conocido desde el momento en que nos presentamos.

Una hora más tarde todavía pensaba en lo mucho que me gustaba su voz y en las ganas que tenía de volver a oírla. El teléfono comenzó a sonar y confié en que fuera ella, para decir que sólo quería charlar.

—¿Cómo estás, Joseph? —preguntó Thomas Browning, con voz tranquila y amable—. Ya sé que debería haberte llamado antes de dar la noticia. Seguramente sabrás que me han obligado a dimitir, que he tenido que dimitir porque la muerte de Annie no fue un accidente.

Browning esperó a que yo contestara, que reconociera que al menos me había preguntado si ésa era la verdad, que la muerte de Annie no había sido un accidente y que él siempre lo había sabido.

—No, no había pensado eso. —No era del todo una mentira. Había pensado en ello, como antes, pero no podía convencerme de que Thomas Browning tuviera algo que ver con la muerte de Annie Malreaux. Browning jamás habría permitido que se culpara a otro de algo que él hubiera hecho. De eso estaba seguro, o lo más seguro que podía estar.

—¿Sabes por qué lo he hecho? ¿Sabes por qué he renunciado?

Es notable cómo a veces se recuerdan ciertas cosas.

—¿Porque ya habías dejado tus iniciales en el cajón? —Se produjo un silencio pesado, hasta que él empezó a reír, y entonces supe por qué había renunciado. Recordé esa mirada suya, una mirada de desprecio dirigida a sí mismo, contra su propia debilidad, su vanidad y su falta de imaginación, contra William Walker y las otras personas que lo habían convencido para que aceptara la nominación a la vicepresidencia. Había grabado sus iniciales en el cajón en el que aquellos hombres que se habían conformado con el segundo lugar dejaban sus marcas. Había roto la tradición al grabarlas el primer día en el cargo en lugar del último. Ahora perseguía lo único que deseaba, lo único que alguna vez había soñado con tener, además de Annie Malreaux.

—Te presentarás a las elecciones presidenciales. Eso es lo que piensas anunciar la semana que viene, que has renunciado a la vicepresidencia porque has decidido desafiar al presidente por la nominación republicana. No habrías renunciado si quisieras seguir en la misma lista que Walker. —Hice una pausa y luego sugerí—: Nunca pensaste hacerlo, ¿verdad?, siempre tuviste en mente la nominación presidencial.

De algún modo lo negó.

—No, eso no es del todo cierto. Si hubieran querido que siguiera como vicepresidente para un segundo mandato, entonces habría sido una tontería hacer otra cosa. Nadie me habría disputado la nominación al final del segundo mandato de Walker. Y cuando empecé a hablar en público de la posibilidad de renunciar, de presentarme a las primarias y dejar que decidiera la convención, pensé que quizá cambiarían de parecer, que no valía la pena enfrentarse a ellos. Pero luego, cuanto más lo pensaba, más me convencía de que si tenía que luchar contra ellos de todas maneras, bien merecía la pena luchar por todo. Walker nunca debería haber sido elegido, y si yo puedo hacer algo para impedirlo, no volverá a ocupar el cargo.

Con el teléfono portátil apretado contra mi oreja, me levanté del sofá y me acerqué a la ventana, donde me quedé mirando la ciudad que ardía en un pálido color amarillo bajo un espeso manto de niebla. No se veía el Golden Gate y en la orilla opuesta no había nada.

—¿Lo anunciarás el próximo viernes? ¿No quieres esperar a que acabe el juicio?

Intuí una especie de cautela, una especie de vacilación. No en su voz, que seguía siendo la misma, tranquila, pausada y segura, casi demasiado segura, como si supiera de antemano no sólo todo lo que iba a suceder, sino cuándo iba a suceder y cómo afectaría a cualquiera que tuviera intereses en el juego que se estaba jugando. No, no era en su voz, sino en el silencio que llenó el intervalo entre el final de mi pregunta y el comienzo de su respuesta.

—No sucederá nada en el juicio —dijo Browning, al cabo de un rato—. Nada. Tú ganarás y demostrarás que son unos mentirosos.

—Jimmy hizo algunas declaraciones —dije, con cierto reparo—. Dijo cosas que podrían ser interpretadas como un reconocimiento de culpa. —No le había contado esto a nadie, ni siquiera lo había discu-

tido con Haviland—. Las hizo hace mucho tiempo, estando en una
terapia… de alcoholismo.

Browning despachó el comentario con un desprecio brutal.

—Haviland es un borracho. No importa lo que haya dicho. No
importa nada de eso. No dejes que te quite el sueño, no significa
nada —dijo, impaciente.

—La acusación alegará que significa mucho —contesté, mos-
trando algo de mi propia impaciencia.

—Son declaraciones que ha hecho ante otras personas, ¡declaraciones de hace años que recuerdan ahora! ¿Quieres decir que alguien preguntó a esas personas si alguna vez Haviland habló acerca
de una chica que conoció en la facultad de derecho, y no sólo una
chica de la facultad, sino una chica que él podría haber lanzado por
la ventana? Eso es lo que les preguntaron, ¿no? Que investigaban un
asesinato que ocurrió en el invierno de mil novecientos sesenta y cinco, un asesinato en el que una chica con la que Haviland había tenido relaciones había sido empujada desde una ventana en el hotel Plaza, en Nueva York. Y entonces les preguntaron si alguna vez habían
oído a Haviland decir algo. ¿No es eso lo que habrán hecho? ¿Y acaso eso no sugiere algo acerca de la diferencia que hay entre lo que alguien recordaba y lo que ahora comienza a creer que quizá recuerda?
Y, además, ¿no es totalmente evidente que Jimmy Haviland debe haber dicho cosas que, miradas retrospectivamente, comienzan a sonar
como si reconociera haber hecho algo? Dios mío, tú estabas ahí, lo
que dijo en el tribunal para responder a su acusación. Intentó declararse culpable porque se siente «responsable» de la muerte de Annie.
Madre mía, Antonelli, no se sostiene, ¿no te parece?

No me había dicho nada que yo no supiera, y más bien me pro-
vocó cierto rechazo que creyera que podía hacerlo. Browning no había defendido ni un solo caso en su vida y, por lo que yo sabía, jamás
había estado ni un momento en una sala de tribunal. Yo no pretendía saber gran cosa de política y, sin embargo, él me explicaba a mí
cómo ocuparme de una causa judicial. Me había empezado a irritar
un poco, pero Browning, que siempre iba un paso por delante, com-
prendió de inmediato lo que había hecho. Antes de que yo dijera una
sola palabra, él ya lo sabía.

—Eso lo sabes tú mucho mejor que yo. Eres el mejor que hay. No tendrás problema para demostrar a un jurado todos los problemas que hay en cómo alguien recuerda lo que cree que otro quiso decir.

La niebla lo había borrado todo. Lo único que veía en la ventana era mi reflejo que se desplazaba por el espacio, una imagen tan insustancial como la bruma gris sobre la que flotaba. Browning hablaba del juicio que no había comenzado, me alentaba. Pero yo no pensaba en nada de so.

—He ido a ver a Vivian Malreaux, la madre de Annie.

Se produjo un silencio repentino e inmediato.

—¿Todavía está viva? —preguntó Browning después de una larga pausa.

—No creo haber conocido a nadie con más vida —contesté, mirando en la ventana cómo mis ojos me devolvían la mirada y parecían darme la razón—. Sigue en Chicago, sigue enseñando, escribiendo conferencias con meses de antelación. ¿Te acuerdas de ella? Me mandó unas cuantas fotos, una de ellas es de Annie contigo. Los dos estáis muy serios.

Browning cayó en un silencio largo y reflexivo. Finalmente, preguntó:

—¿Crees que podrías dármela? —Había en su voz un tono de súplica agridulce, como un sentimentalismo, una vulnerabilidad que nunca había sentido. Tenía el mismo efecto que si, en presencia mía, hubiera comenzado a llorar. Bajé la mirada y la dejé fija en el suelo.

—Sí, desde luego —murmuré—. Eso está hecho.

En ese momento entendí mucho mejor cuánto seguía significando para él, supe entonces que debía contárselo.

—Annie pensaba casarse contigo. Te lo iba a decir ese día, el día de Navidad, el día que murió.

Las palabras pueden mentir, pero los silencios dicen casi siempre la verdad, al menos esa parte de la verdad que nos es dado conocer. Tuve la sensación de que no estaba del todo sorprendido, que, a pesar de lo que me había contado antes, de cierta manera él siempre lo había sabido.

—¿Ha sido su madre quien te lo ha contado? —preguntó, sin el más mínimo asomo de emoción en la voz.

—No, ella nunca lo supo. Helen Thatcher. ¿Te acuerdas de Helen, la amiga de Annie? Ella me lo contó. Vive aquí, en San Francisco. La he visto hoy. Annie le contó que tú le habías pedido que se casara contigo y que había decidido decir que sí.

No respondió. Nada, ni una palabra, sólo un silencio prolongado que comenzaba a parecer extraño.

—Resulta que Helen ha acabado siendo una famosa escritora —le expliqué, esperando tener algún tipo de respuesta—. Escribe bajo el pseudónimo de Rebecca Long. No tenía ni idea…

—No es verdad —dijo Browning. Casi parecía enfadado—. Miente. No —añadió enseguida—. No debería decir eso. Tal vez crea que es verdad, pero no lo es. No lo recuerda bien. Quizás Annie le dijo que yo le había pedido que se casara conmigo… Me parece que te lo he contado. Sé que te dije que me habría casado con ella. Incluso puede que Annie le haya dicho que se lo pensaría, pero nunca le dijo que pensaba contestar que sí.

¿Cómo podía estar tan seguro? ¿Y por qué lo afirmaba con tanto énfasis?

—Yo la creo. Creo que lo recuerda perfectamente. Annie iba a decir que sí. Quería casarse contigo. ¿Por qué no quieres creerlo?

El silencio era palpable. Tenía la sensación de que Browning apenas podía controlarse, que estaba al borde del abismo, a punto de renunciar a toda contención, que habría dado cualquier cosa por poder hablar con alguien de todo lo que había guardado para sí. Pero jamás lo haría, era una forma de debilidad a la que él nunca cedería, una cuestión de honor, como ese pie torcido que siempre había ocultado a todos, aguantando el dolor constante e insoportable.

—¿Por qué no lo crees? —volví a preguntar, insistiendo en la respuesta, no porque necesitara saberla, sino porque creía que él necesitaba contarla, sacársela de encima.

—Porque eso hace que lo sucedido duela todavía más —dijo, con una voz distante—. ¿No te olvidarás de esa foto? —preguntó, de pronto cansado y apagado—. Tráela contigo, si puedes. Te veré la semana que viene en Nueva York.

16

Cinco minutos, diez minutos, quince minutos. Era al menos la tercera vez que Bartholomew Caminetti miraba su reloj y, con una mueca de disgusto, se reclinaba en su silla y daba golpecitos sobre su mesa en un lamento impaciente. Al cabo de unos segundos cesó el tamborileo. Se cruzó de piernas y, con un suspiro indignado, dejó descansar el brazo por encima del respaldo de la silla de madera. El pie comenzó a seguir el ritmo inconsciente de su mano. Comenzó a morderse el interior de los labios, colocó los dos brazos sobre la mesa y plantó los pies decididamente en el suelo. Se inclinó, curvándose hacia delante, entrecerró los ojos, y su mirada tenía intenciones asesinas.

El alguacil esperaba cruzado de brazos, de alguna manera semiconsciente y atento al sonido que lo haría hablar antes de que se diera cuenta de que había abierto la boca. La estenógrafa del tribunal estaba sentada ante su teclado de color negro, con la boca torcida en un ángulo de ensoñación, mirando a la distancia a través de ojos casi cerrados. La sala estaba abarrotada de gente, un público silencioso que contenía la respiración, tan ávido de que comenzara el espectáculo como si se encontrara en Broadway.

Era sólo la segunda vez que acudía a la Sala 1530, en la decimoquinta planta de los tribunales, la sala con las ventanas altas y estrechas a través de las cuales, como uno de esos dibujos futuristas de los años treinta, un rayo de luz en un ángulo muy inclinado caía sobre el banquillo de los testigos y parecía acercarlo a nuestros ojos. Era sólo la segunda vez y me sentía como si nunca la hubiera dejado. Ése era el lado serio de mi profesión, aquella sensación de que la causa, el juicio, sin que importara cuánto tiempo pasara entre un procedimiento y el siguiente, era una única pieza, con un comienzo, un desarrollo y un final. Todos los juicios son como una vida repensada, cuando todo, al fin y al cabo, tiene un significado, porque todo lo que ha sucedido moldea y modifica lo demás.

El alguacil abrió los ojos desmesuradamente, alzó la cabeza de un tirón y puso los brazos a los lados. Avanzó un paso, y sus palabras sonaron duras como el bronce cuando rompió el frágil silencio:

—Escuchad, escuchad. El Tribunal Superior en y para la ciudad y condado de Nueva York declara abierta la sesión. Preside el honorable Charles F. Scarborough.

Roto en mil pedazos, el silencio devolvió su eco, seguido un instante más tarde por un estremecimiento general cuando un centenar de personas se pusieron de pie, rígidas y atentas. La puerta a la izquierda se abrió y Charles F. Scarborough entró a buen ritmo en la sala.

Dio tres pasos rápidos, se detuvo y estornudó.

—Fiebre del heno, resfriados y gripes —dijo para empezar, sacudiendo la cabeza con gesto impotente. Se llevó el pañuelo a la nariz, lo sostuvo un momento en alto y, cuando una sonrisa irónica se insinuaba en sus labios, lo guardó. Lanzó una mirada alegre hacia la sala repleta—. La semana pasada tuve que condenar a un hombre a una pena de prisión por un tiempo muy largo. El hombre no paraba de toser. Estaba enfermo. Ahora estoy enfermo yo. Creo que lo hizo a propósito. —Se rascó la barbilla, riendo para sus adentros mientras cautivaba a su público, ganándoselo con la abierta insinceridad de lo que había dicho—. Eso es lo que hacen, intentan desquitarse —insistió, asintiendo con la cabeza para sostener su acusación mientras luchaba contra otro estornudo.

»Así es. Y bien, la razón por la que estamos aquí, además de volver al señor Caminetti un poco loco con lo que lamento calificar como un retraso inevitable, es dar inicio al juicio en la causa del *Pueblo del Estado de Nueva York contra Jamison Scott Haviland*. La acusación es de asesinato. El acusado se declara no culpable. El juicio está programado para hoy. El señor Bartholomew Caminetti, me complace anunciarlo, está presente como representante del Estado de Nueva York. Y el señor Joseph Antonelli, me complace igualmente anunciarlo, está aquí como representante del acusado.

—Antes de que comencemos… antes de que comencemos con la selección del jurado, hay unas cuantas cosas que quisiera decir a propósito de las circunstancias algo inusuales de este caso, así como las medidas más bien extraordinarias que se han debido adoptar debido a ello. Encuentro que es lamentable que ciertas personas hayan decidido por razones propias desfilar arriba y abajo frente al edificio de los tribunales, agitando pancartas donde se pide un veredicto antes de que el juicio haya comenzado. Opino que es asombroso que algunas de estas personas pretendan favorecer su causa insultando y lanzando invectivas contra el personal de los tribunales. Desde luego, tienen derecho a reunirse pacíficamente y a manifestar sus opiniones, pero esta mañana han sido detenidas tres personas por agresión, y les puedo asegurar que cualquiera que intente interferir en lo que suceda en este tribunal será objeto de las sanciones más severas contempladas por la ley.

Scarborough arrastró el pañuelo por su nariz mientras escudriñaba detenidamente al público.

—Desde luego, entiendo el gran interés público que suscita este juicio. Y, evidentemente, entiendo la expectación que sienten aquellos de ustedes cuya tarea es informar sobre estos procedimientos y reunir toda la información posible. Tienen que entender que el tribunal no tolerará ni la más mínima infracción contra la integridad de este juicio. Esta mañana he emitido otra ordenanza en la que prohíbo todas las cámaras en la sala. Esto no es un espectáculo de televisión, señoras y señores. Es un juicio, un juicio en el que un hombre ha sido acusado de un homicidio. Se trata de un hecho grave y solemne, y no de un espectáculo junto a la carpa del circo para vender entradas o hacer publicidad.

Con el codo sobre la mesa, Scarborough se inclinó hacia delante y, con expresión severa, comenzó a agitar el dedo índice.

—Quiero ser sumamente claro en esto. Hasta que el juicio no termine, hasta que el jurado entregue su veredicto y sea disuelto, se prohíbe a los miembros del jurado hablar de este caso con otras personas, ni siquiera entre ellos, hasta que se presenten las pruebas, se llame a todos los testigos, se lean los alegatos finales y los miembros del jurado se hayan retirado a la sala correspondiente para dar comienzo a sus deliberaciones formales. Y así como no se les permite hablar del caso unos con otros, se les prohíbe terminantemente hablar de ello con los representantes de la prensa. Si, a pesar de esto, algún osado periodista intentara hablar con un miembro del jurado mientras el juicio esté aún en curso, ese periodista no sólo verá prohibido su acceso a este tribunal, sino también se enfrentará a una acusación penal por soborno del jurado.

El juez recorrió la sala con la mirada. Por su manera de observar, se diría que no le importaría en absoluto demostrarles que hablaba en serio.

—Estamos ante una cuestión de derecho público: no se trata de una conveniencia, de una invención de personas que lo explotan para sus propios objetivos comerciales, es decir, el supuesto derecho del público a saber, sino del derecho público real y sustancial a la administración imparcial de la justicia. Y eso, señoras y señores, es algo en lo que este tribunal insistirá.

Después de decir lo que estimaba necesario, Scarborough volvió a ser la encarnación de la afabilidad, el generoso anfitrión cuya única preocupación es la comodidad y el bienestar de sus huéspedes.

—Haré que los cuelguen, si es necesario —añadió, y esbozó una sonrisa de profundo y regocijado lamento—, pero estoy seguro de que no dejarán que lleguemos a ese extremo. Estoy seguro de que encontrarán el juicio lo bastante interesante para no andar haciendo preguntas donde no deben. Creo que podemos contar con que los señores Caminetti y Antonelli sabrán mantener vivo nuestro interés.

Después de asentir formalmente con un gesto de la cabeza en dirección al público, se volvió hacia el alguacil y le pidió que hiciera entrar al jurado.

Hasta el momento de entrar en la Sala 1530 y de ver a la multitud, lo único que estas personas sabían era que sus nombres habían sido escogidos al azar entre un conjunto mucho mayor de nombres que esperaban en medio del monótono silencio de la sala; que los conducirían arriba para asistir a un juicio, que se sentarían en la sala del tribunal mientras llamaban a doce nombres para sentarse en la tribuna del jurado, donde les harían algunas preguntas; que algunos serían despachados y otros llamados para ocupar su lugar, hasta que los abogados se dieran por satisfechos o no tuvieran más objeciones y se vieran obligados a aceptar lo que había. Existía la posibilidad, desde luego, de que acabaran formando parte del jurado en el juicio que involucraba a Thomas Browning (así era conocido el juicio popularmente, antes de que empezara), el juicio por asesinato que implicaba a uno de los ciudadanos más ilustres de Nueva York. Sin embargo, había quizás una docena de juicios más programados para esa semana, y eran mucho mayores las posibilidades de que fueran llamados para participar en uno de ellos.

Se podía ver en sus miradas, un reconocimiento inmediato de que esto era diferente, que no se trataba de un caso menor, de una víctima de un accidente que exigía compensaciones o uno de esos casos penales en que, por muy grave que fuera el crimen, era juzgado rutinariamente y sin publicidad todas las semanas del año. Éste era importante. Ellos lo sabían, y lo habían sabido de inmediato. Aquí se trataba de algo que, para quienes finalmente integraban el jurado, para quienes decidían sobre el caso, les daría para hablar el resto de sus días. Se alinearon en las dos filas de bancos del público reservados para ellos, en la parte de delante. Se sentaron, todos juntos y apretados, mientras el funcionario del tribunal, un hombre enjuto, de edad mediana y traje gris, sacaba al azar una docena de nombres y los enviaba, uno a uno, a la tribuna del jurado.

Bartholomew Caminetti estaba sentado a la mesa de la acusación, más cerca del jurado, justo frente al banquillo de los testigos. A los abogados les suele gustar esa posición, lo más cerca posible del jurado, más cerca que el otro abogado, con la proximidad física de un amigo, alguien que quiere que lo vean tal como es, alguien que no tiene nada que ocultar, alguien en quien se puede confiar. Cuando empezaba mi carrera, solía presentarme en la sala más temprano para adueñarme de esa mesa. Ahora acudía a los tribunales no más temprano de lo que se suponía y me contentaba con la mesa que quedaba. Quizá me había vuelto perezoso, o quizá pretendía que el rival creyera que yo estaba demasiado seguro de lo que podía hacer con un jurado para tener que depender de tácticas y trucos baratos. Caminetti entendía el juego. Cuando llegué y me senté en mi silla, se acercó y me preguntó si no prefería la mesa que él ya había ocupado. Si existía el riesgo de que yo subestimara a Bartholomew Caminetti, ese solo gesto me dijo que sería un error fatal. Le devolví su sonrisa con una de mi propio cuño y le dije que no, que no me importaba dónde me sentaba, que esa mesa estaba perfecta.

—A mí no me importa —dijo. Creo que lo dijo, en parte, para que pudiéramos volver a mentirnos.

Con cada uno de los miembros del jurado en el banquillo, Caminetti se inclinaba hacia adelante con intensidad reconcentrada, garabateaba una breve nota para sí y, quizás, algún rasgo que le pareciera peculiar en el cuestionario que consultaba con cada uno de los llamados. Yo estaba sentado a la otra mesa, con Jimmy Haviland a mi derecha, mirando desde el otro lado de la sala las caras de los doce posibles jurados, cavilando sobre quién quería conservar y de quién quería deshacerme.

Mientras escrutaba esos rostros atentos y expectantes que lanzaban miradas no a los demás miembros del jurado sino a la sala, a las caras que los observaban, me preocupaba la edad. No sabía si los quería más viejos o más jóvenes, o de una edad intermedia. Cuando miré a los ojos de esos doce jurados sentí una especie de impacto, casi una advertencia sobre nuestra condición de mortales, del tiempo que se acababa y, de pronto, me di cuenta de un hecho que por lo general no tenía importancia: Annie Malreaux había muerto antes de que cuatro de ellos hubieran nacido. No tenían una memoria, una memoria de sí mismos, que se remontara tan lejos en el tiempo, nada que recordaran de sus propias vidas y que estableciera una conexión entre ellos y lo que había sucedido en el hotel Plaza esa noche de Navidad.

—Hay ciertos aspectos… ¿cómo llamarlos?... novedosos acerca de este caso —dijo el juez Scarborough con una venia muy cortés cuando el último de los doce jurados ocupó su puesto—. Al acusado se le imputa un asesinato en primer grado. —Sostuvo el acta de acusación en una mano y arrugó la nariz para reprimir un estornudo—. Se alega en ella que «poco antes o poco después del día veinticuatro de diciembre de mil novecientos sesenta y cinco, Jamison Scott Haviland, intencionadamente y con premeditación, acabó con la vida de Anna Winifred Malreaux al hacerla caer al vacío desde una ventana del hotel Plaza, en la ciudad de Nueva York.

Scarborough dejó descansar su peso en el codo derecho y se inclinó hacia delante. Dos líneas verticales y paralelas le arrugaron la frente cuando entrecerró los ojos en un estado de intensa concentración.

—Aunque no entiendan nada más de lo que diga hoy, les ruego que entiendan lo siguiente: este cargo, esta acusación, este alegato no vale ni el papel en el que está impreso en términos de lo que demuestra. No demuestra nada en absoluto. No tiene valor de prueba. Sólo es el aviso formal de una intención, una intención de traer el asunto a juicio y empezar un procedimiento en el que ustedes —las doce personas que han sido llamadas a servir— decidirán si esta acusación está fundada. Es así de sencillo. Hay otro papel. Lo tengo aquí.

Scarborough bajó la mirada y buscó la carpeta en la mesa. Acto seguido, enseñó una hoja de papel.

—En este documento están las actas de una comparecencia judicial, un auto de acusación —anunció, mirando al jurado uno tras otro—. Un auto de acusación es aquel procedimiento por el cual a un acusado se le comunica en una sesión abierta y documentada que se ha presentado una acusación en contra de él y se le comunica cuál es la naturaleza de esa acusación. Al acusado se le pregunta a continuación si se declara culpable o no culpable del cargo. El acusado en este caso, Jamison Scott Haviland, se ha declarado no culpable. Esa simple negación de haber cometido esa maldad, esa declaración de no culpable ante los cargos que se le imputan debe prevalecer, a menos que y hasta que existan pruebas tan claras y convincentes de lo contrario que ningún ser razonable dudara de que el acusado sea, en efecto, culpable del crimen del que se le acusa. Cualquier otra cosa se entenderá como una dejadez de su deber como miembros del jurado, deber que han jurado, de rendir en este caso un veredicto imparcial.

Scarborough retiró el codo de la mesa, se echó hacia atrás en la silla tapizada de cuero y, durante un momento, se rascó la barbilla.

No dejó de mirar al jurado. Con un suspiro audible, volvió a inclinarse lentamente hacia delante, dejó descansar los dos codos en la mesa y el mentón en las manos entrelazadas.

—Se trata de un juicio por asesinato. El acusado, Jamison Scott Haviland, lo es del asesinato de Anna Malreaux. Sin embargo, cualquiera pensaría, a juzgar por la cobertura que este caso ya ha tenido, que este juicio no tiene nada que ver con el acusado y, en realidad, nada que ver, al menos directamente, con el crimen. Que, en realidad, se trata de un juicio acerca de la credibilidad de cierta figura pública bien conocida. Hay una probabilidad no desdeñable de que Thomas Browning sea llamado como testigo en este caso. Es casi seguro que lo será. Independientemente de que cualquiera de nosotros conozca o no en persona al señor Browning, todos nosotros, quizá la mayoría, tenemos la sensación de que lo conocemos. ¿No es esto correcto?

»La pregunta no es si pueden ustedes borrar de sus mentes cualquier cosa que hayan pensado acerca de Thomas Browning, lo cual sería algo imposible de pedir. Se trata de saber si ustedes pueden sopesar su testimonio con el mismo juicio imparcial con que sopesan el testimonio de cualquier otro testigo. La tarea del jurado en este caso consiste en decidir sobre una sola cuestión, a saber, si la acusación ha demostrado, más allá de toda duda razonable, que Jamison Scott Haviland asesinó a Anna Malreaux. El efecto de esa decisión en Thomas Browning, o en cualquier otra persona, no debe ni penetrar en sus pensamientos. Es irrelevante. Peor que irrelevante, es precisamente el ejercicio de ese prejuicio y ese sesgo lo que no tiene cabida en una sala de tribunal de los Estados Unidos.

Los observaba atentamente, estudiaba su reacción a lo que había dicho, les indicaba con ese escrutinio tan intenso con que estudiaba sus caras que la carga de su responsabilidad era lo más serio y profundo que habían hecho en sus vidas.

—Haremos un pequeño descanso. Cuando volvamos, empezaremos con el examen de los miembros del jurado.

—Casi consigue que te sientas orgulloso de ser abogado, ¿no te parece? —dijo Jimmy Haviland cuando se cerró la puerta que daba a las oficinas del juez.

Apenas oí lo que decía. Pensaba en lo que iba a preguntar durante el examen del jurado. Daba vueltas a la edad que deseaba que tuvieran sus miembros, lo que quería que recordaran. No sabía lo que quería y, peor aún, no sabía por qué.

—Es lo mejor que he visto —siguió Haviland, maravillado por lo que Scarborough había dicho—. Desde luego, jamás me he presentado en tribunales donde pudiera toparme con alguien como él. Es lo que sucede cuando eres el único abogado en un pueblo. Pequeños delitos, algún divorcio ocasional y amistoso, contratos de ventas inmobiliarias… todo bastante definido.

—¿Crees que deberíamos intentar que los miembros del jurado fueran lo bastante viejos para recordar mil novecientos sesenta y cinco o sería preferible que no supieran nada, excepto lo que hayan oído o hayan leído? No puedo decidirme —confesé, volviéndome hacia él con la mirada perdida.

—¿Tú me preguntas a mí? —exclamó Haviland. Cuando entendió que lo decía en serio, asintió con la cabeza y se puso a pensar—. Más viejo, supongo, mejor que más joven. Tendrán una idea más hecha de cómo era aquello —dijo, y sacudió la cabeza. No era lo que realmente pensaba—. Si son más viejos, hay una mayor posibilidad de que sepan lo que es perder a un ser querido.

No sabía si quería decir perder a alguien porque moría o perder a alguien porque amaba a otro hombre. Estaba más inseguro que nunca acerca del tipo de jurado que quería.

Intenté decirme a mí mismo que no importaba, que no tenía que tomar una decisión con antelación, que incluso era un error intentarlo. Había hecho lo mismo durante años. Sabía que era preferible no formular una regla irrevocable para saber qué jurados aceptar y cuáles rechazar. La selección del jurado era un arte, no una ciencia. Sólo después de haber hablado con ellos, de haberlos mirado fijo a los ojos —y hacer que me miraran a mí—, después de escuchar lo que decían y cómo lo decían, sentías qué clase de personas eran y si podías confiar en ellas para que al menos hicieran lo correcto, que siguieran las normas de la ley y asumieran sin dudas ni reservas la curiosa e ilógica obligación de declarar no culpable a alguien de cuya culpabilidad estaban convencidos, siempre que el fiscal fuera incapaz de probarlo fehacientemente. Me hundí en la silla e intenté centrarme en el primer miembro del jurado y en la pregunta que quería hacerle.

Diez minutos después de que el juez Scarborough llamara a un descanso, volvió a la sala. Su paso era más rápido, su mirada más intensa. Se sentó en el borde de su silla, erguido y alerta, como si esperara volver a levantarse de golpe.

—Ahora daremos inicio al examen de los miembros del jurado —anunció, con voz expectante—. Se podría pensar que es algo difícil y complejo, algo que los simples mortales jamás podrían comprender. Lo que significa en idioma corriente es que se lleva a cabo un estudio de cuán calificadas están las personas que han sido llamadas a cumplir la tarea de jurado y ver si cada una de ellas está en condiciones de ser justa e imparcial. De eso se trata, sólo de eso.

Sonriéndose a sí mismo, Scarborough se golpeó en la barbilla con los dedos. Arrugó la nariz, todo lo que pudo y, con un rápido movimiento de los labios, apretados en un sentido, luego en el otro, contuvo un estornudo.

—Tenemos la costumbre de pensar que todos lo sabemos, que todos sabemos qué es un jurado y cómo se aplican las reglas. Sin embargo, les diré que el eminente Blackstone describió hace cientos de años esta expresión como algo que se hace de la misma manera desde hace tanto tiempo que «el recuerdo del hombre no indica lo contrario».

De pronto alzó la mirada hasta lo alto de las ventanas por encima del jurado.

—No vayáis en sentido contrario —repitió, jubiloso, a cualquiera de los amigos ficticios que imaginaba en ese momento. Dejó descansar el brazo derecho sobre la mesa, curvó los hombros por encima y lanzó una mirada penetrante a los miembros del jurado.

»Al comienzo, sólo la defensa podía impugnar la capacidad de una persona de servir como jurado. Esto sucedió en Inglaterra, no aquí. La defensa podía impugnar treinta y cinco veces, y la acusación, ninguna. Treinta y cinco, no treinta y seis, porque si el acusado rechazaba tres jurados enteros, su actitud en relación con el juicio no era lo bastante seria y lo más conveniente sería sencillamente colgarlo en lugar de darse todo ese trabajo. —Miró de soslayo, y siguió—: Veo que el señor Antonelli sonríe, mientras que el señor Caminetti parece bastante indiferente. Así es como siempre reaccionan los abogados de la defensa y la acusación, cuando les cuento cómo eran las cosas antes. Por otro lado, los jurados parecen horrorizados cuando les cuento que en uno de los primeros juicios con jurado que se celebró, al rey no le agradó el veredicto y mandó encerrar a todo el jurado en la Torre de Inglaterra hasta que se mostraran sensatos y cambiaran de opinión.

Alzó la mano como para abortar una objeción.

—Sí, ya lo sé, suena bastante tiránico. Pero el rey sólo tomó esa medida porque al jurado lo habían sobornado, y era la única manera de que se hiciera verdadera justicia. Créanme, pase lo que pase, nadie los mandará a prisión… —Scarborough comenzó a mover su pequeña cabeza y en sus ojos asomó un brillo travieso—. Siempre que, desde luego, escuchen atentamente durante el juicio y sigan todas mis instrucciones al final.

Los miembros del jurado no habían dejado de mirarlo. No hubo ningún momento en que uno de ellos mirara hacia la sala llena de espectadores y reporteros, o nos lanzaran a Caminetti o a mí ni una sola mirada. La sala pertenecía a Charles F. Scarborough. Él lo sabía y, como yo estaba a punto de descubrir, no se avendría a ninguna otra solución.

—El examen de los miembros del jurado suele ser un asunto que llevan a cabo los abogados. Hacen preguntas y deciden quién deberá quedarse y quién irse.

La expresión «suele ser» me puso en alerta. Scarborough iba a hacer algo que a mí no me gustaba, es decir, asumir en persona al menos una parte de las preguntas.

—En lugar de que los abogados pregunten a cada jurado lo que a menudo acaba siendo lo mismo, ahorraremos mucho tiempo si yo sencillamente les pregunto a todos ustedes algunas cuestiones básicas. Quiero comenzar preguntando si alguno de ustedes conoce al acusado, el señor Haviland, o a cualquiera de los abogados, al señor Caminetti por la acusación, y al señor Antonelli en representación de la defensa.

Esperó una respuesta, y como nadie se manifestó, asintió, dándose por satisfecho.

—Muy bien. Nadie conoce personalmente al acusado ni a ninguno de los abogados. Mi siguiente pregunta tiene que ver con los testigos. Les leeré una lista de los testigos que la acusación piensa llamar. Y, por favor, si alguno de ustedes escucha el nombre de alguien a quien conocen personalmente o alguien a quien podrían conocer, les pediré sencillamente que levante la mano.

Ninguno de los doce conocía a ningún testigo de la lista de Caminetti. Scarborough estudió de reojo la lista entregada por la defensa. Frunció los labios y alzó las cejas. Comenzó a mover la cabeza de arriba abajo, un reconocimiento mudo de la dificultad con que había topado.

—¿Alguno de ustedes conoce personalmente a Thomas Browning? Y pongo de relieve la palabra *personalmente*. ¿Hay alguien? ¿No? Bien, la siguiente pregunta en la que quiero que piensen muy atentamente es: ¿Algo en Thomas Browning, cualquier juicio previo a propósito de él, haría que su testimonio fuera más creíble o menos creíble para ustedes que el de otros testigos citados a declarar en este caso?

Nadie levantó la mano, pero Scarborough intuía las reservas.

—Esto es muy importante. Si tienen ustedes alguna duda, aunque sea la más mínima vacilación acerca de si se verían inclinados a tratar el testimonio de un testigo de manera diferente a cómo tratarían el testimonio de otro testigo que no conocen, entonces tienen el deber absoluto de decirlo, y de decirlo ahora.

Una mujer alzó lentamente el brazo desnudo en el otro extremo de la fila de atrás. Scarborough alzó las cejas y luego bajó la mirada hasta un esquema donde había escrito los nombres de cada uno de los miembros.

—¿Sí, señora Warfield?

—Creo que tendría tendencia a encontrar al señor Browning más creíble. Es un hombre que me gusta. Me gusta lo que representa.

—Pero supongo que, por esa razón, no le creería a propósito de algo que usted supiera es falso, o cuya falsedad se demostrara.

Ella coincidió enseguida que no. El juez le hizo varias preguntas y luego se dirigió al fiscal del distrito.

—¿Quiere añadir algo, señor Caminetti? ¿Alguna pregunta que cree que me he dejado?

—No, señoría —respondió Caminetti, con una sacudida brusca y enfática de la cabeza, como si volviera bruscamente en sí. Scarborough miró hacia la tribuna del jurado.

—¿Señoría? —pregunté, abandonando mi asiento.

Scarborough volvió la cabeza apenas un poco más que antes.

—¿Sí, señor Antonelli?...

—Sólo tengo un par de preguntas...

—¿Está seguro, señor Antonelli? —inquirió Scarborough. Ahora volvió del todo la cabeza. No había manera de equivocarse con esa mirada de profunda decepción en sus ojos—. Desde luego que puede, si lo desea. Pero esperaba terminar primero con mis preguntas. La razón por la que he invitado al señor Caminetti a añadir algo si quería es que el testigo en cuestión es de usted, no de él.

Era un asunto de procedimiento, una manera de alcanzar un resultado deseado: un jurado justo e imparcial para pronunciarse sobre la causa. Yo tenía la libertad de mostrar mi desacuerdo, insistir en mi derecho de plantarme ante el jurado y realizar mis propias indagaciones. Lo único que debía enfrentar era la enemistad de un jurado que ahora miraba al juez como la fuente no sólo de consejos y orientación sobre cómo deberían comportarse, sino como la vara con que debían medir a cualquiera. Quien dominaba la sala dominaba el caso, y yo sabía que esta vez no sería yo.

—Sí, desde luego, señoría, no lo había entendido.

La decepción desapareció de la mirada de Scarborough, y fue reemplazada por algo parecido a la gratitud. Era casi como si creyera deberme un favor por haber cedido en esta ocasión a lo que, en su opinión, era lo más conveniente.

Formuló diversas preguntas al jurado a propósito de su conocimiento de Thomas Browning y si alguna de las cosas que sabían de él podía influir en su juicio sobre su credibilidad o, dependiendo de su testimonio, en la decisión última de la causa, a saber, la culpabilidad o la inocencia de Jamison Scott Haviland. Cuando finalmente acabó, hizo el curioso comentario de que quizá fuera preferible seleccionar sólo a jurados que conocieran a los testigos, y no sólo a ellos, sino también al fiscal y al abogado defensor.

—Una de las peculiaridades de las disposiciones actuales es que una de las pocas frases que todos recordamos de los juicios con jurado tiene un significado completamente diferente de lo que tenía al comienzo.

Scarborough se cruzó la mano sobre el pecho y se frotó el hombro derecho. Las arrugas de su frente se hicieron más pronunciadas y una expresión de confusión tiñó su serena mirada.

—Ustedes conocen la frase, la recuerdan bien. Todos tienen derecho a un juicio con un «jurado compuesto de sus pares». Hace tiempo, eso significaba un jurado compuesto por personas que conocían al acusado y a los testigos: personas que sabrían si mentían o decían la verdad. Esto lo menciono en parte porque no quiero que sientan demasiado la carga de saber algo acerca de un hombre famoso que, por casualidad, es testigo en este caso. Creo que sólo puede ser beneficioso suponer que alguien que se presenta en un tribunal dirá más o menos la verdad.

Dicho esto, siguió haciendo preguntas. Si alguno de ellos tenía parientes en las fuerzas de policía. Si alguno de ellos había sido víctima de algún delito. Había varias mujeres, casadas jóvenes, que nunca habían trabajado. Había varios otros que hacían trabajar a sus hijos en cualquier empleo mal pagado que encontraran. Había un funcionario de correos jubilado, un hombre de raza negra que jamás había salido de Nueva York, excepto durante los años en que combatió en la infantería en la segunda guerra. Tres tenían títulos universitarios. El resto había cursado la educación secundaria, si es que se le podía llamar así. Scarborough les hablaba como si todos fueran igual de inteligentes que él.

Si yo sólo hubiera sido un espectador de la sala que se hubiera detenido a mirar, me habría quedado maravillado con la capacidad de Charles Scarborough de llevar a otros a un nivel superior de lo que habían conocido antes. Sin embargo, no era un observador desinteresado, y lo único que me molestaba era que había perdido una oportunidad. Había ganado casos a partir de este examen del jurado al llevarlo a ver las cosas como yo quería. Eso no sucedería aquí. El juez Scarborough se había encargado de que así fuera.

—¿Desean los abogados impugnar alguno de los miembros de este jurado? —preguntó, con voz tranquila y amigable.

Caminetti se incorporó de un salto.

—No, señoría.

—¿Señor Antonelli?

Todavía no sabía qué quería, y ahora entendí que no tendría la posibilidad de averiguarlo. Sólo después de decirlo empecé a pensar que, quizá, mi asentimiento se interpretaría como una muestra de confianza.

—No, señoría, la defensa no impugnará ninguno de estos jurados de acuerdo a derecho. La defensa tampoco ejercerá su derecho de recusación sin causa. Estamos satisfechos de que éste sea un juicio justo e imparcial. Aceptamos el jurado tal como está.

Encorvado sobre la mesa mientras garabateaba una nota acerca de los jurados que quería rechazar, Caminetti quedó paralizado. Alzó la cabeza lenta y metódicamente, y su mirada se volvió aguda y calculadora. Tenía que decidir en ese mismo momento, y yo sabía antes de que decidiera cuál sería esa decisión. Era la única cosa cierta con que yo podía contar, algo que tenía que ver contigo y con la ciudad: si alguna vez rehúyes un desafío, estarás huyendo toda la vida.

—El Pueblo se da por satisfecho —informó, con un movimiento de cabeza breve y enfático. Intentó que sonara como si hubiera sido su idea desde el comienzo.

17

Era como una escena callejera de Manhattan, con aquellos movimientos rápidos, bruscos, con miradas de reojo y aquella manera repentina de mover la cabeza, mirando a un lado, luego al otro. Y luego esos ojos que te miraban mientras él pasaba mentalmente revista a diez asuntos diferentes. Bartholomew Caminetti insistía en que las pruebas que presentaría la acusación en el juicio serían suficiente... no, serían más que suficiente, para demostrar la culpabilidad del acusado en el asesinato de Annie Malreaux. Aquello era, como comentó mientras hacía una pausa en su andar acelerado y bajaba la voz hasta un tono solemne, «un crimen odioso, un crimen que debe ser castigado».

Con la mano derecha apoyada sobre la barandilla de la tribuna del jurado, Caminetti echó los hombros hacia delante y con una gravedad que llegaba al susurro les recordó lo que ya les habían dicho.

—No cambia nada el hecho de que Annie Malreaux haya sido asesinada en mil novecientos sesenta y cinco. Tampoco cambiaría nada si la hubiesen asesinado la semana pasada. Como el juez Scarborough nos dijo ayer, el asesinato es un crimen que no prescribe. El asesinato es el único crimen que nunca podemos perdonar. Es el único crimen que perseguimos sin que importe el tiempo que tardemos en dar con el responsable, quien quiera que sea, de la muerte de otra persona. La vida es un don precioso —siguió Caminetti, cuando dejó de pasearse—. La vida es lo único que nadie tiene derecho a quitarnos —afirmó, y se detuvo con un pie muy por delante del otro. De pronto se volvió—. Tenemos leyes contra el suicidio. No nos está permitido que nos quitemos la vida. Y, como es evidente, no nos está permitido arrebatársela a otro ser.

Con una mirada severa, se volvió de nuevo y reanudó su ir y venir interminable siguiendo una trayectoria semicircular. No pronunció más palabras hasta que llegó al otro extremo del jurado. Por debajo de la plataforma elevada del banquillo de los testigos, dio media vuelta y se plantó con las piernas separadas y los hombros cuadrados.

—El Pueblo llamará a sus testigos para establecer, primero, el modo y la causa de la muerte de la víctima, y luego, los motivos del acusado para cometer el crimen.

Caminetti no se podía estar quieto mucho rato. Juntó los pies. Con las manos que hasta entonces había conservado cruzadas por detrás, comenzó a gesticular, primero, con una, luego, con la otra, mientras disertaba brevemente sobre quién era cada testigo y qué podía esperar el jurado de las declaraciones de ese testigo. Las mangas de su chaqueta, una talla demasiado grande, aleteaban contra sus manos cuando movía los brazos en arranques de entusiasmo con cada una de las pruebas, con cada palabra de los testimonios que pensaba presentar contra la defensa.

—Annie Malreaux cursaba su segundo año en la facultad de derecho. Estaba aquí, en Nueva York, durante las vacaciones de Navidad de ese año. El día de Nochebuena había acudido a una fiesta, una fiesta celebrada en el octavo piso del hotel Plaza.

Caminetti se cruzó el pecho con un brazo y dio un paso adelante. Entrecerró los ojos, los apretó hasta que arrugó el puente de la nariz.

—La empujaron por una ventana, la empujaron a la muerte desde un octavo piso. La empujó el acusado, Jamison Scott Haviland.

De pronto alzó la cabeza con un gesto brusco. Cuando abrió los ojos, su mirada era furiosa.

—¿Por qué lo hizo? ¿Por qué la empujó por la ventana? ¿Por qué la empujó a la muerte?

Caminetti movía la cabeza como un trinquete, de un extremo de la tribuna del jurado al otro, mirando a cada uno de sus integrantes, esperando mientras ellos, a su vez, reflexionaban sobre sus preguntas.

—Los celos. Los celos y el dolor —dijo, finalmente, con una voz dura y seca con la que quería destacar que no había dudas—. Puede que alguien muera cuando le destrozan el corazón, pero son muchos más los que mueren porque han destrozado el corazón a alguien. Annie Malreaux le destrozó el corazón a Haviland. Él quería casarse con ella, y ella dijo que no. Él se sentía herido, se sentía furioso. No podía soportar el dolor. Vino a Nueva York porque sabía que ella estaría aquí. Fue al hotel Plaza. Quizá pensó en darle una última oportunidad, la última oportunidad de decir que sí. Estaba enamorado de ella, obsesionado con ella. No podía dejarla ir. Fue al hotel Plaza, la encontró en la fiesta del octavo piso. Estaba herido, estaba furioso, no tenía la menor intención de dejarla ir. Si no le pertenecía a él, no pertenecería a nadie. Si no quería vivir con él, Annie Malreaux moriría.

Caminetti inclinó la cabeza en una pose reflexiva y se desplazó, con pasos breves y lentos, hasta quedar frente a los integrantes del jurado. Les lanzó una mirada y sacudió la cabeza cavilando en la insulsa debilidad de la carne.

—De modo que la mató, la empujó por esa ventana, la vio caer los ocho pisos y morir en la acera. No pudo hacerla suya, y ya nadie lo haría.

Caminetti sacudió la cabeza un momento, con el mismo gesto de pesar. De pronto, con un brusco paso adelante, se apoyó en la barandilla con las dos manos.

—Alguien tuvo que haberlo visto, tuvo que haber visto cómo la empujaba por la ventana, ¡la lanzaba a la muerte! ¿Por qué no decir nada? ¿Por qué nadie contó la verdad sobre lo que sucedió aquel día? ¿Por qué dejaron que se informara de ello como un accidente cuando sabían que se trataba de un asesinato y no de un accidente?

Caminetti se sacó las manos de los bolsillos y cruzó los brazos sobre el pecho. Se mantuvo bien erguido y deslizó un pie por delante del otro con gesto de cautela, como si probara cuán sólido era el suelo antes de ir más lejos de lo que había llegado. Miró a uno y otro lado del jurado. Y luego lanzó una mirada hacia atrás, por encima del hombro, y con esa sola mirada abarcó a Haviland y al público de la sala que esperaba, expectante, oír lo que seguiría.

Yo sentía la reminiscencia de algo, un eco en la cabeza, y no podía parar de pensar en ello. Alguien tiene que haberlo visto. Eso es lo que había dicho. Hablaba de Thomas Browning. Pero, entonces, ¿por qué insistía tanto en preguntar por qué no habían contado la verdad a propósito de lo que habían visto? ¿Se trataba tan sólo de una manera de hablar, de algo dicho de esa manera abreviada de hablar que tenía Caminetti? ¿Era mi propia sospecha fruto de los nervios o la acusación tenía en sus manos más elementos de lo que yo había averiguado, más de lo que me habían dicho? Se suponía que no ocultaba nada, pero yo no confiaba en él como para pensar que no se traía algo entre manos.

Caminetti volvió a mirar a los miembros del jurado, esta vez con deliberada seguridad.

—Antes de que este juicio acabe, sabrán ustedes cómo sucedió y por qué.

El juez Scarborough, que permanecía sentado de lado mientras escuchaba la declaración inicial de la acusación, esperó a que Caminetti volviera a la mesa y ocupara su silla. De debajo de la toga sacó un pañuelo y se sonó. Con la mano derecha esbozó un gesto lánguido, sin mayor entusiasmo, y movió la cabeza unos centímetros en mi dirección para invitarme a comenzar mi exposición en nombre de la defensa. Yo no me moví, ni dije palabra. Perplejo, el juez guardó el pañuelo y movió la cabeza o, más bien, la dejó caer hacia un lado.

—¿Desea usted posponer su declaración, señor Antonelli? ¿Quiere exponerla cuando acabe la presentación del caso por parte del fiscal y sea su turno? El tribunal lo permitirá, si eso es lo que desea —dijo, con su voz rica y cultivada, enronquecida por los efectos de lo que yo comenzaba a sospechar eran los síntomas habituales de un mal en gran parte imaginario. Entendí que el pañuelo era un artilugio que había comenzado como una afectación con vocación de espectáculo y que, con el tiempo y la costumbre, se había convertido en una parte necesaria, aunque sólo vagamente consciente, del drama de hacer de la sala de juicio ese lugar interesante que él anhelaba. Era sólo un trozo de tela, pero a su manera era tan eficaz como la toga de seda y la peluca blanca con que un magistrado inglés capta la atención de la multitud.

—No, señoría —respondí, con un tono de voz que transmitía una incertidumbre vaga y permanente. Me quedé donde estaba, sentado en esa silla, con la mano derecha apoyada en el borde de la mesa, con tres dedos tamborileando, mudos, como el contrapunto del vacío silencioso de mi mente.

Con una mueca de diversión que iba en aumento, Scarborough dejó que el pañuelo le colgara de la mano mientras se inclinaba sobre su mesa.

—Bien, entonces la alternativa es que haga su declaración inicial ahora, antes de que la acusación llame a su primer testigo o, como corresponde a su derecho, sencillamente no lo haga.

—Sí —contesté y, contagiado por su talante, sonreí.

—¿Sí? —Las cejas gruesas y blancas de Scarborough se dispararon hacia arriba. Se volvió hacia el banquillo del jurado, con una expresión de júbilo pintada en la cara. Pero, en lugar de mirar a alguien del jurado, miró justo por encima de todos—. ¿Sí? —repitió, hablando con ese alter ego imaginario que, una vez aceptados los miembros del jurado, había sido desplazado a otro rincón—. ¿Sí? —preguntó, por tercera vez, esta vez mirándome directamente a mí con una sonrisa irreprimible—. ¿Sí, qué, señor Antonelli? ¿Sí, una presentación? ¿O sí, está usted de acuerdo con que, de cierta manera parecida a Hamlet, presentarla o no presentarla agota las alternativas conocidas?

Con la misma rapidez de Caminetti, me había puesto de pie y ya me dirigía hacia el banquillo del jurado, asintiendo con un leve gesto de cabeza hacia el juez.

—Ésa era la réplica, ese verso de Hamlet, del que depende toda la acción de la obra. «Ser o no ser». Aunque no conozcamos ninguna otra frase de Shakespeare, todos hemos oído ésa. Ser —y vivir siendo— parte de lo que se es, parte de la cadena de ser que conecta a las generaciones, la cadena que se remonta al principio, al comienzo de los comienzos, desde los primeros humanos, Adán y Eva. Y desde ellos hasta nosotros, hasta los tiempos actuales. Hasta nosotros y, tras nuestro breve turno, hasta la próxima generación y todas las generaciones que vendrán después. Annie Malreaux era parte de mi generación, o quizá yo era parte de la suya. Una generación que nació a la guerra, la Segunda Guerra Mundial, y que vivió sus propias guerras. Algunos de ustedes no habían nacido cuando Annie Malreaux se precipitó a su muerte desde una ventana del hotel Plaza, casi al anochecer de un día de invierno. Aún no existían. Ella murió antes de que ustedes nacieran. Nunca respiraron el mismo aire que ella. Nunca, sin saberlo, se cruzaron con ella en una calle de Nueva York llena de gente. Nunca estuvieron parados en la misma esquina juntos, esperando un semáforo, intercambiando unas cuantas palabras anónimas.

Busqué en sus rostros, que casi eran anónimos para mí.

—Y aquellos de ustedes que nacieron unos años antes de que Annie Malreaux muriera, qué recuerdan de la vida entonces, de ese diciembre de hace tantos años. ¿Cuánto recuerdan de lo que hicieron o incluso de quiénes eran? Y no sólo de esa Navidad, sino de cualquier día de ese año. Los recuerdos se desdibujan y desaparecen, se desvanecen para siempre porque gran parte del poco tiempo de que disponemos lo consumen las necesidades constantes de nuestra vida. Lo olvidamos todo, y lo que sí recordamos, quizá, no es el mismo recuerdo que teníamos antes, unas pocas horas, unos pocos días, unas pocas semanas después de que sucediera.

Con las manos en los bolsillos, me quedé mirando el suelo frente al banquillo de los testigos, sonriendo para mí mismo. Cuando levanté la mirada, miré a cada uno de ellos con una especie de curiosidad inocente, como miras cuando te presentan a alguien.

—Yo recuerdo dónde estaba ese día, el día que murió Annie Malreaux. Hay cosas que nunca olvidas. Recuerdo ese día porque yo estaba ahí, en el hotel Plaza, cuando sucedió, cuando Annie Malreaux se precipitó a su muerte. Yo la conocía —dije, y apoyé una mano en la barandilla—. Conocía a Annie Malreaux, pero no sólo a ella. Los conocía a todos. —Miré hacia la mesa de la defensa al otro lado de la sala—. Conocía a Jamison Scott Haviland, Jimmy Haviland, y también conocía a Thomas Browning. Éramos amigos, o al menos nos conocíamos. Íbamos juntos a la facultad. Ahí es donde todos nos conocimos, Jimmy Haviland, Thomas Browning, Annie Malreaux y yo. Fue ahí donde comenzó toda esta historia, hace muchos años, cuando éramos jóvenes y nos iniciábamos en la vida, ansiosos de dejar huella y seguros de que lo lograríamos. Estudiábamos en la Facultad de Derecho de Harvard cuando nos conocimos, Jimmy, Thomas, Annie y yo, y nos tomábamos realmente muy en serio.

Los conduje, en la medida de mis posibilidades, a aquella época en que las cosas estaban mucho más cerca del comienzo que del final, y procuré que entendieran lo que habíamos sido en lugar de lo que llegamos a ser. El tiempo volaba, se consumía más deprisa cuanto más hablaba de lo que había sucedido en el pasado. Les conté lo que recordaba, lo inteligente y bella, lo extraña y diferente que era Annie Malreaux. Les hablé de su madre y de la manera notable de criar a su hija. Les conté lo que había hecho Jimmy Haviland cuando se enteró de lo sucedido, la llamada de teléfono con los sollozos ahogados, cuando Vivian Malreaux supo que su hija, su única hija, había muerto. Y cómo Jimmy Haviland había viajado a Chicago y había hecho lo posible para ayudarla, así cómo ella había hecho lo posible por cuidar de él.

—¿Creen ustedes que ésta sería la conducta de alguien que ha empujado a la chica que ama a su muerte? —pregunté. Y luego seguí y volqué mi relato en Thomas Browning y cómo, al igual que Jimmy Haviland, Browning se había enamorado de Annie Malreaux y de lo que su muerte había significado para él.

Hablé durante una hora o dos, recordando con cada cosa que decía algo que había olvidado, algo que hacía más vívido el relato de lo ocurrido y por qué se había convertido por obra de la tortura en algo que nunca había sido. Hablé durante dos horas, y hasta tres, a los doce miembros del jurado como si fueran los únicos amigos que había tenido en mi vida.

—Yo los conocía a todos. A Browning, a Haviland y a Annie Malreaux. Y, a su manera, ellos desde luego se conocían. Si no se hubieran conocido, nada de esto habría sucedido. Si Annie Malreaux no hubiera ido a estudiar a Harvard, si no hubiera conocido a Jimmy Haviland o jamás hubiera visto a Thomas Browning, no habría estado en Nueva York, no habría ido a la fiesta del Plaza, no se habría puesto a mirar por esa ventana y no se habría producido esa caída accidental.

Hice una pausa y busqué en sus miradas su disposición a creerme cuando les contaba lo que creía.

—Y si Jimmy Haviland no hubiera conocido a Thomas Browning, si nunca se hubieran conocido, no estaría sentado hoy aquí donde lo ven, un hombre de edad mediana, vestido de traje, acusado de un crimen que no sólo no cometió, sino que nunca existió. Él conocía a Thomas Browning, se conocían de la facultad. Ésa es la razón, la única razón, por la que lo han acusado de asesinato. No por lo que le sucedió a Annie Malreaux, sino por lo que le sucedió posteriormente a Thomas Browning.

Apenas sin dirigirme a él, lancé una mirada larga y dura a Bartholomew Caminetti. Había empalidecido como una sábana, y su única expresión era una mirada calculadora. Escuchaba lo que yo decía y pensaba cómo podría usar mi discurso, cómo podría desmontarlo, tergiversarlo a su parecer para obtener ventaja. Me volví hacia el jurado.

—Si Thomas Browning hubiera sido sólo otro alumno de derecho, otro joven de esa generación que, más tarde, como Jimmy Haviland, iría a la guerra o, como yo y otros, nos librábamos de ella y, a salvo de la violencia, nos lanzábamos a nuestras carreras de abogados, jamás se habría producido una acusación, porque nunca habría habido crimen. La única razón por la que Jamison Scott Haviland ha sido acusado es que Thomas Browning se presentó a las últimas elecciones presidenciales y puede que se disponga a hacerlo de nuevo. Sí, ya recuerdo —dije, sacudiendo la mano con impaciencia—. Recuerdo lo que dijo el juez Scarborough al comienzo, que lo único que importa en este juicio es dilucidar si el acusado, Jamison Scott Haviland, arrebató o no la vida a Annie Malreaux, y que en ustedes no debería influir el efecto que su veredicto tuviera en Thomas Browning o en ninguna otra persona. Pero yo no hablo del efecto. Yo hablo de la causa. ¿Recuerdan lo que les dijo el juez Scarborough? No a propósito de su obligación de tomar una decisión a partir de las pruebas, sino de lo que serían las pruebas, de los testigos que serían llamados. Uno de esos testigos es Thomas Browning, pero, ¿quién lo llamará? No lo llamará la acusación. El señor Caminetti nos ha dicho quiénes serán sus testigos y el nombre de Thomas Browning no figura entre ellos.

Hice una pausa lo bastante larga para permitirme una rápida mirada al fiscal del distrito. Él me devolvió una mirada vacía, una demostración de imperturbable indiferencia.

—¿Por qué no figura el nombre? ¿Por qué no está Thomas Browning en la lista de la acusación? ¿Por qué no es Thomas Browning el primer nombre, el único nombre en esa lista? —pregunté, con una voz cargada de emoción—. Thomas Browning estaba ahí, ¡en esa habitación! Thomas Browning vio lo que sucedió. Sólo Thomas Browning podría condenar al acusado si el acusado hubiese cometido un crimen. Pero la acusación no piensa llamarlo, no piensa llamar al testigo que vio caer a Annie Malreaux.

Con el ceño fruncido, intenté dar respuesta a la incógnita.

—¿Por qué? Porque Thomas Browning no miente. En eso insiste ahora la acusación. Eso es lo que les han dicho hace unas horas. Que Thomas Browning no «contó la verdad de lo que sucedió ese día». Ésas son las palabras del señor Caminetti. Ha afirmado —recuérdenlo— que la muerte de Annie Malreaux fue calificado de accidente cuando Thomas Browning sabía que no lo había sido. No importa que no se haya usado el nombre de Thomas Browning. Thomas Browning estaba presente. Todo el mundo debe saber eso a estas alturas. La acusación también lo sabe. Pero no lo llamarán como testigo, y es porque no pueden. Resulta extraño, inexplicable, que el único testigo de la muerte —la muerte accidental— de Annie Malreaux tenga que ser citado por la defensa.

Di unos cuantos pasos y me detuve. Entrecerré los ojos y apreté los dientes, sacudiendo la cabeza con gesto irritado. Mientras ponía el énfasis una y otra vez en ese único punto, ese solitario punto de importancia vital, daba manotazos al aire.

—La defensa llamará a Thomas Browning para que Thomas Browning preste juramento, jure decir la verdad y les explique a ustedes y a todos lo que vio ese día horrible, el día de Nochebuena del año mil novecientos sesenta y cinco. La acusación no lo llamará como testigo. En su rigurosa investigación, en su exhaustivo y duro trabajo de estudiar de nuevo las pruebas en un caso oficialmente cerrado en su día, cuando ocurrió, como accidente... —seguí, más y más sarcástico aún con cada palabra—, con todos los testigos que tiene que haber entrevistado, todas las personas que tiene que haber seguido de un lugar a otro hasta encontrarlas, con todos los enormes recursos gastados en este esfuerzo colosal para solucionar un crimen, supongo que no fue más que un descuido menor, un pequeño error, un error comprensible, que a nadie, y con ello quiero decir a ningún oficial o agente de policía, a ningún inspector, a ningún investigador, a ningún ayudante del fiscal del distrito, no, ni siquiera el mismísimo señor Caminetti, se le ocurriera pensar que debía entrevistar a Thomas Browning. No registraron ninguna declaración, no hicieron preguntas. No lo invitaron a presentarse ante el gran jurado. Ni siquiera tuvieron la cortesía de llamar por teléfono para saber si tenía algo que decir. Y ahora, el fiscal del distrito, en este juicio abierto, presenta su declaración inicial al jurado y, con lo que debo confesar tiene cierto arte histriónico, y a través de todos los reporteros reunidos en esta sala, le dice al mundo… ¿cómo iba? Ah, sí, «alguien tiene que haberlo visto, tiene que haberlo visto todo. Tiene que haber visto cómo la empujaba por la ventana, la empujaba a la muerte».

»Todo el argumento de la acusación descansa en la suposición de que Thomas Browning es un mentiroso, un conspirador en un crimen. Por eso no está del todo bien, por eso debo, de alguna manera, disentir de la visión tan claramente expuesta por el juez Scarborough. Este juicio no versa sólo sobre la culpabilidad o inocencia del acusado. El acusado está siendo utilizado. Es un peón en un juego peligroso, un juego protagonizado por personas poderosas y ambiciosas que se han propuesto destruir a Thomas Browning, personas que no se detienen a pensar ni por un instante que, en el proceso, también destruyen a Jamison Scott Haviland.

Llevaba horas hablando. Era la exposición previa más larga que jamás había pronunciado. Tenía la frente sudorosa y alguna gota resbalaba hasta mis ojos y los quemaba con su sal. Tenía el pelo humedecido y la camisa empapada.

—La acusación ha prometido contarles quién encubrió el asesinato de Anna Malreaux y la razón por la que se encubrió. «Antes de que este juicio acabe, sabrán ustedes cómo sucedió y por qué.» ¿Se acuerdan? Yo también les prometeré algo —dije, y me volví lentamente hasta que pude mirar fijamente a Caminetti—. Antes de que acabe este juicio, sabrán quiénes son los que han conspirado para utilizar el sistema judicial de Estados Unidos para obtener deliberadamente una condena injusta por asesinato, debido a una necesidad desesperada de aferrarse al poder político y a sus propias carreras en la política. Es una conspiración, señoras y señores, que llega hasta la Casa Blanca, ¡y antes de que acabe este caso, me propongo demostrarlo!

Con una última mirada a los miembros del jurado, me acerqué a mi mesa. Estaba exhausto, y me dejé caer en la silla, satisfecho de haber hecho esa promesa, pero demasiado cansado para preocuparme de si podría cumplirla.

La sala de vistas quedó en quietud, en un silencio profundo. Nadie se movía, nadie hablaba. Nadie sabía qué pensar. Habían venido a ser testigos de un juicio en el que podría estar implicado el vicepresidente, al menos envuelto en un escándalo, y se encontraban con la afirmación de que Browning era víctima de una conspiración criminal, dirigida quizá por el propio presidente. El juez Scarborough de pronto parecía cansado y demacrado.

—Creo que sería el momento indicado para levantar la sesión por el día de hoy —dijo, con una voz que parecía a la vez reflexiva y apagada—. Empezaremos por la mañana, a las diez. Hoy hemos acabado con las exposiciones iniciales. Mañana, la acusación llamará a su primer testigo y abrirá su turno.

Conseguí sacar a Jimmy Haviland del edificio por una salida lateral. Cruzamos la calle, nos adentramos en Columbus Park y, antes de que nos despidiéramos, le advertí que no se acercara al bar irlandés.

—Allí dentro habrá gente, reporteros, y no sólo reporteros, también alguno de esos desquiciados que querrían ver a Browning muerto, y la única versión que tendremos es la del acusado que bebe hasta quedar tuerto en lugar de pensar en su juicio. Vuelve al hotel. Si necesitas una copa, bébela en tu habitación, y bébela solo.

Jimmy me respondió con una mueca sumisa.

—Te prometí que no lo haría. ¿Crees que no soy capaz de cumplir mi palabra?

Avergonzado, quise disculparme.

—No, no pasa nada —dijo él. La mueca se suavizó hasta convertirse en una sonrisa distante y vaga. Dio un golpe con el pie en la acera. Alzó la mirada y añadió, con una mirada de reojo entristecida—: Si no hubiera hecho la promesa, ahora estaría ahí, camino a ese bar, y probablemente me quedaría hasta que no recordara por qué quería irme. —Una expresión de duda tiró de las arrugas de sus ojos ya maduros—. Siempre ha sido algo tan absurdo...

Me dio verdadera lástima. Hubiera querido decirle algo que le sirviera de alivio, aunque sólo fuera para parte de su dolor. Recordé lo que había dicho Vivian Malreaux, no sólo acerca de lo que Jimmy había creído, sino de aquello que su hija, por su extraño y generoso carácter, podría haber hecho.

—Podría haberse casado contigo. Al cabo de un tiempo, cuando hubiese decidido lo que realmente quería hacer, Annie podría haberse casado contigo. Sabía cuánto la amabas, y eso significaba mucho para ella.

Un asomo de sonrisa, trágica y nostálgica, amarga y compasiva, pasó por la boca recta y estrecha de Jimmy Haviland. Había una especie de merecida claridad en sus ojos, como si finalmente hubiera entendido cuáles eran sus debilidades. Era la mirada de alguien que entendía que era demasiado tarde y que, probablemente, siempre lo había sido. Que las cosas que cambian nuestras vidas, que nos convierten en lo que somos, que nos hieren y casi nos destrozan, que las heridas de nuestros sueños hechos trizas y nuestras ilusiones perdidas, nuestras ambiciones torcidas y nuestras almas rotas, estaban escritas desde el principio junto a nuestros nombres. Jimmy Haviland me miró, cansado y silenciosamente triunfante, por fin dispuesto a aceptar las cartas que le habían tocado en el juego.

—Nunca fue un problema de Annie. Siempre fue mi problema. Si se hubiera casado conmigo, habría sido por las razones equivocadas, porque me tenía lástima, supongo, y aquello habría acabado mal, habría sido peor. No peor que muriera, peor que si hubiera vivido y se hubiera casado con otro, alguien a quien ella amara un poco como yo la amaba a ella. No era por Annie. Si no la hubiera conocido —tal como tú has dicho hoy allí dentro—, si no hubiera conocido a Annie, ¿crees de verdad que mi vida habría sido tan diferente? ¿Que hubiera llevado una vida normal y feliz, aunque no tenga ni idea de qué es eso? Si no hubiera sido Annie, habría sido otra.

Jimmy sacudió la cabeza, y me dio la impresión de que había una vaga insinuación de algo parecido al orgullo, una sensación de que no estaba dispuesto a conformarse con algo que no fuera lo mejor, que no había temido arriesgarse a apostarlo todo en su manera de sentir.

—Me parecía bastante a ti en ese sentido —comentó, con una mirada de simpatía que me cogió desprevenido—. Siempre deseé algo que sabía que no podía tener. ¿Cómo reza el dicho aquél? «Tu ambición debería superar a tus posibilidades, si no, ¿para qué está el cielo»? —rió Haviland—. Y luego se preguntan por qué se da la gente al whisky.

Me dijo adiós y comenzó a alejarse calle arriba. De pronto se detuvo, dio media vuelta y volvió hacia donde yo estaba.

—Browning tenía razón en una cosa. Tenía razón acerca de ti. Lo que has hecho hoy en esa sala, tu declaración inicial... —Sonrió y, con un gesto que decía más que las palabras, dio su aprobación con un gesto de la cabeza. A continuación, giró sobre sus talones y se perdió en el mar de gente que, incansable, iba de un lado a otro por la calle angosta y ruidosa.

Me giré para irme cuando la vi, de pie y esperando justo frente a mí. Intenté ocultar mi sorpresa.

—¿Has venido como periodista o como la mujer que quise invitar a cenar y no devolvió mi llamada?

En los ojos oscuros y relajados de Gisela Hoffman asomó esa expresión ligeramente desconcertada que tenía cada vez que quería traducir al inglés algo que creía importante. Una sonrisa de incomodidad cruzó por su boca y luego, como si el sentimiento de vergüenza creciera, intentó volverse. Con una risa que tenía algo de impotencia, cogió la correa del enorme bolso que llevaba en bandolera, metió la otra mano en el bolsillo de su abrigo de piel de camello e inclinó la cabeza ligeramente a un lado.

—No sé por qué tengo estas reacciones cuando estoy cerca de ti, como una adolescente que no sabe hablar, como una tonta sin lengua. Sí, ya sé por qué —y abrió desmesuradamente los ojos, que se tiñeron de un brillo acusatorio—. Es eso que haces, esa manera que tienes de... provocarme con la mirada, ¡de reírte de mí de esa manera!

La tomé por un brazo, dimos media vuelta y empezamos a abrirnos camino entre la multitud. El aire era frío, claro y penetrante, y el cielo, de un color azul oscuro, tenía algo de quebradizo. La delicada piel blanca de sus mejillas se había teñido de un rojo intenso, como las mejillas coloreadas de una muñeca.

—Es demasiado pronto para cenar —dije, cuando llegamos a la esquina del final del parque—. Pero yo todavía no he comido nada. Busquemos un lugar tranquilo donde podamos hablar.

En un rincón de un bar poco iluminado devoré un bocadillo mientras Gisela tomaba un capuchino e intentaba explicar por qué nos echábamos tanto en falta.

—Están pasando tantas cosas en Washington que no pude viajar hasta que empezó el juicio. —Arrugó la nariz y en sus ojos trasnochados se insinuó una pregunta que la intrigaba—. Esa manera de empezar... —dijo, y sacudió la cabeza—. No, quiero decir, las preguntas que hacéis.

—¿El examen del jurado? ¿La selección? —sugerí, entre dos mordiscos hambrientos.

Su mirada se iluminó.

—Sí, el examen del jurado. Suponía que llevaría bastante tiempo... hasta el fin de semana. ¿Sí?

Con la boca llena, asentí.

—Y luego termina todo en un día. Así que cuando supe que hoy tú y el fiscal haríais el discurso inicial... ¿Discurso? Declaración inicial. Sólo tuve tiempo para hacer una maleta y tomar un vuelo temprano por la mañana.

En su boca delicada y bella apareció una sonrisa tímida, una sonrisa inteligente.

—Cuando oí tu voz anoche en el contestador...

Puse el plato a un lado y me incliné, apoyado en los brazos.

—Te busqué el otro día, cuando comenzó el juicio. Pensé que estarías, y me decepcionó no verte. De modo que anoche decidí llamarte y averiguar qué había pasado y si pensabas venir a Nueva York o no.

—No llamé porque era tarde, y porque pensé que me gustaría venir y darte una sorpresa, como lo he hecho. —Frunció el ceño y sacudió la cabeza con un gesto de recriminación, por decir menos que la verdad—. Estaba asustada. No sabía si era seguro devolverte la llamada.

—¿Seguro?

Gisela abrió su bolso, que había dejado junto a ella en el asiento. Era casi del tamaño de un maletín de ejecutivo, lo bastante ancho para contener el sobre marrón que dejó sobre la mesa.

—Esto es para ti.

—¿Qué es?

—No estoy segura. El hombre que me entregó los documentos no me dijo qué eran. Me pidió que te los diera, que me asegurara de que los tuvieras antes de que la acusación llamara a su primer testigo. Me dijo que tú entenderías su significado.

—¿El hombre?

—Un amigo mío. —Guardó silencio y luego añadió—: Alguien que conocía.

Un antiguo amante que ahora era un amigo, alguien que sabía que Gisela me conocía.

—Alguien que conocías —repetí, con una mirada pensativa.

—Nos hemos hecho buenos amigos. Él confía en mí, y quería que te entregara esto. —Señaló con un gesto de la cabeza el sobre que yo había empezado a abrir—. Sabe que no le diré a nadie quién es.

Yo no sabía quién era, pero creía saber dónde trabajaba.

—¿Tu informante de la Casa Blanca? ¿El que te contó lo de la investigación y la acusación?

Ella me lanzó una mirada de desaprobación. Yo farfullé una disculpa y vacié el sobre. Había media docena de hojas en el interior, copias de mensajes bajados del ordenador de alguien. La misma dirección de correo electrónico figuraba visiblemente en la cabecera.

—WH.EOP.GOV. —Miré a Gisela—. ¿EOP?

—WH... ¿Casa Blanca? ¿Y GOV... Gobierno?

—Sí —dijo, y se inclinó hacia delante, presa de la curiosidad—. Viene del ordenador de alguien de la Casa Blanca. Pero he verificado el nombre, Lincoln Edwards. No hay nadie con ese nombre en el directorio de la Casa Blanca.

Comencé a examinar los documentos, los hojeé y luego los contrasté unos con otros, comparando las fechas y la secuencia de los intercambios registrados.

—¿Sabes qué son? —preguntó Gisela, ansiosa y emocionada.

Puse de nuevo los documentos en el sobre, que dejé junto a mí en el asiento.

—Creo que sí.

Lancé una mirada alrededor para ver si había alguien cuya cara me pareciera conocida. Si aquello era lo que yo pensaba, había que tener mucho cuidado.

—Ya sé que no me dirás quién es tu amigo, pero tiene que ser alguien de la Casa Blanca. Sólo alguien que trabaje allí puede entrar en los ordenadores. ¿Por qué querría darme esto alguien del equipo de la Casa Blanca, alguien que trabaja para el presidente?

—¿Qué es? ¿Qué significan esos números?

—Números y nombres —le recordé—. Tú estabas hoy cuando Caminetti habló de sus testigos y de lo que dirían. ¿No te sonaron familiares dos de los nombres?

—No entendí los números. Y no presté demasiada atención a los nombres —dijo, negando con un gesto de la cabeza. Y, de pronto, me miró con intensa curiosidad—. ¿Quieres decir que dos de los testigos de la acusación…? ¿Qué significan los números?

—Es un registro de una secuencia de transferencias, dinero que se ha movido de un banco a otro, movido a través de cuentas en el extranjero para que sea prácticamente imposible dar con su origen. Es un registro de dinero pagado a seis personas diferentes, dos de ellas testigos clave en un juicio por asesinato.

—¿Quiénes son los otros cuatro?

—No lo sé —tuve que reconocer—. Pero sigo teniendo ganas de saber por qué tu amigo me ha dado esto. ¿Por qué alguien de la Casa Blanca, uno de los asesores del presidente, me da una información que, de ser verdadera, podría provocar la caída del presidente? Me gustaría hablar con tu amigo. Quiero hablar con él ahora mismo. ¿Puedes arreglarlo?

—No lo sé. Lo preguntaré.

Nos quedamos en el café hasta que oscureció, y poco a poco la conversación fue girando menos en torno al juicio y se fue centrando más en nosotros. Gisela me habló de su infancia en Alemania, en el Berlín dividido y cómo, después de acabar la universidad, consiguió un empleo en un periódico de Munich, donde conoció al hombre con quien, con el tiempo, se casó y de quien estaba ahora oficialmente divorciada.

—Tuvo una aventura con una mujer cuando no llevábamos siquiera un año casados. De modo que yo también tuve una. Un hombre que conocía —dijo, con cierta indiferencia, como si explicara el gambito de apertura en un juego bien ensayado.

En su boca asomó una sonrisa suave y enigmática. Me lanzó una mirada dura y reluciente. Era como la insinuación de la inocencia atraída al pecado, al que te vuelves adicto.

—Las mujeres lo disfrutan tanto como los hombres —anunció, ahora con una sonrisa abierta, segura de sí misma. Sentí que me desafiaba a contradecirla—. A veces, más que los hombres —añadió, con mirada provocadora—. Él pensaba que podía dormir con todas las mujeres que quisiera, pero que yo le sería fiel, que inventaría una especie de pequeño mundo perfecto para que, cuando estuviera en casa, interpretara el papel de marido fiel y perfecto, atendido por su mujer perfecta. Te puedes imaginar su decepción cuando se enteró de que mientras él se dedicaba a sus infidelidades, yo, por mi lado, también me había entregado a una promiscuidad aleatoria. Pensó que lo había traicionado, que lo que él hacía era distinto y que yo no tenía el mismo derecho. Se portó como un alemán. Yo era más… ¿cómo decirlo?... más europea. Dispuesta a casarme, pero con muchas ganas de estar enamorada.

Su segunda mitad, su otro lado, se acercó al primero. La suave vulnerabilidad que pedía que la ayudaras y, de pronto, aquel repentino erotismo que despertaban ganas de poseerla completaban el círculo que ahora me envolvía, incapaz de pensar en otra cosa que en ella, y en cómo sería estar con ella, solos y desnudos.

—Hay cierto encanto en tener una aventura, estar con alguien cuando la única razón, el único motivo, es que quieres estar. Nada de esos prosaicos cálculos sobre cómo ni dónde vamos a vivir, ni sobre los planes que haremos para nuestra vejez. No te preocupas por esas cosas. Sólo te preocupa cómo quedar de acuerdo la próxima vez que puedas pillar un par de horas para aquello que te hace sentir tan viva.

Sentí que me acercaba a ella, que me perdía en ella, atrapado por una necesidad acuciante, un remolino que cuanto más rápido giraba más me pedía que nos fuéramos. La observaba, y ella me provocaba con su mirada. La vi desnuda y en la cama. La contemplé mentalmente haciendo el amor conmigo.

Sus ojos oscuros se adueñaron de los míos. En aquel silencio de seda casi oía la risa que bailaba en sus finos y provocadores labios.

—Ahora somos dos personas solteras, un hombre y una mujer, pensando en lo que sentiremos, de aquí a un rato, cuando empecemos a hacer el amor y hagamos el amor toda la noche. ¿Te gustaría hacerlo conmigo, Joseph Antonelli? ¿Te gustaría llevarme a tu hotel... y tenderme en la cama... y poseerme? Yo tuve ganas la noche que nos conocimos, y tú lo sabías, ¿no? —preguntó, sabiendo que estaba en lo cierto.

Salimos del restaurante y la abracé por los hombros para protegerla de la fría noche. Subimos a un taxi y ella se estrechó contra mí y luego me miró, esperando, sabiendo que la había estado esperando. Con su brazo alrededor de mi cuello, la besé y me perdí aún más en ella. Su aliento contra mi rostro era cálido, lleno de deseo, un suspiro de las esencias de todas las chicas que había conocido en mi vida. No pronunciamos palabra. No había nada que decir, nada que no fuera a estropear el momento. Había luces por todas partes y yo no veía absolutamente nada, sólo su cara, su aspecto y su manera de moverse. La vi bajar del taxi, sonriéndome, sin soltarme la mano y, por un instante, recordé otro taxi, un taxi que me había conducido a unas cuantas manzanas de esa esquina, y recordé cómo había sido al comienzo, aquella primera vez en Nueva York, cuando todavía era joven y todo el mundo también lo era.

Estaba en mis brazos antes de que hubiera cerrado la puerta, y los dos estábamos a medio desvestir cuando cruzamos la habitación, desbocados y apasionados. Hicimos el amor, y luego volvimos a hacer el amor. Hicimos el amor de maneras que jamás había imaginado, y lo hicimos como si, en lugar de ser aquella nuestra primera noche, hubiésemos estado haciendo el amor toda la vida. Ella me enseñó cosas que no conocía y, dado que todo parecía ir tan bien, no experimenté aquel deseo celoso de saber dónde lo había aprendido. Dormimos poco y casi no hablamos. Sus ojos y el contacto con su piel decían todo lo que yo ansiaba escuchar. Nos conocimos a lo largo de una noche breve y fugaz, hasta que llegó la luz del día.

Tendida en el silencio oscuro de la habitación, estiró sus brazos delgados sobre las almohadas y me miró a través de sus ojos casi cerrados.

—¿Estas vestido? ¿Ya te vas? —preguntó, con una voz somnolienta y tranquila.

Yo tiré de la sábana blanca que sólo le tapaba las rodillas y la cubrí hasta los hombros. Ella se giró y se la metió bajo el mentón.

—¿Qué hora es? —preguntó, frotándose los ojos. Cogió la sábana y se sentó, mirando la habitación que sólo había visto en la oscuridad—. Vives muy bien, Joseph Antonelli. —Con una sonrisa somnolienta, se deslizó hasta tener la cabeza debajo de las almohadas—. ¿Te importa que me quede un rato más? Si durmiera todo el día, quizá podrías contarme más tarde qué sucedió en el juicio.

Le sugerí que se quedara más tiempo.

—Tengo este piso mientras dure el juicio. Hasta que acabe y, si quiero, por más tiempo. ¿Por qué no te quedas aquí tú también? ¿Todo el tiempo que quieras? —Inclinó la cabeza a un lado y me miró con ojos infantiles, una mirada de confianza—. Es más agradable que un hotel normal. Y si estás tú, no tendré que preocuparme tanto. Sabré que estás a salvo.

—¿A salvo? —preguntó, como si no tuviera idea de lo que quería decir—. ¿Cenaremos juntos esta noche? —Cerró los ojos y en un instante se volvió a dormir.

18

Era mejor que cualquiera de las novelas de Rebecca Long. Mejor que cualquier relato de misterio escrito por un autor popular. Mucho mejor que las aburridas biografías elaboradas a partir de los recuerdos mentirosos de políticos que intentan ocultar sus errores. No se parecía en nada a un libro. Era más como una obra teatral, una obra entre dos actos, y el público aguardaba, conteniendo la respiración, atrapado por el suspense antes de que se abrieran las cortinas. Thomas Browning había renunciado al cargo de vicepresidente, pero durante una semana era lo único que se sabía. La Casa Blanca, siempre rebosante de rumores, se había sumido en un silencio incómodo, y nadie quería hablar, ni siquiera *off the record*. Todas las fuentes anónimas habrían deseado no ser tan conocidas.

Era la reacción de gente que temía lo peor y que ignoraba en qué podía convertirse lo peor. Las luces permanecían encendidas toda la noche, nadie se atrevía a ausentarse. Arthur Connally y los demás asesores del presidente no se separaban, hacían planes y los cambiaban, preguntándose qué haría Browning y qué se verían obligados a hacer ellos. Los periodistas que informaban de esto no lo afirmaban como un hecho, sino, más bien, daban a entender que era casi seguro que eso era lo que sucedía. Los secretos alimentaban las especulaciones, y las especulaciones se convertían en un conjunto pasajero de hechos que comenzaban con un «qué pasaría si…», que a su vez seguía alimentando la especulación. A los miembros del Senado y del Congreso, a los gobernadores y alcaldes, a los presidentes de los partidos Demócrata y Republicano, a cualquiera que ocupara un cargo o que alguna vez hubiera aspirado a ocupar un cargo, les preguntaban qué pensaban de la dimisión del vicepresidente y cuál era, según ellos, su significado. Las opiniones volaban como furiosas bolas de nieve en un combate de patio de colegio, hacían todo el daño que podían en los rostros iracundos y atónitos de aquellos que, casi por azar, se encontraban en el lado contrario, y luego se desvanecían en algo que, se mirara desde donde se mirara, parecía una nebulosa blanca bastante ininteligible. Hasta el momento en que Thomas Browning se plantó ante las cámaras, todo el país seguía debatiendo sobre qué iba a decir y qué iba a hacer.

La conferencia de prensa programada para el viernes a las diez de la mañana fue aplazada hasta las cinco y media de la tarde, y en lugar de celebrarse en Washington, sería en Nueva York. Ya que no se habían dado razones para ese cambio, cualquiera tenía plena libertad para inventarse su propia explicación. Hacia media tarde iba en aumento la sospecha de que el cambio de ciudad lo había motivado el juicio en el que se había visto implicado Thomas Browning, quien, al parecer, había sido testigo del asesinato de una mujer joven. A las cinco, media hora antes del momento fijado para la aparición de Browning, los reporteros de la televisión que se habían apostado en la acera frente a su apartamento en el East Side comenzaron a dar cobertura en vivo para informar de los rumores más recientes de una fuente anónima. Browning pensaba dar a conocer lo que sabía sobre el asesinato y pedir disculpas a la familia de la chica. En esas frases familiares y sin sentido, Browning intentaría «superar aquello» y «seguir adelante con su vida».

No pude evitar una risotada cuando oí aquella solemne invocación, estúpida y vacía, aquella superficialidad de que lo único a tener en cuenta es el consuelo y el sentido trágico de pérdida que permanece siempre, la constante aflicción en el alma angustiada, la reacción poco saludable de alguien que necesita ayuda. Casi podía ver la expresión de dolor de Browning, el gesto de desprecio con que siempre rechazaba el sentimentalismo empalagoso que se obsesiona con lo que siente porque lo que siente siempre está en la superficie y la superficie es lo único que hay.

A las cinco y media, Thomas Browning salió del edificio de apartamentos de la Quinta Avenida, cruzó la calle y, de espaldas a Central Park, se detuvo ante una batería de micrófonos y pronunció el escueto anuncio que lo cambió todo.

—La semana pasada renuncié a mi cargo como vicepresidente de Estados Unidos. He tomado esta decisión con el fin de presentarme ante ustedes y anunciar mi candidatura a la presidencia de la nación.

Los ojos le brillaban con una alegre beligerancia. Comenzó a sonreír. Se metió las manos en los bolsillos de su chaqueta gris cruzada y se inclinó hacia delante, mirando hacia la multitud de reporteros que pugnaba por acercarse. De pronto, alzó la cabeza y levantó la mano derecha para saludar y responder a la locura jubilosa y al griterío que empezaba a desatarse y amenazaba con arrollarlo con su ruido. Miles de personas, atraídas por la noticia de que Browning se presentaría en ese lugar, habían salido y llenaban las calles y detenían el tráfico a lo largo de varias manzanas de la Quinta Avenida en ambas direcciones. El anuncio de que Browning se presentaba a las elecciones como candidato a presidente, que se presentaría para disputar la nominación a Walker, había excitado a la multitud, y había convertido todas aquellas débiles voces aisladas en un solo rugido tremendo y cavernoso. Al principio eran voces de aliento, la multitud le manifestaba su apoyo y expresaba que aprobaba lo que pretendía hacer. Sin embargo, el ruido seguía en aumento, se hacía más intenso, crecía hasta llegar a ser una demanda, una insistencia para que Browning hiciera lo que se había convertido en idea de la multitud, que se presentara y ganara, y que ganara en nombre de todos. Seguía y seguía, y a cada segundo que pasaba se unía una nueva generación de entusiasmo, que resonaba en todas direcciones al mismo tiempo, como si la multitud misma creciera, derramándose por las estrechas calles adyacentes, llenando las avenidas, cogiendo a la ciudad entera por sorpresa. Browning estaba en medio, sin que se le pasara por la cabeza la idea de detener ese movimiento. Al contrario, extraía su fuerza de la multitud, mirándolos a todos, saludándolos, reconociendo su poder y aceptando la verdad de lo que decía y lo que anhelaba. Recordé la última vez que había visto una multitud, una multitud en Nueva York, reaccionar de esa manera, la última vez que había visto a un solo hombre despertar tanta atención y devoción. Recordé la mirada en la cara de Joanna en el momento en que vio a John Lindsay aquel día que la acompañé a la sala de actos en el sótano del hotel Roosevelt.

Creo que la intención de Browning era hacer esa breve declaración de dos frases, anunciando que se presentaría contra Walker para obtener la nominación republicana, y luego contestar a las preguntas de la prensa. Se había cambiado la hora de media mañana al final de la tarde porque, con las noticias de la tarde en vivo, era el momento perfecto para hablar con voz pausada y tranquila acerca de la decisión que había tomado y por qué la había tomado. No se había imaginado esa muchedumbre ni la asombrosa intensidad con que había acogido su anuncio y había convertido su causa en la de todos. Su intención era tener un intercambio con la prensa, y ahora se veía obligado a hacer un discurso.

Thomas Browning se plantó bajo la luz rojiza y dorada del otoño y, sin nada escrito, ni siquiera unas notas que le recordaran lo que quería decir, pronunció un discurso que cualquiera que lo haya oído no olvidará jamás. No había tenido ni un instante para prepararlo, pero, en cierto sentido, lo había estado preparando toda su vida. Browning vivía en compañía de las palabras. Las utilizaba, pensaba en ellas, las pesaba y las medía. Escuchaba cómo sonaban, pero también estaba atento a su significado, porque era su sonido lo que captaba y sostenía la atención de un público fascinado, como si la voz que oía proviniera del alma de ese público. Él se había entrenado para ello, había memorizado largos fragmentos de discursos famosos o, como había hecho con el segundo discurso inaugural de Lincoln, los había memorizado en su totalidad. Páginas de la fina prosa de Gibbon y Macaulay y de otros grandes historiadores. Si le citaban un poeta, podía inmediatamente recitar al menos algunos de sus versos más conocidos. Si le citaban un personaje de Shakespeare, él comenzaba un soliloquio como si hubiera interpretado durante años ese papel en algún escenario de Nueva York. Al menos a mi ignorante oído, parecía que no se había escrito nada importante que él no sólo hubiera leído sino, además, recordara palabra por palabra. Y, sin embargo, él creía que esa prodigiosa memoria no era ni la mitad de lo que debería ser. En una ocasión me contó que en alguna parte había leído que Macaulay podía recitar de memoria el Antiguo Testamento. En hebreo, había añadido, sacudiendo la cabeza con la incredulidad de un hombre que se ve obligado a reconocer sus limitaciones.

Quizá se debía a quién era, a qué había nacido. Quizás era ese deseo de volver al comienzo de las cosas como la mejor o única manera de entender qué había sucedido y qué se podía hacer para remediarlo. Cualesquiera que fueran las razones, había dedicado años a entrenarse para hacer cosas a las que otros no atribuían ninguna importancia o consideraban una absurda pérdida de tiempo. Sucedían tantas cosas, decían, tantas cosas de las que saber algo, tantas cosas que hacer. Se contrataba a personas que escribieran discursos, no los escribía uno mismo. Que los artífices de discursos se ocuparan de las banales necesidades de encontrar palabras o frases que enviaran la señal adecuada al grupo o colectividad que se quería complacer. ¿Lincoln? ¿Churchill? ¿Personajes famosos del pasado que escribían sus propios discursos? Eran otros tiempos, y ahora las cosas eran más complicadas. Browning jamás creyó nada de eso. No había razones que lo impulsaran a ello. Las personas que decían esas cosas, que se enorgullecían de lo ocupados que estaban manteniéndose al día, podían mirar con tanta profundidad hacia el futuro como lo hacían hacia el pasado. Browning quería hacer historia. Ellos habían olvidado qué significaba la historia.

Se mostraba más seguro a medida que se explicaba, más relajado, hablaba como si se tratara de una conversación privada en lugar de un discurso público. Browning tenía ese don de hacer creer a su interlocutor que era la única persona por la que se interesaba. Lo hacía cuando éramos sólo dos en una habitación, y también lo hacía cuando eras parte de la multitud, porque Browning nunca hablaba de sí mismo, sino, más bien, del otro, o de lo que el otro y él podían hacer juntos.

—Vivimos en tiempos peligrosos. ¿Cuál será nuestra reacción? —Así comenzaba una parte de su brillante discurso—. ¿Daremos la espalda, como algunos insisten, a las libertades por las que tantos de nosotros hemos combatido y por las que hemos sacrificado tantas vidas? Y para vencer a quienes quieren destruirnos, ¿acaso tenemos que ser como ellos? ¿Nos convertiremos en un país en el que nadie podrá decir lo que piensa porque alguien podría disentir, porque se trata de una opinión que alguien en el gobierno no quiere escuchar? ¿Nos hemos vuelto tan inseguros que pensamos que la única manera de defendernos es encerrar a todos aquellos que piensan diferente? ¿Nos convertiremos en un país de cobardes y chivatos que se espían los unos a los otros con la vaga esperanza de que se demuestre que no hay motivos para espiarnos? ¿Eso es lo que haremos, volver nuestras espaldas a doscientos, a más de doscientos años de sacrificios y trabajos y renunciar a la promesa que un día hicimos ante el mundo de ser «la última y mejor esperanza de la libertad», para luego alejarnos lloriqueando en la oscuridad, como traidores de nosotros mismos?

Y siguió, desafiando a la multitud que llenaba las calles y a millones más de personas que lo observaban desde sus casas, a que se reconocieran como ciudadanos libres que nunca cederían ante el miedo. Había quienes eran capaces de convertir a una multitud en un populacho enfurecido dispuesto a infligir daño a cualquiera que se cruzara entre ellos y lo que tenían que conseguir en su impulso cegado por la sangre. Browning había conquistado a la multitud y la había hecho elevarse sobre sí misma, la había convertido en algo mejor de lo que podría ser cada uno de los que lo escuchaban bajo la luz mortecina del otoño. Les había dado algo importante en qué creer.

Cuando acabó, cuando aquella enorme multitud que llenaba las calles empezó a dispersarse poco a poco, lo que quedaba era una sensación de inevitabilidad, una sensación de que el futuro se había convertido en un hecho bien establecido. No sólo Thomas Browning sería candidato a la presidencia, sino que la presidencia estaba prácticamente en sus manos. Por derecho, porque nadie más podía comparársele en valor y elegancia, en nervio e inteligencia, en la fuerza y en la visión que requería la presidencia. Yo lo había visto en una ocasión, hacía mucho tiempo, antes de que tuviera edad para votar, en mi primer año de universidad, una noche fría y oscura en

Ann Arbor, cuando John F. Kennedy, desde las escaleras del sindicato de estudiantes, había hablado de los Cuerpos de Paz y de cómo Estados Unidos podía volver a aportar esperanzas al mundo.

Después de pronunciar ese discurso, esa tarde, Browning dio otro esa noche en Chicago. Al día siguiente, un sábado, visitó otras tres ciudades y pronunció tres discursos más, abogando por un gobierno activo y vigoroso con una alegre intensidad que hacía que algunos republicanos se preguntaran por qué Browning no pertenecía al Partido Demócrata y que muchos demócratas desearan que fuera uno de los suyos. Sin las limitaciones del cargo, sin verse obligado a apoyar políticas en las que no creía a pies juntillas, daba la sensación de que Browning buscaba la oportunidad de ser polémico y emitir opiniones que, según las reglas tradicionales y las convenciones que habían llegado a dominar y a limitar el pensamiento político, habrían arruinado cualquier otra carrera política.

—El presidente prepara nuevas medidas para recortar impuestos, señor vicepresidente, y yo...

Browning se inclinó hacia delante, posó su mano suavemente sobre el brazo del moderador y, con un brillo en los ojos, insinuó que quizá debería dirigirse a él de otra manera.

—Ya no soy vicepresidente. Quizá lo haya oído. Me he jubilado.

Era uno de esos programas dominicales. Siempre pugnaz, siempre con argumentos, pero sólo en contadas ocasiones abiertamente hostil, el moderador aceptó la corrección. Con una sonrisa rápida, siguió.

—El presidente propone nuevos recortes de impuestos. Señor Browning, ya dispuesto a arrebatarle la nominación republicana al presidente, ¿discrepa usted con la administración en este tema tan importante?

—Sí —dijo él, finalmente.

—¿Sí? —repitió el moderador, con una sonrisa inesperada. Se encogió de hombros y sacudió la cabeza, mirando intensamente a Browning, seguro de que querría agregar alguna modificación, alguna condición cautelar que le dejara espacio para maniobrar—. ¿Sí?

Browning le devolvió la mirada.

—Sí.

—¿Está en contra de nuevos recortes de impuestos?

—Así es. Y no sólo eso, hay ciertos impuestos que tienen que subir.

—¿Propone usted subir los impuestos?

Browning inclinó la cabeza hacia delante. Su aspecto tranquilo y relajado fue reemplazado por uno de profundo compromiso.

—Tenemos que construir escuelas. Tenemos que reparar carreteras. Necesitamos aeropuertos, ferrocarriles, transportes públicos de todo tipo. La infraestructura del país entero tiene que ser reconstruida. Necesitamos agentes de policía, bomberos. Necesitamos hospitales, médicos y enfermeras… un nuevo sistema de salud que acoja a todos y no sólo a aquellos, que son cada vez menos, que se pueden pagar la salud de su propio bolsillo. Tenemos que pagar por ello, todos, sobre todo los que, como he dicho antes, deben más porque han recibido más.

El moderador asentía con la cabeza y de pronto bajó la mirada con un gesto que insinuaba que se preparaba para una tarea especialmente ingrata.

—Se está celebrando un juicio en Nueva York. Un antiguo compañero de estudios, Jamison Scott Haviland, ha sido acusado del asesinato de una joven, Anna Malreaux, que usted conocía en aquella época. Esto sucedió hace mucho tiempo, un día de Nochebuena de mil novecientos sesenta y cinco, mientras usted todavía estudiaba derecho. Como sabrá, corren innumerables rumores, algunos de los cuales incluso insinúan que usted sabía qué ocurrió y que, por los motivos que sean, todos estos años usted lo ha encubierto, que, de hecho, ha mentido, que lo calificó de accidente cuando de hecho no lo fue.

Le lanzó una dura mirada a Browning antes de seguir.

—¿Le preocupa que este juicio distraiga la atención de todo lo que usted quiere hacer, que consiga que la gente olvide que usted renunció a la vicepresidencia para plantear un desafío al presidente por la nominación, que la gente se pregunte qué sucedió realmente y por qué ha tardado tanto en saberse?

Yo lo veía por televisión en un apartamento al otro lado de Central Park, donde Browning era ahora un residente más que un visitante ocasional. Tenía un interés especial en saber qué diría.

—Nunca ha habido nada que tenga que saberse —insistió Browning—. La muerte de Anna Malreaux fue una tragedia, una tragedia horrible. Ella era una mujer notable, una de las personas más notables que he conocido. Cayó por una ventana del hotel Plaza. Fue un accidente. Haviland no la mató y todo el mundo lo sabe.

—¿Y todo el mundo lo sabe? Entonces, si todo el mundo lo sabe, señor Browning, ¿cómo explica el hecho de que su antiguo compañero de facultad esté siendo juzgado por un asesinato que todos saben que no ocurrió?

Browning echó los hombros hacia delante y clavó la mirada en el moderador.

—Tenían que acusar a alguien. Tenían que llevar a alguien a juicio. No se puede acusar a nadie de encubrimiento sin un crimen, y ellos necesitan acusarme de encubrimiento porque, de otro modo, no podrían apartarme de la carrera. No son tontos. Ya les ha dado buenos resultados antes.

El moderador miró a Browning como si lo escrutara.

—¿Se refiere usted a aquellos rumores que corrieron durante las últimas primarias presidenciales?

—Sí, desde luego, los rumores de que yo estaba implicado en un asesinato —dijo con abierto desprecio—. Y ahora que vuelvo a ser candidato, resulta que reaparece el rumor, esta vez revestido de un procedimiento judicial formal, en un juicio por asesinato. No podía hacer nada contra el rumor, pero puedo hacer algo a propósito de esto.

—¿Piensa usted declarar… en el juicio?

El color de las mejillas suaves y redondas de Browning se hizo más intenso y se extendió. Tenía la mirada fija al frente, irritado e intenso. En su boca asomó un gesto de abierta beligerancia.

—Desde luego que voy a declarar. —Se produjo una pausa breve y significativa antes de que añadiera:— Y después de declarar, insistiré en que se lleve a cabo una investigación sobre cómo y por qué se ha traído a colación este caso. ¿Quiénes se creen que son estas personas? ¿De verdad creen que pueden hacer lo que se les antoje? ¿Condenar a un hombre inocente por un crimen que no sólo no cometió, sino por un crimen que nunca tuvo lugar? ¿Y sólo porque me quieren sacar de en medio, para que no pueda oponerme a lo que ellos quieren hacer con este país?

El moderador fijó en Browning una mirada solemne y tensa.

—¿Insinúa usted que el presidente de los Estados Unidos está detrás de esto? ¿Está usted diciendo que el presidente está implicado en una trama para condenar a un hombre inocente por un crimen que nunca tuvo lugar?

—No estoy preparado para decir hasta dónde está implicada la Casa Blanca. Ni para decir si quienes han hecho esto siguen instrucciones, si actúan con el consentimiento de otros o si actúan por su cuenta. Todas estas preguntas tendrán respuesta.

Una expresión curiosa, una especie de certeza irritante, cruzó por la boca de Browning.

—La gente que ha creído que el juicio de Jamison Scott Haviland es un juicio contra mí se ha equivocado. Éste será un juicio contra ellos, contra lo que han hecho, contra su manera de abusar del poder que se les ha concedido.

Media hora después de que apagara la televisión, media hora después de que empezara a pensar cómo llevar un juicio en que se jugaba ni más ni menos que el futuro de la presidencia y, quizá, de todo el país, oí que llamaban a la puerta. No me pareció raro que alguien llamara un domingo por la mañana, pero sí que el portero no avisara antes.

—Y bien, ¿lo has visto? —preguntó un entusiasta Thomas Browning al pasar junto a mí y plantarse en medio del vestíbulo de suelos de mármol. Inclinó la cabeza a un lado, luego al otro, como si hubiera venido a inspeccionar el lugar.

»No está demasiado mal, ¿no te parece? —preguntó, con una mirada esperanzada, y dio medio paso a un lado. Con un vago gesto de su mano pequeña e infantil abarcó el enorme salón que daba al parque.

—Creo que no necesitaba catorce habitaciones —señalé, cuando nos sentamos en unos sillones junto a una puerta cristalera que daba a un pequeño balcón—. Y no tengo ni idea de lo que debo hacer con el cocinero.

Browning apoyaba los codos en los brazos del sillón y los dos pies en el suelo. Una sonrisa irónica le torció la boca.

—Pensé que mientras estuvieras aquí tendrías que vivir como viven otros en Nueva York. Y ahora —siguió, con una mirada ansiosa—, ¿qué te ha parecido? Lo has visto, ¿no? ¿Lo que dije sobre el juicio? Haviland no puede culparme por eso, ¿no te parece? He dicho que él no lo hizo. He dicho que la muerte de Annie fue un accidente.

Había excitación en sus ojos, como si no aguantase las ganas de escuchar lo que yo diría, qué reacción tendría. Al cabo de un momento, su expresión cambió. Dejó la silla con gesto brusco y, con las manos cogidas por la espalda, comenzó a pasearse rápidamente por la sala, siguiendo una scric de semicírculos, parando, siguiendo, primero en una dirección, luego en la otra.

—Ahora todo depende de ti. —Se detuvo bruscamente, miró desde debajo del ceño fruncido, buscando mi mirada para asegurarse de que yo entendía la importancia trascendental de lo que tenía que hacer—. Todo —repitió, como si mirara ahora en su interior—. Cuando esto acabe, Haviland será un héroe, la víctima inocente de una conspiración malévola.

Lo dijo con tanta certeza y tanta seguridad que, por un momento, casi pensé que creía que Jimmy Haviland debería darle las gracias por lo que le había sucedido. Que no era una víctima en absoluto, sino, en cierto sentido, beneficiario del intento de desacreditar a Thomas Browning.

—Es una cosa horrible, desde luego. Tener que sufrir algo así. Ser acusado de algo que no has hecho. Pero, al final, todo irá bien, ya verás.

Su mirada llegó hasta la puertaventana y volvió, atraída por algo que había visto, o algo que había recordado.

—¿Estabas ahí? —preguntó, con repentino interés—. ¿O todavía estabas en el tribunal?

—No, no estaba. Me habría gustado estar —reconocí.

—A mí también me habría gustado —dijo Browning, asintiendo con la cabeza—. Pensé en ello, en que estuvieras presente. En una ocasión me contaste que habías estado en Ann Arbor, esa noche de octubre, a sólo semanas de las elecciones, cuando habló Kennedy. Me contaste que era una sensación casi eléctrica. Fue la palabra que usaste. Así sucedió allá, en los límites del parque, con miles de personas en las calles. Fue eléctrico. De pronto, toda la energía de la multitud comienza a pertenecerte, y entonces sabes que puedes hacer lo que quieras con ella, orientarla en la dirección que escojas. Pero no se trata de convertir a esa multitud en una chusma sin sentido, a menos que seas uno de esos demagogos del tres al cuarto que sólo saben calentar la sangre de la gente. No, porque sientes la fuerza de todos, que esperan que les digas algo que les hará ser mejor de lo que han sido, mejor de lo que les han permitido ser. Y a ti también te hace mejor sentir esa exigencia de que les des todo lo bueno que tienes, de apelar a lo que hay de superior en ellos. En realidad, ¿sabes?, eso es lo que esperan, la posibilidad de hacer algo valeroso y noble, algo que valga la pena recordar. Algo importante, algo que tenga un valor perdurable.

Browning se apoyó contra la puerta y, por un momento, era como si se escuchara a sí mismo, atrapado en el ruido tumultuoso de la muchedumbre ausente. Cuando su mirada volvió a posarse en mí, se había vuelto sobria y contenida.

—Hay una posibilidad de que no sobreviva a esto —dijo, con tono de naturalidad—. Hay gente allá afuera que piensa que Walker y sus amigos de la extrema derecha siguen los designios de Dios. En su mente enferma, yo me he convertido en el Anticristo. Deberías leer algunas de las cartas. Se te ponen los pelos de punta.

—¿El Servicio Secreto? —pregunté, refiriéndome al equipo de seguridad asignado a su protección.

—Algunos —dijo Browning, encogiéndose de hombros—. No tantos como cuando era vicepresidente, pero algunos. Eso no me preocupa. Tampoco te debe preocupar a ti. Tú harás lo que tengas que hacer. No es cuestión de esconderse en alguna parte porque algún fanático desequilibrado cree que Dios se le apareció por la noche y le dijo que tenía que meterle una bala al diablo. Pero, al mismo tiempo, no puedes ir por ahí pensando que nunca sucederá. Por eso quiero que guardes esto.

Se metió la mano en el bolsillo de la chaqueta y sacó un sobre con mi nombre impreso en él.

—Si algo me sucediera, si logran detenerme, utiliza lo que encuentres aquí dentro de la mejor manera que escojas. Sin embargo

—añadió con una mirada de advertencia—, sólo se puede abrir en caso de que muera. ¿Estamos de acuerdo?

Browning me estrechó la mano y se dirigió a la puerta.

—Estaré bastante ocupado —dijo, con una voz que había recuperado su tono de eficiencia enérgica—. Casi no tendré ni un segundo a partir de ahora. Pero siempre estaré disponible para ti. Cuando quieras. —Con una mano en el pomo de la puerta, se detuvo—. Supongo que querrás revisar mi declaración —señaló, con un gesto grave de la cabeza—. Ya me informarás.

Browning pensaba en algo.

—¿Te acuerdas de Elizabeth Hartley? Siempre puedes ponerte en contacto conmigo a través de ella. Está trabajando en la campaña. Deberías haberle visto la cara cuando le conté a ella y a los demás que pensaba renunciar. Fue incapaz de disimular su asombro. —Sacudió lentamente la cabeza, y en sus ojos adiviné un brillo nostálgico—. Supongo que cuando tienes esa edad es importante creer que tienes toda la experiencia que necesitas y que no te queda nada importante por aprender —dijo, y me puso una mano en el hombro—. ¿Así éramos nosotros entonces, siempre tan seguros de nosotros mismos?

Parecía verdaderamente interesado, como si no consiguiera recordarlo con claridad. Antes de que pudiera contestar, o pensar en algo que contestar, él se encogió de hombros. En sus ojos había algo de cansada resignación.

—Supongo que así éramos. Si esperas lo suficiente, descubres que, en realidad, no puedes estar seguro de nada, ¿no crees?

19

Había salido del edificio y esperaba el coche privado que me recogía cada mañana para no correr el riesgo de llegar tarde y, de pronto, tuve un presentimiento, una sensación de pánico. La acusación estaba a punto de llamar a su primer testigo, y yo todavía no me había hecho una composición de lugar, una idea de lo que Caminetti creía que podía probar. Además, no podía dejar de especular sobre el contenido del sobre cerrado que había prometido no abrir excepto en el caso de que Thomas Browning muriera.

El coche, un Mercedes largo de cuatro puertas, de un discreto color negro, se detuvo junto a la acera. A pesar del tráfico desquiciante, llegó justo a tiempo. Con el motor aún en marcha, el conductor, un inmigrante de Namibia, bajó a toda prisa y se acercó a abrirme la puerta.

—Buenos días, señor Antonelli —dijo, con voz ronca y cadenciosa. Se balanceó sobre la punta de los pies mientras yo subía y respiró profundo el aire otoñal como si estuviera en el campo en lugar de estar aparcado en el bordillo de una calle congestionada de la ciudad, con los coches avanzando a paso de tortuga.

En el lujo silencioso de aquel interior tapizado en cuero, le hice unas cuantas preguntas sin importancia y, a continuación, dejé por tercera o cuarta vez que me contara el gran secreto de la economía de Estados Unidos y de cómo el capitalismo, con el tiempo, conquistaría el mundo. Me agradaba oírlo hablar, con esa manera intensa y convincente de explicarse. Me agradaba ver cómo se iluminaban sus ojos con el agudo entusiasmo de un hombre que cree haber encontrado la tierra prometida, y que no era Estados Unidos, sino la idea de Estados Unidos que tenía en la cabeza.

—Todos mis negocios están aquí, en Manhattan, porque en Manhattan es donde vive la gente rica. Yo no vivo en Manhattan. Vivo en el Bronx porque ahí es más barato que en Queens. Tengo mujer y dos hijos. Es un piso de dos habitaciones, y es bastante guapo. Yo trabajo donde las cosas son caras, pero vivo donde son baratas. Quizá podría vivir un poco mejor… podría vivir en Queens. Pero tengo que ahorrar dinero para poder volver a mi tierra y montar mi propio negocio. Hay una gran diferencia entre mi país y aquí —dijo, captando mi mirada en el retrovisor—. El dinero prestado.

Lo dijo como si esa frase de tres palabras fuera un talismán, un cántico mágico que, repetido con el gesto adecuado y el respeto debido, produciría todo lo que uno quisiera pedirle.

—El dinero prestado… ésa es la razón por la que ustedes son ricos y nosotros pobres. Yo quiero un negocio. Comprar cosas fabricadas en China y venderlas en una tienda. Cuesta unos treinta, quizás unos cuarenta mil dólares para empezar. Pero nadie tiene nada… yo no tengo nada… y sin garantías, no hay préstamo. Pero resulta que conduzco este coche caro y gano mucho más dinero de lo que ganaría en mi país. ¿Cómo consigo el coche? ¡Pido prestado el dinero! ¿Cómo consigo el préstamo sin un aval? El coche. Pago las cuotas y pago los intereses y, si no, el banco se queda con el coche. Lo mismo con la casa. Aquí te prestan dinero porque siempre se pueden quedar con la casa. Dinero prestado, es lo mejor que hay.

—¿Pero piensas volver? —pregunté, fascinado por su manera de ver el mundo—. ¿Cuando tengas suficiente para empezar ese otro negocio?

Con una sonrisa de dientes blanquecinos y de oreja a oreja echó la cabeza atrás y rió.

—Demasiada gente aquí. Demasiado frío en el invierno, maldita sea, todo cuesta demasiado. En mi país, por cincuenta centavos tienes una comida decente. Un dólar es una fiesta. Todo es una cuestión de economía —sentenció, con el tono seguro de un hombre acostumbrado a dar consejos.

El tramo de la calle frente a los tribunales había sido acordonado. En los primeros peldaños de las escaleras se había apostado la policía antidisturbios, con las porras en ristre y en doble formación. Los manifestantes marchaban de aquí para allá, gritando y agitando las pancartas, denunciando con furia justiciera la inmoralidad flagrante de cuestiones como los derechos de los gays o el aborto, a los que Thomas Browning se negaba a oponerse.

—Lo llevaré por Columbus Park —anunció el chofer con una mirada de preocupación—. Podrá entrar por atrás.

—No, está bien así —dije, con falso coraje—. Bajaré aquí.

Él detuvo el coche y se volvió.

—Mire a esa gente. Mire esas caras, míreles a los ojos. A gente así no hace falta mucho para calentarles la sangre. Lo llevaré por atrás.

Arrinconada por la policía, la multitud se derramó sobre la calle, y los cuerpos volaron en todas direcciones. Caras desfiguradas aplastadas contra las ventanillas. Comenzaron a dar puñetazos contra las puertas. El conductor hundió la cabeza entre los hombros y aceleró. El coche salió disparado hasta llegar a la esquina, donde, con un estruendoso chirrido de ruedas, giramos calle arriba.

—Llámeme cuando haya acabado —dijo, y me dejó al otro lado de la calle de los tribunales, frente a Columbus Park. Con una enorme sonrisa, añadió—: No se preocupe, le haré un precio muy bueno.

Comparada con los violentos disturbios en la calle, la sala del tribunal en el piso quince era todo compostura civilizada y silencio. Sentado junto a Jimmy Haviland, intenté no sucumbir a las divagaciones durante la declaración tediosa y mecánica de la primera testigo de la acusación, una mujer que no sabía nada acerca del crimen. Se juzgaba a un hombre por asesinato. A la acusación correspondía la tarea de demostrar que la mujer de cuyo asesinato se le acusaba estuviera, efectivamente, muerta. La doctora Alice Barnham trabajaba en la oficina del forense. Ella había revisado los archivos.

—Y, según determinó la oficina del forense, doctora Barnham, ¿cuál fue la causa de la muerte? —Caminetti le dio la espalda a la testigo y miró hacia el jurado.

Alice Barnham era una mujer robusta, de poco más de cincuenta años. No era ni gorda ni obesa. No es que abundara en carnes y le colgaran de los brazos ni alrededor del cuello. Sencillamente era grande, de hombros anchos, caderas generosas y gruesas, manos musculosas. Tenía unos ojos fríos y grises. Todo lo que decía iba en serio.

—Heridas masivas en la cabeza.

—¿Que corresponden a las heridas de una caída?

—Sí —respondió Alice Barnham con la voz grave de una mujer que en el pasado ha fumado varios paquetes al día. No podía sentarse cómodamente en el banquillo de los testigos, con una pierna cruzada. Se inclinó hacia delante, con los codos apretados contra los costados y apoyada en los brazos de la silla—. No hay ninguna duda de que la fallecida, Anna Malreaux, murió a causa de la caída. Ningún tipo de duda.

Severo e implacable, con la mirada fija en el jurado, Caminetti preguntó si se había producido alguna herida o lesión antes de la caída. Barnham dijo que no había huellas de heridas por arma blanca ni por disparo, nada que hiciera pensar en una pelea violenta.

—¿Y se encontró algo en el cuerpo de la víctima, por ejemplo, piel bajo las uñas, cualquier cosa que haya hecho pensar en algún tipo de forcejeo antes de caer?

—No, nada.

Caminetti dejó de mirar al jurado. Con una sonrisa superficial de sus delgados labios, hizo un gesto para dar a entender que había acabado con la testigo.

—¿Estaba usted en la oficina del forense cuando se le practicó la autopsia a Anna Malreaux? —pregunté, mientras dejaba mi silla.

De un salto, Caminetti se puso en pie.

—Señoría, la testigo ya ha dicho que hace ocho años que trabaja en la oficina del forense. —En su boca apareció fugazmente una sonrisa de chacal—. No sé cómo lo entenderá el señor Antonelli, pero creo que todos aquí pueden sacar la cuenta.

—Es mi turno de preguntas, Señoría... —dije, y le lancé a Caminetti mi propia versión de sonrisa diabólica—. No sé cómo lo entenderá el señor Caminetti, pero creo que todos aquí sabemos lo que eso significa.

El juez Scarborough entornó los ojos, sacó el sempiterno pañuelo para pasárselo por la nariz y miró al jurado sonriendo, como si lo hubieran llamado a arbitrar una pelea entre dos niños crecidos e indisciplinados.

—Si desea hacer alguna objeción, señor Caminetti, levántese y hágala. Si desea comentar cómo lleva a cabo la defensa el interrogatorio de una testigo..., procure no hacerlo, o pasaremos aquí todo el año. Ahora bien, ¿desea usted plantear alguna objeción, señor Caminetti? ¿O, sencillamente, y con la buena voluntad que lo caracteriza, desea usted ofrecer su ayuda al señor Antonelli?

Caminetti hundió las manos en los bolsillos del pantalón y con la boca cerrada movió la mandíbula arriba y abajo. Entrecerró los ojos con gesto concentrado.

—¿Señor Caminetti? —insistió el juez.

Caminetti se encogió de hombros.

—No puedo decidirme.

La ceja derecha de Scarborough se disparó hacia lo alto.

—¿No puede decidirse?

Caminetti se sacó las manos de los bolsillos. Empezó a gesticular en el vacío mientras daba un paso adelante y luego, con la misma rapidez, un paso atrás.

—No puedo decidirme. Quiero colaborar, pero creo que tengo que objetar.

—¿Entonces quiere objetar?

—Sí, señoría.

—¿Una objeción contra la pregunta del señor Antonelli?

—Sí, señoría.

—¿Basándose en qué, señor Caminetti?

—La pregunta ya fue formulada y contestada.

—Pero esa objeción sólo se puede plantear cuando la pregunta la formula la parte que ya la ha formulado. La parte que la pregunta está obligada a aceptar la respuesta dada. Pero aquí...

—¿Está usted denegando mi objeción, señoría? —inquirió Caminetti, cambiando su peso de un pie al otro.

Asombrado y luego divertido por la abierta temeridad de la impaciente pregunta del fiscal del distrito para que él, el juez, fuera al grano, Scarborough le lanzó una mirada suspicaz.

—Sí, señor Caminetti, eso es lo que estoy haciendo. Objeción denegada.

—En ese caso, señoría, he cambiado de opinión.

—¿Ha cambiado de opinión? —Más que intrigado, Scarborough estaba irritado—. ¿A propósito de qué, señor Caminetti?

—A propósito de mis intenciones. Quiero colaborar. Gracias, señoría. —Caminetti sonrió para sí mismo al sentarse y esperó a mi siguiente pregunta.

El jurado pareció divertido con el pequeño espectáculo de Caminetti. Les gustó el tono de guasa, su manera de apoderarse del escenario. Les agradó el hecho de que no se sintiera intimidado por el juez, por el otro abogado ni por cualquier otra cosa que sucediera dentro de la sala. Y luego, antes de que, pensándoselo bien, hubieran llegado a la conclusión de que había ido demasiado lejos, volvió a ponerse de pie como impulsado por un resorte.

—Lo siento, señoría. Me he dejado llevar, pero no hay intención alguna de faltar el respeto. Ni al tribunal ni, desde luego, al señor Antonelli.

Una sola pregunta insignificante y Caminetti había vuelto completamente el tablero. Una mísera pregunta se había convertido en el peldaño único que daba al cadalso. Intenté ignorarlo. Con auténtica curiosidad, repetí la pregunta.

—No, en esa época no trabajaba en la oficina del forense.

—¿Su testimonio en relación con la causa de la muerte se basa en su revisión de los archivos sobre el caso que se conserva en la oficina del forense?

—Sí.

—En los años que lleva trabajando en la oficina del forense, ¿ha realizado usted alguna autopsia?

—Sí, desde luego. —Alice Barnham alzó su mandíbula cuadrada apenas un centímetro. Con la mirada, llevó a cabo una especie de inquisición, al acecho de la primera insinuación de que me atreviera a cuestionar su competencia.

—¿En esas autopsias se ha topado alguna vez con un caso como éste, de alguien muerto en una caída?

—Sí.

Me había situado justo detrás de mi silla vacía. La luz de la mañana entraba por la ventana por encima del banquillo del jurado e iluminaba el suelo gris del espacio que había entre ellos y yo, con lo cual daba la sensación de que la distancia entre la mesa de la defensa y el jurado aumentaba.

—Supongo que alguno de ellos sería la víctima de un homicidio, alguien que ha sido empujado o lanzado desde alguna altura mortal, asesinado tan brutalmente como si el asesino hubiera utilizado un arma o un cuchillo.

—Sí —respondió ella, con voz poco segura. Era demasiado inteligente para no sospechar que me traía algo entre manos, que tenía una razón para hacer esa pregunta que podría pasar por banal.

—¿Debería también suponer que algunas de estas muertes eran suicidios? ¿Alguien que saltara de un puente o de un edificio, quizá?

Ella asintió en silencio, y luego recordó que tenía que contestar en voz alta.

—Sí.

—¿Puedo también suponer que algunas de estas muertes fueron accidentales? Nadie los empujó ni los lanzó y, desde luego, ellos no lo hicieron deliberadamente. Cayeron, tropezaron, vacilaron, sufrieron un apagón mental, tuvieron un infarto. En otras palabras, doctora Barnham, se precipitaron a su muerte por accidente. También ha tenido la ocasión de examinar sus cuerpos, ¿verdad?

—Sí, es verdad. Y, sí, he… realizado autopsias de víctimas de accidentes, quiero decir.

Yo bajé la mirada e hice una pausa, como reflexionando con mucho cuidado sobre mi siguiente pregunta. Cuando volví a levantar la vista, incliné la cabeza a un lado y la estudié detenidamente.

—Según los informes que usted ha mencionado, por cierto, ¿estudió también, para el testimonio que prestaría hoy aquí, el informe de la policía que se archivó en su momento? —Lo pregunté tan rápido que no tuvo tiempo para pensar.

—Sí, lo revisé.

—Bien. Ahora, como tenía la intención de preguntar, usted ha dicho que no había señales de que Anna Malreaux hubiera sufrido heridas, excepto las provocadas por la caída.

—Sí.

—¿Y no había pruebas que indicaran que inmediatamente antes de caer, Anna Malreaux había forcejeado o luchado, una lucha que cabría esperar si alguien tuviera la intención de empujarla por una ventana y ella intentara resistirse? ¿Es correcto eso?

—Sí, es correcto.

—En otras palabras, doctora Barnham, según las pruebas descubiertas por la oficina del forense, no hay nada que distinga la muerte de Anna Malreaux de la muerte de cualquier otra persona que ha caído accidentalmente por una ventana, ¿correcto?

Caminetti se había puesto de pie para objetar. Scarborough le denegó la objeción y pidió a la testigo que contestara.

—El informe del forense de la muerte de Anna Malreaux coincide plenamente con el dictamen de muerte por accidente, ¿correcto?

—Coincidente con muerte por accidente, o por homicidio. Murió a causa de la caída, pero eso no determina la causa de la caída —respondió Alice Barnham con una dura sonrisa de satisfacción.

—Coincidente con muerte por accidente —repetí, enérgicamente—. Y también coincidente con aquel otro informe que también leyó, ¿no es así? ¿No es ésa la conclusión a la que llegó la policía, en mil novecientos sesenta y cinco, cuando todo sucedió, a saber, que la muerte de Anna Malreaux fue un accidente, no un homicidio?

Caminetti había vuelto a ponerse de pie, pero antes de que pudiera abrir la boca para objetar, con un gesto del brazo y con una última y fulminante mirada a la imperturbable doctora Barnham, anuncié que había terminado con la primera testigo de la acusación.

La declaración de Barnham había durado toda la mañana. Durante el receso de mediodía, me planteé a quién llamaría Caminetti y si ese testigo estaría entre los nombres de la lista que le habían entregado a Gisela para que me la hiciera llegar a mí. La lista era tentadora, pero no había nada en ella que pudiera servirme. Era sólo el registro anónimo de unas transacciones que no tenían más valor como prueba que una llamada anónima acusando a alguien de un crimen. Sólo si estaba desesperado, convencido de que era una oportunidad que no podía perder, enfrentaría a un testigo a algo así, insistir en que aquello era soborno y exigirle que confesara. Tenía que contar con una corroboración, alguna manera de demostrar que era real, que lo que decía iba en serio. El amigo de Gisela, quien quiera que fuera, tenía que darme algo más.

Cuando se reanudó la sesión, por la tarde, Caminetti llamó a su segundo testigo. No estaba en la lista, y respiré con alivio sabiendo que todavía me quedaba algo de tiempo.

—El pueblo llama a Albert Cohn —anunció Caminetti, sin levantar la mirada de la carpeta que tenía abierta sobre la mesa.

Miré por encima del hombro para ver a Cohn cuando se acercó por el pasillo central. La puerta se había cerrado a sus espaldas y yo empecé a volverme. Por el rabillo del ojo vi a Gisela sentada entre el público. Me sonrió y, antes de que me percatara de lo que sucedía, sentí que las mejillas me quemaban. Como un adolescente torpe y de sangre caliente, temiendo que alguien descubriera lo que pasaba, me ruboricé. Tuve una sensación tan extraña, salvaje y estrambótica, algo tan vivamente lejos de mi vida mundana y a veces cínica, que la leve sonrisa que se me había colado en el rostro se convirtió en una sonrisa ancha y torpe. Doblemente avergonzado, comencé a reír inexplicablemente.

Albert Cohn se detuvo en seco, a dos pasos del funcionario que lo esperaba para tomarle juramento. Me miró desde el otro extremo, preguntándose qué habría hecho. Caminetti me lanzó una mirada de perplejidad cercana a la impaciencia. El juez Scarborough no se perdía ni un detalle de lo que sucedía en su tribunal. Por su expresión divertida, me di cuenta de que había visto lo sucedido y lo entendía todo.

El testigo prestó juramento y Caminetti abordó de inmediato la faena.

—Diga su nombre para que conste en acta —dijo, con un rápido gesto de cabeza con que pretendía fijar el ritmo de la pregunta y, si era posible, de la respuesta.

Albert Cohn no era la clase de hombre al que se le daba prisas. Un poco más de sesenta años y alrededor de un metro ochenta de estatura, hombros caídos y una cabeza parcialmente calva. Tenía una nariz larga y recta y en sus ojos, bien equilibrados, había decididamente un toque de inteligencia. Tenía una boca generosa, de sonrisa fácil, pero si bien sonreía con frecuencia, daba la impresión de que nunca duraba demasiado. A Albert Cohn, siempre comedido, no lo pillarían haciendo el tonto.

—¿En qué trabaja, señor Cohn?

Cohn estaba sentado en la silla del testigo, con las piernas cruzadas y las dos manos sobre las rodillas. Llevaba un traje caro color canela y una corbata discreta.

—Soy asesor legal general de la Stern Motor Company.

—¿Sus oficinas están aquí, en Nueva York?

—Así es.

—¿Cuánto tiempo hace que trabaja para Stern Motors?

Caminetti se había situado a medio camino entre su mesa y el banquillo del testigo. Torció ligeramente la mandíbula e hizo entrechocar los dientes. Era un tic nervioso, apenas perceptible, aunque repetido con una frecuencia monótona.

—¿Cuánto tiempo como asesor legal general o cuánto tiempo para Stern Motors? —Cohn quería saber.

Caminetti le lanzó una mirada aguda.

—Lo uno y lo otro.

—Casi veinticinco años con la empresa, casi veinte como asesor legal general.

—¿Fue usted contratado por Thomas Browning?

—Sí, el señor Browning me contrató.

—Primero lo contrato, luego lo nombró asesor legal general.

—Sí.

Caminetti separó los pies, hundió la cabeza entre los hombros y fijó una mirada belicosa en el testigo.

—En su condición de asesor legal general o en su condición de lo que creo era su anterior cargo, ayudante de asesoría legal general, ¿contrató usted al acusado Jamison Scott Haviland, en un puesto en Stern Motors?

Con un sonrisa sin ambages, Albert Cohn le devolvió la mirada.

—No.

Caminetti quedó boquiabierto.

—¿No? —Dio un paso adelante con un gesto agresivo, casi instintivo—. ¿No contrató a Jamison Scott Haviland para que hiciera algún trabajo para la empresa?

Cohn avanzó la barbilla y respondió con tono cortante.

—No ha sido ésa su pregunta. Usted me ha preguntado si yo le di un puesto, cosa que no hice. Después, preguntó si lo había contratado para trabajar en algo. Eso sí lo hice.

Caminetti estaba exasperado.

—No lo contrató para un puesto pero sí para un trabajo —repitió, y los ojos se le iluminaron—. Ya entiendo —dijo, y asintió con la cabeza—. Porque estaba en régimen de provisión de fondos. No era un empleado, de modo que no tenía ningún cargo. Explíquenos eso.

—¿Que explique qué?

—Tener a alguien en régimen de provisión de fondos. ¿Qué significa? Usted trabaja en Stern Motors. Haviland es un abogado con su propio bufete. Stern Motors lo tiene en calidad de... ¿Qué significa eso?

Caminetti bajó la mirada y comenzó a pasearse de un lado a otro, tres pasos adelante, tres pasos atrás. Cohn lo observó un momento y luego observó al jurado.

—En Stern Motors, tenemos, como en muchas grandes empresas, una oficina legal general que se ocupa de todos los asuntos legales que afectan a la empresa. Tenemos un equipo de abogados que hacen casi todo el trabajo en la empresa, pero, también como muchas grandes empresas, tenemos abogados en todo el país y, en nuestro caso, en todo el mundo, que de vez en cuando representan los intereses de la empresa en procedimientos legales que se llevan a cabo dentro de sus jurisdicciones.

Cohn, el profesional con experiencia, se inclinó sobre el brazo de la silla y se dirigió al jurado con la familiaridad relajada de alguien que ha dedicado una vida a describir asuntos complicados en el lenguaje sencillo y fácil de entender a personas sin educación. Varios miembros del jurado se inclinaron hacia delante, y todos escuchaban con atención.

—Por poner sólo un ejemplo. Recientemente hemos tenido un caso en que una mujer, cuyo marido desafortunadamente murió cuando su coche —uno de nuestros modelos— cayó por la ladera de un camino, demandó a la empresa por diseño defectuoso. Fue un caso más bien raro —siguió, con una mirada de diversión.

Caminetti había dejado de pasear. Con las manos cogidas por la espalda, alzó la mirada.

—El hombre, el marido de la mujer, se encontraba en el asiento delantero con una mujer que no era su esposa. Era tarde por la noche, y estaba oscuro. El coche estaba aparcado en un área alejada al borde de un barranco muy escarpado. —Caminetti parpadeó varias veces—. Los dos, el hombre y la mujer que no era su esposa, al parecer estaban tan concentrados en lo que estaban haciendo que, de alguna manera, habían conseguido soltar el freno de mano. En ese modelo, concretamente, el freno de mano está ubicado entre los dos asientos delanteros. La mujer alegaba, y ahora hablaremos de la esposa, que si el freno de mano hubiese estado situado por debajo del salpicadero, a la izquierda del volante, como lo está en muchos otros modelos, incluyendo algunos de los nuestros, nada de esto habría ocurrido. Además, considerando que la infidelidad —fue la palabra que usó su abogado en su alegato— es una realidad habitual y, por lo tanto, es previsible que el asiento delantero del coche sea utilizado, el fabricante debería ser responsable del daño sufrido por esta mujer debido a la pérdida de su marido.

Con una sonrisa divertida, Cohn alzó la cabeza con gesto desenfadado.

—Francamente, no tenemos demasiada experiencia en este tipo de cosas. Pero sí tenemos una empresa en régimen de pagos anticipados en Los Ángeles, donde esto sucedió, y supongo que ya que allí todo el mundo pasa mucho tiempo dentro de sus coches, no creyeron que aquello fuera demasiado raro.

—¡Basta! —exclamó Caminetti, presa de la frustración—. Creo que entendemos. Ustedes trabajan con unos abogados en régimen de provisión de fondos. Les pagan una cierta cantidad y ellos facturan por esa cantidad, ¿correcto? Sin embargo, obtienen el dinero trabajen o no, ¿correcto?

Entrelazando las manos, Cohn miró fijo hacia delante.

—Es correcto.

—¿Y el acusado era uno de esos abogados?

—Sí.

—¿Lo contrató usted por iniciativa propia o se lo pidió Thomas Browning?

—El señor Browning era el presidente de la empresa. También era un abogado con una excelente formación. Él aprobaba todas las decisiones de subcontratar a personal ajeno a la empresa.

Caminetti estaba fuera de sí. Miró hacia el banquillo y luego miró al jurado. Por un momento, se mantuvo equilibrado en la punta de los pies, mirando hacia el público. Cerró los ojos y apretó los dientes con tanta fuerza que la cabeza comenzó a vibrarle. Cuando finalmente se volvió para mirar al testigo, le salió por voz un grito agudo y apagado.

—¿El señor Browning le pidió que contratara... que subcontratara al acusado, sí o no?

Cohn lo miró con indiferencia calculada.

—Sí, creo que lo pidió.

—Cree que lo pidió —murmuró Caminetti, mientras volvía a comenzar su paseo interminable e incesante frente a la tribuna del jurado—. ¿Hace cuántos años? Más o menos veinticinco, ¿correcto? —inquirió, deteniéndose en seco.

—Sí, creo...

—Y durante todos esos años le han pagado... ¿cuánto?... ¿Cuarenta, cincuenta, sesenta mil dólares al año?

—Sí, creo...

—¿Trabajara o no trabajara? —Una sonrisa maliciosa se insinuó poco a poco en la boca furiosa de Caminetti.

—Había años en que tenía mucho trabajo, años en que tuvo que ocuparse de varios casos...

—¿Y le pagaban unos honorarios cobrados por hora por todo lo que superara el sueldo normal como abogado en régimen de provisión de fondos?

Cohn inclinó la cabeza con gesto agudo, barriendo a Caminetti con la mirada.

—Así es el régimen de provisión de fondos.

—Ya entiendo. —La sonrisa se hizo más ancha, un poco más segura de sí misma—. Los años que trabajó mucho, los años durante los que representó a Stern Motors como abogado de la defensa en causas en que demandaban a la empresa, coches con frenos de mano defectuosos que caían por barrancos, ese tipo de cosas.

Se produjo un amago de risas en la sala. Los miembros del jurado intentaban no sonreír. Cohn no cambió de expresión. Serio y alerta, encaró la pregunta sin más.

—El señor Haviland actuó como abogado defensor en diversos casos para Stern Motors. Se desenvolvía bastante bien.

—No le he preguntado cómo se desenvolvía —le espetó Caminetti—. Pero, ya que ha traído el tema a colación, ¿no es verdad que perdía más casos de los que ganaba?

—Temo que no estoy en condiciones de cuantificarlo de esa manera. Y, además, señor Caminetti, usted y yo sabemos que el ganar o perder un caso no es siempre la mejor manera de decidir quién ha sido el mejor abogado.

Caminetti le miró con cara de pocos amigos.

—El perdedor puede llamarse como quiera. Volviendo a por qué fue contratado el señor Haviland. Él y Browning fueron juntos a la facultad de derecho, ¿no es así?

—Sí.

Caminetti se detuvo al final del estrado del jurado con la mano derecha sobre la barandilla. Una mirada combativa le arrugó el rostro anguloso.

—Usted sabe por qué estamos aquí, porque el acusado lo es por asesinato. Anna Malreaux cayó de una ventana durante una fiesta, una fiesta que había durado días, una fiesta en la que la cantidad de alcohol consumida era superior a lo que se bebe en un típico bar la noche de Año Nuevo, una fiesta…

—¡Protesto! —troné, incorporándome de un salto—. No existe ninguna prueba que permita hacer esa afirmación.

Caminetti se volvió hacia mí con gesto de venganza.

—¿Está diciendo que no había alcohol, que nadie bebía?

Scarborough intervino de inmediato.

—El problema, señor Caminetti, es saber si la acusación ha presentado pruebas de que así haya sido. Usted no las ha presentado, de modo que hasta que no las haya presentado no puede hacer al testigo preguntas que supongan la existencia de esas pruebas.

Caminetti guardó silencio y procedió como si no lo hubieran interrumpido.

—Usted ha estado en la empresa mucho tiempo, señor Cohn, ¿no es cierto que estas cosas, es decir, una chica asesinada, pueden causar un daño incalculable a la empresa, a la reputación del joven, el heredero, que daba la fiesta, que la dirigía, que dejó que se desmadrara? ¿Y no explicaría eso todos esos pagos, pagos realizados durante años, cuando en realidad no había trabajo, pagos hechos incluso por casos que perdió? ¿No era ése el verdadero motivo de esos pagos? ¿Asegurarse de que Jamison Scott Haviland nunca cometería una estupidez y empezaría a reconocer lo que había hecho, haber matado a una mujer con la que los dos se habían relacionado durante una orgía de alcohol que Thomas Browning debería haber parado?

Yo empecé a gritar mis objeciones mientras Caminetti seguía gritando lo suyo hasta el final, exponiendo ante el jurado y ante el mundo el motivo que había hecho de Thomas Browning primero un testigo de un asesinato, y luego un conspirador y un mentiroso. Lo había hecho a pesar de mis objeciones y contra las normas. El jurado lo había oído y el resto del público también. Nada, ni siquiera la ira del juez que amenazó con sanciones por la repetición de lo que llamó un «barato truco de la acusación», ni las instrucciones dadas a los miembros del jurado para que ignoraran cada palabra pronunciada por el fiscal del distrito, serviría para que lo olvidaran. Había quedado ahí, quemando, caliente y profunda en su memoria colectiva, una cicatriz perenne e imborrable, un doble estigma de culpa que llevaba no sólo Thomas Browning, también Jimmy Haviland.

20

Tendido en la cama, paseaba la mirada por la habitación y repasaba mentalmente los vivos recuerdos de lo que había sucedido ese día en el tribunal.

—Es lo que faltaba —pensé en voz alta—. El motivo, la razón por la que Browning lo habría encubierto. ¿Por qué proteger a alguien que ha matado a la chica que él amaba? Si Haviland había empujado a Annie por la ventana, ¿por qué habría Browning de dejar que su crimen quedara impune? No lo pensé, no intenté imaginar qué motivos podría tener Browning para guardar silencio. Caminetti no es tonto. Al dar a Browning un motivo para un encubrimiento, todos llegan a la conclusión de que ha habido encubrimiento y de que debe de haber habido un crimen. Si Browning es culpable, entonces Haviland también debe serlo.

»Caminetti es inteligente, es un listo donde los haya. Nada le afecta, nada le molesta. Hace lo que tiene que hacer y no se lo piensa dos veces. Hoy, cuando todo acabó, ese duelo de gritos que tuvimos al final, cuando se podría haber pensado que llegaríamos a las manos en cuanto se presentara la ocasión, yo estaba cerrando mi maletín, preparándome para irme, cuando él se acercó para preguntarme si había tenido la oportunidad de comer en el Carmine's y qué pensaba de la comida.

Gisela estaba sentada en una silla sin brazos y se colocaba una de las medias. A continuación, se incorporó y se alisó el vestido con ambas manos. No había escuchado ni una palabra de lo que había dicho.

—¿Piensas quedarte en la cama toda la noche?

Una sonrisa lujuriosa y provocadora, como una promesa de lo que me esperaba, se deslizó por su boca con la misma facilidad que las medias por sus largas piernas. Se situó frente al espejo, inclinó la cabeza a un lado, luego al otro, y se observó con un gesto pausado y ponderativo. La sonrisa, ausente mientras se miraba en el espejo, volvió a su cara cuando se volvió y comenzó a reír.

—Me prometiste una cena, pero creo que lo único que te interesaba era el sexo.

Tenía la cabeza apoyada en dos almohadas, y me sentía flotar, atrapado en la lenta corriente de un sueño completamente despierto. Al parecer, toda la energía que yo había perdido parecía haber acabado en ella. Se inclinó, recogió toda mi ropa y me la dejó caer encima con gesto nada ceremonioso.

—Vístete —insistió, lanzando una mirada por encima del hombro al salir de la habitación.

Cenamos en un restaurante francés no muy lejos de allí. Nos dieron una mesa en una larga fila de mesas del mismo tamaño. Éramos una más de las doce parejas que cenaban en la intimidad, mientras nos tocábamos por los codos con vecinos desconocidos a ambos lados. Con su talante exquisito de joven aspirante a actor, el camarero, que pasaba de lado entre las sillas de respaldo curvo, garabateó nuestro pedido y desapareció entre la ruidosa clientela.

—La respuesta es sí —dijo Gisela, inclinándose hacia delante, con las manos plegadas sobre la mesa y tocando las mías. Sus oscuras pestañas aletearon cuando bajó la mirada y, tras reflexionar, volvió a mirarme—. Si todavía quieres que lo haga.

Bajo la tenue luz gris amarillenta, sus ojos tenían una tonalidad más burdeos que negra, y no parecía tanto una mujer madura, sino una chica joven, una chica que hablaba en voz baja, en un tono tan modesto que tenía que esforzarme para captar cada una de sus palabras. Parecía imposible que aquella fuera la misma mujer que hacía sólo una hora se había desenvuelto en la cama como una cortesana de dilatada experiencia y ni un asomo de culpabilidad. Había conocido a muchas mujeres, quizás a más de la cuenta, pero Gisela era la primera europea. Había hecho que me sintiera como un ser

inocente, con inhibiciones que ignoraba tener. Seguía tan hipnotiza-
do y cautivado por todo en ella, su figura, su manera de moverse, su
curiosa manera de hablar y su risa desinhibida, que no recordaba
qué era lo que había preguntado hacía un momento.

—Si todavía quieres que me quede contigo, en el apartamento,
hasta el final del juicio.

—¿Sólo hasta el final del juicio? —respondí, pues como buen es-
tadounidense me planteaba por qué tenían que terminar las cosas. Si
el presente era bueno, el futuro sólo podía ser mejor. Cuando ella me
miraba con esos ojos oscuros, yo ya escuchaba las palabras que me dirían que ella quería lo mismo. En su lugar, habló de los límites prácticos a lo que anhelábamos.

—Tú no te quedarás en Nueva York, y yo tampoco. Tú volverás
a San Francisco y yo a Washington. O, quizá dentro de un plazo no
muy lejano, a Berlín.

Mi irresponsabilidad romántica seguía intacta. La quería tanto
—¡no, más!— como a la que más había querido. No recordaba a nadie más que ella, mi memoria se había detenido, había cerrado las
puertas a todo lo demás desde el momento en que empezamos a
quitarnos la ropa.

—Tú podrías venir a San Francisco. Yo podría quedarme en
Nueva York ¿Por qué descartar nada desde el principio? ¿Por qué
no dejar que las cosas sigan su curso? ¿Por qué no esperar y ver?

—¿Por qué no ver las cosas como son?

Yo quise objetar, pero ella me detuvo con una sonrisa.

—Sí, de acuerdo, si así lo quieres. Ya veremos cuando acabe el
juicio y llegue el momento de partir. Entre tanto, durante el día estás en los tribunales, durante las noches estás conmigo. Creo que es
mejor vivir el presente, no preocuparse demasiado por lo que pueda
suceder. Es el problema de vosotros, los estadounidenses, siempre
tan preocupados por el futuro que cuando llegáis, no tenéis pasado.

Acabamos de cenar cerca de las diez y volvimos caminando hasta el apartamento. Las temperaturas habían bajado y un viento
amargo soplaba por las avenidas, aullaba por las calles laterales y
daba latigazos en el rostro y los ojos. Sin abrigo, estaba a punto de
congelarme, abracé a Gisela para protegerla. Con la cara hundida en

mi pecho, avanzamos doblados contra el viento. Gisela no veía nada, y reía cuando el viento se la llevaba calle abajo. Pasamos junto a un quiosco que estaba a punto de cerrar. Apenas alcancé a ver la noticia impresa a toda página en todos los periódicos, apilados en un montón bajo un peso de metal. La risa ahogada de Gisela subió una octava cuando me detuve y, con los ojos fijos en algo que sólo había visto a medias, la atraje hacia mí.

El vendedor tenía un rostro mofletudo, una nariz roja y bulbosa, y llevaba bigote. Tenía unos ojos delgados e inexpresivos, excepto el brillo oscuro y duro que reflejaba el alto precio de haber sobrevivido. Le di el doble de lo que costaba el periódico y me giré antes de que me diera el cambio.

—¿Qué pasa? —preguntó Gisela, con voz infantil, agarrándose a mi brazo como si temiera que el viento se la llevara si me soltaba.

—El presidente del Tribunal Supremo. Está en Bethesda. Piensan que podría morir.

Llegamos al apartamento. En el vestíbulo, Gisela se sacudió los pies, se quitó los guantes de cuero y se frotó las mejillas congeladas.

—¿Puedo mirar? —Le pasé el periódico, y ella siguió leyendo en el ascensor hasta que llegamos a mi piso—. Tiene que haber algo en las noticias. ¿Podemos encender la tele?

Los hechos, aunque fragmentados, pintaban un panorama nada halagüeño. El presidente del alto Tribunal se había desplomado durante una sesión. Había comenzado a rebatir una afirmación hecha por uno de los abogados durante el último alegato oral de la jornada cuando, según los que estaban presentes, se detuvo en medio de una frase, esbozó una sonrisa forzada, dijo que no se sentía bien, se volvió hacia el vicepresidente, sentado a su izquierda, y cayó al suelo. La ambulancia lo había trasladado al Hospital Naval de Bethesda donde, en un parte cuidadosamente redactado, se comunicaba que «el presidente del Tribunal Supremo descansaba cómodamente». No se decía palabra acerca de la causa del colapso ni de cuán grave era el peligro que suponía para su vida. Se entendía (ésta era la fórmula con la que los médicos respondían a las preguntas de los diversos medios) que, debido a sus ochenta y tres años, cualquiera que fuera la causa de su desvanecimiento, era grave.

—Cáncer —dije, en voz alta. Gisela, sentada a mi lado en el sofá, me miró—. Está muriendo de cáncer.

—¿Tú lo sabías?

Recordé demasiado tarde cómo me había enterado. Por un momento, temí que Gisela se viera obligada a usarlo. Intercambiamos una mirada y supe que cualquier cosa que le comentara quedaría entre nosotros.

—¿Browning? —preguntó, sólo para asegurarse—. ¿Crees que la Casa Blanca lo sabe? —La pregunta se respondía sola—. Sí, desde luego que deben saberlo. Entonces, si eso sucede, si se produce una vacante... —Su mirada, rápida y alerta, tuvo un atisbo de la verdad—. Reynolds. Con Reynolds como presidente del Tribunal Supremo, y con otro conservador como Reynolds que ocupe su lugar, el tribunal se convierte en...

Gisela se incorporó con una mirada de determinación. Yo ya había visto antes esa mirada. Cuando decidía que tenía que hacer algo, se adueñaba de ella una energía, una rigidez casi quebradiza.

—Tengo que volver a Washington.

—¿Esta noche? ¿Para cubrir esto? —pregunté, señalando las imágenes en la televisión—. Viaja por la mañana si tienes que irte. Toma un vuelo temprano. A esta hora no puedes hacer nada. ¿Y qué pasa con el juicio? ¿Quién lo cubrirá?

Gisela se había acercado a una ventana que miraba hacia Central Park. Miró su reloj, calculando el tiempo que tardaría en llegar al aeropuerto, y a qué hora llegaría con un vuelo nocturno.

—Quédate esta noche. Viaja mañana temprano —dije, pensando en lo que me perdería si ella se iba.

Su pensamiento seguía prendido de la noticia que tenía que cubrir, y de lo que aquello significaba.

—El juicio y lo que ha sucedido están relacionados —señaló, con mirada inquieta, y volvió a mirar la hora.

De pronto se dio cuenta. La expresión tensa, de concentración, se desvaneció, y la sustituyó una sonrisa de vergüenza, de disculpa. Se acercó al sofá, se sentó en el borde con las piernas muy juntas y las manos sobre las rodillas.

—Tienes razón. Iré por la mañana. Puedo conseguir un vuelo temprano.

—¿Qué querías decir con lo de que el juicio y lo que le ha sucedido al presidente del Supremo están relacionados?

Inclinó ligeramente la cabeza y me miró con expresión de desconcierto.

—Olvidaba —dijo, con una sonrisa—, que has pasado tiempo en los tribunales y en la cama. —Yo reí y quise abrazarla, pero ella sacudió la cabeza—. Están relacionados... *interrelacionados* sería una palabra más adecuada. Si a Haviland lo condenan, significa que Browning lo encubrió. Es lo que me has dicho hace unos minutos, sólo que al revés. Y si Browning no puede seguir, Walker controlará el Supremo, ¿no es así?

Se le había olvidado algo.

—Pero si el presidente del Supremo muere antes de las elecciones, no importa lo que pase con Browning. Walker puede nombrar a quien quiera.

Ella negó con un gesto enérgico de la cabeza.

—No, eso no es verdad... o puede que no sea verdad. Eso es parte de la noticia que quiero descubrir. Hay personas en el Senado, republicanos, que no darán su voto para confirmar a Reynolds, ni a nadie que se le parezca, mientras exista una posibilidad de que gane Browning. Ellos se asegurarán de que en el Senado no se tramite nada. No aceptarán a Reynolds a menos que se vean obligados. Y, desde luego, no aceptarán a Reynolds mientras siga existiendo la posibilidad de que Walker pierda. Sobre eso necesito escribir, sobre qué sucederá si el presidente del Supremo no sobrevive a esta legislatura en el Supremo.

De pronto pensó algo. Me miró con un interés diferente al que había manifestado antes.

—Se podría decir que no sólo la presidencia, sino también lo que suceda en el Tribunal Supremo, depende casi absolutamente de ti.

Cuando Gisela se marchó, de madrugada, todavía a oscuras, me despertó un momento para despedirse con un beso.

—Volveré el lunes, a más tardar. Llámame esta noche y cuéntame todo lo que ha sucedido durante el día.

Guardé conmigo esa gentil demanda de que le contara lo que sucediera ese día durante el juicio de Jimmy Haviland. Mientras escuchaba la declaración de los testigos, me daba cuenta de que pensaba en cómo contárselo a ella más tarde.

Vestido con otro de sus trajes de corte mal ajustado, Bartholomew Caminetti se incorporó de golpe cuando el honorable Charles F. Scarborough entró en la sala llena de público, ahora en expectante silencio. Caminetti movía la cabeza de lado a lado como si, sin algún gesto de impaciencia de su parte, las cosas jamás echarían a andar. Abrió la boca, sin decir nada, esperando a que el juez ocupara su lugar en su estrado, dispuesto a anunciar en un discurso rápido y monótono el nombre del siguiente testigo de la acusación.

—Mary Beth Chandler.

Scarborough pareció disfrutar, con cierto placer retorcido, de su intervención para calmarlo.

—¿Señor Caminetti?

Caminetti salió catapultado de la silla casi antes de que estuviera sentado.

—¿Señoría?

—Supongo que desea llamar a esta persona como testigo.

Caminetti lanzó una mirada hacia la puerta de doble batiente que acababa de cruzar una mujer de mediana edad, alta y de gesto altivo, con una boca delgada y ojos afilados como una navaja. Ya estaba ahí, ya avanzaba hacia el banquillo de los testigos. Caminetti miró hacia el banquillo y se encogió de hombros.

—Se le ha olvidado decirlo —dijo Scarborough con una sonrisa irónica—. Sólo ha mencionado el nombre.

—¿Y por qué habría de...? —Una explicación sólo habría consumido más tiempo—. El Pueblo llama a Mary Beth Chandler —anunció Caminetti, mirando con los ojos entornados, como si no se lo creyera.

Con una ligera señal de la cabeza y una ocasional inflexión de la voz, como los únicos gestos que se permitía, Mary Beth Chandler contestó a todas las preguntas con una economía de palabras que, hacia el final de su testimonio, asombró al propio Caminetti. Su postura era de una reserva absoluta. No estaba ahí porque lo quisiera.

Lo que estaba sucediendo no tenía ningún interés para ella. Contestaba a las preguntas, pero en ningún momento dirigió la mirada al jurado o al público en la sala. Ella había asistido a la fiesta en el Plaza aquella víspera de Navidad, y había visto al acusado, Jamison Scott Haviland, hablando con Anna Malreaux.

—¿Eso sucedió en el octavo piso del hotel Plaza, el día de Nochebuena, el veinticuatro de diciembre de mil novecientos sesenta y cinco? —Caminetti tenía que dejar sentado el hecho de que Haviland se encontraba presente.

—Sí.

—¿También vio usted a Thomas Browning?

—Sí.

—¿Los tres, Haviland, Browning y Anna Malreaux estaban presentes en la habitación al mismo tiempo?

—Sí.

Yo sabía que estaba casada con un conocido socio fundador de una de las grandes empresas de inversiones, las instituciones privadas que manejan la mayor parte del dinero en el mundo. Sabía que era una mujer que nadie que quisiera situarse en la sociedad de Nueva York se atrevería a contrariar. Yo sabía todo eso, pero al verla en persona, sentada a sólo unos metros, comencé a preguntarme si no habría también algo más de por medio.

—Nos hemos conocido antes, ¿no es así? —pregunté mientras me ponía de pie para responder a la invitación del juez Scarborough para proceder al turno de réplica. Me abroché la chaqueta y me arreglé la corbata—. El verano antes de la trágica muerte de Anna Malreaux.

No estaba dispuesta a reconocer esa posibilidad. Miró directamente a través de mí, como si fuera invisible. Supuse que era su manera de mirar a cualquiera que no conocía, o que no le agradaba. Sonriendo para mí mismo, insistí en que tenía razón.

—Creo que fue un día de junio. Una noche en Maxwell's Plum. Sí, ahora estoy seguro. Había una docena de personas, todos amigos de Thomas Browning, y él estaba sentado en un extremo de la mesa. Yo fui el último en llegar. Ese verano trabajaba en una firma de Wall Street. Browning estaba sentado en un extremo de la mesa y usted a su derecha o a su izquierda, no recuerdo a qué lado. Lo único que recuerdo es que se pasó casi todo el tiempo hablando con usted.

Ella no contestó, no pronunció palabra. Con una mezcla de indiferencia y aburrimiento, esperaba a que planteara una pregunta que tuviera alguna relación con el caso. Yo alcé la mirada y, con una leve sonrisa, la dejé especular sobre lo que haría a continuación.

—Usted no conoció a Thomas Browning en Harvard, ¿no es así? Usted no estudió derecho.

—No, yo...

—Y tampoco conocía a Anna Malreaux, ¿no es verdad? —Lo mío era un farol, pero me habría sorprendido si me equivocaba. Browning tenía cierto talento para separar a sus amigos—. Ella estudiaba en Harvard. Usted no iba a esa universidad. ¿No es eso correcto? —pregunté, con una dosis de indiferencia comparable a la suya.

—Sí, yo...

—Sí, usted lo conocía de antes. Si no me equivoco, lo conoce desde un poco antes de que se matriculara en la Facultad de Derecho de Harvard. Si no me equivoco, lo conoció cuando todavía no se había licenciado, o incluso puede que antes. —Estaba apoyado contra la barandilla de la tribuna del jurado, con el pie derecho cruzado sobre el izquierdo—. Usted vivía en Nueva York, ¿no es así?

—Sí, eso...

—Bien, en realidad no importa cuándo lo conoció —señalé, y me aparté del jurado—. La única razón por la que ha venido hoy es para decir que vio a Thomas Browning y a Anna Malreaux, y que... —Me detuve en un punto equidistante entre el banquillo del testigo y la mesa de la defensa, donde Jimmy Haviland estaba sentado en solitario—. ¿Alguna vez ha conocido al acusado, Jamison Scott Haviland? Déjeme que se lo pregunte de otra manera —y reprimí una sonrisa mientras miraba de reojo hacia el jurado—. ¿Recuerda haberlo conocido alguna vez?

—No —respondió ella, con cara de pocos amigos.

—Sin embargo, recuerda, después de todos estos años, haber visto a dos personas que no conocía, a las que nunca le presentaron, hablando juntos en una fiesta en que deben haber asistido... ¿cuántas?... cien, doscientas personas, que iban y venían. —Antes de que pudiera contestar, me giré noventa grados y la miré fijamente—. ¿Está segura de que nunca nos conocimos?

Tampoco tenía la intención de contestar esta vez. Pero yo no pensaba darle alternativa.

—Señoría, ¿querría usted instruir a la testigo?

—No, no recuerdo que nos hayamos conocido —dijo, con mirada fría e impenetrable.

—¿No en Maxwell's Plum, ese día de junio?

—No.

Me la quedé mirando, y una sonrisa leve y triunfante me cruzó por la boca.

—¿Tampoco el veinticuatro de diciembre de ese mismo año, en esa fiesta que organizó Thomas Browning, donde también estaba?

Aquello no surtió ningún efecto. Para ella, esa mirada que la protegía de todo y de todo aquel que no quería conocer se había convertido en una segunda naturaleza.

—Usted ha declarado que vio al acusado y a Anna Malreaux hablando. ¿Oyó usted lo que decían?

—No —dijo ella, con voz vacía, una voz que casi carecía de timbre.

—Ha declarado que vio a Thomas Browning en la misma habitación. El señor Caminetti no le preguntó si, cuando los vio, estaban los tres solos. Pero yo lo haré. ¿Había otras personas en la habitación en ese momento?

—No estoy segura.

—No está segura. Entiendo —dije, y sacudí la cabeza ante su orgulloso desafío y su manera de limitar cada respuesta al mínimo de lo necesario—. ¡Háganos el honor, señora Chandler, consiéntanos esta idea quizá banal de que usted no piensa realmente que un tribunal legal, donde se juzga a un hombre que se juega la vida, es una absoluta pérdida de su tiempo, que estaría mejor gastado, sin duda, saliendo de compras en busca de un nuevo brazalete o un par de zapatos!

Funcionó, porque se descompuso.

—¡Cómo se atreve! —exclamó, y se inclinó hacia delante como si quisiera clavarme sus largas y afiladas uñas —. ¿Quién se cree que es para hablarme de esa manera? ¿Quién se...?

—¡Creo que soy el abogado de la defensa, y que tengo derecho a la atención, aunque limitada, que se digne prestar a las preguntas que le formulo! —Le respondí sin vacilar, haciendo lo posible para que perdiera los estribos—. Usted entra aquí, vestida con un traje que cuesta lo que la mitad de estos miembros del jurado ganarían en un año y se comporta como si se sometiera a una especie de sacrificio. De modo que la pregunta, señora Chandler, no es quién pienso que soy yo sino quién se piensa que es usted. Además de gastar un dinero que nunca se ha ganado, ¿qué ha hecho usted que le permita pensar que puede tratar con esa condescendencia, no sólo a la gente, sino también a la ley?

Si aquella mujer hubiera tenido algo al alcance de la mano, una piedra, un bolso, cualquier cosa, creo que me lo habría lanzado. Bastaba ver la ira que se había apoderado de ella, que le torcía la boca hasta convertirla en un nudo horrible y lleno de odio. Con una mirada furiosa, hice un gesto de indiferencia con la mano y me alejé. Al llegar a la mesa de la defensa, me giré. Ella hizo lo posible por disimular su malestar después de haber perdido los nervios por una vez en su vida.

—Había mucha gente ese día en la fiesta, ¿no es así? —pregunté, con voz comedida y tranquila.

—Sí, había mucha gente —asintió ella sin vacilar.

—Y dada la ausencia de cualquier indicio en contrario en su declaración, entiendo que usted, en persona, no estaba en la habitación, en la suite, cuando Anna Malreaux cayó desde la ventana.

Estaba sentada en el banquillo del testigo como lo había estado antes, pero sin ese desprecio, sin dar a entender que la importunaban. Contestaba a las preguntas como si, al fin y al cabo, hubiera decidido que eran importantes, y que ella debía hacer todo lo posible para aclarar su sentido.

—No, yo no estaba presente cuando sucedió. Sólo había ido a saludar a Thomas… a Thomas Browning, quiero decir. Éramos viejos amigos. Fue la primera vez que vi a Anna Malreaux. Sabía que ella y Thomas tenían una relación. Desde luego, no sabía con qué seriedad se lo tomaban. Thomas no me confiaba esas cosas. Por eso recuerdo también al señor Haviland. En cuanto entré y les vi las caras, me di cuenta de que no se estimaban demasiado. Thomas me acompañó fuera, a la suite exterior. Me dijo que él, el señor Haviland, estaba enamorado de Anna Malreaux, pero que ella no estaba enamorada de él.

Por primera vez miró a Haviland. Sonrió con gesto de simpatía, como si entendiera cuánto debió de dolerle aquello, y luego volvió a fijar su mirada en mí.

—Ha dicho que no pudo oír lo que se dijeron el acusado y Anna Malreaux. ¿Había algún detalle en su manera de hablar que le hiciera creer que el señor Haviland estaba enfadado, dispuesto a hacerle daño?

—No, pero parecía bastante molesto con Thomas —se apresuró a decir.

—¿El señor Browning parecía preocupado por su propia seguridad?

—No, en absoluto. Creo que sólo esperaba a que el señor Haviland se marchara.

Yo me había detenido en medio del haz de luz que entraba por las ventanas por encima del jurado. Tenía los brazos cruzados a la altura del pecho y la mirada fija en el suelo. Cuando ella contestó, alcé la cabeza de golpe.

—Y, por lo que usted recuerda, eso fue lo que hizo, ¿no es así, señora Chandler? Por lo que usted recuerda, él se marchó justo después de usted y… ¿qué fue lo que ha declarado antes?... Que usted se marchó mucho antes de que Anna Malreaux cayera desde esa ventana a su muerte.

—No sabría decir qué sucedió después de que dejé el hotel esa tarde.

Hice unas cuantas preguntas más, todas con el mismo fin. Ella no sabía qué había sucedido, pero Haviland no había hecho nada que le hubiera hecho pensar que estaba irritado con Anna Malreaux.

—Cuando supo que Anna Malreaux había muerto, seguramente sufrió una gran impresión.

—Sí, desde luego, así fue.

La luz que caía desde la ventana me dio en los ojos. Lo único visible en el banquillo del testigo era un perfil borroso y gris y, mientras duró ese instante, vi a Mary Beth Chandler tal como la había visto esa noche en Maxwell's Plum.

—Usted estaba sentada a la derecha de Browning —dije, sin alcanzar a reprimirme. Incliné mi cabeza a un lado hasta que dejé de tener la luz en los ojos. Ella no respondió, pero con un movimiento casi imperceptible de su boca lo reconoció como un hecho. Volví a mi pregunta.

—Sufrió una gran impresión, desde luego. Y en ese momento, o en cualquier momento hasta que se presentó este caso contra Jamison Haviland, ¿ha tenido alguna vez motivos para pensar que la muerte de Anna Malreaux había sido otra cosa que lo que la policía concluyó en ese momento, es decir, un accidente?

—No, en absoluto —dijo ella, enfáticamente. Una mirada de inquietud asomó en su rostro. Quería añadir algo, algo que pensaba deberían conocer todos. Se volvió hacia el jurado, con expresión de auténtica ansiedad—. Thomas estaba destrozado, era imposible consolarlo. Si no hubiera sido por Joanna... la señora Browning ... —comenzó a explicar. Después, entendió que debía explicarlo—. Thomas y Joanna habían sido amigos muy cercanos, desde hacía años. Sus familias, los Browning y los Van Renaessler, tenían relaciones muy estrechas. Thomas siempre la buscaba a ella como fuente de consuelo y de consejos. Después de la tragedia... después de lo que sucedió... eran inseparables. Es probable que él hubiera sido capaz de superarlo solo —dijo, y se mordió los labios mientras especulaba sobre el pasado—. Éramos jóvenes, y los jóvenes son resistentes. Pero no creo que hubiera sido igual sin ella. Un año después, o más, se casaron. Es curioso, ¿no? —preguntó, volviendo su atención a mí—. ¿Las cosas que nos suceden y por qué nos suceden?

Yo me dirigí a la mesa de la defensa, dando por terminada mi ronda de preguntas. Alcé la mirada hacia el juez para anunciar que había acabado. Pero entonces recordé algo, me detuve, y di media vuelta.

—Usted ha conocido a Thomas Browning casi tanto como ella, desde que era una adolescente, ¿no es así?

Ella tenía las manos apoyadas en los brazos de la silla del testigo, casi a punto de levantarse. Paseó la mirada por la sala.

—Sí, como los Van Renaessler, nuestras familias se conocían.

—Y, según ha declarado, Thomas Browning estaba enamorado de Anna Malreaux... Ha dicho que estaba destrozado por su muerte, que era imposible consolarlo.

—Sí, así es.

—Usted conoce a Thomas Browning tan bien como cualquiera. ¿Es posible que él haya sido testigo de cómo alguien asesinaba a la chica que él amaba y luego haya declarado a la policía que fue un accidente? ¿Y luego pasarse el resto de su vida encubriendo ese crimen?

—¡Protesto! —rugió Caminetti, mientras abandonaba su silla—. Es una especulación, es irrelevante, sin fundamento. Es...

Scarborough dio un martillazo con fuerza.

—¡Se acepta! —Se inclinó hacia delante apoyándose en ambos brazos y me miró desde arriba con una sonrisa mundana. Arqueó ambas cejas y con el dedo cordial se rascó la punta de la barbilla—. Estoy seguro de que no tengo que explicar las razones por las que la pregunta del señor Antonelli, o quizá debería decir su comentario más bien extenso, ha sido declarado inadmisible. —La sonrisa se hizo más generosa, llegó a hacerle cosquillas en las comisuras de los labios—. Lo cual, desde luego, suscita la pregunta de por qué, si los dos abogados entienden tan bien las reglas, las infringen con tanta frecuencia.

Scarborough le lanzó una mirada a Caminetti y luego, deslizándose hasta quedar apoyado en la cadera, se quedó mirando un punto justo más allá del estrado del jurado y acabó con un comentario privado a su amigo imaginario.

—A menos que, y detestaría pensar que ésa es la verdad, crean que la única regla consiste en salirse con la suya.

Volvió la mirada hacia el jurado, con el rostro animado, expectante y vivo. Se notaba que deseaba compartir con ellos el sutil placer de poner a los abogados en el lugar que les correspondía.

—Con esta pequeña admonición, señor Antonelli, le ruego proceda.

—No —dijo Mary Beth Chandler antes de que yo abriera la boca—. Él jamás lo habría hecho. El Thomas Browning que yo conozco jamás dejaría que alguien quedara impune tras cometer un asesinato. Es absurdo.

Caminetti había vuelto a incorporarse como una bala. Se había quedado sin habla, y sólo atinaba a entornar los ojos. En lo que parecía casi un gesto de frustración en cámara lenta, el juez Scarborough alzó las manos. Yo, como si no hubiera percibido nada anómalo, le hice una leve reverencia a la señora Chandler, le agradecí su testimonio y anuncié que había acabado con mis preguntas.

—La última declaración de la testigo será borrada de las actas —avisó el juez Scarborough, con voz bien templada—. El jurado deberá ignorarla. Puede llamar a su próximo testigo.

En cuanto a mí, ansiaba contarle a Gisela lo que había conseguido.

Un testigo más esa mañana y otros dos por la tarde subieron al estrado para declarar, en el turno de la acusación, que Jimmy Haviland no sólo había estado en el Plaza el día que murió Anna Malreaux, sino que, además, había estado enamorado de ella, obsesionado con ella, incapaz de aceptar el hecho de que ella no estaba enamorada de él.

—Él le había pedido que se casaran. Ella dijo que no —declaró una de las amigas de Annie en la facultad, una mujer regordeta con cara de luna que parecía irradiar buena voluntad. Era uno de esos fenómenos raros, ver a una abogado fascinada con su trabajo.

—Usted se ha especializado en derechos de la mujer, ¿no es así, señorita Dell?

Ella reaccionó con una sonrisa segura y mofletuda.

—¡Y a mucha honra, señor Antonelli!

Clover Dell, que ése era su verdadero nombre, era una leyenda, la abogado que había abierto fronteras en casi todos los grandes temas de la mujer en los últimos veinte años. A pesar de sí mismas, las personas que odiaban todo lo que representaba no podían odiarla a ella. No podían resistirse al poder de ese entusiasmo sin mácula que nunca llegaba a ser fanatismo. Había entrado en la sala de Scarborough caminando con los brazos sueltos al lado, como cualquier vecino que al volver a casa se alegrara de encontrarse con una fiesta y no un lugar vacío, una fiesta que sólo podía ir a mejor ahora que ella había llegado. Desde el momento en que se sentó en la silla de los testigos, dirigió una mirada a Scarborough y lo saludó como a un viejo amigo, cosa que a él le divirtió.

—¿Cómo está, juez? Supongo que a estos dos los tiene controlados —preguntó, con una rápida mirada a Caminetti, y luego a mí.

—Usted ha declarado que el acusado le pidió a Anna Malreaux que se casara con él, pero que ella no quería.

—Así es.

Tenía que tener cuidado. Ignoraba cuánto sabía Clover.

—¿Sabía usted que había otros jóvenes que manifestaban su interés por ella?

—Claro que sí. Pero a ella no le interesaban. No quiero decir que no le interesaran los hombres. No, pero desde luego no tenía ningún interés en casarse. No es que tuviera nada contra el matrimonio, pero no pensaba hacerlo antes de establecerse con su carrera. En eso estábamos, señor Antonelli, en convertirnos en mujeres independientes que podíamos escoger la vida que queríamos. —Cuadró los hombros y miró al jurado de una manera que insinuaba que todos deberían mostrarse de acuerdo con que no podía haber nada más importante que eso—. Anna Malreaux fue una de las mujeres con la mentalidad más independiente que haya tenido la suerte de conocer. Es una tragedia que no haya vivido. Habría tenido un éxito enorme. Clamoroso.

Me pregunté si habría pensado lo mismo después de saber que Anna Malreaux tenía la intención de convertirse en la mujer de Thomas Browning.

—De modo que no iba a casarse con nadie, al menos no enseguida. Además de su independencia, ¿la describiría usted como atenta y generosa, quizá demasiado?

Formulé la pregunta como si no fuera más que una inocente curiosidad y, cuando ella se mostró de acuerdo, sugerí lo que parecía la única conclusión lógica y justa.

—De modo que cuando dijo que no, cuando le dijo a Jimmy Haviland que no se casaría con él, ¿no cree posible que se lo explicara así? Lo que usted acaba de decir, que no estaba preparada para el matrimonio, que antes quería hacer muchas cosas. ¿Acaso no habría hecho algo así, tanto para darle una respuesta que no lo destrozara como porque era la verdad, como usted misma nos ha dicho?

Por el rabillo del ojo vi que Caminetti empezaba a levantarse de su silla.

—¿No es eso lo que ella le dijo? Ya sé que ha pasado mucho tiempo, pero como recuerda todo lo demás con tanta nitidez, quizá también recuerde esto. Lo que Anna Malreaux le contó a usted que le respondió a Jimmy Haviland cuando éste le propuso matrimonio.

¿Lo recordaba? No lo sé. Pero ella creía que sí, y no tenía dudas, ya que conocía a Annie, de lo que ella habría hecho.

—Sí, estoy casi segura de que me dijo eso. No recuerdo sus palabras con exactitud, pero ése era el sentido.

—De modo que a Jimmy Haviland todavía le habrían quedado motivos para tener esperanzas —dije, con una breve mirada al juez, desviándola antes de que él me mirara a mí—. No hay más preguntas, señoría.

A Jimmy Haviland no lo habían acusado de homicidio involuntario, sino de asesinato. La acusación tenía que demostrar no que había provocado su muerte por negligencia, sino que había tenido la intención deliberada de matar. No era suficiente alegar que en un momento de rabia él la había empujado y, como resultado que debería haber previsto, que ella se había precipitado a su muerte. Caminetti tenía que demostrar que cuando Haviland la empujó era porque quería que muriera. Eso significaba que tenía que demostrar que esa idea estaba presente en la mente de Haviland. Durante la tarde, llamó a dos testigos que, al menos en una primera impresión, parecían confirmar que así había sido. El primero, Clarence Armitage, que yo recordaba vagamente de la facultad, declaró que Haviland había quedado tan perturbado cuando «Annie le dijo que no» que dejó de asistir a las clases, se negó a comer y rara vez salía de su habitación. Caminetti insistió en ello.

—¿De modo que dedicaba todo su tiempo a pensar en ello, a dejar que lo corroyera?

Armitage sacudió la cabeza.

—Estaba desanimado.

Caminetti tomó la respuesta como si sólo confirmara lo peor.

—En otras palabras, deprimido.

Yo no estaba seguro de que fuera necesario hacerlo, pero dada la tendencia de Caminetti a responder a sus propias preguntas cuando no le agradaban las respuestas que obtenía, decidí subrayar lo más evidente.

—Estaba desanimado… creo que ésa es la palabra que empleó, ¿no deprimido?

—Desanimado, sí, eso fue lo que dije.

—Ustedes eran buenos amigos, en aquel periodo vivían juntos, ¿es eso correcto?

—Sí —respondió Armitage; se inclinó hacia delante y miró a Haviland, que lo observaba, sentado—. Éramos buenos amigos.

—Él le contó lo que había sucedido con Annie y usted mismo observó cómo se sentía. ¿Es eso correcto?

Armitage se pasó la mano por el pelo entrecano. Iba vestido con ese estilo escrupuloso que todavía era de rigor entre los socios dueños de una empresa de Wall Street. Se me ocurrió al verlo por primera vez en el estrado que ese que estaba ahí sentado, sereno y correcto, podría haber sido yo si hubiera aceptado la oferta de volver a la empresa donde había trabajado ese verano en Nueva York.

—En otras palabras, usted lo conocía bastante bien, ¿no es verdad? Lo suficiente como para anticiparse a sus estados de ánimo, para saber qué pensaba. Mi pregunta es la siguiente: Durante todo ese periodo, después de proponerle matrimonio a Anna Malreaux y ella responder que no, ¿alguna vez, aunque no fuera más que una, sugirió Haviland que quería infligirle algún tipo de daño?

La respuesta fue clara y enfática, sin la menor vacilación ni duda.

—Nunca.

Con su siguiente testigo, Caminetti volvió al mismo tema desde otro ángulo. El amigo y compañero de habitación de Haviland había declarado que se había mostrado abrumado, dato que Caminetti utilizaría para insinuar que la presión y el dolor habían llegado a un punto de saturación, y que el acusado había llegado a la conclusión de que la muerte de Anna Malreaux era la única solución. Abigail o, como todos la habíamos conocido, Abby Sinclair, declaró que Anna Malreaux tenía miedo de la reacción de Jimmy Haviland.

—¿Habían estado juntos una época? —preguntó Caminetti, a su manera enérgica y concisa.

Abby Sinclair había prestado juramento y Caminetti estaba frente a ella, a no más de dos metros. Ella se sentó en el borde de la silla y se irguió para mirar por encima del hombro del fiscal. Sus ojos marrones brillaron como un saludo en cuanto me vio. Habíamos sido amigos y Abby era una de esas personas, bastante raras, que nunca olvidan a un amigo, sin que importaran los años transcurridos. Había estudiado derecho porque quería ayudar a la gente pobre y ahora dirigía una importante fundación que se dedicaba precisamente a eso. Lanzó una mirada a Caminetti como si quisiera advertirle que a ella nadie le daba prisas.

—«Estar juntos» no sería la expresión correcta. Habían comenzado a salir juntos en algún momento al principio de la primavera, durante el primer curso. Pero Annie también salía con otros jóvenes. Ese verano, el verano de nuestro primer y segundo curso, Annie vivía en Nueva York, pero Jimmy no.

¿Todo empezó entonces, aquel verano en Nueva York? Yo había olvidado, si es que alguna vez lo supe, que Annie también estaba allí.

—Lo vio unas cuantas veces, a comienzos del otoño, cuando empezaron las clases, en Cambridge.

Abby tenía ojos grandes y generosos, y una mirada que ofrecía consuelo a quien tuviera la suerte de encontrarse en su campo visual. Tenía esa mirada despreocupada, con sus dientes salidos, que te movían a esbozar una sonrisa de tristeza al pensar en toda la belleza que brillaba en ese rostro anodino sin maquillaje, tanto más que en los ojos rutilantes de las modelos de pasarela acostumbradas a hacer girar las cabezas por donde pasaran.

—Entonces le dijo que no podía seguir viéndolo. No sé por qué —reconoció—. Yo era amiga suya, pero también tenía otras amigas, más íntimas, y quizá se lo contó a alguna de ellas. Fue entonces, cuando él le pidió que se casaran, que ella respondió que no podía seguir viéndolo. Creo que él estaba desesperado por no perderla y quizá pensó que si ella se enteraba de que él iba realmente en serio cambiaría de opinión.

Caminetti se paseaba de arriba abajo.

—Pero ella dijo que no —intervino, en cuanto ella se detuvo.

—Sí, así es.

Caminetti enderezó los hombros y la miró fijo.

—Y después de decir que no, ¿estaba preocupada por cómo reaccionaría?

—Muy preocupada.

Preparado para la siguiente pregunta, Caminetti dio un paso hacia ella. Se detuvo y, con una mirada calculadora, se lo pensó dos veces.

—No, no importa —dijo, mirando de reojo al estrado del juez—. No hay más preguntas, señoría —dijo, dejando los brazos atrás mientras volvía a su mesa.

Era demasiado fácil, y yo debería haberme dado cuenta.

—¿A Annie… Anna Malreaux le preocupaba su reacción? —pregunté, con expresión cauta, como si sólo quisiera aclarar un punto. De espaldas al jurado, miré a Abby y sonreí. Luego di un paso a un lado para no taparle la perspectiva al jurado—. ¿Preocupada por lo que podía hacerle a ella, o lo que podría hacerse a sí mismo?

Con un movimiento rápido de la cabeza, rechazó cualquier posibilidad de que Annie temiera por sí misma.

—Estaba preocupada por él.

Sin pensármelo, le había dado a Caminetti todo lo que necesitaba. Al volver a interrogarla, se paró junto a la mesa del fiscal y le lanzó a Abby una mirada seria, como si la auscultara.

—En otras palabras, Anna Malreaux, que conocía bien a Haviland, lo consideraba bastante capaz de hacer algo violento.

Ignoro si Caminetti había nacido con ese instinto o lo había aprendido de los jesuitas, esa manera de cambiar el claro significado de las cosas, pero sí era cierto que era capaz de hacer cualquier cosa con las palabras.

Eran casi las cuatro y media y pensaba que habíamos acabado, pero en cuanto Abby Sinclair abandonó el banquillo, Caminetti llamó inmediatamente a otro testigo. Se quedó de pie junto a la mesa del fiscal, tamborileando con impaciencia sobre ella con los dedos de la mano izquierda.

—Diga su nombre.

—Gordon Fitzgerald.

—¿Conoce usted al acusado?

—Sí, lo conozco.

—¿De dónde lo conoce?

—Estuvimos juntos en un centro de rehabilitación.

—¿Para el tratamiento del alcoholismo?

—Sí.

—Durante el tiempo que lo conoció, ¿alguna vez el acusado mencionó el nombre de Anna Malreaux?

—Sí. Dijo que la había matado, que era responsable de su muerte.

21

Alta, delgada, toda ella piernas y brazos, con un chándal tan ceñido que daba la impresión de que se lo habían pintado sobre la piel, la primera corredora pasó rauda a mi lado con todo su repertorio de muecas de dolor. Segundos más tarde pasaron dos mujeres jadeando que dejaron una estela de vapor. Unos metros más adelante, un anciano abrigado contra el frío de la mañana, parado al borde del sendero asfaltado, observaba a dos ardillas que se perseguían entre las hojas amarillas desperdigadas por el viento. El parque empezaba a despertarse. Asomando por encima de los edificios que flanqueaban la Quinta Avenida, el sol colgaba en el cielo nebuloso y cubierto, un disco plateado apenas brillante.

Thomas Browning me esperaba cuando salí del ascensor privado que llegaba hasta su piso. Aunque eran sólo las siete y media, daba la impresión de que hacía horas que estaba despierto, descansado, perfectamente relajado, como si no tuviera ni la más mínima preocupación. Llevaba un jersey de cuello de pico por encima de una camisa beige y unos pantalones grises a cuadros, como si acabara de dejar un palo de golf, uno de esos jugadores de fin de semana que no se desenvuelven demasiado bien, pero que adoran ese deporte. Me saludó con la actitud indulgente de quien acoge en su casa a un hombre extraviado.

Entramos en el estudio, la pequeña sala privada con el balcón entoldado y vistas al parque y a la ciudad. Browning se acomodó en la silla de detrás de su escritorio. Los ojos le brillaban como si esperara con expectación algo que estaba a punto de comenzar. Yo intentaba recordarme a mí mismo que lo único que Browning sabía sobre el juicio era lo que había leído en los periódicos, o lo que le habían contado. Se le podía perdonar que pensara que las cosas iban mejor de lo que decía la realidad. Me senté en el otro sillón de la sala, dejé mi maletín sobre las rodillas y lo abrí con un certero «clic». Browning me lanzó una mirada de perplejidad.

—He traído algo que quiero que veas. Espero que puedas ayudarme a explicarlo porque…

Antes de que acabara, se puso a sacudir la cabeza. Algo más importante, más interesante, le rondaba por la cabeza. Echó mano del teléfono en una esquina de la mesa, puso la mano sobre el auricular y me preguntó qué quería para desayunar.

—Nada —respondí, con ganas de volver a lo que había venido a discutir con él.

—Tienes que tomar algo —insistió—. Me sentiría ridículo sentado aquí desayunando mientras tú haces juegos de mano.

—Café y huevos —dije, sin entusiasmo.

Browning rió con mi respuesta desganada, se volvió y transmitió su pedido por el teléfono.

—Hace días que intento hablar contigo —me quejé.

—Me llevan de un sitio a otro. A la costa oeste, a la costa este, al norte y al sur —dijo, mientras una sonrisa se adueñaba de su boca, como si se mofara de mi tono de voz tan formal. Por alguna razón que yo no comprendía del todo, se lo estaba pasando bien. Su brazo izquierdo descansaba indolentemente sobre el respaldo de la silla, y tenía la pierna derecha cruzada sobre la izquierda. Alzó el mentón y me escrutó con la benevolencia limpia y sana de un amigo.

—Te has estado matando con el trabajo de este juicio. Lo sé. Y sé que te prometí que estaría disponible cuando quisieras. Por eso te he pedido que vengas esta mañana, para que hablemos. Volví anoche y vuelvo a salir a mediodía.

Yo todavía tenía una queja.

—De modo que hice lo que me dijiste. Cuando no pude comunicarme contigo, intenté hacerlo con Elizabeth Hartley, la mujer que me aconsejaste contactar porque siempre te podía transmitir mis mensajes.

Me dio la impresión de que lo trataba como una especie de chiste privado, una broma que estaba dispuesto a compartir, pero no exactamente ahora.

—Elizabeth es la razón por la que te he pedido que vengas tan temprano.

Se oyó un golpe suave y discreto en la puerta. Entró una criada empujando un carrito con platos de comida: huevos, tocino y jamón, arenque ahumado y patatas, galletas, magdalenas, tostadas y bollos, jaleas y mermeladas y siete tipos diferentes de fruta, café, té, zumo de naranja, de tomate y otros zumos de los que nunca había oído hablar ni había visto y, finalmente, dos copas aflautadas y dos botellas de champán. Con cada cosa que me servía, Browning me decía que debía tomar más, que tenía muy mal aspecto, que estaba preocupado por mi salud. Cuando tenía el plato lleno a rebosar y me preguntaba si acabaría con la mitad de su contenido, él se sirvió una sola tostada con mantequilla y una taza de café, e ignoró todo lo demás.

—¡Come! —exclamó, con tono enfático—. No tienes que preocuparte de tu peso.

No tenía hambre, pero para contentar a Browning di unos cuantos mordiscos antes de volver a intentar que habláramos de los documentos que quería enseñarle. Me interrumpió antes de que empezara, me dijo que tenía que comer algo más, luego miró el reloj y lo oí farfullar que no se quería perder el comienzo. Con un mando en la mano, encendió el televisor en un rincón de la habitación.

—Sírvete algo de beber —dijo, señalando las botellas de champán en sendos cubos de hielo sobre el carrito—. Esto habrá que celebrarlo, la cara que pondrá ese pobre cabrón. —Se inclinó hacia delante con el antebrazo apoyado en la rodilla y miró, con atención, las imágenes en la pantalla—. Por esto te he pedido que vengas temprano —dijo, con un breve giro de cabeza hacia mí—. Quería que vieras esto conmigo —añadió, volviendo su atención a la pantalla—. Luego me dirás qué piensas.

Era un programa de tertulias del domingo. Los invitados eran dos, Arthur Connally, el jefe de gabinete del presidente, y Elizabeth Hartley, que fue presentada como «la directora de comunicaciones de la campaña de Browning a la Presidencia».

—No parece demasiado contento, ¿no? —preguntó Browning con una mirada de reojo. Se irguió en su asiento, se cruzó los brazos sobre el pecho y dejó descansar el tobillo sobre la otra pierna—. Creía que iba a salir al aire conmigo, que entre los dos tendríamos un pequeño debate. Arthur siempre ha sufrido de una curiosa forma de megalomanía. Dedica tanto tiempo a decirle a Walker lo que tiene que pensar y lo que tiene que hacer que tiende a olvidar que el titular de la presidencia no es él. —Browning remató la frase con una dura mirada de desprecio—. Si sólo es uno más de la plantilla, ¡Dios mío!

De pronto, cambió la expresión de su mirada. En su boca asomó una sonrisa astuta cuando vio la imagen de Elizabeth Hartley en la pantalla.

—Connally es uno más de la plantilla. De modo que he mandado a uno de los míos, más joven, más lista e infinitamente más telegénica —dijo, y me miró como si esperara una confirmación—. Y me temo que su ambición es perfectamente comparable a la de él.

En el programa había dos moderadores. Una era Martha Riles, la corresponsal de la cadena en la Casa Blanca, y el otro era Gilbert Graham, especialista en asuntos legales del *Wall Street Journal*. Los dos querían saber qué pasaba con el juicio. Riles insistía en que daba la impresión de que la acusación estaba sacando mejor partido del juicio, y Graham sostenía que nada de todo aquello era bueno para las perspectivas políticas de Thomas Browning. Riles desafió a Elizabeth Hartley a mostrar su desacuerdo con el hecho de que el juicio, y sobre todo el último testigo de la acusación, había suscitado serios interrogantes acerca de la credibilidad de lo que, con voz más bien estridente, definió como «toda la defensa de Browning».

Elizabeth Hartley sonrió.

—¿La defensa de Browning? Me temo que se ha confundido. El vicepresidente Browning no ha ido a juicio. El acusado se llama Jamison Scott Haviland.

Con una mirada de incredulidad ensayada, Graham le pidió que no se desentendiera de lo evidente.

—Todos saben que, en definitiva, el juicio es contra Thomas Browning —dijo, con la misma voz afectada y setenciosa—. Si Haviland es culpable, también lo es Browning. Y no puede seguir en la carrera por la presidencia si lo es. ¿No le parece correcto, señorita Hartley?

Los dos invitados estaban sentados lado a lado, enfrentados a sus dos inquisidores al otro lado de una mesa rectangular. Hartley estaba sentada muy erguida, con una mirada firme y decidida en sus duros ojos azules. En lugar de apresurarse a dar una respuesta, que es el impulso que tienen la mayoría de las personas sometidas a la presión de las cámaras, ella se tomó su tiempo.

—Su pregunta no tiene sentido. Jamison Scott Haviland no es culpable —dijo, con su voz tranquila, pero muy enfática—. El señor Browning ya ha declarado públicamente que el señor Haviland es inocente.

—¿Qué otra cosa podría decir? —interrumpió Connally, volviéndose hacia Hartley con mirada venenosa—. Él estaba presente. Sólo que ahora parece que su versión es... ¿cómo decirlo?... un poco menos convincente. Haviland ha reconocido que él la mató y...

—No ha reconocido que la mató —respondió Hartley, rápida, alzando el mentón unos centímetros con gesto beligerante—. Hay una diferencia entre lo que alguien dice y lo que alguien nos contó que ha dicho. Entiendo que con vuestra inclinación por los rumores y por lo que se dice por ahí, puede que esa distinción no valga, pero aun así, seguirá vigente en el tribunal.

Elizabeth Hartley se había girado parcialmente y, con la mano, apretaba el brazo de su silla. Miró fijo a Connally con un gesto implacable.

—El testigo, el testigo que ha sido llamado por la acusación, el testigo que ha sostenido que Jamison Scott Haviland le dijo que mató a Anna Malreaux, es un mentiroso, y lo saben todos los que estaban en esa sala, todos los que vieron lo que Joseph Antonelli hizo con él durante el turno de réplica.

Connally quiso responder a esa aseveración, pero Elizabeth no había acabado. Habló por encima de él, y se notaba cada vez más segura a medida que hablaba.

—¿No recuerda usted esa parte? Fue hace sólo unos días, señor

Connally, salió en todos los periódicos. —Una sonrisa burlona pasó fugazmente por su boca, una sonrisa que, en caso de tener que sufrirla, nos hace enloquecer porque supone una gran superioridad, una ventaja casi ilimitada—. ¿La confesión a la que usted acaba de referirse, la que el señor Haviland supuestamente hizo cuando él y el señor… como se llame… Fitzgerald… se encontraban juntos en un centro de rehabilitación? El señor Haviland estaba ahí debido a su dependencia de un fármaco contra el dolor, si recuerdo bien. De un fármaco contra el dolor que originalmente fue prescrito debido a las heridas sufridas durante la guerra. El señor Fitzgerald, además, era un alcohólico y adicto a la cocaína, o a la heroína, o a las dos. Resulta difícil saberlo porque… ¿no lo recuerda?… que en el turno de preguntas del señor Antonelli, Fitzgerald se vio obligado a reconocer que había estado en tratamiento no sólo antes, sino varias veces después de conocer al señor Haviland. Drogas, alcohol… al parecer, este señor había sufrido todos los tipos posibles de adicciones, excepto a decir la verdad. Y cuando no consumía alguna droga que le provocaba alucinaciones… ¿lo recuerda, señor Connally?… Cuando el señor Antonelli le preguntó acerca de su condena a prisión por fraude, por las docenas de personas mayores cuyos ahorros de toda la vida supuestamente tenía que invertir pero que, en realidad, sencillamente se los gastó.

Elizabeth dejó de mirar a Connally y lo hizo con un gesto de desprecio.

—Es el testigo, el único testigo que tienen —dijo, con un aire de triunfo silencioso cuando miró a los dos periodistas.

Asombrados por la facilidad con la que la joven directora de comunicaciones de la campaña de Browning había desmontado al jefe de gabinete de Walker, un hombre tan temido como inflexible, Riles y Graham sólo atinaron a mirar a Arthur Connally y esperar su respuesta.

Connally intentó ocultar su irritación, pero la sonrisa que asomó en su cara era forzada, rara, impostada, y pronto se desvaneció.

—Hay que aceptar lo que dicen los testigos. ¿Cuántas condenas cree usted que se conseguirían de las figuras del crimen organizado si no se pudiera recurrir a los testimonios de gente que ha trabajado con la mafia?

Elizabeth se había inclinado hacia delante, y ya tenía su respuesta preparada. Con un movimiento de la cabeza y una mirada diabólica, Connally la detuvo.

—Pero si está tan convencida de que el testigo ha mentido y que, por alguna extraña razón, se lo ha inventado todo, ¿por qué negarse a responder a la pregunta que Gilbert acaba de hacerle? Si Haviland no mató a esa chica, Browning no tiene nada que temer. De modo que no habría ninguna razón... ¿no cree usted?, para no pensar que si Haviland es condenado —de este crimen que no cometió y que Browning no ha encubierto— Browning tendría que renunciar inmediatamente. ¿No cree que tendría que renunciar? Los ciudadanos de este país nunca elegirán a alguien que ha ayudado a encubrir un asesinato, y no importa los años que hayan transcurrido desde dicho crimen.

—Ahora, Elizabeth, dale ahora.

Miré hacia el otro lado de la habitación. Browning estaba inclinado hacia delante, los ojos entrecerrados y la mirada expectante.

Una sonrisa de venganza cruzó el rostro tenso y de finos rasgos de Elizabeth Hartley.

—¿Usted cree que Thomas Browning debería renunciar a la lucha por la nominación republicana si a Jamison Haviland lo declaran culpable en el juicio? ¿Ésa es la pregunta? Sería preferible preguntarse por lo que hará el presidente Walker si no lo declaran culpable.

A Connally aquella joven funcionaria ya le había robado suficiente protagonismo. Dio un golpe sobre la mesa con la mano abierta y se dirigió a ella.

—¿Está usted insinuando...?

Fue lo único que atinó a decir.

—No insinúo nada —replicó Elizabeth Hartley a la velocidad del rayo—. Pero si Haviland no es culpable, alguien sí lo es, y no de asesinato, sino de algo peor. ¿Quién ha decidido de pronto que ha habido un asesinato? ¿Y no sólo que ha habido un asesinato, sino que el vicepresidente estaba de alguna manera implicado? ¿Se trata de una mera coincidencia que el asunto sea el mismo, exactamente el mismo, que se le echó en cara a Thomas Browning durante las últimas elecciones, la última vez que tuvo el valor de desafiarlo a usted y a William Walker y todo lo que ustedes y gente como ustedes representan?

Connally miró a los dos presentadores, como esperando que intervinieran, que amonestaran a aquella joven descontrolada por su talante y su tono de voz.

—De modo que la respuesta, señor Connally —dijo Elizabeth Hartley, con una voz que de pronto era toda razón y lucidez— es sí, absolutamente. Si a Jamison Scott Haviland lo declaran culpable de asesinato, Thomas Browning se retirará. Y ahora que he contestado a su pregunta, ¿por qué no contesta a la mía? Si el señor Haviland es declarado no culpable, si se le declara inocente, ¿también renunciará el presidente?

Arthur Connally la miró como si hubiera perdido la razón. Siguió una pausa de publicidad. Browning apagó el televisor, se reclinó en su asiento mientras se frotaba la barbilla. Había en su mirada un brillo de enorme satisfacción.

—Es rápida, no se puede negar. Hablé con ella sólo diez minutos antes de que saliera al aire. Aquello tenía que salir, la pregunta de si a Haviland lo declaraban culpable yo dimitiría. Y tenía que salir exactamente como ha salido. Algo que no puede suceder porque Haviland es inocente y porque la única razón por la que hay un juicio es por iniciativa de ellos. ¿No crees que teníamos que hacerlo —preguntó—, hacerles hablar no sólo de mí sino de ellos? Convirtámoslo en lo que en realidad es, una cuestión de saber en quién confiar y en quién no. ¡Si Haviland es culpable, Browning se retira! Pero si Haviland es inocente, señor presidente, ¿en qué situación queda usted?

Browning abandonó la silla como impulsado por un resorte y, por un instante, se quedó totalmente quieto, con las manos cogidas por la espalda, pensando en lo que acababa de decir.

—Había que hacerlo —dijo, con tono enfático. Tenía la mano justo en una esquina de la mesa. Cuando me miró, en su expresión latía una especie de urgencia—. El presidente del Supremo está en el hospital.

—Sí, ya lo sé, pero...

—No saldrá de ahí. Diría que es una cuestión de días, una semana, dos, como máximo. Tengo que hacer creer a todos que tal vez Walker no dure —avisó, e hizo un gesto hacia la pantalla oscura del televisor—. De eso están discutiendo ahora, es lo que esa gente quiere saber. A quién presentará como candidato el presidente si de pronto el cargo de presidente del Supremo quedara vacante. Es lo único de lo que todos quieren hablar, de eso y del juicio. Una expresión despiadada le acentuó las arrugas de los ojos y la boca—. La muerte y la destrucción política, el engranaje que hace funcionar a Washington, al menos los rumores de Washington.

Sacudió la cabeza como si quisiera borrar todo lo que fuera irrelevante de su mente.

—Walker quiere a Reynolds. Los dos lo sabemos. Yo tengo suficiente apoyo en el Senado para pararle los pies, pero sólo mientras haya motivo para pensar que Walker está en un aprieto y que yo tengo una posibilidad. —Browning me miró—. ¿Lo entiendes? ¿Entiendes que mientras yo esté metido en este asunto, Walker y Connally no se atreverán a mover sus piezas para proponer a Reynolds? Porque una vez lo hayan hecho —proponerlo— nadie puede seguir engañándose. Nadie podrá fingir que no son igual de extremistas que todos los demás, todos esos ignorantes moralistas, esos fanáticos religiosos que se creen el brazo justiciero de Dios… Te lo dije al comienzo, que llegaríamos a esto, que tenían que destruirme, que yo era el único obstáculo que quedaba. Tienen la Casa Blanca, tienen el Senado y el Congreso, y ahora están a punto de adueñarse del Supremo, pendientes de la suerte de un anciano. Puedo pararlos, pero sólo si tú ganas. Si a Haviland lo declaran culpable, Connally tendrá razón. Yo estaré acabado y esa gente gobernará el país hasta un futuro que ni alcanzas a ver. Sólo Dios sabe lo que pasará entonces —añadió, sacudiendo la cabeza con una fugaz mirada de inquietud en sus ojos.

Al cabo de un momento, volvió a su mesa.

—Me temo que ahora todo descansa sobre tus hombros. ¿Qué puedo hacer para ayudar?

Aparté el carrito con toda su comida desperdiciada, y acerqué mi silla a la mesa.

—El otro día hice lo que pude con el turno de réplica, pero no fue suficiente. Ni la mitad de eficaz de lo que ha parecido Elizabeth Hartley. No desmonté a Fitzgerald, porque se mantuvo en sus trece.

Browning torció la cabeza, me lanzó una mirada inquisitiva y esperó.

—Me aseguré de que el jurado supiera que tenía un expediente delictivo y que era adicto. Pero no pude demostrar que tuviera razones para mentir. Al final, le pregunté si alguien había hablado con él, si le habían ofrecido alguna cosa a cambio de su testimonio. Sabía que diría que no, pero tenía que quedar registrado para que pudiera usarlo en su contra, demostrar que miente cuando enseñe las pruebas de que ha aceptado dinero, que ha sido sobornado.

Busqué en el maletín y le entregué a Browning la lista de nombres y números que no había podido usar. Él miró la primera página, luego la segunda. Al final, me miró con gesto sombrío y asintió dos veces. Había adivinado de inmediato su significado.

—Dinero que se ha pagado, pero que antes se ha movido de un sitio a otro. ¿Eso piensas que es? ¿Y el nombre de Fitzgerald… compraron su testimonio?

—Hay dos nombres que figuran en la lista de testigos que Caminetti piensa llamar. Ha llamado a Fitzgerald, y esta semana llamará al otro.

—Entonces, has ganado —insistió Browning. Cogió las hojas y las sostuvo en alto—. ¡Esto lo demuestra! ¡Es lo que he dicho desde el principio! ¡La Casa Blanca está detrás de este asunto, de todo el asunto! —Se incorporó de un salto y puso las hojas sobre la mesa—. ¡Mira! No hay error. ¿Ves lo que pone, de dónde viene? Es de la Casa Blanca, no hay ninguna duda.

—Pero sólo son nombres y números, podrían significar cualquier cosa. ¿Y Gordon Fitzgerald? No hay ninguna prueba de que se trata del mismo Gordon Fitzgerald que ha declarado en el juicio. No es un nombre especialmente raro —añadí, algo frustrado por la insistencia obstinada de Browning de que yo veía un problema donde no había nada. Pero Browning se mostraba ya más impaciente. Se sentó en su silla, entrelazó las manos por debajo de la barbilla y tamborileó sobre sus labios con los dedos índice, firmemente apretados uno contra otro.

—Sí, entiendo lo que quieres decir —dijo, al cabo de un momento—. ¿Y es la razón por la que no utilizaste esto contra el testigo, después de haberle preguntado si alguien había hablado con él, si le habían ofrecido algo a cambio de su testimonio? —Repitió la frase que me había venido a la cabeza como si la hubiera leído en algún libro y memorizado—. ¿Cómo conseguiste esto? Tiene que ser alguien de la Casa Blanca. ¿Quién es?

—No lo sé —tuve que reconocer.

—¿No sabes quién te lo dio?

Pensaba contarle que Gisela me lo había entregado, y que a ella se lo había dado un amigo, pero cambié de opinión. Lo que Gisela había hecho quedaba entre ella y yo.

—Viene de una fuente anónima. No sé quién es.

—Pero esto es lo único que te han dado —dijo, mirando las páginas sobre su mesa—, y, evidentemente, piensas que no es suficiente.

Sacudí la cabeza con gesto de desaliento.

—Aunque venga de la Casa Blanca, el nombre que figura arriba, la persona que supuestamente configuró la lista... No hay nadie con ese nombre que trabaje en la Casa Blanca.

Con la punta de los dedos, Browning acercó una de las páginas para mirarla más detenidamente.

—Lincoln... suena como un nombre de cobertura que usarían esos ridículos pretenciosos.

Guardó silencio y tuve la sensación de que me miraba desde otra perspectiva, como si tuviera que recordarse que había cosas que él daba por sentado y que yo ignoraba por completo.

—Todo en la Casa Blanca —explicó—, todo lo que alguien le envía al presidente... todo lo que cualquiera envía a cualquiera, pasa por la secretaría de personal. Los despachos de la secretaría de personal están en el ala Oeste, justo por debajo del despacho que, antes de mi llegada, era el despacho de los vicepresidentes. Lo recordarás, porque te lo enseñé. Se montó aquella oficina para introducir cierta disciplina, para organizar los mensajes que llegan al presidente. Si un miembro del gabinete quiere hacer una propuesta al presidente, antes de que la reciba el secretario de personal se asegura de que la hayan leído todas las personas cuyos comentarios podría pedir el presidente. El sistema lo guarda todo. Cada uno de los correos, todo, se guarda para siempre. Así lo exige la ley. Hay millones de estas cosas en el banco de datos. Pero hay algo más. El sistema sólo funciona dentro del Despacho Ejecutivo del Presidente, el EOP. Eso es lo que significa el resto de lo que hay aquí —dijo, y señaló la cabecera de una de las páginas sobre la mesa—. La dirección: «Tal y cual en el EOP». Nada que haya sido enviado desde un ordenador de la Casa Blanca puede escapar al sistema. Todo está archivado, todo está guardado. Todo debe estar ahí todavía, incluyendo los originales de esto —explicó—. Lo único que tienes que hacer es conseguirlos. Eso demostrará de dónde provienen. Demostrará que todo esto ha sido fabricado desde la Casa Blanca.

—Pero seguiría sin demostrar qué significan —acoté, con un gesto de desesperanza.

Browning pensaba en otra cosa, en un hecho que, de pronto, se convertía en una clave para todo lo demás.

—A todos esos millones de mensajes, y no importa los nombres que hayan usado, a todos se les puede asignar un origen. Así consigues el nombre. Así sabrás. Así podrás demostrar que si toda esta operación no partió del Despacho Oval, su origen no puede estar demasiado lejos. Llama al secretario de personal como testigo. —En sus ojos brillaba esa mirada expectante, intensa y alerta.

Se mostró rotundo con el tema, decidido a que yo lo viera como él. Él estaba demasiado cerca, arriesgaba demasiado. Era casi terquedad su negativa a reconocer que nada de lo que había dicho, nada acerca de cómo funcionaba el sistema de la Casa Blanca, demostraba qué significaban esos nombres y números.

—Necesito algo más. Y quien me dio esto, sea quien sea, también lo sabe. Está siguiendo el juicio. Sabía que Fitzgerald sería uno de los testigos. —Miré a Browning directamente—. Sé que tienes razón acerca de lo que Connally y esa gente ha hecho. Esta persona, quien quiera que sea, también lo sabe. Sabe que no he utilizado lo que me ha dado. Sabe que hay algo que no funciona bien.

Browning se hundió en su silla. Sus ojos se movían de un lado a otro, semicírculos bien medidos mientras paseaba la mirada por la sala. Comenzó a frotarse el nudillo del dedo índice contra el labio superior.

—¿Y si ya ha ido tan lejos como ha podido? Si no quiere arriesgarse a tener un contacto directo contigo, si no puede correr el riesgo de darte más de lo que ya te ha dado, ¿qué ocurrirá entonces? ¿Qué harás si no puedes conseguir una prueba de que esos archivos significan lo que tú crees?

Me observaba de cerca, como si calibrara el alcance de mi confianza e intentara entender hasta qué punto yo creía que, pasara lo que pasara, ganaríamos. No si ganaría Haviland, no si ganaría yo, sino nosotros, Haviland y Browning, Browning y yo, como se quisiera poner, siempre y cuando se entendiera que él interpretaba el papel central en el drama que se acercaba rápidamente a su acto final. Al igual que cualquier acusado, más que el propio Haviland, parecía que Browning necesitaba tener la seguridad de que todo saldría bien.

—¿Qué haré? —Una sonrisa ancha y espontánea se me dibujó en la boca, un gesto instintivo que acompañaba la mentira que había dicho tantas veces que ya no estaba seguro de que no fuera verdad—. Inventaré algo. Montaré algo. Todavía no he estado en un juicio donde no haya pasado algo inesperado, algo que lo cambia todo, si eres lo bastante rápido para verlo y saber cómo usarlo.

Browning sonrió a su vez, pero era una pálida imitación, burlándose de la sinceridad vacía de mi frase con una subestimación deliberada.

—En otras palabras, no tienes ni idea de lo que harás.

La sonrisa en mi boca se hizo más pequeña, más sincera.

—Se podría resumir así, sí.

Tenía que preguntarle algo más. ¿Por qué nunca se había tomado la molestia de contarme que Jimmy Haviland había trabajado durante años por la empresa en régimen de provisión de fondos?

Browning bajó la mirada.

—¿Es importante que te lo diga?

—Caminetti lo presentó como si fuera una especie de soborno, una manera de mantener a Haviland callado, de asegurarse de que nunca confesaría lo que ha hecho, debido al daño que podría hacerte a ti. Y yo no sabía nada de eso, Haviland no me había dicho ni una palabra.

Browning seguía mirándose las manos.

—Yo sabía algo de lo que había sufrido Haviland. Annie... la guerra. Pensé que debía hacer algo—. Me miró con expresión cauta—. Es un buen abogado —dijo, con voz solemne y pausada—. Y es un buen hombre. ¿Por qué no habría de hacerlo?

—Él piensa que lo has hecho por un sentimiento de culpa.

Browning no respondió.

—Por eso no me lo contó —dije yo—. Está avergonzado de haberlo aceptado. Ha intentado decirse a sí mismo que sólo hacía lo que haría cualquier otro abogado, es decir, aceptar una provisión de fondos para trabajar para un cliente importante. Pero él sabe que lo hizo porque necesitaba el dinero, y se odia por eso. Cree que es dinero manchado con sangre. No cree que la muerte de Annie fuera un accidente. Cree que tú la mataste. Cree que estabas enfadado porque Annie había salido a buscarlo, que discutisteis, que la empujaste, y que así fue como cayó.

Había algo triste y distante en la mirada de Browning. Asintió lentamente con la cabeza, como si no sólo entendiera sino también simpatizara con la idea de Jimmy Haviland.

—Sé que eso es lo que piensa.

Vio la pregunta en mis ojos, la pregunta que, por muchas veces que creyera haberla contestado, siempre volvía.

—Yo no lo hice. Es lo último que habría hecho en mi vida.

Tenía el aspecto de alguien que miraba en la oscuridad de su mente la escena con la que debía de haberse torturado durante años, la escena del momento en que Annie caía.

—Fue un accidente. No fue culpa de nadie —dijo, y se volvió hacia mí con una mirada que ponía fin a ese episodio.

Me levanté para irme, pero Browning hizo que me sentara con un gesto.

—No te vayas todavía. Me queda un poco de tiempo. —Se produjo una pausa rara antes de que añadiera, como al pasar, que Joanna le había pedido que me saludara.

—Quería verte —dijo, con una voz que se había vuelto formal, incluso algo forzada. Desvió la mirada hacia las puertas deslizantes, como si buscara un lugar donde esconderse.

—Estuvo conmigo en California. Volvimos anoche. Pensé que era mejor no despertarla.

Era una mentira civilizada y discreta, un elegante recordatorio de que lo que hubiera sucedido en el pasado no influía para nada en las cosas actualmente. Después de aquella comida en Georgetown, tuve la sensación de que no volvería a verla, que lo que nos habíamos dicho ese día era una especie de segundo adiós. Ahora estaba seguro, seguro de que Joanna había desaparecido, tan seguro como que después del juicio jamás volvería a saber nada de Thomas Browning. Él quería cambiar las cosas, quería someter el futuro a su voluntad, sin duda para que las cosas fueran mejores, pero mejores según su perspectiva. Vivía con la visión permanente de lo que podría hacer, de tener el poder. Yo no tenía ese tipo de ambición, y cuanto más pasaba el tiempo menos pensaba en lo que pasaría el año siguiente, o el otro. Al contrario, me preguntaba por el pasado y cómo las cosas que habían pasado moldeaban y a veces destruían tantas vidas.

—Mary Beth Chandler declaró el otro día. Caminetti la llamó porque vio a Jimmy y Annie hablando aquel día...

—¿Quién? —preguntó Browning con expresión de extrañeza.

—Mary Beth Chandler, Es una vieja amiga tuya, casada con ese banquero inversionista.

Al parecer, Browning no la recordaba y luego, cuando la recordó, pareció que no le importara.

—La reconocí. Había algo en ella, esa mirada cortante... Sabía que la había visto antes... esa noche, en Maxwell's Plum, el verano que estuve en Nueva York.

Había cierto malestar en la mirada de Browning, como si no entendiera a dónde llevaba todo aquello. Pero yo estaba atrapado en el entusiasmo creciente de lo que veía en mi mente: la mirada ávida y decidida en el rostro más joven de Mary Beth Chandler cuando intentaba conseguir que Browning le prestara toda su atención.

—Estaba sentada justo a tu lado, recuérdalo. Fue la noche en que me usaste como pretexto para dejar a... —Casi dije Joanna, pero me reprimí a tiempo—, para dejar a todos los que estaban por-que tenías que encontrarte con alguien en el Village.

Browning no se daba por enterado. No tenía ni idea de lo que le decía. Sin embargo, de pronto sus ojos se iluminaron y cambió su expresión. Después, el color le inundó las mejillas.

—Fue el día que comencé a salir con Annie, a comienzos del ve-rano en Nueva York. Tienes razón. Lo había olvidado por comple-to. No quería que Joanna lo supiera —comenzó a explicar. Sus ojos se apartaron de mí y se perdieron en la distancia, buscando lo que ahora parecía inmediato y real—. Esa noche. Sí, ahora lo recuerdo. Tú y yo nos escapamos como dos vulgares ladrones, a cenar con un abogado y a discutir unos asuntos sin importancia de los que debía ocuparme.

—Ella declaró, y también declaró Clover Dell, ¿te acuerdas de ella? Y Abigail... Abby Sinclair. Es sorprendente cómo las dos tie-nen el aspecto que podía esperarse. Quizá, después de todo, nunca cambiamos, sólo envejecemos.

Los nombres no le decían nada. Me lanzó una mirada confundi-da, como si preguntara si había alguna razón por la que debería re-cordar algo. A Annie nunca la olvidaría, pero las otras personas que había conocido entonces habían desaparecido de su recuerdo.

El sol brillaba a través de los cristales. La niebla gris de la maña-na se había desvanecido y Central Park brillaba, limpio y verde os-curo y elegante bajo un cielo azul cerrado.

—Todos se acuerdan de ti —dije, al incorporarme y tenderle la mano—. Incluso el juez Scarborough te considera un amigo.

Browning me lanzó una mirada de incomprensión.

—Solía conocer a mucha gente cuando dirigía la empresa, y mu-cha gente me conocía a mí. Ahora todos me conocen, pero yo no co-nozco a nadie. Excepto a ti, mi viejo amigo —dijo, y me apretó la mano.

Había algo de tranquilo y consolador en su manera de mirarme, como si Browning supiera todo lo que yo había hecho mal y todas las cosas que deseaba que nunca hubieran sucedido y, en lugar de echármelo en cara, lamentara no haber estado para ayudarme. Era lo que siempre había sentido ante su mirada inteligente y benevolente, la sensación de que veía cosas que yo no podía ver y de que podía confiarle mi vida. Él no dejaba de mirarme, pero el pasado se desvaneció lentamente y él comenzó a hablar, animado, de lo que podría pasar ahora. Creo que siempre había sabido que Thomas Browning estaba destinado a ser un gran hombre.

—Serán unas semanas interesantes las que nos esperan, ¿no crees? —dijo, recuperando aquel aire de entusiasmo que te hacía pensar que era imparable, que por muchas probabilidades que tuviera en contra siempre encontraría una manera de triunfar.

—Vamos, te acompañaré hasta afuera. Haré más. Es un día precioso. Te acompañaré un rato por el parque.

Me dio un golpecito en el hombro, dio dos pasos y, como si se acordara de lo que tenía que hacer, sacudió la cabeza.

—Será mejor que se lo diga —se dijo a sí mismo. Cogió el teléfono y dijo que iba a salir—. Daré un pequeño paseo por el parque con mi viejo amigo.

El agente del Servicio Secreto nos estaba esperando cuando el ascensor se abrió en la planta principal. Sus ojos se movían por delante de nosotros cuando nos dirigimos a la puerta.

—Te acuerdas del señor Antonelli, ¿no? —preguntó— con un gesto travieso—. El hombre que nos rechazó cuando le ofrecimos un paseo después de esa cena en el Plaza, el que tuviste que ir a buscar más tarde y traer aquí.

El agente Powell asintió discretamente.

—Sí, señor, lo recuerdo.

—Me alegro de verle, agente Powell —saludé a mi vez.

El portero nos abrió la puerta de cristal. El agente Powell nos precedía, con el brazo estirado hacia atrás para mantenerse cerca de Browning. Cuando salimos al exterior, Browning entrecerró los ojos por la intensidad de la luz. Luego se volvió a Powell.

—Cruzaremos la calle y caminaremos un poco. Seguro que no hay problemas.

Powell parecía preocupado. Se volvió hacia Browning y le dijo algo. Fue entonces cuando lo vi, un hombre con las manos metidas en los bolsillos de una cazadora marrón claro que se nos acercaba, a cuatro, quizá cinco metros, moviéndose rápidamente, más rápido que un paso normal, no del todo una carrera. En sus ojos había algo raro, una mirada de determinación. Había sacado la mano del bolsillo. Lo supe antes de verlo que tenía un arma y que su cometido era asesinar a Thomas Browning.

—¡Cuidado! —grité, cuando me lancé contra el hombre lo más rápido que pude. Él disparó antes de que yo lo alcanzara. Sentí un dolor agudo en el hombro y entonces oí el segundo disparo. Miré hacia atrás y vi a Browning caído sobre la acera. Powell se había lanzado sobre él para derribarlo. Cuando vi al agente y luego la sangre que le manaba de la cabeza supe inmediatamente que había muerto.

22

El Servicio Secreto intentó sacar de allí a Thomas Browning, pero él se negó. Abatido y con una mirada de absoluta desolación, vio cómo metían el cuerpo de Powell en una bolsa negra. Acompañó a la camilla y esperó mientras la introducían en la ambulancia del forense. Cuando las puertas se cerraron, él se acercó a la ambulancia donde un paramédico acababa de vendarme el hombro y la parte superior del brazo.

—No ha sido nada —dije—. La bala me atravesó el brazo. Lo siento por Powell. Si hubiera reaccionado un segundo antes…

Browning negó con la cabeza.

—Me has salvado la vida, y él también. —Miró a la auxiliar médico, una mujer hispana de casi treinta años—. ¿Se pondrá bien?

La mujer siguió ocupada vendándome el brazo.

—Se pondrá perfectamente —dijo, y cortó un trozo de esparadrapo—. No deberá permanecer en el hospital más de un par de horas.

—Me has salvado la vida —repitió Browning con un susurro de voz solemne—. Ahora tengo que llamar a la viuda de Powell y decirle que su marido era uno de los dos hombres más valientes que he conocido.

Empezaba a reunirse una multitud que llenaba la calle y se extendía por la acera a lo largo del parque. La televisión había comenzado a emitir en directo desde la escena del atentado y los reporteros gritaban sus preguntas por encima del ruido. Nadie sabía qué había pasado con el agresor, sólo que en medio de la confusión había conseguido escapar. Con actitud más firme, el Servicio Secreto decidió que había que conseguir que Browning entrara. La ambulancia encendió la sirena y empezó a moverse.

Los médicos me dijeron que había tenido suerte, que la bala no había dado en ningún hueso ni había dañado los nervios.

—Sólo le dolerá mucho —dijo uno de ellos, con un toque de médico experto. Me dieron algo para el dolor, programaron una visita para cambiar el vendaje y me mandaron a casa.

Salí del hospital un poco antes de las dos y tomé un taxi hasta el apartamento de Central Park West. Intentaba no pensar demasiado en lo que había ocurrido, pero no conseguía pensar en otra cosa. Era una sensación extraña, una euforia triste por haber sobrevivido a un tiroteo en el que había muerto una persona. No había pensado en Browning ni en Powell ni en actuar como un héroe cuando me abalancé sobre el pistolero. Si pensé en algo, sólo fue en mí mismo. Vi la mirada en los ojos del asesino y adiviné lo que se proponía. Creí que estaba lo bastante cerca para detenerlo antes de que disparara, que podía arrebatarle el arma, pero Harold Powell se cruzó en la línea de fuego. Eso era valentía, algo que valía la pena recordar, algo digno de recibir honores. Lo único que podía decir de mí mismo era que no había actuado como un cobarde.

El teléfono estaba sonando cuando entré en el apartamento. Con la mano en cabestrillo, crucé la sala como pude para intentar llegar a tiempo. Pensé que sería Gisela que quería asegurarse de que estaba bien. Era Jimmy Haviland, y parecía deprimido.

—¿Te encuentras bien? El agente… era el que vi esa noche después de la cena, ¿no? He reconocido la foto de él que han enseñado en la televisión.

Me dejé caer en el sofá y me quité los zapatos. La luz del sol apenas llegaba al borde de la alfombra azul Kerman que cubría parte del brillante suelo de parqué.

—Quizá deberíamos hacer un trato, declarar algo, acabar con esto antes de que maten a alguien más. No le han dado a Browning, pero eso no significa que no vuelvan a intentarlo.

—No hay nada que puedas declarar —le recordé—. No hiciste nada.

Jimmy lo sabía tan bien como yo. Browning era el único testigo que podía declarar que la muerte de Annie Malreaux fue un accidente, y que Jimmy Haviland no estaba en la habitación. Si Harold Powell no hubiera sido víctima de la bala destinada a Thomas Browning, si, al contrario, Browning hubiese muerto, Haviland se habría quedado sin defensa. Cuando las primeras noticias comenzaron a llegar, cuando oyó que se había producido un intento de asesinato y que alguien había muerto, se le podía perdonar que pensara en lo que significaba para él.

Quería colgar el teléfono. Tenía que hacer unas cuantas llamadas, pero la necesidad de hablar de Haviland era irrefrenable. Todos estarían pensando en lo que había pasado esa mañana, pero nadie se enfrentaba al mismo problema que Jimmy Haviland. Cuando a alguien se le acusa de asesinato y se juega la vida en un juicio, no puede pensar en otra cosa. Era como si el día en que la policía lo detuvo hubieran borrado cualquier otro pensamiento de su cabeza.

—¿Qué piensas de Abby Sinclair? —preguntó—. No ha cambiado en absoluto, ¿no te parece? ¿Has conocido a una persona más auténtica en toda tu vida?

Haviland guardó silencio un instante. Cuando volvió a hablar, su voz sonaba como si viniera de un lugar muy remoto.

—Supongo que ésa era la diferencia, la razón por la que a uno no podía dejar de gustarle Abby Sinclair y no podía dejar de desear a Annie Malreaux. Abby siempre era la misma, Annie siempre se estaba convirtiendo en otra. Lo podía ver en sus ojos.

Hablamos durante largo rato o, más bien, él habló y yo escuché. Yo quería dejarlo hablar, que se liberara de las dudas y la incertidumbre que se habían apoderado de él. Jimmy tenía un don para las descripciones. A mí me asombraba la aguda percepción con que podía identificar el rasgo dominante que definía quién y qué era una determinada persona.

—Si César Borgia se hubiese casado con Mary Beth Chandler —señaló, ya embebido de su propio discurso—, habría dejado de matar a otros y se habría envenenado.

Nuestra risa apagada se desvaneció en un silencio largo cuando volvimos a la realidad gris y solemne de nuestras vidas.

—No quiero declarar nada.

—Ya lo sé.

—Me alegro de que Browning esté bien. Pero lo siento por el agente Powell.

Me levanté y paseé en calcetines por la gruesa alfombra. Abrí la puerta cristalera. Allá abajo, los senderos que se entrecruzaban en el parque estaban llenos de personas que se movían bajo el pálido sol de noviembre, cada uno con sus propios pensamientos.

—¿Vuelves esta noche? —pregunté. Apoyé el hombro en el marco, de pronto embargado por la nostalgia de aquellos días en que Central Park era un lugar al que ibas pasar el rato y no un atajo.

—No me he ido. Todavía estoy en Nueva York.

—¿Por qué? —pregunté, como ausente. Seguí la línea almenada que dibujaban los edificios al otro lado del parque. De cierta extraña manera, me recordaba cómo debía ser volver de un largo viaje y divisar Nueva York, esperando, sin haber cambiado, en la otra orilla.

—¿Por qué no has vuelto a casa? Es sólo un par de horas en tren.

—Es más fácil quedarse en Nueva York. No tengo que contestar preguntas y nadie me mira dos veces. —Sentí una pequeña vacilación, perceptible en el silencio entre las palabras—. No es porque quisiera beber. No he tomado ni una gota. —Sabía que yo le creía, y que ésa era la razón por la que no le respondía.

Cuando colgué, miré los mensajes. Gisela había llamado mientras hablaba con Haviland. Le devolví la llamada, pero ya había salido. La Casa Blanca había programado una conferencia de prensa en la que el presidente, después de expresar su indignación por el atentado contra la vida de su amigo y ex vicepresidente, anunciaría la formación de un equipo de investigación federal para atrapar al asesino. En su mensaje, Gisela se alegraba de que estuviera bien y decía que llamaría más tarde, esa noche.

El dolor en el brazo y el hombro empezó a latir con fuerza. Me tomé una dosis del medicamento que me habían prescrito y me tendí en el sofá. Debí de quedarme ahí una hora, intentado dormir, las imágenes en mi mente yendo del atentado al juicio, pensando en el odio fanático que había en este país y en lo importante que era que

Haviland fuera declarado inocente y Browning siguiera su carrera hacia la presidencia. Inquieto, cansado de estar solo, me cambié y salí, crucé la calle y entré en el parque.

Los disparos de aquella mañana no habían dejado huellas visibles en los rostros de las personas con las que me cruzaba, pero todas las voces que escuchaba eran silenciosas y remotas y, exceptuando a los más pequeños, no se escuchaban risas. De pronto divisé a un hombre mayor, apoyado en una rodilla, ayudando a un niño pequeño a lanzar una barca de juguete en el estanque más abajo. Una mujer de unos treinta años, alta, guapa y orgullosa, observaba a pocos metros de distancia. Por su mirada, se adivinaba que era la madre del niño y que se había casado con un hombre de la edad de su padre. Era una escena que ya había visto. Todo formaba parte de Nueva York, la belleza, el dinero y el precioso niño de mirada inquieta que habían creado. Llegué a la conclusión de que la vida en Manhattan no había cambiado en nada.

El padre del niño miró a su mujer con una sonrisa dura y pensativa, como para decirle que ella y el niño eran las dos cosas más importantes en su vida. Si hubiera mirado hacia el sendero y me hubiera visto, Charles F. Scarborough no habría recordado quién era. Estaba acostumbrado a verme sólo en la sala de juicio y, después de lo que le había sucedido esa mañana a su amigo Thomas Browning, era indudable que pensaba en cosas más problemáticas.

Verlo ahí con su joven mujer y su hijo volvió a cambiarme el ánimo. Le daba a Scarborough una vida más allá de su condición de juez, y a mí parecía quitarme un poco de vida. Yo no era más que eso, un abogado, un simple abogado de juicios. Aparte de las pocas y entretenidas noches que había pasado con Gisela Hoffman, era la única vida que tenía. Con las manos hundidas en los bolsillos de los pantalones, volví caminando por el parque, intranquilo y deprimido. Se levantó el viento y las hojas caídas se arremolinaron en torno a mis piernas y tobillos y crujieron bajo mis pies. Me cerré el cuello de la chaqueta. Se acercaba el invierno y yo no recordaba en qué momento había acabado el verano.

Me quedé despierto hasta tarde, esperando que Gisela llamara. Quería hablar con ella, oír su voz. Pero, más que eso, quería decirle que tenía que hablar con su amigo anónimo. Después de lo que había pasado esa mañana, no podía correr el riesgo de seguir esperando para averiguar qué tenía. En algún momento después de medianoche apagué la lámpara e intenté dormir. Horas más tarde, seguía despierto.

Aquella semana sería decisiva para el desenlace del juicio. Caminetti tenía otros dos testigos y luego todo quedaría en mis manos. Tenía pensado abrir con la madre de Annie, Vivian Malreaux. Quería que el jurado supiera lo que Jimmy Haviland había hecho después de la muerte de su hija. Quería que todos se preguntaran si era posible que hubiera cometido un asesinato y luego se hubiera convertido en una fuente de consuelo y de apoyo para ella. Quería que supieran de boca de Vivian Malreaux lo que Jimmy Haviland había hecho en la guerra. Pero, sobre todo, quería que el jurado la viera, que viera a través de la madre algo de lo que había sido la hija.

Estaba tendido en la oscuridad, con los ojos fijos en el techo, imaginando cómo se desarrollaba el juicio. Primero Vivian Malreaux, luego Jimmy Haviland. Normalmente, lo dejaría a él para el final y así el jurado comenzaría sus deliberaciones con las tajantes declaraciones del acusado todavía frescas en sus mentes. Sin embargo, como todos sabían, éste no era un juicio normal. Y era consciente de que había una especie de cruel ironía en lo que pensaba hacer porque, incluso en el juicio en que se acusaba a Jimmy Haviland de asesinato, era Thomas Browning quien tendría la última palabra. No tenía alternativa. Browning era el testigo de lo que realmente le había ocurrido a Annie Malreaux, algo que había sucedido después de que Jimmy Haviland se hubiera ido.

Ésos eran mis testigos. Y tenía una sorpresa. Aunque no consiguiera nada más de la misteriosa fuente de Gisela, tenía que hacer algo con lo que ya había llegado a mis manos. Si no era capaz de demostrar lo que significaban esos nombres y números, podía obligar a alguien que trabajara para el presidente a explicar a un jurado escéptico por qué dos testigos de la acusación figuraban en una lista de la Casa Blanca. Había una posibilidad de que fuera información falsa, que el amigo de Gisela, en complicidad con la Casa Blanca, se hubiera aprovechado de ella, o que alguien en la Casa Blanca se había aprovechado de él, que me habían dado esa información para que yo acusara a dos testigos de aceptar sobornos de la Casa Blanca y, luego, que se demostrara que aquello sólo eran nombres y números, nada que se pareciera a una prueba. Pero también podía jugar a ese juego. No tenía por qué acusar a nadie de nada. Me bastaba con insinuar que había algo fuera de lugar. Le enseñaría la lista a uno de los hombres del presidente y le preguntaría si no le parecía extraño que aquello que podía verse como una transacción comercial, con los nombres de testigos en ese juicio, provinieran de un ordenador que sólo podría haber usado alguien en el interior de la Oficina del Ejecutivo. Que él lo explicara. Yo sólo tenía que hacer la pregunta. Cuanto más pensaba en ello, más convincente me parecía. Cuando finalmente me dormí, poco después de las tres, lo había pensado e imaginado tanto, preguntas y respuestas, y luego más preguntas y respuestas, que había olvidado por completo que quienes habían tramado todo aquello también habrían pensado en ello.

Me desperté con un sobresalto, no sabía dónde estaba o si estaba de verdad despierto. La habitación estaba totalmente a oscuras y no veía nada. Un ruido estridente cortó la oscuridad y me horadó el cerebro. ¡Era un disparo! ¡No, era una alarma de incendios! Salté de la cama y busqué mi ropa. Pero el ruido cesó. Y luego, cuando comenzaba a ver el perfil gris de la habitación, volvió a sonar. Farfullando contra mi propio miedo irracional, me volví y cogí el teléfono. En el reloj de la mesita de noche eran las siete y media. Me había quedado dormido.

—¿Te he despertado? —preguntó Gisela cuando murmuré un saludo. Había en su voz una energía vibrante.

—Intenté llamarte anoche, pero no estabas en casa. Dejé un mensaje para que llamaras en cuanto llegases —murmuré, incoherente.

Me senté al borde de la cama, me pasé la mano por el pelo despeinado mientras intentaba recordar dónde se suponía que estaba. El brazo comenzaba a dolerme y, por un momento, no entendí por qué. Oía el suave aliento de Gisela con el teléfono sujeto bajo el mentón para tener las manos libres.

—¿Por qué no me llamaste? —pregunté.

—Pensé que era demasiado tarde. Sabía que estabas bien. Sabía que te habían dado el alta en el hospital, pero creía que debías dormir. ¿Es verdad que estás bien?

—Estoy bien —dije, e hice una mueca al sentir el agudo dolor que me recorrió el brazo—. ¿Piensas volver esta mañana para cubrir el juicio?

Me había puesto de pie y paseaba por la habitación a oscuras, moviendo un poco el brazo en ambas direcciones mientras intentaba pensar.

—No vuelvas hoy. Quédate ahí. Yo cogeré un vuelo al final de la tarde, en cuanto salga de los tribunales. ¿Me puedes ir a buscar al aeropuerto?

—Sí, claro que sí, pero ¿por qué…?

—Tengo que ver a tu amigo. Tienes que arreglarlo. Promete lo que sea necesario. No revelaré su nombre. No haré nada que no tenga su aprobación. Pero tengo que hablar con él. Dile que después de lo ocurrido ayer, no tiene alternativa. Ninguno de nosotros tiene alternativa.

Paré, respiré profundo y seguí, más calmado.

—Podemos cenar esta noche. Y mañana por la mañana puedes volver a Nueva York conmigo.

Tardé más en vestirme con el brazo vendado, pero conseguí salir justo cuando llegaba el coche. Encontré una especie de solaz en la tranquila alegría que brillaba en los ojos del conductor y en su rítmica y cantarina voz. Habló sin parar mientras íbamos por Central Park West, avanzando en medio de un tráfico que llenaba las calles, hasta llegar a Foley Square. Me dejó frente al edificio de los tribunales en lugar de hacerlo por atrás. Después de lo ocurrido, los manifestantes habían desaparecido, y la única pancarta que quedaba era la que sostenía una anciana frágil y decidida, pidiendo que «Dios bendiga a Estados Unidos». En aquellas circunstancias, parecía una iniciativa valiente y decente.

—Tendré que ir al aeropuerto más tarde, pero no sé a qué hora.

Con dos dedos juntos, dio un golpecito sobre el móvil en el bolsillo de su camisa.

—Cuando usted quiera.

—Y tendré que volver del aeropuerto a primera hora de la mañana.

Aquel hombre sabía calcular sus ganancias con más rapidez que cualquiera de los banqueros que conocía.

—Querrá ir del aeropuerto al apartamento, y luego vendrá aquí. ¿Lo he entendido bien? De acuerdo. Es siempre un placer hacer negocios con usted.

Llegué temprano, pero Haviland ya estaba ahí. Había adquirido la costumbre de presentarse antes que nadie, de modo que amparado en la seguridad de la mesa de la defensa los reporteros no lo importunaran con las mismas preguntas que ya había contestado cien veces. Haviland y yo habíamos comenzado a hablar cuando Caminetti me tocó en el hombro y me pidió que habláramos un momento.

—He recibido unas llamadas este fin de semana de la Casa Blanca y… —dijo.

—¿De quién en la Casa Blanca?

Nos encontrábamos a medio camino entre las dos mesas de los abogados, de espaldas al público. Con los hombros encorvados hacia delante, él tenía la mirada fija en el suelo. No le agradaba que lo interrumpieran. Movió la cabeza lo suficiente para lanzarme una mirada de irritación.

—De la Casa Blanca…

—Alguien ha intentado matar a Browning. El agente del Servicio Secreto que estaba de servicio para protegerlo fue abatido. ¿Qué me importa a mí lo que quiera la Casa Blanca?

Caminetti sacudió la cabeza y me enseñó las palmas de las manos.

—Lamento lo que ha ocurrido. Me alegro de que se encuentre bien. Pero todavía tenemos este juicio y no dejan de llamar desde la Casa Blanca. Ellos no saben qué está pasando y yo tampoco. ¿Qué ha hecho? ¿Ha presentado una citación para…?

—¿Y qué? ¿Piensan hacer algo para invalidarla? ¿Acaso la Casa Blanca pretende hacerle pensar a todo el mundo que tiene algo que ocultar?

—No lo entiende. Ellos no saben nada de…

Antes de que pudiera seguir hablando, el alguacil anunció con un rugido que se abría la sesión. Caminetti y yo volvimos a nuestros lugares. Charles F. Scarborough saludó al jurado con una mirada larga y reflexiva.

—Como todos ustedes saben —comenzó—, ayer por la mañana se produjo un atentado contra la vida de Thomas Browning. El señor Browning está citado como testigo en este caso. Ahora es más importante que nunca no dejar que sus sentimientos personales influyan en algún sentido en su juicio sobre la credibilidad de Thomas Browning o de cualquier otro testigo en este caso. Ése es su deber. Y deben ceñirse a él.

Sin decir más, se volvió hacia Caminetti y lo invitó a llamar a su siguiente testigo. Habíamos vuelto a los tribunales. Sin importar lo que sucediera fuera, las reglas no cambiaban.

—El Pueblo llama a Ezra Whitaker —anunció Caminetti, mientras revisaba una carpeta.

Tardé un momento en darme cuenta, y entonces me incorporé rápidamente. No sabía nada acerca de ese testigo, su nombre no figuraba en la lista de la acusación.

—¿Podría acercarme para una consulta? —Lo dije para que sonara como si no hubiera ningún problema especial, que sólo se trataba de un asunto menor.

Los tres nos reunimos en un lado de la mesa del juez, ocultos a las miradas de los miembros del jurado.

—No está en la lista —alegué.

—Así es, señoría —reconoció Caminetti, sin disculparse—. Es nuevo. Acabamos de enterarnos de su existencia.

—Es lunes por la mañana. ¿Se ha enterado usted durante el fin de semana? —pregunté, con una sonrisa escéptica.

Caminetti miró a Scarborough

—No hubo sesión el viernes. Me enteré entonces de la existencia del testigo y de las pruebas que tenía.

—¿Usted se enteró de esto el viernes y el señor Antonelli no ha sabido nada hasta ahora, aquí, en el tribunal. —Scarborough quería llegar al meollo de la cuestión—. ¿Qué pruebas tiene?

—Una declaración firmada de una mujer que fue testigo de la muerte de la víctima.

—¿De una testigo? —pregunté, incrédulo—. Sin aviso previo

presenta una testigo, no de lo que sucedió, sino de lo que otro testigo supuestamente dijo.

—Que escribió —corrigió Caminetti, desviando la mirada de Scarborough al suelo—. Que escribió. Es una declaración firmada.

Scarborough le lanzó a Caminetti una mirada de profunda perplejidad. Más allá de la pregunta inmediata, le transmitía la advertencia de que tuviera cuidado, que pisaba terreno peligroso.

—Supongo que existe algún motivo para proponer que el señor Whitaker suba al banquillo y no la persona que firmó la declaración que desea ofrecernos como prueba.

Caminetti alzó la mirada antes de que Scarborough acabara la pregunta y escuchó con la misma rígida impaciencia con que atendía a todo lo que lo obligaba a esperar.

—La declaración escrita… la testigo ha muerto. Whitaker era su abogado. Ella había dejado…

Scarborough lo interrumpió.

—En mi despacho.

Caminetti siguió a Scarborough y yo lo seguí a él. Scarborough abrió la puerta de su despacho de un golpe enérgico. Caminetti alcanzó a agarrarla y con un segundo empujón la envió de vuelta. Con un paso a un lado, me deslicé por detrás y dejé que la puerta se cerrara con un portazo.

—Si quiere un buen consejo, señor Caminetti, no ponga a prueba mi paciencia demasiado más de lo que ya ha hecho.

Scarborough estaba de pie en medio de aquella sala tan bien ornamentada, con los pies plantados sobre una espesa alfombra de seda, rodeado de miles de preciosos libros encuadernados en cuero y una docena de cuadros exquisitos y de incalculable valor. Con las manos en las caderas, le lanzó una mirada de ira al fiscal del distrito de Nueva York como si Caminetti fuera un criado que se arriesgaba a ser despedido. Con el instinto que le había inculcado la calle, Caminetti, dispuesto a plantar cara a cualquier desafío, le devolvió una mirada con la misma expresión.

—Tengo un testigo. ¿Cuál es el problema?

—Problemas, señor Caminetti. Hay varios. En primer lugar, el testigo no figura en su lista. A la defensa no se le ha notificado. Segundo, tiene usted la intención de ofrecer como prueba la declaración de una testigo que no puede declarar, lo que significa que esa testigo no estará sujeta a las preguntas de la defensa. Un acusado tiene derecho a enfrentarse a los testigos en su contra. En tercer lugar, si se ofrece una declaración como una excepción de «declaración por muerte» a la regla de testimonios de oídas, primero tiene que haber probado que la declarante era consciente de que moriría o que sabía que se encontraba en peligro inminente de muerte cuando la formuló. En cuarto lugar, y lo más importante, tengo la impresión, señor Caminetti, que usted está comportándose con mucho descaro no sólo con las reglas de la prueba, sino también con las normas del tribunal. Y no pienso permitirlo.

Caminetti se mordió el labio con fuerza. Parpadeó tres, cuatro veces rápidamente. Daba la sensación de que se le tensaba todo el cuerpo.

—Este testigo posee pruebas decisivas para la acusación. Este testigo…

—Déjeme ver el documento —pidió Scarborough, tendiendo la mano.

—Está en la sala.

—Vaya a buscarlo. —Caminetti se dio la vuelta para salir—. No, dígame lo que dice.

A Caminetti se le notaba la rabia que sentía cuando lo mandaban. Pero recuperó rápidamente la compostura.

—La declaración dice que Evelyn Morgan vio a Jamison Scott Haviland empujar a Annie Malreaux por la ventana en el hotel Plaza, el veinticuatro de diciembre de mil novecientos sesenta y cinco. Dice que no lo vio con la claridad suficiente para saber si su intención era matarla o si lo hizo en un arranque de furia. Dice que Thomas Browning le pidió que dijera que fue un accidente porque todos habían bebido mucho y que la gente pensaría que era culpa suya. Dice que quería limpiar su conciencia antes de morir.

—¿Y está firmado y fechado?

—Así es.

—¿De cuándo data?

—De hace tres años.

—¿Cuándo murió?

Caminetti se encogió de hombros.

—Hace unas semanas, quizá un mes. Su abogado revisó sus papeles para su validación, y encontró esta declaración.

—Entonces no es una declaración por muerte —dijo Scarborough, pensando en voz alta y rascándose la barbilla—. Pero supongo que se puede alegar que es una declaración contra intereses.

Se llevó las manos a la espalda y su expresión se volvió más pensativa. Caminetti no se había relajado, pero su hostilidad fue a menos. Siguió el cambio de actitud de Scarborough con la mirada atenta de un gato.

—Tiene que ser contra los intereses penales de la declarante —objeté, en un ligero intento de orientar a Scarborough en otra dirección.

Él alzó la mirada y sonrió.

—Podrían haberla acusado de mentir a la policía, obstrucción, incluso conspiración —dijo Scarborough dándose un golpe en la frente—. ¡Desde luego! La declaración es la confesión de una conspiradora. Porque si la declaración es verdadera, conspiró con Browning y el acusado para encubrir el crimen.

Comenzó a pasearse con la cabeza caída, la mirada concentrada e intensa. Pasaron unos momentos. Se detuvo bruscamente y lanzó a Caminetti una mirada penetrante.

—¿Y el abogado, este Whitaker, lo encontró a usted y le contó lo que había descubierto?

—Así es —dijo Caminetti con voz cauta.

—¿Cuándo? ¿Cuándo se puso en contacto con usted? ¿Cuándo fue la primera vez que habló con él? ¿Cuándo supo usted de esta declaración?

Había algo forzado y artificial en la mirada que Caminetti le devolvió, como si tuviera que hacer un esfuerzo consciente para que sus ojos dejaran de escabullirse. ¿Mentía o simplemente ocultaba algo?

—El viernes. —Después de una breve vacilación, añadió—: Al parecer, llamó un par de veces antes. Pero el viernes fue el primer día que me enteré de ello.

—¿Otras personas en su despacho sabían de esto antes que usted?

Con un rápido movimiento de cabeza, y con una tensa sonrisa aún más rápida, Caminetti lo despachó como un asunto sin importancia.

—Hemos recibido cientos de llamadas. Se tarda bastante en clasificarlas.

A Scarborough nadie le daba el esquinazo de esa manera.

—¿Cuándo supo lo de la declaración? ¿El viernes por la mañana o por la tarde?

—Por la mañana —respondió Caminetti, y su voz volvió a ser suave y controlada.

Las cejas canosas y bien cuidadas de Scarborough se alzaron como un arco majestuoso.

—¿Y usted no avisó al señor Antonelli hasta ahora, cuando podría haberle dado todo el fin de semana para prepararse?

—Tenía muchas cosas que hacer ese día.

Scarborough alzó la cabeza, como si le hubieran asestado un golpe y él lo devolviera instintivamente.

—¡Escúcheme bien, Caminetti! Llevo mucho tiempo presidiendo este tribunal y ésta, sin lugar a dudas, es la peor excusa que jamás he oído. ¡Tenía muchas cosas que hacer ese día! Si vuelve a decirme algo así, le aseguro que la acusación más leve a la que deberá enfrentarse será la de desacato!

Caminetti dio un paso adelante. Scarborough alzó el mentón y con la mirada lo desafió a dar un segundo paso. Caminetti no se movió.

—Lo siento, señoría —dijo, volviendo atrás—. Fue una estupidez decir eso, pero estaba ocupado, y sencillamente lo olvidé. Si el señor Antonelli necesita tiempo, desde luego que deberíamos concedérselo.

Volvimos a la sala y, sólo con el propósito de que constara en actas, planteé mi objeción al testimonio del testigo alegando que no había habido aviso previo y que, en cualquier caso, la declaración de Evelyn Morgan era un testimonio de oídas e inadmisible. La objeción fue debidamente registrada e inmediatamente denegada. Me senté y escuché a Caminetti explicar las bases para la declaración de Ezra Whitaker y para la bomba que estaba a punto de explotar.

—Será el último testigo de la acusación —dijo Caminetti, mientras se dirigía hacia el banquillo.

En boca suya sonaba tan normal, tan rutinario, que yo no entendí su significado hasta que él ya había pedido a Ezra Whitaker que dijera su nombre. Había dos nombres en la lista de nombres y números que me habían dado, dos testigos que Caminetti iba a llamar, pero ahora sólo pensaba llamar a uno. Me invadió una sensación de pánico, se me secó la garganta. Si no los llamaba a los dos, si sólo llamaba a aquel testigo drogadicto que supuestamente había oído a Haviland durante la terapia para alcohólicos, yo no tenía nada que alegar, nada que me permitiera formular una pregunta sobre la extraña e improbable coincidencia de que dos testigos decisivos para el caso de la acusación figuraran en una lista de la Casa Blanca y que, al parecer, por alguna razón se les había pagado. Tenía el cuello húmedo y me flaquearon las piernas. El corazón se me había acelerado y mi respiración era entrecortada. Era probable que hubieran descubierto que yo tenía la lista y que se hubieran dado cuenta de que recurrir a esos dos testigos sobornados era correr un riesgo demasiado grande. O quizá no había sido más que producto del azar. Quizá no sabían nada de lo que yo tenía. Quizás acababan de decidir que Whitaker les bastaba para sus propósitos. Le lancé una mirada angustiada a Haviland, pero él no me podía dar una respuesta a una pregunta que yo no podía formular.

—¿Y usted era el abogado personal de la señora Morgan, razón por la cual obran en su poder sus documentos personales?

—Sí, es correcto. He sido su abogado y asesor legal durante muchos años.

Era el habla suave y gruesa, lenta y espesa de un cierto tipo de habitante del sur, de aquellos que han aprendido, por hábito y por historia, y también gracias a la astucia, la perspicacia y el amor de sí mismos, a nunca pronunciar una palabra que no destilara suavidad en todas sus sílabas. El pelo blanco plateado de Whitaker se le ensortijaba primorosamente a la altura del cuello.

Ezra Whitaker. ¿Por qué me sonaba familiar ese nombre? ¿Qué había en él que me recordaba a otro nombre? Entonces supe, o creí que sabía. Me incliné sobre mis papeles y empecé a buscar entre los documentos de mi maletín hasta que encontré lo que buscaba. Lo dejé sobre la mesa y con el índice seguí el borde de la primera página, pero no lo encontré. Tampoco estaba en la segunda ni en la tercera ni en ninguna de las demás. Hasta que llegué a la página final, seguro de que debía de estar allí, un apellido que empezaba con *W*, el último nombre en esa lista de transacciones sin importancia. Pero Ezra Whitaker no estaba en la lista de la Casa Blanca. Comencé a sentir una pesadez de náusea, un vacío en el estómago, con la certeza creciente de que nada podía hacer, que Jimmy Haviland perdería ese juicio.

Caminetti había acabado con las preguntas preliminares. Whitaker se puso las gafas y, sosteniendo una hoja con membrete, empezó a leer. Una mujer que no tenía razón alguna para mentir había jurado por su alma que, en una ocasión, había declarado que una muerte había sido un accidente a sabiendas de que no era verdad. Había mentido porque era joven y estaba asustada y porque Thomas Browning, a quien conocía y en quien confiaba, se lo había pedido. Fue como si la sala se hubiera quedado sin aire, todo se volvió plano. Se había acabado la esperanza, y se había acabado la expectación. Sólo quedaba la sensación de que todo había acabado, que un hombre del que habían oído lo suficiente para llegar a apreciarlo había matado a la chica que supuestamente amaba. Y que otro hombre, un hombre que todos admiraban y respetaban, un hombre que ayer, sin ir más lejos, había sido víctima de un intento de asesinato, un hombre al que casi todos deseaban la victoria en las próximas elecciones, había mentido acerca de un asesinato y lo había hecho por la peor de las razones. Porque era un cobarde, y temía lo que otros pensaran.

—¿Quiere usted interrogar al testigo, señor Antonelli? —preguntó Scarborough. El rostro que mostraba al jurado no había cambiado después de oír el testimonio. No había cambiado, salvo que a mí me pareció percibir, o quizá sólo lo imaginé, una nueva y más profunda tristeza en sus ojos.

Aquel documento, aquella declaración firmada que confesaba su participación en una conspiración de mentiras, no podía ser verdad. Aquella mujer, Evelyn Morgan, no podía haber visto lo que decía. Pero yo no podía demostrar que había mentido ni que el documento en cuestión era falso. No tenía cómo saber si Ezra Whitaker era un fraude o si él mismo no era víctima inocente de una ingeniosa trama.

—Señoría, no tengo preguntas, al menos por ahora. El señor Caminetti ha declarado que éste será el último testigo de la acusación. Solicito que el señor Whitaker permanezca bajo citación y que hagamos una pausa hasta mañana con el fin de que pueda interrogar al testigo o dar comienzo al turno de la defensa.

Scarborough miró a Caminetti.

—En estas circunstancias, me parece una propuesta razonable. Estoy seguro de que usted no se opondrá. —Con un leve asentimiento de cabeza, Caminetti se mostró de acuerdo.

En cuanto el juez salió de la sala, el público comenzó a salir apresuradamente, ansioso de informar acerca de lo que parecía ser un golpe mortal a Thomas Browning y a la defensa. Me volví hacia Haviland y le murmuré por debajo del ruido de la sala.

—¿Recuerdas algo de Evelyn Morgan, cualquier cosa?

Haviland me miró como desorientado. No me contestó. Se limitó a negar con un gesto de la cabeza.

—No importa —le dije, intentando animarlo—. Tú no has hecho nada. Ésa es la verdad.

Era la verdad, pero los dos sabíamos que no era, ni por asomo, suficiente.

—Mañana tendré algo que lo cambiará todo. Ya verás.

Mi promesa, vacía, no tuvo efecto alguno. Esa mirada en sus ojos, angustiada y fantasmal, se había vuelto más pronunciada, más turbada, más en conflicto consigo mismo.

—¿Crees que podría haberla matado, haber hecho lo que ellos dicen y luego olvidarlo, haberlo borrado de mi recuerdo, imaginar que nunca había sucedido? ¿Crees que estoy loco, que he perdido la cabeza? —preguntó, con una mirada que transmitía toda su miseria y desolación.

23

En cuanto subimos al coche, Gisela empezó a hablar del atentado contra Thomas Browning y de lo que había pasado en el juicio.

—Todos creen que Browning tendrá que retirarse. —Tenía las dos manos al volante y me lanzó una mirada de simpatía—. Los de la Casa Blanca no quieren que se les tache de presumidos, sobre todo después del atentado. Pero tienen ese brillo en los ojos. Saben que está acabado. Se rumorea que propondrán el nombre de Reynolds en cuanto muera el presidente del Supremo.

A mí no me importaba lo que pensara la Casa Blanca. No me importaba lo que pensara nadie.

—¿Has podido arreglarlo? ¿Hablará conmigo?

Ella miró por el retrovisor fugazmente.

—No lo sé. Cuando lo llamé, me dijo que era un número equivocado. Unos minutos después, me llamó. No quería hablar por teléfono. Nos encontramos en un café. Cree que lo siguen y cree que le han pinchado el teléfono.

—¿La Casa Blanca? —pregunté—. ¿Cree que ellos saben lo que ha hecho?

—No, los vigilan a todos.

—¿A todos los que trabajan en la Casa Blanca?

—Él no trabaja en la Casa Blanca.

—Creí que se trataba de tu fuente en la Casa Blanca, el que te contó lo de la investigación, la acusación…

—Yo no he dicho que trabajara en la Casa Blanca —señaló, y me lanzó una rápida mirada de disculpa—. No te lo podía decir. No te lo puedo decir. Prometí que no contaría nada acerca de él.

Si no pertenecía al equipo de la Casa Blanca, ¿cómo había tenido acceso a su sistema informático? Era el sistema que, según Browning, estaba restringido a la oficina del Ejecutivo.

—¿Dónde trabaja?

—No lo sé.

—No lo sabes o no puedes contármelo.

—Lo único que sé es que es secreto, y eso es importante. Al parecer, sabe todo lo que está sucediendo.

—Dijiste que no sabías si hablaría conmigo. Eso significa que no dijo que no —afirmé, aferrándome a mi última esperanza.

—Le dije que te recogería en el aeropuerto. Me dijo que llamaría esta noche.

Llegamos a Georgetown, pero en lugar de ir a su casa Gisela se detuvo frente a un restaurante. A dos manzanas, al otro lado de la calle, se encontraba aquel triste restaurante en la segunda planta donde había comido con Joanna. Me preguntaba qué cosas le habrían pasado por la cabeza estos últimos días. Primero, un intento de asesinato contra su marido, después, la revelación de que el caso contra Jimmy Haviland incluía la confesión de una mujer en su lecho de muerte en la que afirmaba que Browning le había pedido que mintiera. Nada podría haberla preparado para todo eso.

—¿Podría haberlo hecho?

—¿Qué? —pregunté, levantando la mirada del plato que apenas había tocado.

—¿Podría haberle pedido a esa mujer que mintiera?

—¿Browning? No —afirmé, mientras me preguntaba si todavía lo creía—. No —repetí, con esa duda que al principio era minúscula y que ahora había aumentado—. Me sorprendería.

Para ella, la duda era real. Al percibirlo sentí irritación y rabia, como si la duda fuera sólo suya.

—Browning es demasiado inteligente para hacer algo así —insistí—. Y estaba enamorado de Annie. En aquel momento todavía no era Thomas Browning. No era el hombre que todos conocen ahora, el famoso político, el hombre al que muchos ven como presidente. No era el ex senador ni el ex director de Stern Motors. No era ex de nada. No quería nada con la empresa y, desde luego, no habría encubierto un crimen pensando en su reputación.

Quizá sólo intentaba convencerme a mí mismo de que Browning no habría hecho lo que decían, pero cuanto más pensaba en ello, cuanto más me acordaba de cómo habían sido las cosas en el pasado, más seguro estaba de que no me equivocaba.

—Browning estaba enamorado de Annie Malreaux. Eso es lo que todo el mundo olvida. ¡Estaba enamorado de ella! Habría renunciado a todo lo que tenía, se habría marchado a algún lejano lugar al otro extremo del mundo si ella hubiese estado dispuesta a acompañarlo. ¿Pedirle a alguien que mienta sobre su asesinato, para salvar a Jimmy Haviland, que acababa de matar a la chica, la única chica que amaba? No tiene sentido.

Pero Gisela no había conocido a Browning en aquella época. Sólo lo conocía ahora. No podía imaginar lo que yo recordaba.

—¿Pero no le habría preocupado que la gente pensara que era culpa suya? ¿No le inquietaba cómo aquello influiría en sus posibilidades más tarde?

—¿Sus posibilidades?

—Sabía que asumiría la dirección de una de las empresas más grandes del mundo. Tiene que haber pensado seriamente en su reputación.

—¿En su reputación? Pensara lo que pensara el día que murió Annie Malreaux, estoy seguro que no era eso.

Gisela no estaba del todo convencida. Estaba a punto de preguntarme algo cuando el camarero la interrumpió para decirle que tenía una llamada. Cuando volvió a la mesa, adiviné por su mirada quién había llamado y qué había dicho.

—Se encontrará contigo esta noche. A las once en el Memorial Lincoln.

Nos quedamos esperando en el café hasta las diez y media. Cuando volvimos al coche, miré a ambos lados de la calle, procurando ver si, al partir, alguien nos seguía. A una media manzana, un Chevrolet de color beige arrancó al mismo tiempo que nosotros, pero al llegar a la esquina siguió recto. En el Memorial Lincoln, en lugar de detenernos, cruzamos el puente, recorrimos casi dos kilómetros y dimos media vuelta. Gisela me dejó en un lugar apartado, a unos cien metros, y luego encontró un lugar donde aparcar y esperar.

Mientras subía los escalones blancos de mármol, divisé a alguien vestido con un abrigo marrón claro, con el cuello subido, de pie al otro lado del monumento, paseando de un lado a otro. Me miró con cierta indiferencia, como si no le importara que me acercara. De pronto, se giró y desapareció. Comencé a subir más rápidamente, cada paso más rápido que el anterior, hasta que llegué al pie de la estatua de Lincoln. Me detuve y miré a mi alrededor. Oí la voz de una mujer desde un rincón, algo más abajo.

—¿Ya has visto suficiente? Se hace tarde. Deberíamos irnos.

Luego lo vi a él, al hombre del abrigo, que se acercaba a la mujer cuya voz acababa de oír. Un turista, un visitante que quería ver cómo se veía el Memorial Lincoln por la noche.

Me quedé dando vueltas cerca de la estatua, esperando que la siguiente persona que viniera fuera el hombre con quien tenía que reunirme. Miré mi reloj. Eran exactamente las once. Pasaron cinco minutos, luego diez. Un coche se detuvo abajo, se abrió una puerta y alguien bajó a duras penas. Oí una risotada desde el interior del coche y una mano asomó para volver a subirlo. El coche arrancó a toda velocidad y yo volví a estar solo. Bajé adonde Gisela me esperaba en el coche.

—Espera unos cuantos minutos —sugirió.

Volví a subir las escaleras y observé con curiosidad el rostro sabio y melancólico de Lincoln. Browning había entendido que después de Lincoln, la palabra, la palabra hablada, viviría un declive. ¿Cómo lo había sabido? ¿Cómo había entendido tan prematuramente lo que muchos otros aún no veían? ¿Que en nuestro esfuerzo frenético por hacer una docena de cosas a la vez, habíamos olvidado que lleva tiempo hacer una sola cosa bien hecha? Miré la estatua y pensé en Browning y en el discurso que había pronunciado aquel día en los lindes del parque, mientras miles de personas se arremolinaban para acercarse y no perderse ni una palabra. Browning entendía el poder de las palabras.

A las once y media, cuando todavía no había ni señal del amigo anónimo de Gisela, volví a bajar y le dije que ya podíamos irnos.

Volvimos a Georgetown y aparcamos el coche. Esperé mientras Gisela buscaba a tientas en la oscuridad y abría la puerta. Comenzó a sonar el teléfono y Gisela se precipitó hacia la cocina mientras yo me quedé en el pasillo buscando un interruptor.

—Creo que es él —dijo, tapando el auricular con una mano—. Hay alguien, lo oigo respirar, pero no quiere hablar.

Cogí el teléfono y me lo acerqué al oído. Nada, ni un solo ruido.

—¿Quién llama? —pregunté.

—Una hora. —Fue lo único que dijo, sólo dos palabras, y colgó.

—¿Una hora? —pregunté a Gisela, confundido.

Ella se había fijado en algo. Era la mitad de una hoja arrancada de una pequeña libreta de espiral, el tipo de libretas que usan los periodistas. Estaba ahí, sobre la mesa de la cocina.

—Esto es de él —dijo ella, y me la pasó.

—National Cathedral. Solo. Aparque el coche al frente y espere —leí, en voz alta.

—Ha estado aquí —explicó—. Mientras estábamos en el Memorial Lincoln, él ha venido. Tiene que haber entrado por el callejón de atrás.

Se dirigió a la puerta de atrás. La cadena que la cerraba desde el interior estaba suelta. La placa de metal que la mantenía fija había sido arrancada.

—Quería asegurarse de que nadie nos seguía —comenté; me preguntaba por qué tomaba tantas precauciones, qué le hacía temer tanto.

Le pedí el coche a Gisela. Un poco antes de la una de la madrugada aparqué frente a la catedral donde el Washington oficial se reunía para brindar un último adiós cada vez que moría alguien que sería llorado en todo el país. En unos pocos días, o quizás una semana, le tocaría al presidente del Supremo.

Había otros coches aparcados en la calle, y todavía había tráfico. Unas cuantas luces brillaban en los edificios del barrio. Por el retrovisor vi que un coche me hacía señales con las luces. Me llevé la mano a los ojos para tapar la luz. El coche pasó a mi lado y yo respiré profundo, sin saber cuánto tendría que esperar. De pronto, sentí algo duro y frío que me presionaba en la nuca. Había abierto la puerta, se había metido en el asiento trasero, y yo no me había dado cuenta.

—No se vuelva.

Me pareció divertido. Me apuntaban con un arma en la cabeza y, la verdad, tenía demasiado miedo para moverme.

—Arranque.

—¿Adónde? —pregunté, con voz trémula.

—A cualquier sitio. Sólo mantenga los ojos en el camino.

Me alejé del bordillo y, al cabo de unas cuantas manzanas, estaba completamente perdido. Gisela me había dado instrucciones para llegar a la catedral. Más allá de ese punto, no sabía dónde estaba ni cómo llegar de un lugar a otro.

—¿Por qué no ha utilizado la lista? ¿A qué espera? ¿Acaso no sabe lo que está en juego?

Cuando comencé a conducir, él se reclinó en el asiento, no directamente detrás de mí sino en medio, en el espacio que había entre los dos asientos delanteros. A pesar de su advertencia, miré fugazmente por el espejo. Tenía el arma sobre las piernas, y apuntaba descuidadamente a un lado. En la penumbra alcancé a tener una breve imagen de su cara. Tenía algo más de cuarenta años, unas arrugas profundas en la frente y ojos turbados y nerviosos. No parecía alguien que se sintiera demasiado bien a la una de la madrugada, en una reunión clandestina con alguien que no conocía y de cuya competencia tenía evidentes dudas.

—Usted es amigo de Gisela, y Gisela es amiga mía. ¿Por qué ha pensado que necesita un arma?

—¿Sabe usted quién soy? —preguntó con una voz que me sorprendió. Tenía el timbre de voz de un hombre culto—. Ni siquiera sabe mi nombre —siguió—. Gisela no le habrá contado nada que yo no quería que contara. No sé por qué confío en ella, pero ésa es la verdad. Tiene usted suerte, señor Antonelli. Me gustaría haber…

Se detuvo en medio de la frase. No tenía que decir ni una palabra más. Todo estaba ahí, en el espacio que había entre las palabras, esa sensación de algo que sabes que jamás conseguirás. Lo había oído antes, en la voz de Haviland, y también en la de Browning, cuando hablaban de Annie Malreaux.

—No me ha dicho nada. Hasta ahora, pensaba que usted trabajaba en la Casa Blanca. Había pensado que...

—¿En la Casa Blanca? —interrumpió él con una risa breve que sonaba a arrepentimiento—. Escúcheme. No tengo demasiado tiempo. Sólo se lo diré una vez. Esto es peligroso, más peligroso de lo que imagina. Todos están vigilados. El caso contra su cliente ha sido un montaje. Son todas mentiras y verdades a medias, es...

—Eso ya lo sé. Sé lo que han hecho. Pero necesito pruebas.

—Han sobornado a Fitzgerald —siguió él, como si no prestara atención a mis palabras—. Nunca ha estado en terapia con Haviland. No lo ha visto en su vida. ¿Lo entiende? ¿Me entiende lo que le digo? Fitzgerald no estaba ahí. Pero no podrá demostrarlo. Han cambiado los archivos, han añadido su nombre y un expediente médico. ¿Cree que el gobierno puede hacer desaparecer a alguien? Pueden crear testigos que no existen. Pueden hacer que figuren en lugares donde nunca han estado.

—¿Testigos que no existen...? ¿Evelyn Morgan? ¿Se la han inventado? Pero Whitaker no estaba en la lista.

—Whitaker no está implicado. Evelyn Morgan es quien dijo que era. Conocía a Browning, y es probable que estuviera en el Plaza el día que murió Annie Malreaux. El resto... la declaración... a eso me refería.

Quise preguntarle algo, pero él me puso la mano en el hombro y me dijo que doblara a la derecha en la siguiente esquina.

—Deténgase en la próxima esquina y bajaré. —Se inclinó hacia delante y dejó caer un abultado sobre de plástico negro con cremallera sobre el asiento del pasajero. Por su tamaño, podía contener un ordenador portátil pequeño—. Todo está ahí, todo lo que necesita. No —me advirtió cuando quise cogerlo—. Ahora no.

—Pero puede que quiera preguntarle alguna cosa...

—Ya he corrido demasiados riesgos. Deténgase y déjeme bajar.

Yo seguí conduciendo. Había demasiadas cosas que quería saber.

—He dicho que se detenga.

—El nombre… utilizado por quien quiera que llevara la cuenta de los pagos, las transferencias del dinero… Lincoln Edwards. ¿Quién es?

—Está todo ahí —repitió.

—¿Por qué está haciendo esto?

—He prestado el juramento de proteger y defender a los Estados Unidos. Nadie puede conspirar para condenar a alguien de un asesinato que no cometió sólo porque es la única manera que tiene de destruir a la única persona que no podrá derrotar. Uno de los problemas de hacer algo así —añadió, con una especie de triste satisfacción—, es que alguien se entera y, en ese caso, lo único que habrá conseguido es que lo descubran a él primero. Es como perseguir a alguien dentro de un círculo, porque uno cree que se acerca por la espalda al otro cuando, en realidad, es al revés.

Señaló una esquina solitaria a media manzana de distancia.

—Deténgase ahí.

—Usted no trabaja en la Casa Blanca. ¿Cómo ha conseguido todo esto?

Él se guardó el arma en el bolsillo de la chaqueta. Detuve el coche y, con el motor aún en marcha, apagué las luces.

—Espero que entienda que nunca nos hemos encontrado. Nunca hemos dado este paseo. ¿Para quién trabajo? ¿Ha oído hablar de la CIA, de la Agencia de Seguridad Nacional? ¿No ha oído hablar de nosotros?

—¿Qué hay del intento de asesinato? ¿Estaba implicada la Casa Blanca?

—Usted estaba ahí. ¿Qué cree? ¿A usted qué le pareció? ¿Un lunático que lucha por una causa? ¿O un asesino capaz de ir a por usted directamente, que se acerca tanto que puede sentir su aliento y, después de apretar el gatillo, sale caminando tranquilamente? No confíe en nadie. Esta gente está en todas partes. Puede que su mejor amigo trabaje para ellos. Mire lo que le han hecho a su cliente. ¿Cree que se detendrán con él?

El hombre bajó y yo me quedé un rato con las luces apagadas para que nadie lo viera marcharse. Cuando me cercioré de que estaba a salvo, volví a alejarme calle abajo, con la cabeza llena de las cosas que había dicho.

Tardé un rato en encontrar el camino de vuelta a Georgetown y a la casa de Gisela. Me abrió la puerta descalza, vestida con un camisón de seda azul. Sus ojos, oscuros y misteriosos, íntimos como la noche, hicieron que lo olvidara todo, todo excepto lo bella que era. Lo único que deseaba era deslizarme en la cama con ella y quedarme para siempre.

Se fijó en la bolsa de plástico que llevaba bajo el brazo.

—¿Lo has conseguido? ¿Tienes lo que necesitas? —Me cogió por la mano y me condujo por el estrecho pasillo, cruzamos el comedor y llegamos a la cocina—. ¿Tendrás que trabajar, verdad? Prepararé un poco de café y luego me iré a la cama para no molestarte.

—¿Qué me puedes decir de tu amigo, el hombre con el que acabo de hablar, el que me ha dado esto?

Gisela inclinó ligeramente la cabeza a un lado.

—Prometí que no diría nada.

—Ha dicho que no confía en nadie, pero que confía en ti. Todavía está enamorado de ti, ¿lo sabías?

Ella lo aceptó como una verdad de la vida, que los hombres se enamoraban de las mujeres y las mujeres de los hombres, no siempre recíprocamente y no siempre en un momento en que podría funcionar.

—Si hay una persona que siempre haría lo correcto, aunque le costara todo para hacerlo… —Me lanzó una mirada larga e inquisitiva—. ¿Te ha contado lo peligroso que es esto, lo que estás haciendo? ¿Merece la pena?

Preparó el café, me sirvió una taza y me dio un beso ligero en la mejilla.

—Nuestro vuelo es a las siete. Quizá puedas dormir un par de horas.

La atraje para sentarla sobre mis rodillas y ella dejó descansar su cara en el hueco de mi cuello.

—Esto acabará pronto —dije—. ¿Por qué no nos vamos a algún sitio durante un tiempo, antes de que decidamos qué hacer?

—Sí.

—¿Sí? —pregunté, riendo, no sólo por su voz encantadora y divertida, sino también por las ganas que tenía de que dijera que sí, que me dijera que había algo en perspectiva, que el final del juicio no tenía por qué ser nuestro final. Cuando era joven, cuando creía que me estaba enamorando de Joanna, no pensaba demasiado en cómo acabaría todo. En esos momentos era casi lo primero que tenía presente, el temor de que los finales felices fueran cuentos que contaban los idiotas a los extranjeros y a los locos.

—Sí, iremos a alguna parte, adonde quieras —dijo, antes de retirar su brazo y subir a dormir.

Imaginé cómo sería estar a solas con ella y no tener que preocuparse de lo que sucedería. Era el sueño que podría haber tenido con Joanna, si no hubiera sido tan ambicioso ni tonto para pensar que siempre, o incluso muy a menudo, las cosas acababan de la mejor manera posible.

Estaba perdiendo el tiempo. Me faltaban seis horas para volver a los tribunales. Vacié la bolsa de plástico en la mesa y empecé a trabajar.

Casi no hable de camino al aeropuerto ni en el avión. Seguía concentrado en lo que había descubierto, lo revisé, lo organicé y lo volví a organizar mentalmente. En una libreta que me prestó Gisela, anoté las preguntas que haría y las respuestas que esperaba obtener. Las enumeré en el orden que debería seguir en las preguntas, las miré, rompí la lista y escribí otra. La estudié y volví a escribirla. Seguía sin estar bien. Volví a empezar. En el trayecto desde el aeropuerto de La Guardia, arrugué la lista que había hecho y la tiré al suelo. Entrábamos en Manhattan, cruzando por el puente. Ya no había tiempo para volver a intentarlo. Pero ahora no importaba. La había revisado tantas veces, había reflexionado tanto sobre ella que, cuando llegara el momento, cuando tuviera que enfrentarme al testigo, las preguntas se organizarían solas. Era como volver a la facultad, cuando nos pasábamos la noche en blanco preparando un examen. Cuando teníamos una asignatura juntos, Browning y yo repasábamos la materia tantas veces que, al final, cuando asomaba el alba y los dos estábamos mareados por la falta de sueño, en lugar de hacernos preguntas uno al otro y esperar la respuesta, lo hacíamos al revés, y dábamos la respuesta esperando la pregunta. Yo tenía que estudiar días para llegar a ese punto. Browning podía hacerlo aunque hubiera empezado esa misma noche.

La sala del tribunal estaba vacía, y fui el primero en llegar. Las sillas de cuero marrón en el estrado del jurado tenían un aspecto elegante y formal, como si estuvieran destinadas a una reunión de la junta directiva de una acaudalada y poderosa empresa, en lugar de una docena de personas desconocidas y anodinas que habían visto interrumpida su existencia cotidiana para que decidieran si una persona debía vivir o morir. Por una entrada lateral apareció un empleado. Era la misma puerta por donde entrarían el alguacil, el secretario, la estenógrafa y el juez. Vestía pantalones azules oscuros, cinturón de cuero negro, una brillante camisa blanca almidonada hasta la rigidez con tres franjas azules en la manga y una corbata azul. Lo había visto todos los días en la sala, un hombre grande y fornido que hacía su trabajo rápida y silenciosamente, aunque había sido parte del paisaje de fondo, nadie a quien se prestara demasiada atención. Sentí la tentación de preguntarle qué significaban las tres franjas, saber si se referían a su rango. Pero se abrió la puerta y entró la estenógrafa del tribunal y comenzó a preparar sus instrumentos. Unos momentos después, entró el secretario. La pálida luz del sol se colaba en ángulo por las ventanas situadas por encima de la tribuna del jurado, el amanecer en un espacio que, ahora que lo pensaba, era el único mundo que conocía.

Las dos puertas de doble batiente a la entrada de la sala se abrían con cierta regularidad para dejar pasar a reporteros y espectadores. Sentado a mi lado, Haviland tamborileaba con los dedos contra la dura superficie de la mesa que, por su aspecto, no había sido limpiada ni abrillantada en años.

—¿Tendremos un día agradable? —preguntó con una voz bien templada.

Yo había llegado a admirar cada día más a Jimmy Haviland, más de lo que jamás habría pensado. Era él el acusado de asesinato, era su reputación la que no volvería a ser la misma, aunque fuera declarado inocente. Sin embargo, a lo largo del juicio había controlado sus emociones con más entereza que yo. Le lancé una mirada de confianza, que en este caso era verdadera.

—Un día espléndido —dije.

De pronto, el alguacil gritó la frase de rigor. Todos se pusieron en pie, pero no sucedió nada. Los ojos fijos en la puerta se volvieron hacia el alguacil con una expresión de ira, esperando alguna señal de arrepentimiento. Un ligero movimiento de sus ojos nos advirtió que sería preferible quedarnos donde estábamos. Una sonrisa de venganza le tembló brevemente en la boca cuando, transcurridos no más de dos segundos, la puerta se abrió y Charles F. Scarborough entró a grandes zancadas en la sala.

—Hagan entrar al jurado —exclamó, mientras se frotaba las manos y saludaba a la multitud de la sala con una sonrisa alegre.

—Señor Antonelli —casi gritó, dirigiéndose a mí, cuando los miembros del jurado tomaron asiento y los saludó—. ¿Cómo le gustaría proceder? ¿Quiere comenzar con el turno de réplica del último testigo de la acusación o desea dar comienzo al turno de la defensa llamando a su propio testigo?

—Tengo unas cuantas preguntas para el último testigo de la acusación, señoría.

—De acuerdo. Que el alguacil pida al señor Whitaker que vuelva al banquillo del testigo.

Se le advirtió a Ezra Whitaker que seguía bajo juramento. Cuando me acerqué a él, Scarborough se inclinó para observar.

—Ayer, usted declaró que la declaración de Evelyn Morgan que implicaba al acusado, Jamison Haviland, en la muerte de Annie Malreaux, se encontraba entre sus papeles personales. La encontró cuando, según creo recordar, empezó a revisar sus documentos en busca de un testamento. ¿Es eso correcto, señor Whitaker?

Whitaker estaba sentado con una pierna cruzada sobre la otra y la cabeza bien alta.

—Sí —dijo, con un tono lento, arrastrando las palabras—. Es correcto.

—¿Y dicho documento estaba firmado de su puño y letra?

—Me he ocupado de los asuntos legales de la señora Morgan durante muchos años, y su firma me era bastante familiar.

—Y, al parecer, firmó este documento hace unos tres años.

—Sí, también es correcto. —Whitaker se tiró de la solapa y, con el dorso de dos dedos, se limpió una pelusilla de la corbata. Luego levantó la mirada—. Sí, es correcto —repitió, intrigado porque yo no había seguido.

—¿Cuándo murió Evelyn Morgan exactamente?

—Hace seis semanas.

—Seis semanas.

—Sí.

—¿Y cuándo lo vio usted por primera vez? ¿Cuándo vio este documento, esta declaración firmada por Evelyn Morgan, por primera vez?

Whitaker se rascó la barbilla.

—Veamos. Mañana hará dos semanas.

—¿Es lo primero que supo de esto? Esta mujer que usted conocía desde hacía tanto tiempo nunca le había mencionado su existencia antes?

—No. Estaba bastante sorprendido cuando la leí. La señora Morgan era una mujer muy buena, una mujer fina, y pertenecía a una de las mejores familias. La idea de que tuviera conocimiento de un crimen y que lo hubiera mentenido en secreto, debo decirlo, era lo más ajeno a ella que yo había conocido.

—Ya entiendo —acoté, con una cierta simpatía imparcial—. ¿Había instrucciones respecto a lo que usted debía hacer con el documento? —Antes de que pudiera contestar, pregunté, como si se me acabara de ocurrir la pregunta—. ¿Estaba dirigido a usted? Quiero decir, ¿estaba dentro de un sobre sellado, con su nombre, con alguna indicación de que debía abrirse sólo en caso de su muerte?

Whitaker negó con la cabeza.

—No, mi nombre no estaba en el sobre. Al principio...

—¿Lo había quedado en custodia para que usted lo guardara o sencillamente encontró este documento entre los demás documentos personales?

—Jamás me lo entregó.

—¿No obraba en su poder? ¿No estaba a buen resguardo en la caja fuerte de su despacho o al menos guardado bajo llave?

—No, como he dicho, ella no me lo entregó.

—Sin embargo, usted era su abogado. Había redactado su testamento.

—Sí.

—Eso sí lo tenía en su despacho, ¿correcto?

—Sí, desde luego. Claro está, ella tenía una copia, pero…

—Sin embargo, aunque ella entendiera que usted tenía su testamento y que usted se ocuparía de sus propiedades, nunca creyó necesario confiarle este documento tan importante que, al parecer, no quería que nadie conociera mientras estuviera viva. ¿No le parece raro?

—No puedo decir por qué hizo lo que hizo. Lo único que puedo decirle, una vez más, es que estaba entre sus papeles privados.

—¿En un sobre?

—Sí.

—¿Entre los documentos privados que ella guardaba… dónde?

—En su mesa de trabajo, en su casa.

—¿Cerrado con llave en un cajón?

—No creo que el cajón estuviera cerrado con llave… no.

—Ella murió hace seis semanas, y usted descubrió el documento hace dos semanas. ¿Cuánto tiempo tuvo usted sus papeles privados en su poder antes de descubrir el documento?

—Supongo que lo habré tenido una o dos semanas —dijo, con una vaga sonrisa en los labios.

—¿De modo que durante dos o tres semanas después de su muerte, esos papeles, incluyendo esa declaración firmada, seguían ahí, en un cajón sin llave en el escritorio de su casa?

—Sí, desde luego. Me los trajo su hermana. Ella había revisado las pertenencias de la señora Morgan.

—¿Dice que el sobre donde se encontraba estaba sellado?

—Sí.

—¿De modo que hasta que usted lo abrió, nadie… ni su hermana, nadie… podría haber sabido qué contenía? ¿Eso sería correcto?

—Sí, creo que sería correcto. —Whitaker inclinó apenas un milímetro la cabeza a un lado.

—Una última pregunta —dije, mientras volvía a mi mesa—. Dado que usted estaba tan familiarizado con la firma de la señora

Morgan, ¿supongo que no creyó necesario hacer autentificar esa firma por alguien… por ejemplo, un experto grafólogo?

—No —dijo, como si no supiera por qué se lo preguntaba—. No había razón para ello.

—No, desde luego que no —dije, mientras mi mirada pasaba del testigo al juez—. No hay más preguntas, señoría.

Esperé a que Ezra Whitaker abandonara el banquillo del testigo y llegara a las puertas de salida.

—Señoría, la defensa llama a Arthur Connally.

24

Arthur Connally entró en la sala con el paso arrogante e impaciente de quien está acostumbrado a que todo el mundo lo consulte para saber qué hacer. Prestó juramento como si la mera insinuación de que tuviera que jurar en aras de la verdad fuera una afrenta personal.

—Usted es el jefe de gabinete del presidente de Estados Unidos, ¿correcto?

Caminetti se puso en pie de un salto.

—La pregunta es tendenciosa, señoría.

—Sí, lo es —dije, con aire tranquilo e indiferente.

Caminetti alzó las manos con ademán exasperado, dio unos pasos vacilantes, como si la obligación de guardar la compostura fuera demasiado para él.

—Es su testigo.

—El señor Connally ha sido llamado por la defensa, pero no es nuestro testigo, señoría —señalé, ignorando a Caminetti mientras me centraba en el juez—. Él está en el otro bando. Solicito permiso para considerarlo testigo hostil, señoría.

Me desplacé desde la mesa de la defensa y crucé el haz de luz que cortaba la superficie del suelo hasta quedar directamente frente al banquillo del testigo. Estaba lo bastante cerca del jurado para tocar la barandilla. Bajo el brazo, tenía una única y delgada carpeta.

—Antes de ser el jefe de gabinete del presidente, fue jefe de su campaña, ¿correcto?

Connally tenía la cabeza inclinada a un lado y en sus ojos brillaba una desagradable suspicacia. Tenía la boca apenas abierta y casi ni se movió cuando gruñó su respuesta.

—Fue la campaña en la que Thomas Browning era el candidato alternativo para la nominación republicana, ¿no es así?

Comencé a controlarlo con la mirada, a hacerle saber que era yo quien mandaba, que podía retenerlo ahí sentado contestando a mis preguntas todo el tiempo que quisiera.

—¿Sería usted tan amable de echar una mirada a esto?

Me acerqué a él y de la carpeta saqué una hoja de papel. Él la aceptó con una especie de reparo fingido, intentando expresar todo su desprecio. Cogió la hoja con el pulgar y la punta del dedo índice, como si cualquier cosa que yo hubiera tocado estuviera sucia. Sin embargo, el gesto era demasiado evidente, y él se dio cuenta de que se había pasado de la raya. La estudió un momento y me miró.

—¿Ha visto alguna vez este documento antes?

—He leído acerca de él.

Di media vuelta y, de espaldas a él, me dirigí al jurado.

—Ésa no era mi pregunta.

—No entiendo su pregunta.

Los ojos de los miembros del jurado estaban fijos en Connally. Yo esperé a que volvieran a mí. Sonriendo para mí mismo, como si hubiera escuchado esa misma y predecible respuesta cientos de veces de testigos que tenían algo que ocultar, bajé la mirada.

—Léalo —dije.

—¿Qué?

—¡Que lo lea! —grité, y di media vuelta para encararlo con dureza—. Lo tiene usted en las manos. ¡Léalo!

Connally miró a Caminetti, como si esperara que hiciera algo. Caminetti miró a Scarborough, esperando lo mismo. Scarborough me miró a mí, esperando una explicación.

—Quiero que el jurado sepa qué tiene el señor Connally en las manos. Y quiero que no haya duda de que el testigo ha leído realmente y entiende el contenido de esa página. Es la copia que el señor Caminetti me ha entregado del documento que la acusación presentó como prueba, la declaración firmada por Evelyn Morgan, la supuesta testigo ocular de lo que le sucedió a Annie Malreaux.

—¿Supuesta? —tronó Caminetti, que ya se había puesto de pie.

—¡Exactamente! ¡He dicho supuesta testigo!

—De acuerdo —intervino Scarborough, haciendo un gesto con el dorso de la mano que le indicaba a Caminetti que se sentara—. Proceda.

Connally leyó la breve declaración condenatoria de Evelyn Morgan y, como si fuera la prueba del triunfo, la confirmación de algo que él había dicho o, si no lo había dicho, siempre había creído, me lanzó una distante sonrisa vengativa.

—Como he dicho, he leído algo acerca de esto.

—¿En los periódicos?

—Sí, en los periódicos. —Se inclinó hacia delante con los codos apoyados en los brazos de la silla y con las manos entrelazadas. Aunque yo siguiera haciendo preguntas, en aquel momento era él quien controlaba—. Creo que todo el mundo lo ha leído —dijo. Se removió en el asiento y comenzó a rascarse la barbilla con un gesto de confianza y satisfacción.

—Se parece mucho a lo que usted mismo denunció, ¿no es así? ¿Durante la última campaña... contra Thomas Browning?

Connally hizo un gesto con la mano, como despachando el asunto y rechazando tanto lo que había dicho como lo que había insinuado.

—Que una mujer había muerto... asesinada... en una habitación de hotel en Nueva York, y que Thomas Browning estaba implicado. Seguro que lo recuerda... Carolina del Sur, la primaria que ustedes tenían que ganar porque, si perdían, ya nada podía impedir que Browning obtuviera la nominación.

No hubo respuesta. Connally se limitó a mirarme como si nada de eso le concerniera.

—¿Piensa usted quedarse sentado ahí, habiendo prestado juramento, y decirnos que no sabe nada de todo eso? ¿Qué nunca ha oído hablar de nada parecido sobre Thomas Browning durante esa campaña, la campaña que usted dirigía?

Caminetti había vuelto a incorporarse.

—¿Es esto relevante, señoría? No sé dónde pretende llegar el abogado de la defensa con esto, pero...

—Ya demostraré que sí es relevante, señoría —prometí. Tenía los ojos clavados en Connally cuando me agarré a la barandilla del estrado del jurado—. Responda a la pregunta —insistí, imprimiendo toda la fuerza posible a esa frase—. Usted conocía este rumor, ¿no es así?

—En todas las campañas hay rumores —dijo Connally, encogiéndose de hombros.

Yo seguía agarrado a la barandilla, y tenía los dedos casi entumecidos.

—Usted estaba a cargo de toda la campaña. Había gente que trabajaba para usted con el fin de investigar los antecedentes, la historia de la oposición, ¿no es así?

Comencé a pasearme, unos pasos en una dirección, luego en el sentido contrario, concentrándome en todo lo que se decía.

—Cualquiera que se dedicara a eso, que fuera competente, cualquiera que supiera lo que hacía, se habría remontado hasta los orígenes, a los primeros años de la vida de Thomas Browning, a la historia de su familia, a la historia de cómo su abuelo había creado Stern Motors, y a su primera formación. Eso es lo que se habría hecho en cualquier campaña, ¿no es correcto, señor Connally?

Coincidió conmigo en que no tenía nada de excepcional hacer todo eso. En todas las campañas, al menos en las presidenciales, se quería saber todo lo posible sobre los demás candidatos en liza.

—Y eso incluiría la vida personal de un candidato... Con quién salía, si alguna vez estuvo comprometido, si estuvo implicado alguna vez en algún asunto ilícito... ¿no es así?

Connally no era tonto. Entendía perfectamente las siniestras necesidades impuestas al hombre por un mundo imperfecto.

—Sí, me temo que el proceso resulta ahora muy indiscreto. A nadie se le perdona ni el más leve error. Y las cosas se sobredimensionan desproporcionadamente.

—Aceptaré su respuesta como un sí. Ahora bien, usted encargó a un equipo que se ocupara de la vida personal de Thomas Browning, de las chicas con las que había salido en el instituto..., de Annie Malreaux. Y eso significa que alguien tiene que haber descubierto cómo murió Annie Malreaux, que cayó desde una ventana durante una fiesta, una fiesta organizada por Thomas Browning.

—Alcé la cabeza y busqué su mirada—. Usted sabía eso, ¿no es así? No alguien de la campaña, sino usted. Usted sabía que Annie Malreaux había caído desde una ventana la Nochebuena del año mil novecientos sesenta y cinco. Sabía que Thomas Browning estaba presente cuando eso ocurrió. Conteste a la pregunta, señor Connally. ¿Quiere que se la repita?

—No, no tiene que repetírmela. Sí, lo sabía. ¿Y qué?

—¿Y qué? Pues, veamos. Los hechos nos dicen que ella cayó desde la ventana de un octavo piso y que Thomas Browning estaba presente. El rumor, que de alguna manera se originó en Carolina del Sur cuando todo estaba montado… la campaña, la nominación, la primera y única posibilidad de William Walker para dicha nominación. Entonces la versión no era que había caído, sino que la habían empujado, no que fuera un accidente, sino un asesinato, y que Thomas Browning estaba implicado. Y ese rumor empezó con usted, ¿no es verdad, señor Connally?

Una ira fría e implacable acechaba en los ojos de Arthur Connally, profundos y hostiles.

—Eso es mentira. No he hecho nada de lo que usted dice.

De pronto, lo entendió. Había una manera de demostrar que no mentía y, mejor aún, demostrarlo a través de mis propias palabras.

—¿No recuerda lo que acaba de darme a leer? Había una testigo. Ese rumor no lo fabricó nadie. Era la verdad, y alguien se había decidido a hablar. Eso es lo que ocurrió, ¿sabe usted? Es así como las cosas salen a la superficie. Alguien se lo cuenta a otra persona, y ésa se lo cuenta a otra.

Yo había comenzado a alejarme de él, lentamente, para no perderme nada de lo que decía. Cuando acabó, me planté frente a él desde el otro lado de la sala. El banquillo del testigo parecía relegado a un rincón oscuro, atrapado entre la tribuna del jurado, por un lado, y la mesa del juez por el otro. Con una mirada, le di a entender que era un mentiroso.

—Sí, ya entiendo. Eso es lo que debe de haber sucedido. No se trata de un rumor malintencionado que usted propagó ni tampoco que colaborara a difundir para sus propios fines, sino de la verdad, que sale a la luz después de tanto años porque, desde luego, como dice el proverbio, «la verdad acaba mostrándose».

Dejé la carpeta que tenía en las manos y recogí otra, una más abultada.

—Ahora, bien, señor Connally, cuéntenos. Como jefe de gabinete, ¿una de sus responsabilidades es decidir quién puede ver al presidente?

Era una línea de preguntas diferente. Connally me observó mientras me acercaba, como si intentara adivinar qué me proponía con aquello.

—Hay algo de eso —respondió, con voz cauta.

Había recorrido la mitad de la distancia que nos separaba y me acerqué al banquillo a paso rápido y con la carpeta en la mano izquierda.

—También es el responsable del flujo de información que llega al Despacho Oval. No sólo lo que el presidente ve, sino cómo se presenta. Por ejemplo, decidir si una propuesta de alguien en la administración va directamente al presidente o si los otros miembros de la administración tienen la posibilidad de comentarlo antes.

Connally se apoyó en la otra cadera, dándome en parte la espalda cuando se volvió hacia el jurado.

—Hay un sistema, un proceso en el que... —comenzó a explicar.

—Sí, de hecho casi todo pasa por un complejo sistema informático, ¿no es verdad, señor Connally? Un sistema que está bajo el control de alguien cuyo título es el de secretario de personal, ¿no?

Connally dejó de mirar al jurado.

—Sí, pero...

—Y el secretario de personal le informa directamente a usted, porque todos los que trabajan en la Casa Blanca son responsables ante usted, ¿correcto?

Estaba de pie justo frente a él. Estábamos separados por menos de un metro, mirándonos mutuamente, hostiles e implacables.

—¿Sería tan amable de identificar esto, por favor? —pedí, mientras daba un paso atrás y buscaba en la carpeta.

—Es una hoja en blanco —contestó él, después de echar una mirada a lo que le había entregado. En su labio inferior asomó una ligera sonrisa de desprecio.

—¿Haría el favor de volver a mirarla? La línea de arriba. ¿La ve usted? Dice OEP. ¿No corresponde esa sigla a Oficina Ejecutiva del Presidente? —Bajé la mirada, me di la vuelta para abarcar a todos los miembros del jurado y les enseñé la hoja—. Y lo demás, esas letras y marcas, ¿no significa eso que este documento se ha generado en el interior del sistema de la Casa Blanca, y no sólo eso, sino también… creo que se llama número IP, el ordenador individual desde donde fue enviado?

Connally me lanzó una mirada de indiferencia cansada. Él era un hombre con cosas más serias e importantes que hacer que escuchar la jerga incomprensible que sólo podía importar a un pobre pirata informático.

—Sí, supongo que sí, pero yo no…

—Y usted es consciente, supongo, de que si bien esta información no aparece normalmente en la cabecera del mensaje, no cuesta nada imprimirla.

—Sí, supongo que sí, pero…

—¿Quién es Lincoln Edwards?

—¿Quién? —preguntó Connally, dando a entender que la indiferencia había cedido el paso a la exasperación—. ¿Lincoln Edwards? Creo que no conozco ese nombre.

Le enseñé otra hoja, que sostuve en las manos, doblada para que sólo pudiera ver la parte que yo quería que viera, la dirección de correo electrónico en la parte superior.

—Esto proviene de la Casa Blanca. Tiene la misma dirección que el que le he enseñado antes. Fíjese en el nombre de quien envía el correo.

Connally miró el documento y luego me miró a mí.

—Lincoln Edwards.

—Así es. Lincoln Edwards. Sin embargo, usted dice que no conoce a nadie con ese nombre. Es curioso, ¿no le parece? Es usted quien está a cargo de la Casa Blanca, usted gestiona la información y, no obstante, hay alguien que trabaja ahí de cuyo nombre no sabe nada. Desde luego, en la Casa Blanca trabaja mucha gente, ¿no es así? Sin embargo, ¿cuántos podrían enviar mensajes directamente al presidente?

Connally cogió el papel.

—Adelante —dije, y se lo entregué. Mírelo usted mismo. Dice POTUS. Es el famoso acrónimo de Presidente de los Estados Unidos, ¿no?[5]

Connally sostenía la hoja con las dos manos, y leía lo que Lincoln Edwards había enviado al presidente.

—Tenga, ya que está, puede mirar el resto. —Saqué de la carpeta las otras cinco hojas de la lista de nombres y números que incluían a dos de los testigos que la acusación originalmente tenía la intención de llamar.

—¿Qué es esto? —preguntó Connally, como si fuera yo quien le debía una explicación a él y no al revés.

—Es una lista de nombres y números. Es una lista de pagos que refleja también hasta dónde alguien era capaz de llegar para mantener en secreto lo que hacía. Es una lista que, entre otras cosas, registra los pagos hechos a dos testigos en este juicio, uno de los cuales ya ha declarado y el otro aún no ha sido llamado. —Con una mirada de reojo a Caminetti, que, sentado en el borde de su silla, apretaba con fuerza los dientes, añadí—: Quizá la acusación piensa guardarse el segundo testigo para la refutación. —Volví la mirada inmediatamente a Connally—. Dígame, ¿usted sostiene que, además de Lincoln Edwards, el nombre en esa lista, un poco más abajo… Gordon Fitzgerald… también le es desconocido?

—Fue uno de los testigos en este juicio, ¿no?

Era asombrosa su habilidad para mentir. La mirada vacía de total incomprensión con la que conseguía ocultar su información y su culpabilidad. ¿Era la memoria corta de los políticos, ansiosos de olvidar el mal que habían infligido, convencidos de que todavía podían lograr muchas cosas buenas? Quizá Jamison Haviland se viera

---

5. POTUS, President of the United Status. (*N. del T.*)

destinado a mirar a la cara al verdugo, pero lo único que su muerte significaba para Arthur Connally era que William Walker estaba un paso más cerca de un segundo mandato.

La pregunta de Connally sonó falsa y discordante en medio de la quietud silenciosa de la sala. Me dirigí a la mesa de la defensa y cogí un directorio de tapas blandas.

—Éste es el directorio telefónico de la Casa Blanca. No figura nadie con el nombre de Lincoln Edwards. La pregunta es, señor Connally, ¿cómo es posible que alguien que no trabaja en la Casa Blanca tenga acceso a un ordenador de su sistema? ¿Y cómo pudo comunicarse directamente con POTUS, con el presidente en persona?

Connally no contestó enseguida, y yo no le di tiempo a pensar.

—Todos los mensajes —y debe de haber millones de mensajes cada año— que pasan por este sistema deben ser, por ley, almacenados, conservados y se convierten en parte del archivo histórico, ¿correcto?

—Sí —reconoció él. Se había inclinado hacia delante, cogido con fuerza a los brazos de la silla y con todos los sentidos alertas.

—Es imposible borrar nada. El disco duro, toda la información, permanece en su lugar, ¿no?

—Sí, así es.

—Y usted ya ha declarado que cada ordenador tiene un número de identificación IP. Los ordenadores se asignan a distintas personas, que tienen sus contraseñas, la clave que les permite entrar en el sistema, ¿correcto?

—Sí, pero yo...

Lancé el directorio sobre la mesa y recogí otra carpeta. La sostuve abierta y crucé la sala a paso lento y regular, pasando por el haz de luz hasta llegar al rincón más oscuro formado por el banquillo del testigo y el estrado del jurado.

—Ésta es una lista de asignaciones informáticas en la Casa Blanca. He dibujado un círculo en torno a su nombre. ¿Lo ve usted? —le pregunté, y le pasé la hoja.

—Sí —respondió con una voz más cauta y tímida.

—El ordenador que se le asigna a usted tiene un número, ¿correcto?

—Así es.

—Bien —señalé, asintiendo formalmente cuando me devolvió la hoja. Empecé a formular la siguiente pregunta, pero, como si acabara de recordar algo, me acerqué rápidamente a la mesa de la defensa y recogí la carpeta anterior.

—Casi me olvidaba —dije, mientras volvía rápidamente—. Ésta, que le he enseñado hace un rato, la lista de nombres y números, la que incluía el nombre de Gordon Fitzgerald, la que envió ese Lincoln Edwards que no trabaja en la Casa Blanca y que usted no conoce... Vuelva a mirarla. ¿Ve usted el número ahí arriba, esa línea que parece un código, con su número de identificación? Ahora, vuelva a mirar ésta —dije, con una voz que de pronto se volvió dura, fría y despiadada—. Mire el número de identificación del ordenador que se le ha asignado a usted. —Le puse el documento frente a la cara—. Es el mismo número, ¿no? Es el mismo porque usted tiene razón, porque Lincoln Edwards no trabaja en la Casa Blanca. Usted sí. Usted es Lincoln Edwards. Usted usó ese nombre porque así, si alguien tropezaba con una copia impresa, no sabrían que es usted, porque carecerían de información sobre el sistema de la Casa Blanca y cómo se asigna cada ordenador. El jefe de gabinete de la Casa Blanca, el ex jefe de campaña del presidente, el colaborador más cercano del presidente, el que estaba detrás de todo esto, esta conspiración para comprar testimonios falsos y falsificar documentos, para hacer lo que fuera necesario para provocar, primero la acusación y después la condena de un hombre inocente, ¡porque era la única manera que tenía de destruir a Thomas Browning antes de que Thomas Browning derrotara a William Walker en unas elecciones justas!

—¡Eso es mentira! —exclamó Connally, levantándose a toda velocidad de su asiento—. ¡Usted no puede acusarme de...!

—¿Acusarlo? ¡Es usted el que se ha acusado a sí mismo! ¿Qué cree que ha hecho aquí al mantener que jamás ha oído hablar de Lincoln Edwards cuando, como demuestran a todas luces estos documentos, usted es Lincoln Edwards? Pero todavía hay más, señor Connally. Aún no hemos acabado. Hay una cosa más sobre la que todavía no le he preguntado.

Quedaba un documento. Lo saqué de la carpeta y mientras todo el mundo lo miraba lo doblé cuidadosamente por la mitad. Sostuve la mitad inferior frente a Connally.

—¿Qué dice este documento, señor Connally? Léalo en voz alta para que el jurado pueda oírlo.

Cuando Connally vio qué era, se negó.

—¿Qué tiene que ver esto conmigo?

—Aquí tiene —dije, entregándole el documento—. Léalo entero. Léalo desde el comienzo. Lea en voz alta para el jurado este documento que Lincoln Edwards, es decir, usted, le envió al presidente de Estados Unidos.

Lo desplegó y comenzó a leer.

—A POTUS, de parte de Lincoln Edwards. Lo utilizamos en Carolina del Sur. Entonces dio resultado, pero ahora dará aún mejores resultados…

Dejó caer sobre sus rodillas la mano con que lo sostenía. Me miró con cara de perplejidad, como si no pudiera comprender cómo alguien se había enterado.

Yo lo había preparado todo mentalmente y había trabajado tanto en ello que cuando me dispuse a acabar con lo que él había comenzado sentí como si lo estuviera escribiendo con grandes letras en un espejo cubierto de vaho.

Seguí leyendo el correo electrónico.

—Entonces dio resultado, pero ahora dará aún mejores resultados. Tenemos una testigo que declarará que la chica fue empujada por la ventana y que Browning lo encubrió todo. Esta mujer estaba en el hotel cuando sucedió. Su declaración surgirá como una confesión escrita que encontrarán entre sus papeles después de su muerte.

Lancé una mirada a Connally.

—¿No es eso lo que dice? ¿Acaso me he dejado algo? ¿No es eso exactamente lo que le ha dicho al presidente? ¿Y no es acaso precisamente lo que hizo?

Connally temblaba de ira, me miraba con odio. Pero no decía palabra.

—Sin embargo, todavía nos queda algo, ¿no? La fecha en que envió esto al presidente. Tres semanas antes de que el abogado de la señora Morgan descubriera su «confesión póstuma» en un sobre sellado encontrado en un cajón de su escritorio en su casa.

Gesticulé con actitud de asco.

—Eso es todo. No más preguntas. ¡No más mentiras!

Caminetti se había puesto de pie para protestar.

—¿Tiene alguna pregunta que hacer a este testigo, señor Caminetti? —preguntó Scarborough con mirada severa—. Si no, quiero a los abogados en mi despacho. ¡Ahora mismo, hagan el favor! —exclamó, mientras bajaba del estrado.

Scarborough se paseaba de arriba abajo por la magnífica sala como si quisiera dar de puñetazos en las paredes. Estaba furioso. En cuanto Caminetti y yo cruzamos la puerta, comenzó a agitar un dedo.

—¡Dígame que no sabía nada de esto! ¡Dígame que para usted ha sido algo inesperado, una tremenda sorpresa! ¡Dígame que no ha utilizado la fiscalía para colaborar ni ha sido cómplice de una trama de perjurios y de pruebas falsas! Dígame que no sabía nada de esto. Dígamelo… o le juro que aunque sea lo último que haga, le quitaré su empleo, su licencia y su libertad. Ya lo creo que sí, no cometa errores, señor Caminetti, o me aseguraré de que sea acusado de todo lo que la ley se pueda inventar. Me aseguraré de que su pena de prisión sea tan larga que cuando salga ya nadie se acordará de por qué lo encerraron.

Caminetti estaba pálido como la muerte, pero me era imposible saber si se debía a la rabia o al miedo.

—No sé nada de todo esto. Nunca he visto nada de lo que Antonelli ha mostrado en la sala. No sé de dónde viene y no sé cómo lo consiguió.

Con las piernas bien separadas, Scarborough tenía las manos a la espalda. Con una mirada decidida y agorera, buscó los ojos de Caminetti.

—¿Hay alguna razón para dudar de la autenticidad de estos documentos? El mismo testigo los ha autentificado, ¿no es así? Lo ha hecho al reconocer los números de identificación y describir el sistema que los produce.

Sometido a esa presión, Caminetti se vio obligado a decir que sí.

—Entonces no hay dudas acerca de lo que se impone hacer en este caso, ¿no le parece? De acuerdo, volveremos al tribunal. Pero no piense ni por un momento que esto se quedará así. Habrá una investigación sobre la actuación de la fiscalía. Que no le quepa duda. ¿Queda claro?

—Nosotros tomamos el caso y las pruebas que obtuvimos. No teníamos razón alguna para pensar que alguien había mentido. ¿Cómo podríamos haber sabido algo que sólo se conocía en la Casa Blanca?

—Antonelli lo descubrió —respondió Scarborough, impasible—. Se supone que no debe aceptar sin más todas las pruebas que se le presentan. Se supone que tiene que averiguar si es verdad. —En sus ojos asomó una expresión de desilusión—. ¿O es que lo único importante ahora es sólo ganar?

Nos envió de vuelta a la sala. Mientras seguía a Caminetti por el estrecho pasillo comencé a experimentar una sensación de alivio. Casi había terminado. No tenía nada más que hacer, no más testigos que interrogar, no más discusiones a propósito de la ley. Caminetti estaba a punto de abrir la puerta cuando se volvió y me miró fijo a los ojos.

—No sabía absolutamente nada de esto.

No dijo más, una sencilla cuestión de hecho, sin disculpas ni asomo de dar a entender que disculparse era lo correcto. Era lo único que me debía, y fue todo lo que me dio. No esperó mi reacción, no le interesaba nada de lo que tuviera que decirle. Abrió la puerta y cruzó rápidamente la sala hasta llegar a su silla.

El silencio dentro de la sala era de desasosiego, una tensión eléctrica bañaba el ambiente, mientras todos esperaban a ver qué pasaría. Pasaron minutos que parecían horas. No podíamos continuar sin Scarborough, y la espera se prolongaba. El silencio era tan aplastante que no me atreví ni a hablar en susurros a Haviland, pues pensé que, aunque hablara muy suave, se oiría.

Lo único que pude hacer fue mirarlo una vez y asentir con la cabeza, un gesto que no tenía otro significado para él que saber que las cosas estaban bajo control. Moví la cabeza para mirar por encima del hombro, esperando divisar el rostro de Gisela. Sabía que estaba allí, probablemente al fondo, pero no daba con ella. De modo que me quedé sentado, jugando con mi corbata y preguntándome cuánto más tardaríamos.

La puerta se abrió de golpe y, con expresión decidida, Scarborough se dirigió al estrado. Con los labios firmemente apretados, miró a los miembros del jurado de una manera que parecía reconocer no sólo el papel que desempeñaban, sino la importancia crucial de lo que hacían. No miró a Caminetti ni me miró a mí.

—Hay algunos casos —no son muchos, pero se dan— en que algo anula todas las dudas acerca de lo que debe decidirse. Cuando eso sucede, es obligación del tribunal velar por que se haga justicia y poner fin al procedimiento.

Scarborough calló un momento y miró a la sala repleta de reporteros que contenían la respiración mientras esperaban lo que parecía inevitable y que aún no se había producido.

—En opinión de este tribunal, después del testimonio del señor Arthur Connally, las pruebas contra el acusado, Jamison Scott Haviland, no son suficientes para sostener un veredicto de culpabilidad. Por lo tanto, por iniciativa propia, el tribunal ordena que conste en acta un veredicto de no culpabilidad. Se declara la libertad del acusado. Se agradece al jurado haber prestado servicio en este caso. —Scarborough se incorporó—. Se levanta la sesión.

La sala se convirtió en un tumulto de confusión. Los miembros del jurado abandonaron rápidamente su lugar. Con su aparato a cuestas, la estenógrafa los siguió de cerca. Caminetti me estrechó la mano y luego, sin vacilar, hizo lo mismo con Haviland. Le deseó buena suerte y de inmediato se perdió entre el gentío, dando respuestas breves y concisas cada vez que por encima del ruido ambiente se alcanzaba a oír una pregunta.

Gisela estaba de puntillas al fondo de la sala, y seguía a Caminetti con la mirada. Tenía un móvil pegado a una oreja, la otra tapada para mitigar el ruido. Empezó a hablar rápidamente, concentrada en cada palabra, ya sin fijarse en Caminetti ni en nadie más.

Esperando captar su mirada, esperé un momento. Pero ella miraba directamente al frente, demasiado pendiente de lo que decía para mirar a alrededor. Cuando guardó el móvil, la llamé para decirle que me esperara, pero ella no me oyó y la perdí en medio de la multitud.

Cogí mi maletín, junto a la mesa, y con Haviland siguiéndome los pasos conseguimos salir por la parte trasera.

—¿Qué piensas hacer ahora? —pregunté ya en la calle.

—Ha venido la madre de Annie. Pensabas llamarla como testigo —me recordó—. Creo que la llevaré a cenar. No la he visto en años. ¿Por qué no nos acompañas?

—No —dije—, pero salúdala de mi parte. —Jimmy se giró para irse—. Ella nunca dudó —añadió cuando me volvió la espalda—. Nunca creyó, ni por un minuto, que tú tuvieras algo que ver con la muerte de Annie.

Él sonrió y, sólo por un instante bajo aquel sol deslumbrante de Nueva York, me pareció ver exactamente al mismo Jimmy Haviland que había conocido años atrás, cuando los dos éramos todavía jóvenes.

25

Una tormenta de nieve había tendido un manto blanco sobre Central Park. El sol había aparecido finalmente al comienzo de la tarde, pero el aire seguía envuelto en un frío polar. Vestida con un abrigo largo de piel que le llegaba a los tobillos, con una larga bufanda de cachemira que le tapaba el cuello y la cabeza y con gafas de sol para protegerse de los reflejos de la luz, Joanna, en perfecto incógnito, cruzó la Quinta Avenida y se acercó al banco donde yo esperaba sentado en los lindes del parque.

—Debes de estar congelado —comentó, y me tocó la manga de mi americana con la mano enguantada—. ¡Ni siquiera llevas un jersey!

—Estoy bien. Es agradable. Además, ha salido el sol, así que ya no hará más frío.

Empezamos a caminar, sin que ninguno de los dos pronunciara palabra. Después de andar más o menos una manzana, me miró y sonrió.

—Crucemos por el parque. Tenemos tiempo.

Se colgó de mi brazo y seguimos un sendero que no nos alejaba demasiado de la calle.

—No preguntaré si te sorprendió saber de mí. Tendrías que haber sabido que llamaría.

—No estaba nada seguro. Para ser sincero, creía que no volvería a verte después del día que comimos juntos en Georgetown.

Ella apretó la mano que me había apoyado en el brazo. Caminaba lentamente, más lentamente a cada paso que daba, se aferraba a mí como si fuéramos dos viejos amigos con todo el tiempo del mundo para hacer lo que quisiéramos.

—He reservado una mesa en un restaurante para comer. ¿Te parece bien? —Se volvió para verme la cara. Una sonrisa extraña y solitaria asomó en sus labios. Yo no podía verle los ojos —las gafas que llevaba eran impenetrables—, pero el estado de ánimo era inconfundible.

—Está bien —dije, con voz queda—. Todo saldrá bien.

—¿Bien? No, no lo creo. Nunca bien, eso sí que no.

La sonrisa se transformó en un frente aguerrido, un rechazo a ceder ni un palmo a lo que sentía interiormente.

—Te quedarás con el apartamento, ¿no? —preguntó cuando me soltó el brazo y volvimos a caminar.

—Jimmy Haviland no tenía suficiente para pagarme. No acepté el caso pensando en el dinero.

—Nunca has hecho nada por dinero. Por eso eres un profesional tan bueno.

Así era como me recordaba. Pero, claro, durante años no me había conocido.

—He ganado mucho dinero en el ejercicio de mi profesión.

—Pero aunque Jimmy Haviland te hubiera podido pagar algo, no habrías aceptado su dinero. —Negó enfáticamente con un gesto de la cabeza y comenzó a caminar un poco más rápido—. Y no lo defendías sólo a él, ¿no es así? También defendías al célebre Thomas Browning. —Joanna se detuvo y buscó el contacto con mi mirada—. De eso trataba el caso. Si antes había dudas, ahora ya era imposible. Defendías a Thomas Browning y, además, le salvaste la vida. No hay suficiente dinero para pagarte lo que mereces. Quiere que te quedes con el apartamento. Ha sido idea suya. Te debe eso, y más.

Su tono insistente me hizo reír.

—¿Sabes cuánto debe valer ese apartamento?

—Nunca he sabido el valor de las cosas. Pero no es suficiente, no por todo lo que has hecho.

Me miró por un momento con una extraña expresión de perplejidad. Y luego, sin motivo aparente, echó la cabeza hacia atrás y rió. Se adelantó unos pasos, se arrodilló y cogió un puñado de nieve, lo apretó y, con ese movimiento curioso y un poco torpe de una chica que nunca ha sido muy atlética, lo hizo volar, una bola rosa y plateada bajo el cielo deslumbrante.

—¡Necesitas un lugar donde vivir en Nueva York! —exclamó, con voz vibrante y plena. Cogió otro puñado de nieve y lo lanzó lo más lejos que pudo.

—¿Por qué?

—Porque has llegado a esa edad. —Se quitó las gafas y me miró. Había en sus ojos un brillo triste y nostálgico—. ¿No te acuerdas? Ese verano en Nueva York, en una ocasión salimos a caminar por el parque, y tú viste a un hombre de la edad que ahora tienes con una joven de la edad que yo tenía entonces. ¿Recuerdas lo que solías decir? Solías provocarme cuando hablabas de ello. Decías que volverías a Nueva York cuando fueras así de viejo porque… ¡era el único lugar donde podías pasear con una chica tan joven sin que te detuvieran! —El recuerdo la animó, hizo que olvidara todo lo que había vivido desde entonces—. Así que ahora estás aquí, tal como habías dicho —siguió, y los ojos le brillaron con un mueca pícara—, con un apartamento en el parque y… ¿qué diríamos?... una mujer considerablemente más joven que tú.

—¿Gisela? —dije precipitadamente, algo incómodo sin saber por qué. Joanna parecía fascinada.

—Gisela Hoffman, sí. ¡No me mires así! ¿Creías que era un secreto, que nadie se había enterado? La mitad de los hombres de Washington te tienen envidia, un hombre de tu edad con una joven belleza como ella.

Me volvió a coger del brazo y le dio un pequeño tirón.

—Nunca pensaste en ello, ¿verdad? ¿En la diferencia de edad? Creo que es encantador —dijo, y siguió caminando con un paso más ligero—. Y es muy típico en ti. Siempre fuiste así, tan enfrascado en lo que hacías que no siempre te dabas cuenta de lo que sucedía a tu alrededor. ¿Pero crees que hay alguna diferencia con esos otros hombres, los hombres sobre los que bromeabas, los que solíamos ver aquí en el parque? ¿Crees que ellos pensaban en la diferencia de edades? ¿O piensas que hacían lo que les daba la gana porque se lo podían permitir?

Llegábamos al final del parque y el sendero empezaba a estar más concurrido. Unas cuantas personas miraron a Joanna y luego miraron por segunda vez. Ella volvió a ponerse las gafas y se agarró de mi brazo.

—¿Va en serio lo tuyo con esa chica? —Antes de que pudiera contestar, añadió, con voz solemne—. Espero que lo sea. Sería agradable pensar que estás contento. Ayudaría a que todo esto tenga algún sentido.

Empecé a explicar que no sabía qué pasaba, o lo serio que podía ser, o si era de verdad algo serio. Habíamos pensado irnos a alguna parte después del juicio, a alguna parte donde pudiésemos estar solos. Pero el juicio había desatado una tormenta de fuego que, como Joanna sabía, incluso mejor que yo, acababa de comenzar.

—Han pasado casi tres semanas. Ella ha venido dos fines de semana y yo he ido uno a Washington. Ella tenía que escribir sobre el juicio y, después, Arthur Connally tuvo que dimitir... Y, ya sabes, todo lo que ha sucedido después, un gran reportaje tras otro. Y ahora, los rumores de que aquel hombre que mató a Powell tenía vínculos con el exterior. Y tú me preguntas si va en serio. Ya veremos.

—¿Pero piensas quedarte aquí, en Nueva York?

—¿Quieres decir ahora que tengo un lugar decente donde vivir?

—Se parece un poco al apartamento de mis padres, ¿recuerdas?

La tomé por el hombro y la abracé con fuerza.

—Pienso mucho en tu padre.

—Estaba tan triste cuando te fuiste que... —dijo, y negó con un gesto de cabeza—. No, me prometí a mí misma que no lo haría. No hoy.

Llegamos hasta la acera que bordeaba el parque, justo frente al hotel Plaza. Sonriendo con el vaho que dejaba mi respiración en el gélido aire azulado, le cogí la mano cuando cruzamos entre el tráfico hasta el otro lado.

—Connally dimitió en medio de la ignominia. Walker va bastante rezagado en las encuestas. ¿Crees que abandonará o que intentará dar la lucha hasta el final? En cualquier caso, no tiene ni la más mínima posibilidad, ¿no crees? —pregunté, sin parar de hablar mientras el portero sostenía la puerta para que entráramos—. Browning será el próximo presidente. Ya nadie lo podrá detener.

—Gracias a ti —dijo Joanna, con un tono de voz que sonó extraño y distante—. Es lo que siempre ha querido. Creo que será un gran presidente. No, estoy segura de que lo será. Y te lo debe todo a ti. Qué curioso resulta todo, ahora que lo pienso, que todo haya acabado así.

En la entrada del restaurante donde había reservado mesa me llevó a un lado.

—¿Te importaría que no comiéramos? No tengo hambre, pero me vendría bien una copa.

En una mesa del fondo. Joanna se sentó de espaldas a la sala. Dejó que el abrigo se deslizara por sus hombros y lo dejó caer en la silla. Se deshizo el nudo de la bufanda y, con una mirada furtiva a nuestro alrededor, se quitó las gafas.

—Comimos aquí un par de veces ese verano. ¿Te acuerdas?

Había algo más que nostalgia en su mirada, algo más que una muda desesperación. Se parecía más al miedo. Yo me sentía intrigado y preocupado por ese emoción y a punto estaba de preguntarle qué pasaba cuando se acercó el camarero con nuestras copas. El estado de ánimo de Joanna cambió bruscamente. Empezó a hablar de aquel verano en Nueva York y ya no pudo parar.

—¿Recuerdas que tenía ese trabajo en J. Walter Thompson, la famosa agencia de publicidad?

En los ojos de Joanna había una especie de pátina, como si la luz en su interior se derramara sobre algo antiguo, algo que habíamos perdido.

—¿Recuerdas ese hombre para el que trabajaba? ¿El señor Everett? Éramos tan formales en aquella época. Seguramente sabía su nombre de pila, pero me temo que lo he olvidado.

Bebió un trago, dejó la copa y, mirando su reflejo en ella, sonrió.

—Creo que quería ser escritor. Se licenció por Yale en literatura inglesa. Pero luego se casó y comenzó a trabajar en publicidad.

Acabó su copa, pero no pidió más.

—Tengo que irme —anunció.

—¿Tienes que irte? —pregunté, cuando la vi echar la silla atrás—. Creí que tenías ganas de hablar de algo. Cuando me llamaste…

Volvió a acercar la silla a la mesa.

—Eso es lo que debiste imaginar que te pasaría a ti. ¿Fue eso lo que pasó? ¿Qué si aceptabas el empleo en esa empresa de Wall Street nunca podrías conseguir aquello que siempre habías soñado?

Quise decir algo, aunque no sabía a ciencia cierta qué era. Los sueños que había tenido entonces no eran los mismos de ahora.

—Sí, tienes razón. Quería hablar contigo. Hay algo que tienes que ver.

Salimos del restaurante, pero en lugar de salir del hotel me llevó al ascensor. Cuando pulsó el botón del octavo piso sentí que me invadía un pánico remoto e inexplicable, una sensación de premonición, el murmullo de un secreto siempre sabido, algo que, hasta un determinado momento, ignoras que sabes.

—Joanna, ¿estás segura?

No movió los ojos. Los mantuvo fijos en el vacío hasta que el ascensor se detuvo. Salimos al pasillo y sentí que en los confines de mi recuerdo seguía viendo las caras y oyendo las voces que un día se habían paseado por ahí. Al final del pasillo, Joanna buscó en su bolso y encontró la llave de la habitación. Abrió la puerta de la suite en un extremo que miraba a Central Park y entramos.

Joanna cruzó la habitación hasta la ventana y la abrió.

—¡Mira! ¿No te parece maravilloso? —Miró por encima del hombro un instante, sólo para asegurarse de que yo estaba de acuerdo—. Desde aquí lo puedes ver todo.

Señaló a la distancia, hacia el lado del parque donde comenzaba Central Park West.

—Donde yo vivía antes y tú vives ahora. Y ahí, al otro lado… ¿Lo ves? Somos vecinos, tú y yo.

Se alejó de la ventana y volvió a la puerta con un ligero rodeo. Se quedó parada un momento, estudiando la habitación.

—¿Te acuerdas de ese día? ¿Cuando tú estabas aquí? Te marchaste en algún momento de la tarde, ¿no?

Volvió a mirarme. En sus labios frágiles y temblorosos se dibujó la sonrisa más triste que he visto en mi vida.

—Por eso vine —siguió—, porque creí que estarías aquí. Quería venir antes, pero era Nochebuena y había ido de compras con mi madre. Recuerdo que compré un vestido porque quería ponerme algo recién estrenado para ti. No te había visto desde finales del verano, cuando volviste a la facultad y no pensabas volver y yo no dejaba de pensar en ti. Y entonces supe que vendrías a la fiesta de Thomas. Me dije que tenía que verte porque creía que aún existía una posibilidad de que volviéramos a empezar y que, quizás, esta vez no querrías irte, que quizás esta vez tendrías ganas de volver.

Di unos pasos hacia ella.

—No —dije, sacudiendo la cabeza. Pero era demasiado tarde. Desde hacía años que era demasiado tarde.

—No, tengo que hacerlo —dijo, entre lágrimas amargas—. Había venido a buscarte a ti, pero te habías ido, como te habías ido la primera vez. No podía encontrarte, y lo que encontré fue a Thomas y a aquella chica, Annie Malreaux. Thomas era un niño, un bebé. Toda esa asombrosa inteligencia… Lo comprendía todo, todo, pero no se comprendía a sí mismo. Yo entré a buscarte y Thomas estaba de pie ahí, justo ahí —dijo, señalando un punto junto a la ventana—. Tenía esa mirada, una mirada alegre, triunfante, ¡como un niño! Iban a casarse. Es lo que me dijo cuando entré y pregunté por ti, que iban a casarse. Iban a escaparse, se pensaban casar y escapar a algún país de Europa y nunca volver la mirada atrás. Vine a encontrarte a ti y me encontré con ellos. Le dije que no podía hacerlo, que había cosas que tenía que hacer, que tenía responsabilidades. Le dije que no lo podía tirar todo por la borda. Ella me dijo que Thomas podía hacer lo que se le antojara, que los dos podían, y que yo no tenía derecho a intervenir. Entonces sucedió, justo ahí.

Joanna se quedó mirando la ventana, y su única emoción era una especie de ensueño, como si después de tanto tiempo no estuviera del todo segura de que hubiera sucedido así, que no era una pesadilla y que, si se esforzaba lo suficiente, podía despertarse y nunca volver a pensar en ello.

—La empujé. Estaba demasiado enfadada al ver que, después de todo lo que había logrado, Thomas pensaba renunciar. La empujé con fuerza. Recuerdo su mirada, como si lo que yo había hecho le pareciera divertido. Empezó a reírse, pero entonces tropezó. Y cayó. Y en ese instante, en el instante en que sucedió, todo cambió. Todos esos años que llevaba protegiéndolo, de su abuelo, de todo el mundo, de personas como ella, que querían usarlo para conseguir todo lo posible... Y, en ese momento, a partir de ese instante, él comenzó a protegerme a mí.

—Fue un accidente. Yo no quería que muriera. No lo quería. Juro que es verdad. Yo quería contar la verdad, decirle a la policía lo que había ocurrido, pero Thomas se negó en redondo. Sabía que había sido un accidente, que no había sido mi intención, pero era consciente de lo que sucedería si alguien se enteraba. Me dijo que no se trataba sólo de un escándalo, sino que me arriesgaba a ir a la cárcel. Él estaba enamorado de ella, iba a casarse con ella. Y ahora, por mi culpa, ella había muerto. Pero él me protegió porque nada podía devolverla y porque yo siempre lo había protegido a él.

Una expresión triste cruzó como una sombra mortal por sus ojos.

—Cómo llegamos a odiarnos porque el único vínculo entre los dos era este sentido de la obligación que nunca podía realmente cumplirse. Sí, tuvimos dos hijos, los dos concebidos mientras él y yo nos imaginábamos haciendo el amor con otra persona.

Sentí que ya no me quedaba ni un asomo de simpatía.

—¿Y qué hay del juicio? ¿Qué hay de Jimmy Haviland? ¿Y de mí? —pregunté—. No había ninguna conspiración de la Casa Blanca, ¿no es verdad? ¿Era Thomas... Thomas Browning... el que estaba detrás de todo esto? ¿Y utilizó a Jimmy Haviland? ¿Y me utilizó a mí?

Se había convertido en una costumbre, una costumbre instintiva. Ella tenía que protegerlo. Era lo único que sabía.

—La última vez fueron ellos los que lo utilizaron a él. Así ganaron. Lo habrían vuelto a hacer, y habría sido peor. Habrían destruido a Thomas porque alguien descubriría la verdad. No había alternativa. ¿No te das cuenta? La decisión se tomó aquí, la Nochebuena de mil novecientos sesenta y cinco, cuando yo empujé a Annie Malreaux y ella tropezó y cayó. Fue un accidente, y arruinó nuestras vidas.

—Pero ¿qué pasa con Haviland? ¿Todo lo que tuvo que vivir? ¿Y qué hay de lo que mi gran amigo Thomas Browning me hizo a mí? Me utilizó para demostrar que había una conspiración de la Casa Blanca que nunca existió.

Me volví y miré por la ventana, hacia el parque, que brillaba con su capa de nieve, como había brillado aquel día, años atrás, cuando Annie tropezó y murió. Desde la primera vez que la vi, me había atraído, había pensado que era el lugar donde, con el tiempo, querría vivir, en una isla de tranquila cordura en medio de la locura ruidosa y el tráfago de la ciudad que se movía, cada día más rápido, impulsada por su vanidad de ser la mejor y por el temor de que, si algún día ralentizaba su ritmo, pasaría a ocupar un lugar secundario. Todo lo que me había pasado alguna vez en Nueva York, todo lo importante, había pasado aquí. Y ahora esto.

Thomas Browning era un genio, y me había utilizado a su gusto. Y, como todas las cosas ingeniosas, era el colmo de sencillo. Había gente en todos los escalafones del gobierno que sabían que él sería mejor presidente que el que teníamos. Había gente en la Casa Blanca que le debía lealtad. Al fin y al cabo, no me había equivocado. Las pruebas contra Jimmy Haviland habían sido fabricadas por el gobierno, pero por la parte del gobierno que controlaba Thomas Browning. Lo único que no sabía era si la decisión de hacerme saber lo que había hecho era suya o si era iniciativa de Joanna. Me volví para preguntárselo, pero ella habló antes.

—¿Sabes cuál es el peor recuerdo? El recuerdo de todo lo que me perdí, las cosas que nunca ocurrieron, las cosas que podrían haber sido y nunca lo fueron.

Cuando nos despedimos en la acera frente al Plaza, los dos sabíamos que no había nada más que decir y que nunca volveríamos a vernos. Había sido idea suya contármelo todo porque pensaba que me lo debía, y porque tenía que contárselo a alguien y yo era la única persona en quien confiaba. Browning no lo sabría nunca, a menos que yo decidiera utilizar lo que me había contado para mis propios fines. ¿Debía hacerlo? ¿Contarle al mundo lo que sabía y destruir para siempre las posibilidades de Thomas Browning de llegar a la presidencia? De algún modo deseaba que la misma pregunta me proporcionara la respuesta. Pero se repetía en mis pensamientos, me provocaba por mi cobardía y mi indecisión.

El viernes por la tarde llegó Gisela para pasar el fin de semana y, en el dulce estado salvaje de aquella noche, olvidé a Thomas Browning y lo que había hecho. Olvidé el juicio y olvidé a Jimmy Haviland. Lo olvidé todo excepto el puro placer que experimentaba al estar con ella. Dormimos hasta mediodía y, después, como niños liberados un sábado en Manhattan, cruzamos el parque bajo un cielo azul espléndido y subimos las concurridas escaleras que llegaban al Metropolitan.

Paseamos mirando la exposición sobre romanos y griegos. Me dediqué a escuchar a Gisela que, gracias a su educación europea, me contaba cosas que yo ignoraba.

—¿Cómo fue el funeral? —pregunté, impulsado por la curiosidad de saber qué pensaba de la ceremonia celebrada en la National Cathedral por el presidente del Supremo—. ¿Había tensión en el ambiente?

—¿Entre Browning y el presidente? No se sentaron cerca el uno del otro. El presidente fue solo. Browning acudió con su mujer.

—¿Joanna?

—Olvidaba que la conocías, ¿no?

—La vi esta semana. Bebimos una copa juntos, en el Plaza.

Gisela me condujo por el pasillo de suelos de mármol, más allá de las estatuas, hacia otra exposición.

—¿Te contó algo interesante?

—Se podría decir que sí.

Antes de que me lo preguntara, le dije que quería que viera algo. Había mucha gente, y pasaban en todas las direcciones a la vez. Yo iba por delante, la guiaba.

—¿Podemos mirar esto, primero? —preguntó, apretándome la mano—. En esta sala debe de haber unos cinco picassos.

Mientras mirábamos el primer cuadro, sus ojos se iluminaron.

—No creo que se presente. Creo que se retirará. —Me miró con una sonrisa expectante—. Esos son los rumores que corren ahora.

Dicen que Walker no ha decidido presentarse por segunda vez, que está «rezando» para tomar una decisión. Puede que Dios le diga lo mismo que dicen las encuestas, que Browning tiene una ventaja enorme.

Gisela volvió a mirar la tela y un instante después volvió a sonreírme.

—Tengo noticias que no han llegado a tus oídos. Jamison Scott Haviland...

—¿Jimmy? ¿Qué ha pasado? —pregunté, recordando lo que Browning había hecho.

—Lo que ha pasado es que los únicos que piensan que no debería presentarse al Congreso son los que piensan que debería presentarse al Senado. Se ha convertido en un héroe, en el veterano de guerra condecorado que se convirtió en víctima inocente de una conspiración de la Casa Blanca. El dinero está ahí, para lo que quiera hacer. Al parecer, tu amigo Thomas Browning lo ha beneficiado en más de un aspecto.

—¿Ah, sí?

—Tienes una cara rara —comentó Gisela—. ¿Va todo bien?

—Quiero que veas esto —dije. Le tomé la mano y la conduje a la siguiente exposición. Aún estaba ahí, en el otro extremo de la sala, el *Muchacho con jersey a rayas*, de Modigliani, el cuadro que una vez me había llamado la atención, ante el cual me había quedado clavado, mirándolo, recordando al Thomas Browning que conocí de joven.

—¿Te recuerda a alguien? —pregunté, después de que Gisela lo mirara desde distintos ángulos.

—No, pero me gusta mucho. ¿Por qué? ¿A ti te recuerda a alguien?

—¿No lo encuentras parecido a Thomas Browning?

—No, no lo veo para nada. ¿Tú sí?

Volví a mirarlo.

—Supongo que me recordaba algo su aspecto de entonces, cuando íbamos juntos a la facultad. Fue hace mucho tiempo —añadí, y le puse un brazo sobre los hombros para irnos.

Fuera del museo compré galletas saladas y mostaza y caminamos hacia el interior del parque.

—¿No piensas contármelo? —dijo Gisela, riendo mientras se limpiaba un poco de mostaza en el mentón.

—¿Contarte qué? —Me sentía deslumbrado por su manera de ser. No quería que cambiara jamás.

—Lo que la señora Browning, tu amiga Joanna, te contó.

—No sé si me creerías. Sin embargo, es una gran historia, una historia que podría cambiar el mundo si alguien la supiera. Pero no te mantendré en suspenso. Te contaré todo lo que me dijo.

—¿Cuándo? —preguntó Gisela, y sus ojos borgoña oscuros tiraban de mí hacia sus profundidades.

—Viví aquí, en Nueva York, hace mucho tiempo, un verano, cuando estudiaba en la facultad de derecho. ¿Sabes lo que pensaba entonces? Pensaba en cómo, algún día, cuando tuviera la edad en que mi pelo luciera unas cuantas canas, querría tener un apartamento muy exclusivo justo en Central Park y estar locamente enamorado de una joven y estupenda mujer, apenas la mitad de mi edad, alguien que fuera exactamente igual a ti.

Se había puesto de puntillas y, con la mano sobre mi hombro, me provocaba con su mirada oscura.

—¿Cuándo me contarás lo que ella te dijo, la historia que podría cambiarlo todo?

—Pronto —dije, con una sonrisa distante—. Unas semanas después de que Thomas Browning acabe su segundo mandato. Está todo escrito, en un sobre sellado que nunca he abierto, y que probablemente nunca abriré.

—Es una sabia decisión —dijo, y dejó correr el tema.

De manera casi imperceptible, el ánimo de Gisela comenzó a cambiar. Dejó de hablar, excepto cuando yo hablaba primero. Pero, incluso entonces, sus comentarios eran breves y evasivos. Algo le rondaba por la cabeza, pero cuando pregunté qué era, dijo que sólo era el trabajo. Pasaban tantas cosas y ella tenía tanto que hacer... Washington era un caos y, como la única corresponsal de su periódico, tenía que intentar cubrirlo todo. A la hora de la cena me dijo que, aunque no quería marcharse, no podía quedarse. Tenía que volver a Washington esa noche. El siguiente fin de semana podría ser más conveniente, quizá tendríamos más tiempo. Cuando le sugerí ir a Washington un par de días, dijo que se sentiría culpable porque no podría pasar tanto tiempo conmigo como querría.

Después de dejarla en un taxi que la llevaría al aeropuerto, me pregunté si todo lo que me había contado era verdad. Lo había dicho todo demasiado rápido, y con demasiadas reservas. Era como mirar a alguien que intenta contener la respiración mientras cuenta una mentira hasta el final. Me dije que imaginaba cosas porque estaba decepcionado, que no tenía por qué tener celos de su trabajo. Sin embargo, por muchas razones que adujera, ninguna eliminaba del todo la sensación de que algo no iba bien. Quizás había conocido a alguien, quizás una persona de su edad.

A la mañana siguiente, después de haber dormido sólo unas horas, salí a dar un largo paseo por el parque. Pasé junto al banco donde había conversado con el padre de Joanna y junto al lugar donde, hacía sólo días, la había visto lanzar bolas de nieve como si no tuviera ninguna preocupación en la vida. Di vueltas durante una hora o más antes de volver a la acera frente al apartamento que ocupaba Thomas Browning cuando venía a Nueva York. Sentado en el banco donde había esperado a Joanna, recorrí el camino que ella había seguido mientras recordaba el aspecto que tenía abrigada contra el frío.

Entonces la vi. La última persona que esperaba ver. Salía del edificio y llevaba un bolso de viaje colgando del hombro.

—¡Gisela! —grité, por encima del tráfico y los ruidos.

Ella levantó la mirada, intrigada, con una expresión de cautela en sus ojos impenetrables. Me vio y su mirada se volvió fría, como si su nombre lo hubiera pronunciado un extraño que nunca hubiera visto y que no quisiera conocer. La esperaba un coche. El conductor tenía la puerta abierta. Se deslizó en el interior y no volvió a mirar atrás.

Me giré y caminé hacia el parque. Me sentía perdido y solo y, más que nunca antes, un estúpido. Thomas Browning no había dejado nada al azar. Había explotado todas mis debilidades. Pero, claro, yo no tenía por qué esperar nada menos. Browning siempre había sabido cómo servirse de la gente que necesitaba.

Cuando llegué al otro lado del parque miré hacia Central Park West. Desde algún lugar lejano, pero a la vez cercano, como un susurro, oí la voz de Joanna, la voz que había oído esa noche que me presentó a sus padres, contándoles que nos acabábamos de conocer y que se casaría conmigo pasado mañana. Pensé que debería haberme quedado en Nueva York, debí quedarme y casarme con ella. Annie Malreaux estaría viva, casada con Thomas Browning. Y Browning y yo nos veríamos de vez en cuando —quizás en la barra del Plaza— y hablaríamos de los buenos tiempos que habíamos vivido en la facultad y en los años posteriores. Nos habríamos quejado, como se quejan los hombres de edad madura, del rumbo que tomaba el país. Y, después, habiendo conocido la alegría y las satisfacciones, nos reiríamos mutuamente de nuestra falta de ambición. Habría sido una buena vida, tanto mejor que la que hemos vivido.

Visite nuestra web en:

www.umbrieleditores.com